Für Eric und für
Dan Franklin

I

Es war ein herrlicher spätsommerlicher Freitagabend. Phyllis Fischer hatte das Fenster zum Garten weit geöffnet, bevor sie sich an ihren Toilettentisch setzte. Von draußen wehte das Leben herein, ein schläfriger Vorstadtabendstrom: das stete, beruhigende Plätschern eines Schlauchs in einer Staudenrabatte, das vertraute Klipp-Klapp von Heckenscheren, vom Tennisclub das ferne Ploppen der Bälle, das schrille, stakkatohafte Kreischen spielender Kinder, der Duft nach gemähtem Gras und gebratenem Fleisch, das Klirren der Eiswürfel in den ersten Gin Tonics des Wochenendes. Als die Strahlen der tief stehenden Sonne plötzlich schräg auf einen der beiden Flügel des Frisierspiegels fielen und sie blendeten, verstellte Phyllis den Spiegel, sodass das Licht stattdessen die kristallene Toilettengarnitur, die Flakons mit L'Air du Temps, Hamameliswasser und Reinigungsmilch umfloss. Sie beugte sich in ihrem Unterrock nach vorn, stützte die Ellbogen auf, um sich genauer im Spiegel betrachten zu können, spürte die leichte Brise, die ihre nackten Schultern liebkoste, roch die Seife auf ihrer Haut. Sie war vierzig und doch noch immer von einer lebhaften, erwartungsvollen Anmut: Ihr sandfarben gebräuntes Gesicht war über der Stupsnase mit zarten Sommersprossen getüpfelt, ihr ziemlich trockenes, helles Haar – nicht gelb, sondern eher von schattigem Gold, wie verwaschenes Stroh – war für den Abend voluminös zurückgekämmt und starrte vor Haarspray. Sorgfältig trug sie den blassen Lippenstift auf, presste die Lippen zusammen und schaute stirnrunzelnd in den Spiegel, denn sie fand ihren Mund zu groß – zu weich, nicht konturiert genug, als könnte ihm jeden Moment irgendeine Grobheit oder eine schroffe Bemerkung entschlüpfen. Eigentlich war sie ganz einfach, ein einfacher Mensch, leicht glücklich zu machen, froh, wenn sie andere glücklich machen konnte. Sie war mit ihrem Leben zufrieden. Es war das Jahr 1967.

Ihr Kleid für den heutigen Abend wartete wie eine gute Freundin auf seinem Bügel an der Schranktür: Empirestil, der Rock kniefrei, grüner Chiffon mit breiten roten und orangen Streifen, unter der Brust ein aufgestepptes geripptes Band, vorn zu einer Schleife gebunden. Sie hatte Mandy Verey gebeten, es ihr schnell noch zu bügeln, bevor sie heimging – zum Servieren des Abendessens brauchte sie Mandy nicht, es war ja kein formelles Dinner. Gut möglich, dass sich der junge Mann, den sie erwarteten, dieser Nicholas Knight, als Langweiler entpuppte; Phyllis erinnerte sich dunkel, dass er als kleiner Junge einer gewesen war. Sie hatte ihn vor langer Zeit kennengelernt, damals, als sie und Roger jung verheiratet waren und ihre Tochter Colette noch ein kleines Baby mit Bauchweh. Nicholas war damals neun oder zehn gewesen und hatte mit seinem großen schweren Kopf und seiner dicken schwarz gerahmten Brille etwas von einer Eule gehabt; vollgestopft mit Faktenwissen, wollte er ständig nach den Flaggen und den Hauptstädten der Welt abgefragt werden. Roger hatte sich seinem Drängen geduldig gefügt. Nicholas war der Sohn von Peter und Jean Knight, Rogers alten Freunden, die eigentlich Freunde seiner Eltern waren, älter als er. Phyllis freute sich schon darauf, dass Nicholas heute Abend zu Besuch kam, einfach, weil sie gern Gäste hatte – und selbst wenn er ein unansehnlicher Tollpatsch sein sollte, er war zumindest ein Mann. Sie mochte nun mal Männer, was sollte sie da machen? Obwohl ein Flirt mit ihm nicht in Betracht kam; vom Alter her war Nicholas wohl eher was für ihre Tochter.

Die spielenden Kinder draußen kreischten jetzt vor Aufregung, weil irgendeine Verfolgungsjagd ihren Höhepunkt erreicht hatte, in Schlangenlinien schlichen sie im warmen Licht auf ihren Geheimpfaden durch die Gärten, duckten sich hinter den hohen gestutzten Ligusterhecken oder zwängten sich durchs Dickicht der üppigen Sträucher: Rhododendron und Hortensien, giftiger gefleckter Lorbeer, stämmiger Bambus. Einige dieser Gärten waren gut und gerne einen halben Morgen groß und endeten in einem Wäldchen, dort hinten, wo es zum Fluss hinunterging und sie dem Zugriff ihrer Eltern entzogen waren, dort hatten sich die Kinder ihre Höhlen gebaut. Einen Garten gab es, der zu einem verlassenen Haus gehörte und total verwildert und überwuchert war, da hatten sie sich in allerlei Gruselmärchen hineingesteigert, in Geschichten von irgendwelchen toten Dingen, die dort angeblich waren. Sie kannten sämtliche Zaunlücken, durch die man schlüpfen konnte und sich die Sachen mit Moosflecken versaute oder an Nägeln zerriss. In einem der Nachbarhäuser in der Sackgasse, in der die Fischers wohnten, öffnete ein Erwachsener oben ein

Fenster und schrie die Rasselbande an. Es machte Platsch, dann ein Geheul. Eines der Kinder hatte einen Trittstein in einem Fischteich verfehlt und hob erschrocken die tropfende Sandale samt durchnässter Socke hoch – doch zum Stehenbleiben war keine Zeit, die andern kannten kein Erbarmen. »Du Idiot!«, rief einer schroff. Amüsiert stellte sich Phyllis vor, dass Hugh, ihr Sohn, dort unten mit den anderen rannte, vielleicht sogar an der Spitze des Trupps, als Anführer. Eigentlich müsste sie jetzt aus dem Fenster gucken und rufen, Hugh solle hereinkommen, sein Abendbrot sei fertig – aber sie war immer noch im Unterrock, und außerdem konnte ihr die Ausgelassenheit der Kinder nicht die Laune verderben. Genau wie sie spürte Phyllis die Verheißung dieses Abends, die sich zusammenballenden Schatten, den stechenden Schmerz des Endes.

Roger Fischer kam von der Arbeit. Er war leitender Beamter im Außenministerium, ein angesehener, mit allen Wassern gewaschener Arabist. Unten in der Diele, im Farbenspiel des durch die Buntglasfenster der Verandatür einfallenden Lichts, zog er sich den Mantel aus, hängte ihn an die Garderobe, verkündete dabei seiner Familie, dass er wieder da sei, und warf einen kritischen Blick in den kleinen quadratischen Spiegel mit den abgeschrägten Kanten, nur der Ordnung halber, nicht aus Eitelkeit. Er sah anständig aus: ein mittelgroßer, stämmiger Mann, schon ein bisschen weich um die Taille, das Gesicht auffallend kinnlastig, Hundeaugen, dunkler Bartschatten, zurückgekämmtes schwarzes Haar. Küchendüfte im Flur, und durch die offene Esszimmertür sah er den gedeckten Tisch: Blumen, bunt kariertes

Tischtuch mit passenden Servietten, Weingläser. Phyllis, immer noch oben an ihrem Toilettentisch, den Mascara am Auge, hielt inne und begegnete im Spiegel einen Moment lang ihrem Blick, der unergründlich war, doch zur Begrüßung hellte ihre Miene sich schon wieder auf, sie flötete ihr gewohntes Hallo. Roger würde zuerst bei der armen Colette hereinschauen, die sich wie immer mit ihren Hausaufgaben plagte. Phyllis hätte genug Zeit, um in ihre Nylons zu schlüpfen, das Kleid überzuziehen, sich etwas L'Air du Temps innen auf die Handgelenke und hinters Ohr zu tupfen.

Wenn Colette sich plagte, so lag das nicht daran, dass sie nicht schlau war. Sie war sogar sehr schlau, aber bei ihr war alles eine Plage. Die Hausaufgaben in Englischer Literatur hätten ihr eigentlich leichtfallen müssen, doch es stand zu viel auf dem Spiel. Sie sollte einen Aufsatz über die Metaphorik von Werden und Vergehen in *Was ihr wollt* schreiben, was sie normalerweise mit links konnte, nur dass sie mit ihrem Text in verschlüsselter Form ihre leidenschaftliche Zuneigung zu ihrer neuen Englischlehrerin auszudrücken versuchte, einer schlanken, irgendwie rätselhaften Frau um die vierzig, elegant, trocken, geschieden. Colette besuchte eine private Ganztagsschule für Mädchen und schleppte Tag für Tag, wenn ihr Vater sie unten abgesetzt hatte, ihre widerstrebenden Füße in den vorgeschriebenen braunen Schnürschuhen den steilen Hügel hinauf, durch das furchteinflößende schmiedeeiserne Lasst-alle-Hoffnung-fahren-Tor, hinunter in den Keller zur Garderobe mit ihrem mineralischen Geruch nach Hockeystiefeln und kaltem Schweiß, wo sie ihren flaschengrünen Regenmantel aus- und Hauspantoffeln anziehen musste. Die Mädchen an der Otterley High waren stramm, sportlich und fröhlich und nicht von des Gedankens Blässe angekränkelt, Colette war eine einsame, gequälte Intellektuelle. Sie dachte darüber nach, ob sie, wie Viola, ein Weidenhüttchen vor der Tür ihrer neuen Lehrerin bauen sollte, doch ihr war klar, dass sie diese Rolle nicht spielen konnte. Viola musste bezaubernd und anrührend sein und sozusagen in die Westentasche passen. Colette aber war kräftig, hatte ein kantiges Kinn, einen üppigen Busen und dunkle Locken, und das in einer Zeit, in der nur glattes Haar als schön galt. Und obendrein trug sie eine Brille und hatte stur auf einem rosa Kassengestell bestanden. »Ich könnte dir doch eine kaufen, die attraktiver aussieht«, hatte ihre Mutter förmlich gebettelt. »Dein Vater wird das schon bezahlen.«

»Ich will aber keine attraktivere«, hatte Colette düster erwidert.

Sie hatte alles Mögliche gelesen, weigerte sich aber standhaft, auch jene Autorin zu lesen, nach der sie laut Aussagen ihrer Mutter benannt war. Sie konnte sich schon denken, was ihre Mutter damit bezweckt hatte, sie Colette zu nennen: Phyllis hatte sich ihr Kind als versponnene kleine Koboldin vorgestellt, mager und gelenkig und von französischem Aussehen und niedlich durch die Ponyfransen blinzelnd, die ihr in die Augen hängen. Jedenfalls ein Kind, das nicht sie war. Verbissen widmete Colette sich ihrem Aufsatz, bei fest geschlossenem Fenster und gegen all die abendlichen Verlockungen da draußen gefeit. Sie erledigte die Hausaufgaben, die sie übers Wochenende aufbekam, immer gleich am

Freitag, als wollte sie sich die Zeit für irgendetwas anderes frei halten, und dabei wusste sie nachher gar nicht, worin dieses Etwas bestehen sollte. Durchs Fensterglas und die in ihrem Zimmer eingeschlossene, abgestandene Wärme hörte sie die Kinder draußen laut schreien und überstürzt davonrennen, und plötzlich überkam sie eine wehmütige Sehnsucht nach früher, als sie auch mit dazugehört hatte – ihr war, als sei das ein paar hundert Jahre her –, und dabei war sie ja erst fünfzehn.

Ein magerer kleiner Kobold war Colette nie gewesen. Ein Hitzkopf war sie gewesen, fassförmig und herrisch, und wenn sie rannte, waren ihre Fäuste wie zwei Kolben rauf- und runtergegangen – das wusste sie, weil ihr Bruder sie immer nachgeäfft hatte. Aber damals hatte sie Macht besessen; sie konnte sich noch erinnern, wie sie in ihrem Kleid und in Gummistiefeln breitbeinig oben im Steingarten stand, die Hände in die Hüften stemmte, den Bauch rausstreckte und ihren Freundinnen, die die ägyptischen Sklaven sein und die Pyramiden erbauen mussten, Befehle zurief. In ihren Phantasiegeschichten war es oft um Geschichtswissen gegangen, aber die andern wollten trotzdem mit ihr spielen, weil sie sich die besten Spiele ausdachte, die gruseligsten. Sie waren auf einem lecken Floß auf dem Fluss gefahren und um ein Haar ertrunken – Colette hatte ihre alte Brille verloren, und zwei Ruder, die sie sich bei einer von ihnen aus dem elterlichen Bootshaus geborgt hatten, waren auch weg gewesen. Abends in der Dämmerung hatten sie mit einer Taschenlampe in dem verwaisten Garten im verfallenen Gewächshaus gekniet und mit Kreide Zeichen auf den Steinboden gemalt, um die Geister zu beschwören. Tote

Katzen und Ratten hatten sie dort gefunden, in diesem Garten, und einmal hatten sie in einem Bach einen Aal getötet, auf eine ganz gemeine Art, indem sie ihn gesteinigt hatten, weil sie sich nicht trauten, ihn anzufassen – hinterher hatten sie sich dafür geschämt und nie wieder darüber geredet.

Ihr Füller kleckste, sie wischte die Sauerei weg und hatte Tintenfinger; plötzlich war sie schweißgebadet und fragte sich, ob der unangenehme Geruch in ihrem Zimmer etwa daher kam, dass sie ihre Tage hatte. Als sie ihren Vater unten hörte, sprang sie auf und öffnete rasch das Fenster, und dann setzte sie sich wieder an den Schreibtisch und tat so, als sei sie total ins Lernen vertieft. Wenigstens kam ihr Vater immer zuerst zu ihr, um Hallo zu sagen, denn schließlich war Colette nach wie vor seine kleine Zuckerschnecke – auch wenn sie mittlerweile beide so taktvoll waren, das nicht weiter zu erwähnen. Er klopfte an, bevor er den Kopf zur Tür hereinsteckte.

»Na, schwer am Arbeiten?«, erkundigte er sich mitfühlend.

»Blöder, idiotischer Aufsatz. *Was ihr wollt.*«

»Schönes Stück.«

»Ich weiß, aber …«

»Grässlich, so ein wundervolles Stück so durch den Wolf zu drehen. Was ist denn das Thema?«

Colette verdrehte die Augen zu diesem komischen Schielen, das sie, wie ihre Mutter immer sagte, doch bitte bleiben lassen sollte. »Metaphorik von Werden und Vergehen.«

Roger lachte. Wie haushoch ihr Vater ihrer Mutter intellektuell doch überlegen war, dachte Colette. Das schlüpfrige Durcheinander, das dagegen bei ihrer Mutter im Kopf herrschte, ihre unlogische Art, mal mit Autosuggestion und dann wieder mit Intuition zu arbeiten, je nachdem, welche verborgenen Absichten sie gerade verfolgte, das fand Colette gefährlich, weil es für sie ein Buch mit sieben Siegeln war. Umweht von Parfümduft, mit glänzendem Lippenstift, erschien Phyllis hinter ihrem Gatten in der Tür, schmiegte sich an seine Schulter und gab ihm – wegen des Lippenstifts – ein nur vorgetäuschtes Küsschen auf die Wange. Wie sollte sich Colette als junge Frau fühlen bei einer Mutter mit einem Faible für solche kleinmädchenhaften Kleider wie dieses kurze Hängerchen hier mit den zur Schleife gebundenen Bändern um die hohe Taille?

»Colette isst heute Abend mit uns«, sagte Phyllis in ihrer zufriedenen, aufmunternden Tonlage. »Für Hughie mache ich gleich einen Toast mit Bohnen, damit er aus der Schusslinie ist, und dann ab ins Bett mit ihm.«

Roger lächelte standhaft seine Frau und dann auch seine Tochter an. »Na, dann wollen wir mal hoffen, dass der Anlass solch einer guten Gesellschaft auch würdig sein wird.«

»Komm bloß nicht auf dumme Ideen«, warnte Colette ihre Mutter finster.

»Du sagst doch immer, ich hab keine Ideen.«

»Doch, dumme hast du schon. Zum Beispiel, dass ich mich mit diesem Nicholas Knight anfreunden soll, wer das auch immer sein mag. Der wird mich garantiert total bescheuert finden, das kann ich dir jetzt schon sagen.«

»Er wird dich nicht bescheuert finden. Eher du ihn, vermutlich ist er ein furchtbarer Langweiler.«

»Wir müssen nett zu ihm sein«, sagte Roger, »selbst wenn er wirklich langweilig sein sollte. Seine Mutter ist eine sehr liebe alte Freundin. Ihretwegen liegt mir dieser junge Mann am Herzen. Wir wollen uns von unserer besten Seite zeigen.«

Phyllis fragte Colette, was sie denn anziehen wolle, worauf diese erwiderte, sie weigere sich, überhaupt irgendwas anzuziehen.

»Das dürfte Nicholas' Konzentrationsfähigkeit allerdings steigern«, sagte ihr Vater.

In ihrer hellen, modernen, ganz in Gelb- und Blautönen gehaltenen Küche mit den von ihr selbst genähten Blümchenvorhängen vor dem Fenster über der Spüle band sich Phyllis eine Schürze um. Es war alles fertig, die mit Lorbeerblättern dekorierte aspikglänzende Schweinefleischterrine stand im Kühlschrank, die Charlotte russe in ihrer Palisade aus Löffelbiskuit auf der Arbeitsplatte, und im Ofen brutzelte das zarte Rind. Phyllis war eine abenteuerlustige Köchin, sie las Elizabeth David und schnitt sich immer die Kolumne von Len Deighton aus der Zeitung aus; im Lauf der Jahre hatte sie Roger dazu erzogen, dass er es mochte, wenn sein Braten mit Kräutern und Knoblauch zubereitet war. Aus ihren Urlauben in Frankreich brachten sie aufgefädelte Zwiebeln und Knoblauchknollen mit. Natürlich konnte sich herausstellen, dass ihr Gast schlichte Speisen bevorzugte; war nicht Jean Knight, jetzt fiel's ihr wieder ein, diese alte Ulknudel gewesen, die am liebsten Salzkartoffeln aß? Na schön, falls Nicholas Sperenzchen machen sollte, war's eben an der Zeit, dass er auch mal was Neues probierte.

Phyllis trat aus der Küchentür und ging am Haus vorbei direkt in den Garten. Die Kinderstimmen hatten sich beruhigt, und das warme, satte Licht kam ihr irgendwie kompakt und rätselhaft wie Bernstein vor; nichts rührte sich, bis eine Amsel ihren klickernden Warnruf ertönen ließ und im staubigen Halbdunkel unter der Hecke untertauchte. Und dann, noch eh sie ihn gerufen hatte, kam Hugh aus dem Wäldchen hervorgeschossen, allein, denn die andern waren offenbar schon zum Abendbrot nach Hause gerufen worden: Er war bis zur Taille nackt und hatte seine Indianerhose an, die mit den weißen Plastikfransen an den Seitennähten, und er zielte mit seinem Gewehr auf sie, kniete sich hinter der Hängematte auf den Boden und spähte durch sein Visier, schoss schließlich auf sie und machte dieses Pie-tschong dabei, das das Abprallen der Kugeln von den Felsen markieren sollte. Phyllis starb, wenn auch eher lustlos, weil sie sich nicht das Kleid versauen wollte – manchmal schaffte sie es fast, ihm Angst zu machen, wenn sie sich so überzeugend fallen ließ und zusammengesackt liegen blieb. Sie schloss die Augen, verschränkte die Arme vor der Brust, taumelte und stöhnte. Dann kam Hugh angerast und krachte so hart mit ihr zusammen, dass sie sich von seiner Wucht herumwirbeln ließ und sich lachend und protestierend an ihm festhielt, um nicht die Balance zu verlieren. Sein Kopf reichte ihr bis ans Kinn, er drückte sich mit seiner vermutlich dreckigen, rotzverschmierten Gusche an ihre Brust, sie kuschelte sich mit dem Gesicht in seine Haare und atmete seine sonnengewärmte, salzige Hitze ein, die Duftnoten von Gestrüpp und Laub, den metallischen Geruch seiner Waffe.

»Gib's zu, Mutter, damit hast du nicht gerechnet.«

Bei ihm war sie immer »Mutter«, mit dieser liebevollen Ironie, nicht »Mummy«.

»Hughie, geh runter von mir, du ruinierst mir ja mein ganzes Kleid!«

»Die Parole lautet Wachsamkeit!«, sagte er. Und Phyllis dachte, dieses Glück kann nicht von Dauer sein.

Hugh war neun, er musste fort, musste aufs Internat, würde groß werden und sie vergessen. Phyllis gab sich Mühe, sich nicht anmerken zu lassen, wie sehr sie ihren kleinen Sohn liebte, sie ging locker mit ihm um, mit so einer ganz speziellen Leichtigkeit, neckte ihn und machte Späße, denn sie glaubte, dieses Übermaß an Liebe, das sie für ihn empfand, könnte ihm schaden und seinen Charakter verderben. Fast hoffte sie, dass er später, wenn er größer wäre und zum Mann reifte, etwas von seiner Schönheit verlieren werde: Sein gutes Aussehen war ihr beinah unheimlich, wie bei einem Engel auf einem Gemälde, mit seinem weißblonden Haar, den großen runden blauen Augen, dem Teint, der im Sommer goldbraun wurde. Als sie ihn zur Welt brachte, wär sie fast gestorben, damals in der Entbindungsklinik, die Geburt hatte so lange gedauert und war so schwierig gewesen, weil er eine Steißlage war und die Ärzte ihn nicht drehen konnten. Und Hugh war es überhaupt nicht peinlich, dieses »Was-sich-neckt-das-liebt-sich«-Spiel mit seiner Mutter zu spielen, es interessierte ihn nicht, was seine Freunde dazu sagen mochten, er war bei allem, was er tat, sich seiner selbst vollkommen sicher.

Am Küchentisch sitzend, schaufelte er seinen Toast mit Baked Beans und Ketchup in sich hinein, baumelte auf seinem Schemel rastlos mit den Beinen, ließ den Blick ohne großes Interesse durch den Raum schweifen und erzählte ihr von seinen Abenteuern, wobei sie ihm kaum folgen konnte – dass es im Elm Rise eine Frau gab, die eine alte Hexe war, dass Smithy den ARP-Helm zwei Tage hintereinander gehabt hatte, was unfair war, dass sie dem Gegner irgendwas wegnehmen sollten, aber Barnes-Pryce hatte sich nasse Füße geholt, weil er eine Sandale verloren hatte, bei ihm zu Hause seien sie deswegen total ausgerastet. Als Hugh sein Schälchen mit Dosenmandarinen aufgegessen hatte, verzog er sich nach oben – Gäste waren ihm ein Graus, die stellten immer so scheußliche Fragen und wollten einen betatschen. Draußen war er sehr gesellig, zu Hause aber ein glühender Verteidiger seiner Privatsphäre. Allein seiner Mutter war es erlaubt, sein Zimmer zu betreten; ein mit Klebeband an der Tür befestigter Zettel ermahnte alle Unbefugten und *ganz besonders Miss Colette Fischer*, dass der *Zutrit Strengstens Ferboten* sei und *Sehr Schwehre Strafen* nach sich ziehe, *inglusiwe Follta und Tod.* Zu seinem Vater hatte Hugh eine oberflächlich-freundliche Beziehung, sie ließen sich gegenseitig in Ruhe – nur sonntags nahm Roger ihn mit zum Kricket-Training. Es gab eine stillschweigende Übereinkunft, dass alles, was zwischen ihnen beiden von Belang war, bis zu dem Zeitpunkt vertagt wurde, da man Hugh auf Rogers alte Internatsschule schickte. Wenn er erst einmal in Abingdon wäre, würde er seinen Vater schon verstehen.

Colette, die die Rechtschreibfehler auf dem Zettel ihres Bruders mit roter Tinte korrigiert hatte, ließ es sich nicht nehmen, jedes Mal, wenn Hugh nicht da war, in sein Zimmer zu marschieren und die Entwicklung seiner mannigfachen Sammelleidenschaften zu überwachen, die sich, wie sie insgeheim dachte, allmählich zur Manie auswuchsen. Das Zimmer war ein einziges Chaos, Berge von Taschenmessern, Briefmarkenalben, Zigarrenschachteln, Notizbüchern. Die Schmetterlinge steckte er eigenhändig in Marmeladengläser mit Lorbeerblättern, damit sie erstickten und er sie mit Glaskopfstecknadeln auf Deckenplatten aus Polystyrol pinnen konnte, wo sie nach und nach braun wurden und zerfielen. Wenn sie sich vorstellte, wie ihr kleiner Bruder abends ganz alleine total versunken im Schneidersitz in seinem Schlafanzug auf dem Bett hockte, wie er in feierlichem Ernst dieses Wirrwarr durchforstete und alle seine Habseligkeiten in Listen erfasste und katalogisierte, konnte sie nicht umhin, gerührt zu sein. Als er ein süßes, von jedermann geliebtes, lachendes Baby war, das sich stundenlang mit seiner blau glänzenden Plastikrassel vergnügen konnte und rosig in seinem Kinderwagen in der Sonne schlief, hätte sie sich nie vorstellen können, dass er einmal zu einer derartigen Ernsthaftigkeit fähig wäre.

Nicky Knight kam über eine Stunde zu spät zu diesem Abendessen bei irgendwelchen bestimmt fürchterlich faden alten Freunden seiner Eltern. Er hatte keinerlei Erinnerungen von früher an diese Leute und keine Ahnung, warum er diese Einladung überhaupt angenommen hatte. Ob dabei irgendwas für ihn rausspringen würde? Aber der Mann war beim Außenministerium, wo es von Faschisten und Kolonialtypen wimmelte – dass dort die Zukunft ihres Sohnes liegen sollte, das konnte ja wohl nicht mal seine liebe Mutter glauben, oder? Selbstgefällig, wie er war, hegte Nicky die Vorstellung, dass es beim MI5 eine Akte über ihn geben müsse und diese Akte mittlerweile gewiss prall gefüllt sei mit Gründen, die eine Karriere im Außenministerium unwahrscheinlich machten. Die Fahrt in dem zwischen Schrebergärten und öden Rückwänden bescheidener Häuser dahinzuckelnden Vorortzug nach Otterley, der brechend voll war mit schwitzenden Pendlern – lauter Anzugträger, die sich hinter ihren Zeitungen verbarrikadierten –, hatte ihn so sehr mitgenommen und in eine so tiefe Verzweiflung versetzt, dass er, kaum ausgestiegen, gleich erst mal ins nächste Pub gestürzt war, wo er jetzt gerade sein zweites Bier hinter sich hatte.

Nicky war kaum wiederzuerkennen, keine Ähnlichkeit mehr mit dem unsympathischen Kind von damals, als das ihn Phyllis Fischer vor vielen Jahren kennengelernt hatte. Wie ein richtiges Kind hatte er eigentlich nie ausgesehen. Die lange Nase, die volle Unterlippe, die langen Wimpern, an einem kleinen Jungen wirkte all das übertrieben, auch die komischen Ohren, groß wie bei einem Erwachsenen und nicht zuletzt mitverantwortlich für die Demütigungen, die er in der Schule zu ertragen hatte, wo sie ihn »fette Fledermaus« nannten – damals war er tatsächlich dick gewesen und ein Lockenkopf. Als er elf war, gingen seine Eltern ins Ausland, weil sein Vater ins Ölgeschäft eingestiegen war. Sie lebten erst in Kuwait und dann in Teheran, und Nicky hatten sie ins Internat gesteckt. In den Ferien durfte er sie besuchen. Er hasste seinen Vater. Peter Knight hatte sich in den Kopf gesetzt, dass sein Junge an seinem alten College in Cambridge studieren sollte, was der einzige Grund gewesen war, weshalb Nicky darauf bestanden hatte, in Leeds Geschichte zu studieren. Und heute war er lang und dürr, und seine Unbeholfenheit entsprach perfekt dem Zeitgeist. Die schwarzen Locken waren rausgewachsen, die glatten Haare hingen ihm ein gutes Stück über den Kragen, sodass er die Angewohnheit – oder beinah schon den Tick – hatte, sie andauernd zurückzuschütteln und mit den nikotinfleckigen Fingern darin zu wühlen, um sie sich aus den kurzsichtigen Augen zu schieben; seine Brille war zierlich goldgerändert. Die Haut unter den Augen war verquollen, die Nase auffallend krumm, geblähte Nüstern wie bei einem Rassepferd, und sein Gesicht schien schon gezeichnet von den Mühen des Denkens. Als Zugeständnis an den Anlass dieses Abendessens bei den Fischers hatte er ein nicht ganz sauberes weißes Hemd und einen marineblauen Blazer mit Messingknöpfen angezogen, den ihm seine Mutter gekauft hatte und den er als eine Art Parodie aufs Militär trug. Keine Krawatte, einerseits, weil die Krawatte der Inbegriff jenes Konformismus war, den er verachtete, andererseits, weil er nie gelernt hatte, wie man sie bindet. Auf der Schule hatte er am Ende eines jeden Tages peinlichst darauf geachtet, ja nicht die vorgebundene Schlinge zu lösen, und sie sich jeden Morgen wieder über den Kopf gezogen. Und wenn ihm der Knoten aus Versehen doch mal aufgegangen war, dann hatte er sich verschämt damit zur Hausmutter geschlichen.

Und nun hockte er dort im Pub und war ganz vertieft in eine Paperbackausgabe von *Traurige Tropen*, er malträtierte das Buch, wie er alle Bücher malträtierte, hielt es nach hinten umgeklappt, damit er beim Lesen rauchen und sein Bierglas festhalten konnte, er machte Eselsohren in die Seiten, ließ seine Zigarettenasche darauf rieseln und bekleckerte sie mit Bier.

Dem Buch als physischem Objekt einen Wert beizumessen sei kapitalistisch, erklärte er – seine Mutter hingegen behauptete, dass er schon als kleiner Junge immer seine Bilderbücher zerrissen habe, also schon lange bevor er gegen den Kapitalismus war. Wenn er die von ihr ausgeliehenen Bücher zurückgab, jammerte sie immer über die zerfledderten Seiten und die geknickten Buchrücken und versuchte sie mit geübter sommersprossengetüpfelter Hand wieder in Form zu drücken. »Weißt du, Nicky«, sagte sie dann stets mit verhaltenem Tadel in der Stimme, »das mit dem Verschlingen der Bücher ist nicht wortwörtlich zu nehmen … Das ist eine Metapher.«

Während draußen das Tageslicht allmählich abnahm, wurde das bräunliche Lampenlicht drinnen im Pub ein klein wenig heller. Alles, was in der Urzeit noch rein und heil war, dachte Nicky beim Lesen, ist in der modernen Zeit kaputt und verseucht. Eine Lévi-Strauss'sche Verzweiflung hatte ihn ergriffen; was blieb einem denn noch, außer der Stringenz und dem erhabenen Stil des Pessimismus. Er blickte hoch und schüttelte den Kopf, als wolle er eine lästige Fliege verscheuchen. Dann las er in Spiegelschrift die in die Milchglasfensterscheibe eingeätzten Worte *Geschäftsräume und Raucherzimmer* und hatte auf einmal so ein flaues Gefühl: Dieses Abendessen – er war spät dran. Vielleicht sogar schon zu spät, vielleicht konnte er sich gar nicht mehr bei den Fischers blicken lassen? Aber er hatte Hunger, und er hatte die

Vorstellung von Koteletts, grünen Erbsen, gekochten Kartoffeln, Mintsauce. Er stand auf, um sich endlich auf den Weg zu machen; die *Traurigen Tropen* steckte er umgeklappt, wie sie waren, in die Tasche seines Blazers.

Sie hatten gerade ohne ihn mit der Terrine anfangen wollen. Colette, die fand, dass sie in diesem Kleid wie ein rosa Wackelpudding aussah, ging an die Tür und blinzelte, vom hellen Licht im Haus geblendet, nach draußen in die Einfahrt. Nicky war froh, das Haus endlich gefunden zu haben, doch als er ihrer ansichtig wurde, war seine Erleichterung wie weggeblasen. Das hatte er schon befürchtet, dass die Tochter von diesen Fischers so ein Kaliber war: dicklich und ohne jede Anmut, keine Chance, sich die Langeweile heute Abend mit Gedanken an Sex zu vertreiben. Wenn er gekonnt hätte, hätte er sofort die Flucht ergriffen.

»Ach, hallo«, sagte Colette misstrauisch, ohne sich von der Stelle zu rühren und ihm den Weg in die Backsteinveranda freizugeben, wo Schirme, Gummistiefel und Regenmäntel aufbewahrt wurden, zusammen mit den Leinen und zerkauten Gummibällen, die einem längst verstorbenen Hundepärchen gehört hatten und die niemand wegzuwerfen wagte. Es kam ihm vor, als scheine hinter ihrem Rücken die ganze tödliche Verlockung eines bürgerlichen Lebens auf, wohlgeordnet und weichgepolstert, in warmes Licht getaucht und nach Abendessen duftend.

»Ich hab überhaupt keinen Orientierungssinn«, entschuldigte er sich.

Wie Feinde standen sie einander gegenüber. »Aber

vom Bahnhof aus geht es doch immer bloß geradeaus.« Hätte Colette hinzufügen können, was sie sich aber nicht so recht traute, denn Nicky war ihr in jeder Hinsicht überlegen, nicht nur vom Alter her, sondern auch weil er so gut aussah, er hätte sie einfach auslachen können, und zudem wegen seiner Freiheit, die sie daran erkannte, dass er aus dem Pub kam, denn er roch nach Bier und Rauch. Wahrscheinlich war er im Queen's Head gewesen, wo auch sie vorhatte, irgendwann in naher Zukunft mit dem Trinken anzufangen.

»Du würdest dich wundern. Ich meine, wie leicht ich mich verlaufen kann. Sogar wenn's immer bloß geradeaus geht.«

Im Esszimmer stand Phyllis auf, in der Hand das Messer, vor sich die glänzende rosa Terrine mit den weißen Speckstreifen; beim Warten auf den Gast hatten sie allesamt den Appetit verloren. Der erste steife Gin hatte sie in Hochstimmung versetzt, sodass sie seine Verspätung kaum bemerkt hatten, doch als Roger ihnen einen zweiten einschenken wollte, war Phyllis' leichte Benommenheit in Gereiztheit umgeschlagen, und jetzt bekam sie Kopfweh. Trotzdem hatten sie beide ihre ironische Fassade aufrechterhalten – anders als Colette, die wütend durch die Gegend stapfte in ihrem rosa Kleid, das auch so eine Schleife unter der Brust hatte wie das ihrer Mutter, nur dass Colettes Oberweite etwas weniger handlich war. Sie hatte so lange in einem Schälchen mit gefüllten Oliven herumgepickt, bis keine mehr da waren. So froh man auch war, dass Nicholas sich endlich eingefunden hatte, es war einfach zu spät; ein Hauch von Enttäuschung lag über allem. Phyllis konnte ihren Groll auf Jean Knight, Rogers alte Bekannte, nicht verhehlen. Dieser Abend war auf Initiative von Jean zustande gekommen, weil sie aus heiterem Himmel an Roger geschrieben hatte, ob sie sich nicht ein bisschen um ihren Jungen kümmern könnten, der erst kürzlich nach London gezogen war und dort vielleicht noch nicht so viele Freunde hatte. Phyllis hatte auf den ersten Blick gesehen, dass Nicky nicht unbedingt von der Sorte war, die man gern zum Freund hätte.

Er erzählte ihnen, dass er sich verlaufen hatte, und obwohl ihm das keiner glaubte – sie rochen schließlich auch, was Colette gerochen hatte –, gaben sie sich erstaunlich viel Mühe, ihn zu bemitleiden und herauszubekommen, wo genau er sich verlaufen, welche Straßen er verwechselt hatte. Ob er etwa aus Versehen statt der Dorlcote Lane die Beech Avenue genommen habe? Er grinste immer nur zerstreut und unbefangen, putzte sich ständig die Brille am Hemdzipfel und schien herzlich wenig darauf bedacht, seine Lüge zu vertuschen. Sie boten ihm Gin Tonic an, und als er sagte, er hätte lieber ein Bier, waren sie verlegen, weil sie keines im Haus hatten. Roger habe zum Schwein eine Flasche Mosel aufgemacht, ob er den nicht mal probieren wolle? Er trinke, offen gestanden, alles, sagte Nicky, was sie aber nicht wirklich beruhigen konnte. »Außer vielleicht Met«, fügte er hinzu und merkte sofort, dass in ihrem Lachen eine unbehagliche Note mitschwang. Sie könnten aber auch gleich essen, schlug Phyllis mit leicht strengem Unterton vor. Er müsse doch gewaltig Hunger haben. Nicky schien irgendwie zu groß für ihr niedriges Esszimmer, und als sie sich an den Tisch setzten, knallte er mit den Knien unten gegen die Tischplatte, zerrte an der Tischdecke und dem die Tischplatte schonenden Friestuch darunter; Roger konnte gerade noch den Wasserkrug retten. Wie war es nur möglich, fragte sich Phyllis ärgerlich, dass dieser angetrunkene junge Tollpatsch in seinem dreckigen Hemd ihr Reich derart ad absurdum führte und es so winzig erscheinen ließ? Liebte sie doch dieses Haus mit zärtlichem Beschützerinstinkt. Alles hier war schließlich Kunst und Kunsthandwerk, Bleiglas, glänzende Kupferrohre, Parkettboden, gepolsterte Fensterbänke. Im Esszimmer gab es eine Anrichte mit lauter bemalten Tellern, die sie in Frankreich gekauft hatten; auf dem Feuerrost des Backsteinkamins prangte ihr Sommerarrangement aus Seidenpapier und Trockenblumen. Es war ihr erstes richtiges Heim in England, seit sie nach ihren Jahren in Kairo wieder zurück waren.

Sie kniff Nicky freundschaftlich in die Schulter, beschwichtigend, gleichsam als Waffenstillstandsangebot, und dabei beugte sie sich hinter seinem Rücken vor, um ihm seinen Gin Tonic hinzustellen: Er war schließlich ein Mann. Mit Männern pflegte Phyllis nicht nur durch Plaudern zu kommunizieren, sondern auch durch solche leicht erotischen Berührungen, mit denen sie sie beruhigte, ermunterte und anlockte, um sie dann auf Abstand zu halten. Sie war Roger noch nie untreu gewesen; vor ihm hatte sie nur einen einzigen anderen Liebhaber gehabt, ein schrecklicher Fehler. Nicky sollte jetzt dankbar zu ihr aufschauen oder sich entspannt zurücklehnen und ihre Hand an seiner Schulter genießen; doch ihre Finger waren kalt, weil sie damit im Eiskübel geangelt hatte – dessen Zange irgendwie abhandengekommen war –, sodass er, als er ihren Griff durch den dünnen Hemdstoff hindurch spürte, mit einer ganz unzweideutigen nervösen Heftigkeit zurückprallte und ihr dabei fast den Gin aus der Hand geschlagen hätte. Und sein Zurückprallen verblüffte Phyllis, obwohl sie ihre Verwirrung perfekt überspielte; lächelnd setzte sie sich hin und griff wieder nach dem Messer, um die Terrine anzuschneiden, und niemand hätte auch nur im Entferntesten ahnen können, dass sie gekränkt war. Doch innerlich brodelte sie förmlich nach dieser Demütigung. Nicky war vor ihrer Berührung zurückgewichen, und es kam ihr vor, als könne er es kaum ertragen, sie anzusehen: Er starrte finster vor sich hin und stach mit seiner Gabel auf das Tischtuch ein.

»Und, Nicholas?«, fragte Roger angestrengt jovial. »Wie gefällt's Ihnen denn so in London? Schon ein bisschen warmgelaufen?«

Nicky lächelte dümmlich, blinzelte, schien ein paar Sekunden zu brauchen, bis die Frage bei ihm angekommen war. »Schon ein bisschen warmgelaufen?«, wiederholte er, als kämen diese Wörter aus einer fremden Sprache. »Ja, ich glaub schon.«

»Und jetzt? Was haben Sie für Pläne?«

»Das Problem ist«, erklärte Nicky nachdenklich, »ich seh die Zukunft nicht in dieser Form. Wissen Sie, also als Abfolge von Schritten, Fortschritt, Erreichen eines Endziels. Weil, das eigentliche Endziel ist schließlich, na ja, im Grunde ist das Endziel doch der Tod, nicht wahr? Darum wollte ich reisen, mich öffnen für andere Sichtweisen auf die Welt. Und jetzt, wo ich nicht mehr reise, möchte ich nicht einfach bloß ›einen Job kriegen‹, weil, dann geht das ja alles gleich wieder zu.«

»So ’n Quatsch«, sagte Colette, aber nicht laut; sie war sich sicher, dass ihr Vater diesen Nicholas Knight einfach bloß lächerlich finden musste. Doch Roger schien entschlossen, sich nicht geschlagen zu geben.

»Ihre Mutter sagt, Sie schreiben.«

Nicky zuckte zusammen. »Sagt sie das? Ach, na ja, Sie kennen doch Mütter. Wahrscheinlich hat sie irgendeinen glorreichen Aufsatz aufgehoben, den ich in der Grundschule geschrieben habe, und hat da ihre Hoffnungen drauf aufgebaut. Richtig ist allerdings, dass ich einen Roman geschrieben habe, letztes Jahr, als ich bei ihnen in Teheran war. Aber dann hab ich ihn verbrannt.«

Die Art, wie er die Terrine mit der Gabel auf dem Teller herumschob, ließ keinen Zweifel daran, dass er sie nicht mochte.

»Wirklich verbrannt, das ganze Ding?« Das nahm Colette ihm nicht ab. »Wetten, dass Sie’s noch irgendwo in der Schublade liegen haben, damit Sie’s später, wenn Sie mal berühmt sind, wieder rausholen können.«

Er sah sie mit zusammengekniffenen Augen an. »Ich hab ihn wirklich verbrannt. Der Gärtner hat in einem alten Ölfass Unkraut verbrannt, da hab ich sein Feuer gefüttert, mit der Arbeit von Monaten, immer ein paar Seiten auf einmal.«

Sie konnte nicht umhin, beeindruckt zu sein. »Das war bestimmt ganz scheußlich.«

»Es war befreiend. Ich hab mich freier gefühlt danach. Es sollte um die Leute gehen, die ich im Iran und in Afghanistan getroffen hatte, aber in Wahrheit hatte ich keine Ahnung, was diese Menschen dachten. Das heißt also, es ging immer nur um mich, auf jeder einzelnen

Seite, um das, was ich über sie dachte: Das war ziemlich grässlich. Als ich dann nach England zurückkam, um Stoffe zu finden, die ich wirklich durchdringen kann, hab ich festgestellt, ich will überhaupt keine Romane schreiben. Das ist eine tote Form.«

»Nein, das stimmt nicht«, protestierte Colette, aber Nicky ignorierte sie.

»Also, ich weiß noch nicht so recht, was ich mit mir anfangen soll«, fuhr er an Roger gewandt fort. »Weil, der Roman ist tot, und das politische System ist ein einziger Schweinestall – wenn ich das hier mal so sagen darf.«

»Immer frei von der Leber weg«, sagte Roger. »Wir liegen wahrscheinlich gar nicht so weit auseinander, wie Sie glauben. Nur dass ich mich mit meiner Rolle in diesem Schweinestall arrangiert habe.«

Das könne man ihm nicht verdenken, sagte Nicky, und Roger fragte ihn, ob er Marxist sei. Aber der Marxismus sei doch eine einzige Schinderei, maulte Nicky. Im Morgengrauen aufstehen, rausgehen und sich zum Narren machen, Flugblätter verteilen bei den Hafenarbeitern, die die Dinger gar nicht haben wollen, die einfach bloß wollen, dass man die Leute aus der Karibik nicht hier reinlässt. »Die schauen dich mit deinen weichen Händen an, als ob sie schon überlegen, an welche Wand sie dich stellen, wenn die Revolution, für die du dich abstrampelst wie ein Idiot, tatsächlich mal kommt.«

Colette schaute zu, gespannt, ob sich ihr Vater Nickys Schnoddrigkeit nicht endlich mal verbitten würde, doch der lächelte bloß. Und die Sozialisten, die gehen einem noch mehr auf den Senkel, moserte Nicky weiter: Vegetarismus, Ostermärsche, Folkmusic.

»Ich verstehe schon, was Ihr Dilemma ist«, sagte Roger. »Muss frustrierend sein, wenn man nicht mal mehr für die Überwindung von irgendwas kämpfen kann.«

»Ich schau mich einfach um«, sagte Nicky, »und warte mal ab, was passiert. Schreibe hin und wieder einen Artikel. Vielleicht gibt es ja noch eine andere Möglichkeit, etwas zu erreichen. Oder ich gehe wieder zurück in den Iran und lebe dort als Bauer. Sie würden für Ihre Arbeit bestimmt überallhin gehen, Mr Fischer. Sie tragen das Licht der Zivilisation in die entlegensten Winkel, oder was sonst die Regierung Ihrer Majestät tun zu müssen glaubt.«

»Heutzutage ist das ja vor allem ein Schreibtischjob«, sagte Roger. »Leider. Aber ich bin immer sehr gern gereist. Als ich ungefähr so alt war wie Sie jetzt, haben sie mich zur Verbesserung meiner Arabischkenntnisse in eine Außenstelle des Ministeriums im Libanon geschickt, unweit von Beirut, in einer alten Seidenfabrik. Das war eine herrliche Zeit.«

Nicky bemühte sich nicht mal, Interesse zu heucheln. »Ach ja, wirklich?«

Sie hätten mit Einheimischen zusammengewohnt, erzählte Roger, und abends hätten sie beim Licht von Öllampen à la Aladin Arabisch gelernt; an den Wochenenden hätten sie Bergwanderungen gemacht. »Aber Sie haben natürlich vollkommen recht – also mit dem, was Sie über Ihren Roman gesagt haben. Als wir nach und nach besser mit der Sprache zurechtkamen, wurde uns auch klar, dass wir keine Ahnung hatten, was unsere Gastgeber sich dachten. Eine heilsame Lektion für die Diplomatie.«

»Sie sind Linguist.«

»Altphilologie, Oxford. Keine schlechte Basis.«

»Roger liebt den Nahen Osten«, sagte Phyllis. »Wir haben uns in Kairo kennengelernt, ich hatte da unten einen Job angenommen, hab gedacht, ich will was sehen von der Welt. Dass wir wieder zurückgekommen sind und jetzt in England leben, das ist ganz allein meine Schuld. Ich hab Ägypten geliebt, aber Ägypten war mit mir nicht einverstanden, ich bin da unten krank geworden.«

»Wie lästig!«, sagte Nicky. Mit kindlicher Konzentration bestrich er seinen Toast mit Butter, fein säuberlich, ganz bis an die Ränder. »Was ich nicht ausstehen kann, sind die fröhlich lächelnden Gesichter der Auslandsbriten überall in diesen Ländern. Bitte nicht persönlich nehmen, Mrs Fischer. Ich weiß ja, ich war selber einer. Obwohl ich zu meiner Verteidigung sagen muss, dass Lächeln bei mir eher selten war. Aber besonders die im Ausland lebenden Briten und Amerikaner: tief verstrickt in die Verbrechen, und das schon so lange, und trotzdem diese fröhlichen, treuherzigen Gesichter, wie kleine Kinder, reingewaschen von all den Bluttaten, so hässlich, diese Unschuldsmienen. Und dagegen die Gesichter der Unterdrückten, schwer gebeugt von all dem Frevel, und uralt. So alt wie die Berge.«

»Ich seh schon«, sagte Roger, »Sie haben in der Tat das Zeug zum Schriftsteller.«

Phyllis hörte gar nicht richtig zu, was Nicky sagte, sein Missfallen aber registrierte sie durchaus. Sie hatte es immer noch nicht so ganz verwunden, dass er vorhin, als sie ihn in die Schulter gekniffen hatte, zurückgezuckt war. Neuerdings amüsierte sie bisweilen der

Gedanke, dass sie nunmehr auf dem Weg war, eine alte Frau zu werden. Sie malte sich aus, wie sie heiteren Gemüts ins mittlere Alter überging, das erfüllt wäre vom Haushalt und von ihren Hobbys – und damit ausgefüllt. Aber diese ganze fröhliche Resignation, das erkannte sie jetzt, war Täuschung gewesen, nichts als Selbstbetrug. Im Grunde ihres Herzens hatte sie sich niemals ernsthaft Gedanken darüber gemacht, dass sich etwas geändert hatte oder jemals ändern musste; sie war einfach davon ausgegangen, dass ihr sexuelles Selbst im Kern für immer bleiben würde, ein Klümpchen radioaktiven Materials, aufgeladen mit seiner eigenen Kraft, ohne Zerfallsdatum. Jetzt hatte sie Angst, dass Nicky sich vor ihr geekelt hatte, als sie ihn berührte, genauso wie sie sich vor diesen lüsternen alten Männern ekelte, die sie betatscht hatten, als sie in seinem Alter war. Offenbar war nun sie es, die alt und abstoßend war. Hatte er mit dieser Geste nicht genau das ausgedrückt? Dass die Jungen solche Frauen wie sie, Frauen aus ihren Kreisen, abstoßend fanden. Wahrscheinlich würde sie nie mehr von irgendjemandem begehrt werden, außer von Roger.

Inzwischen waren sie alle mehr oder weniger betrunken, bis auf Colette, die aus der einsamen Höhe ihrer Nüchternheit über sie urteilte. Jedes noch so winzige Detail an Nickys Anwesenheit schien für Phyllis bedeutsam zu sein, weil sie von jetzt an von der Jugend und auch von der Schönheit ausgeschlossen war: die violetten Schatten unter seinen Augen, die straffen Falten in seinen Mundwinkeln, wenn er ironisch vor sich hin lächelte, die nikotinfleckigen Finger, die zitterten, als er sich, nachdem er seinen Toast aufgegessen hatte, eine

Zigarette anzündete. Solange solche Dinge für mich in Reichweite waren, dachte sie, hab ich sie nie beachtet. Seine Bewegungen waren so lässig und spontan, er warf all die Konventionen, die bei den Fischers galten, einfach über den Haufen. Sie kam sich vor, als würde sie die ganze Zwanghaftigkeit und Förmlichkeit mit seinen Augen sehen. Nicky drückte seine Zigarette aus, einfach so in den Rest ihrer schönen Terrine. Phyllis hatte nicht gewusst, dass die Jugend diese Macht hatte, die Gegenwart von Menschen mittleren Alters einfach zerbröseln zu lassen.

Nicky hatte Phyllis Fischer erst richtig wahrgenommen, als sie ihn angefasst hatte. Bis zu diesem Augenblick hatte er sie durch den Nebel all der Dinge gesehen, die ihm an ihr ganz selbstverständlich vorgekommen waren: zum Beispiel, dass sie ungefähr so alt und so geschlechtslos war wie seine Mutter. Er hatte eine vertraute, Geborgenheit verbreitende Fürsorglichkeit wahrgenommen und jede Menge sinnloses Getue. Das war zwar alles nicht unangenehm, aber eben auch nicht interessant. Doch als Phyllis mit ihrer kalten Hand nach ihm griff, da war es, als würde er wachgerüttelt werden. Wenigstens etwas, das unter der verblödenden Banalität dieser Unterhaltung noch am Leben war. Er hatte den Gedanken an Sex an der falschen Stelle verortet. Nicht die Tochter war es, deren Reize ihm an diesem Abend die Langeweile vertreiben konnten, sondern die Mutter: jünger als er gedacht hatte und so eifrig, mit diesem hübschen sandfarbenen Teint und diesem Gesicht, das ihm aus irgendeinem Grunde wie geknebelt vorkam. Der große, leicht verlaufene Mund – rosa Lippenstift, der in die Rillen ihrer Lippenhaut einsickerte – verriet, dass sie trotz ihres perfekten Auftritts als ideale Gattin etwas Verspieltes an sich hatte, etwas Verantwortungsloses. Sie langweilte sich unter Garantie genauso sehr wie er, langweilte sich zu Tode. Bloß schade, dass sie dieses französische Essen kochte. Das Fleisch, das sie als Vorspeise serviert hatte, konnte er nicht anrühren, weil weiße Fettklumpen darin waren, und er hasste Fett. Das Rind war zumindest essbar, die Kartoffeln aber zu schwer, sie hatte sie in Scheiben geschnitten und mit Sahne und Butter gegart. Er versuchte, das Gratin dauphinois unter seinem Messer zu verstecken, ein alter Trick aus Internatszeiten.

Ihr Mann mit seiner eingefrorenen Konversation, seiner abgedroschenen Ironie war für Nicky selbstverständlich ein Feind. Roger war das personifizierte Establishment: sein Einser-Abschluss in Oxbridge, seine Kriegserfolge, ausgezeichnet in Monte Cassino – Nickys Mutter hatte ihm das alles aufgezählt, stolz darauf, mit einem Mann wie ihm befreundet zu sein. Was lag angesichts dieser unwiderstehlichen Kraft seines Rivalen näher, als dessen Frau zu verführen? Das heißt, sie tatsächlich zu verführen, ging natürlich nicht. Schließlich waren die Fischers mit seinen Eltern befreundet. Aber sie zumindest in Gedanken zu verführen. Er fragte sich, wenn er an der Schleife an Phyllis' Kleid zöge, was sich da wohl öffnen würde? Als sie aufstand, um eine Salatschüssel von der Anrichte zu holen, sah er, dass das Schleifenband reine Dekoration war, tatsächlich war das Kleid am Rücken mit einem Reißverschluss aufzumachen. Er lehnte den Salat ab und stellte sich vor, wie er Phyllis' Körper an sich drückte und ihr über die Schultern griff, um sie zu entblättern, während er sich mit ihrem Mann unterhielt und die lästige Tochter abwehrte. Seidig und kompliziert würde sie sein in seinen Armen, nur in Slip und Büstenhalter, und ihn mit rosa Lippenstift beschmieren, mysteriös erfahren.

Nicky hatte eine akzeptable Anzahl sexueller Abenteuer hinter sich, wenn auch kein einziges, das transformativ gewesen wäre, was ihm ein wenig Sorgen machte. Er rutschte unbehaglich auf seinem Stuhl hin und her, um seinen unterm Tisch eingeklemmten Knien ein wenig Platz zu verschaffen. Die Schulgöre in diesem unmöglichen Rosa – Cornelia? Caroline? – war unerbittlich, ihr Blick verunsicherte ihn, und so konnte er nur ab und zu verstohlen zu ihrer Mutter rüberschauen, während seine Aufmerksamkeit notgedrungen weiter auf Roger Fischer ruhte. Es fiel ihm auf, dass Roger sein Essen mit der Gabel zerteilte, während die zur Faust geballte Rechte neben seinem Teller auf dem karierten Tischtuch ruhte.

»Ist das eine alte Kriegsverletzung, Sir?«

Keine Ahnung, wo dieses »Sir« auf einmal herkam. Vielleicht aus den Comics seiner Kindheit? Oder ein peinliches Überbleibsel aus seiner verhassten Schulzeit? Kaum hatte er es ausgesprochen, da war ihm auch schon klar, dass es sich allzu sehr wie Hohn anhörte, obwohl er es eigentlich gar nicht höhnisch gemeint hatte. Roger sah auf seine Hand, als habe er sie ganz vergessen. Irgendwas stimmte nicht mit ihrer Form, die gekrümmten Finger lagen kraftlos in der Handfläche, die Sehnen waren welk und eingefallen, die Haut straff gespannt und bläulich rot. Jetzt, wo er daran dachte, öffnete er sie mühsam. »Keine so ruhmvolle Sache«, sagte er. »Ich hab mir antrainiert, meistens die andre zu benutzen.«

»Aber Roger, natürlich ist es eine Kriegsverletzung!«, rief Phyllis, erfreut über diese Gelegenheit, sich als treusorgende Ehefrau zu präsentieren. »Nur nicht direkt aus dem Krieg selbst: hinterher, in Ägypten, wegen Palästina. Die Stern-Bande hatte einen Zug in die Luft gejagt, ein Metallsplitter hat ihm die Hand durchbohrt, er hätte sie beinah verloren. Wir kannten uns damals noch nicht, aber es ist mir berichtet worden – allerdings nicht von Roger, natürlich nicht! Seine Freunde haben's mir erzählt.«

»Im Zug von Kairo nach Haifa, Februar '48, war 'ne Menge Militär drin. Falscher Ort, falscher Zeitpunkt. Keine Heldentat.«

»Das stimmt doch nicht«, ereiferte sich Phyllis. »Er war sehr wohl ein Held, hat den Verletzten geholfen, obwohl er selbst so schlimme Schmerzen hatte. Hunderte Soldaten sind dabei umgekommen.«

»Nicht Hunderte, Phyl.«

»Man muss ihm dankbar sein. Ich meine, wir alle müssen dankbar sein. Ich für mein Teil bin es jedenfalls, das weiß ich.«

»Jetzt machst du mich aber wirklich verlegen. Gibt's eigentlich noch Pudding? Ich hege die Hoffnung, dass wir noch Pudding bekommen, schließlich hast du Löffel hingelegt. Vielleicht ein Gläschen Madeira dazu? Soll ich den Madeira holen?«

»Ich vermute mal, dass Sie meine Generation verachten«, sagte Nicky bitter.

»Unsere Generation«, verbesserte ihn Colette, aber Mädchen zählten für Nicky nicht richtig mit, Mädchen hatten einfach Glück. Er verachte ihre Generation durchaus nicht, sagte Roger, ganz und gar nicht. Er sei bloß der Ansicht, dass sie die Möglichkeit hätten, sich mit klarem Kopf umzuschauen.

»Ich vermute mal«, fuhr Nicky fort, »wir werden niemals Helden sein, weil wir nie vor solche Prüfungen gestellt sein werden wie Sie damals. Aber wir wollen auch gar keine Helden sein. Ich zumindest nicht. Ich geb es gerne zu: Ich würde durch jede Prüfung fallen, die mir auferlegt wird. Und das ist mir auch egal. Ich bin ein Feigling und bin froh darüber. Die Welt wär besser, wenn die Feiglinge das Sagen hätten. Dann könnten wir alle ruhig schlafen und unsere Bücher lesen.«

»Aber einer muss schließlich die Betten machen und Essen kochen«, sagte Phyllis fröhlich, um dem Gespräch wieder eine etwas heiterere Note zu geben.

»Du machst die Betten doch gar nicht«, sagte Colette. »Das tut doch Mandy Verey.«

Zu ihrer Verblüffung sah sie, wie ihre Mutter daraufhin dunkelrot anlief, ganz so, als würde sie sich für irgendwas schämen, was sie jedoch nie tat. Phyllis dachte bloß, dass Nicky Knight sie nun endgültig verachten müsse. Nicht genug damit, dass sie alt und abstoßend war, jetzt hatte sie auch noch Bedienstete.

In diesem Moment klingelte draußen in der Diele das Telefon, und Phyllis ging raus und nahm den Hörer ab. Es war die Mutter von einem von Hughs Freunden, die sich beklagte, dass ihr Sohn mit nur einer Sandale nach Hause gekommen war. Phyllis gab sich ahnungslos. »Diese ungezogenen Jungs aber auch«, sagte sie mitfühlend, jedoch nicht ernsthaft genug. Patsy Barnes-Pryce schien ihr Vorwürfe zu machen.

»Also ich weiß nicht, die müssen doch denken, wir schwimmen im Geld.«

Wenn die Barnes-Pryces nicht im Geld schwimmen, wer dann?, dachte Phyllis. Patsys Mann war Börsenmakler, die Leute waren stinkreich. »Es wäre wirklich nett, wenn Sie oder Roger mal draußen nachsehen könnten«, sagte Patsy.

»Aber wir haben doch gar keinen Fischteich!«

»Nein, aber die Chidgelys haben einen, und die sind gerade in der Schweiz. Haben Sie denn nicht den Schlüssel? Ich dachte, Sie füttern ihre Katze.«

»Na ja, ich könnte ja mal nachsehen gehen«, sagte Phyllis unschlüssig, »also morgen früh.«

»Ich mach mir bloß Sorgen wegen der Füchse«, erwiderte Patsy bestimmt. »Ich meine, Sie sollten jetzt gleich gehen. Nehmen Sie eine Taschenlampe mit. Er sagt, sie ist bei der Nymphe.«

»Welche Nymphe?«

»Keine Ahnung. Aber wenn's da eine Nymphe gibt, werden Sie sie ja wohl erkennen?«

Phyllis war ganz benommen, sie musste sich erst mal fassen: Die Barnes-Pryces rannten ständig in die Kirche, die wären empört, wenn sie den Eindruck haben müssten, dass sie getrunken hatte. Sie stand auf dem türkischen Läufer, wickelte sich die Telefonschnur um die Hand und wippte auf den bestrumpften Zehen – anscheinend hatte sie die Schuhe unterm Esstisch ausgezogen, das tat sie manchmal, wenn sie einen Schwips hatte – und hörte sich dabei zu, wie sie – zögernd, aber doch charmant und so, dass Patsy nicht beleidigt wäre – das Ansinnen abzulehnen versuchte. Sie hätten gerade Besuch, erklärte sie, sie seien mitten beim Abendessen. Und in Gedanken rief sie: Also wirklich! Draußen war es stockfinster! Und wie kam sie überhaupt dazu, Milos quietschnasse Sandale suchen zu gehen?

Sie liebte diese Diele, die ihr mit der eingelassenen Eichentreppe und den getäfelten Eichentüren vorkam wie ein Bühnenbild für ein Stück von irgendwem, der längst schon aus der Mode war. Und sie hatte das Gefühl, irgendwo in einiger Entfernung, weiter weg, nicht nur die Stimme von Patsy immer noch durch die Telefondrähte hallen zu hören, sondern auch ihre eigene, was total irreal war. Die einzige Realität war dieser gegenwärtige Moment, der sie umschloss in diesem tiefen Brunnen aus Stille und samtenem Schummerlicht, das durch die Lampen, die sie aus Korbflaschen gebastelt hatte, rosa getönt war und die Messingtöpfe mit ihren Gestecken aus Straußenfedern und getrockneten Samenkapseln aufleuchten ließ. Im Esszimmer, dessen Tür nur einen Spalt geöffnet war, wurde ohne sie weiterdiskutiert, Stimmen schwollen an und ebbten wieder ab. Phyllis spürte diesen gegenwärtigen Moment an ihren Nervenenden, die von Empfindungen kribbelten; ohne etwas sehen zu können, blätterte sie das Adressbuch durch, das weich und abgegriffen war, mit jeder Menge eingelegter Listen und hineingesteckter Visitenkarten, und in dem die Namen von ein paar verstorbenen Freunden und Verwandten pietätvoll durchgestrichen waren. Und in all der Stille ein rasender Puls: ihr eigener. Ihr Leben, es verging, es ging dahin. Als sie ihr Gesicht verschwommen in dem quadratischen Flurgarderobenspiegel erblickte, fand sie, dass sie konsterniert aussah, wie ein Opfer eines Überfalls.

»Die Sache ist nämlich die«, fuhr Patsy unbeirrt fort, »dass ich da so einen kleinen Burschen gefunden habe, einen Spezialschuhmacher, fürchterlich teuer. Milos Füße waren nämlich ein einziger Albtraum.«

Oben ging knarzend die Tür von Hughs Zimmer auf. Hugh hatte einen sechsten Sinn dafür, wenn es am Telefon um irgendwas ging, das mit ihm zu tun hatte, und so kam er hinausgeschlichen und setzte sich im Schneidersitz und mit verschränkten Armen in seinem gestreiften Schlafanzug auf den letzten Treppenabsatz vor der Abwärtsdrehung hinunter in die Diele. Schließlich willigte Phyllis seufzend ein hinauszugehen, nachzuschauen und Patsy dann wieder anzurufen. »Das ist irrsinnig nett von Ihnen«, heuchelte Patsy.

»Wetten, dass das die großartige Madame Barnes-Pryce war«, sagte Hugh weise, als Phyllis aufgelegt hatte. »Wegen des Sandalenskandals.«

»Unmöglich, die Frau!«

»Und ich sag dir noch was. Die Sandale ist da drin.«

»Was meinst du mit ›drin‹? In dem Teich? Aber sie sagt doch, er hat sie ausgezogen und bei einer Nymphe vergessen.«

»Hat er ja auch. Aber dann ist noch jemand anders gekommen und hat sie reingeschossen.«

»Doch nicht etwa du, Hugh?«

»Aber Mutter, was denkst du denn von mir? Großes Pfadfinderehrenwort. Aber ich hab's gesehen.«

Phyllis konnte sich das Lachen nicht verkneifen. Ihr Sohn war wie sie, dachte sie, er konnte sie verstehen. »Marsch zurück ins Bett«, sagte sie. »Weißt du, wie spät es ist?«

Während ihre Mutter am Telefon war, räumte Colette missmutig den Tisch ab. Die beiden Männer blieben verlegen allein im Wohnzimmer zurück; Nicky nahm sich vor, auf jeden Fall gleich nach dem Pudding zu verschwinden. Roger fragte ihn nach Cressing, dem Haus, das die Knights in Suffolk besaßen; während ihres mehrjährigen Auslandsaufenthalts war es vermietet gewesen, aber nun hatten sie sich endlich entschlossen, wieder daheim in England zu leben. Er selbst gehe nicht allzu oft nach Cressing, sagte Nicky, er bekomme Asthma in dem Haus, er sei allergisch gegen seine Kindheit – aber seine Mutter sei dort sehr glücklich. Sein Vater sei nicht gern auf dem Lande, er halte sich lieber in der Wohnung am Woburn Square auf. Als junger Mann, sagte Roger, als er während des Krieges dort war, sei er richtig verliebt gewesen in Cressing. Er habe dort immer seinen Urlaub verbracht, weil Peter Knight ein Freund von Rogers Vater war, die beiden Männer hätten eine Zeit lang zusammengearbeitet, obwohl sein Vater nicht annähernd so erfolgreich gewesen sei wie Peter. In den schweren Zeiten habe ihm der Gedanke an Cressing immer geholfen durchzuhalten. »Dass es irgendwo da draußen auf dem Lande so ein gemütliches altes Haus gibt, wissen Sie. Nicht besonders groß, aber mit einer Bibliothek und drumherum ein Graben mit ein paar Schwänen und eine Sternwarte. Lächerlich, klar, denn es war ja nicht mein

Haus, gar nicht dran zu denken. Da, wo ich herkomme, hat man so was nicht, also in meinen Kreisen; in Ihren Kreisen wohl schon eher, was, Nicholas? Eigentlich bin ich ja gegen eine Grundbesitzerklasse, theoretisch.«

»Ach, *meine* Kreise. Mit meinen Kreisen will ich nichts zu tun haben.«

»Leichter gesagt als getan. Ich hatte ein Stipendium. Mein Vater war Buchhalter.«

»Auffällig ist übrigens«, sinnierte Nicky, der von der Beichte des Älteren peinlich berührt war, »dass meine Mutter jeden Tag irgendwelche Sachen entdeckt, die die Mieter, die während ihrer Abwesenheit dort wohnten, kaputt gemacht oder gestohlen haben. Richtig besessen ist sie davon. Als ob sie die ganze Zeit durchs Haus läuft und regelrecht nach irgendwas sucht, das ihr das Herz zerreißt: Sie kramt in den Schränken, bis sie irgendwo in der hintersten Ecke Scherben von einer Vase findet, die zu Bruch gegangen ist und von der sie nicht mal mehr wusste, dass sie sie hatte, bis sie plötzlich nicht mehr da war.«

»Das kann ich mir gar nicht vorstellen, dass Jean sich auch nur im Mindesten für irgendwelche materiellen Besitztümer interessiert.«

»Wahrscheinlich ist das eine Überreaktion. Nach ihren Wanderjahren. Ach so, und ich soll Sie ganz herzlich von ihnen grüßen und Ihnen alles Liebe ausrichten. Jedenfalls von meiner Mutter. Mit meinem Vater rede ich eigentlich gar nicht. Ich hab keine Ahnung, ob der für irgendwen noch so was übrighat wie Liebe, außer für sich selbst und seine scheußliche Geliebte, ich möchte es aber bezweifeln.«

Roger strich verstört das Tischtuch glatt. Es war vielleicht kein guter Stil, dachte Nicky, dass er von der Geliebten angefangen hatte. Und dann, Colette brachte gerade die Charlotte russe herein, kam Phyllis mit Leichenbittermiene und ihren Gummistiefeln in der Hand aus der Diele and sagte, sie müsse nach draußen. »Wieso denn, wieso musst du nach draußen?«, fragte Roger besorgt und stand halb vom Tisch auf. »Wohin denn überhaupt?«

»Also ehrlich, so eine blöde Kuh! Entschuldigt meine Ausdrucksweise.«

Dieses Sandalenproblem war einfach urkomisch: Alle waren froh, dass sie endlich vom Tisch aufstehen konnten. Die Fenster zum Garten hatten den ganzen Abend offen gestanden, aber jetzt öffnete Phyllis die Türen zur gepflasterten Terrasse, die vom Duft der üppig an der Pergola hochrankenden Albertine-Rose geschwängerte Nachtluft drang herein, und gleich kam irgendwie Leben ins Zimmer. Auf der Terrasse stieg sie in ihre Gummistiefel und erklärte den hinter ihr im Hellen stehenden Zuschauern halb hockend, dass sie momentan nicht durch das Haus der Chidgelys in deren Garten gehen könne, weil sie nämlich den Schlüssel verlegt habe, das habe sie Patsy Barnes-Pryce nur nicht auf die Nase binden wollen. Da hätte die sich doch bloß bestätigt gefühlt, denn in deren Augen sei sie doch eh eine Versagerin. Um die Katze der Chidgelys zu füttern, sei sie – genauer gesagt Colette, die dafür Geld bekam – auf demselben Weg in den Garten gelangt, auf dem ihn die spielenden Kinder vorhin verlassen hatten, also durch eine Lücke in der Hecke am hinteren Ende. Zum Glück bewahrten die Chidgelys unter einem Blumentopf einen Ersatzschlüssel für die Hintertür auf. »Das heißt, ich muss dort langgehen, wenn ich Milos verdammte Sandale aus dem Teich fischen will – falls sie überhaupt noch drin ist. Haben wir eine Taschenlampe?«

»Du hättest ihr einfach die kalte Schulter zeigen sollen«, sagte Colette.

»Wir kommen alle mit«, schlug Nicky vor, der sich Rogers Verhör entziehen wollte. Colette sagte, dann könne sie auch gleich die Katze füttern. Phyllis war sauer, weil sie das nicht längst erledigt hatte.

»Der arme Sim! Und wenn er nun verhungert wäre? Na, wenn du sowieso rübergehst, kannst du ja unterwegs gleich nach der Sandale gucken.«

Aber das hörte sich nicht sehr überzeugend an: Phyllis hatte ja bereits die Gummistiefel an, und sie wollte eh raus, weg von allem, was sie dort drin am Tisch noch erwarten mochte. Wenn hier einer glaube, dass sie mitten in der Nacht den Barnes-Pryces zuliebe in irgendwelchen Teichen angeln werde, dann habe er sich aber geschnitten, erklärte Colette. »Wir sollten einen Schaumlöffel oder so was mitnehmen. Wir wollen doch da nicht mit den Händen reinfassen«, sagte Phyllis und griff nach einem gänzlich ungeeigneten silbernen Vorlegelöffel. Roger ging in die Garage, eine Taschenlampe suchen, und während er weg war, fand Colette im Schubfach in der Anrichte eine aus rotem Plastik, sodass sie nicht mehr auf ihn zu warten brauchten, auf ihren Anführer. Angesichts der Absurdität ihres Vorhabens überkam sie eine kindliche Verantwortungslosigkeit, sie stürzten aus der geselligen Helle in die Dunkelheit hinaus, in deren

Schutz sie innerlich verharrten und einander so mit einer völlig neuen Intensität wahrnahmen.

Als sie den Garten halb durchquert hatten, wichen der Rasen und die Blumenbeete ein paar sparsam angepflanzten jungen Birken, deren fleckige Stämme im Schein der Lampe gespenstisch wirkten. Die Taschenlampe war eine flackernde Funzel; als Colette sie einmal kräftig schüttelte, ging sie ganz aus. Nicky stolperte über eine Baumwurzel, und Mutter und Tochter packten ihn mit einem erschrockenen Aufschrei. Sie hielten sich alle aneinander fest. Schließlich kapitulierte die Dunkelheit vor ihren angestrengt aufgerissenen Augen, und nach und nach erkannten sie wieder Formen: die aufrechten, tintenschwarzen Striche der Bäume, den stumm dahockenden Geräteschuppen zu ihrer Linken, die schwarze Masse der hohen Hecke, die sie auf der rechten Seite vom Garten der Chidgelys trennte. Über ihnen die Sterne. Vom Haus aus rief Roger ihnen freundlich etwas zu. Als sie sich umschauten, sah er im Gegenlicht des Hauses aus wie jemand, der an Land zurückgeblieben war, nachdem das Schiff abgelegt hatte. Die Nacht war erfüllt von den scharfen Ausdünstungen der Erde: Es roch muffig nach Pilzen und nach altem, verschimmeltem Laub, dazu ein Hauch von Fuchsgestank und säuerlicher Mief von Blättern, die den ganzen Tag in der Sonne vor sich hin gärten. Der breite braune und bedeutende Fluss ganz in der Nähe war zu schnell, als dass man ihn hätte plätschern oder blubbern hören können; er schlängelte sich schlammreich zwischen seinen Ufern dahin, und wenn man wusste, dass es ihn gab, schien er alle Geräusche zu dämpfen wie eine Filzdecke, die von den scharfen

Schreien der spät aufgeschreckten Vögel zerrissen wurde. Phyllis hatte sich bei Nicky Knight eingehakt und spürte durch die dünne Wolle seines Blazers hindurch seinen spitzen Ellbogen und seinen lässigen, zerstreuten Gang. Trotz der Dunkelheit führte Colette sie sicher zu der bewussten Lücke in der Hecke. Ein Fuchs bellte. »Es wird eng«, warnte sie, und nach einigem Gedrängel war sie auf der anderen Seite. Nicky ging als Nächster und half dann Phyllis, indem er sie hinter sich durch die Hecke zog, die höher als sie selbst war und ihr zunächst undurchdringlich vorkam: Sie wurde geschubst und gekratzt, störrische Zweige verfingen sich in ihrem Kleid und auch im Haar, und beinah wäre ihr auch noch der Löffel runtergefallen.

Als sie alle drei heil auf der anderen Seite waren, erklärte Colette, sie werde sie dann mal alleine lassen, und machte sich auf den Weg zur unbeleuchteten Rückseite des Chidgely'schen Hauses; sie schüttelte die Taschenlampe von Neuem, und da ging sie wieder an. Wie aus dem Nichts tauchte der Kater auf, strich ihr um die Beine und hinderte sie wider sein ureigenes Interesse am Weitergehen; sie fand den Schlüssel unterm Blumentopf, schloss die Tür auf und gabelte mit zur Grimasse verzogenem und wegen des Gestanks angewidert abgewandtem Gesicht Katzenfutter aus der ekeligen Dose im Kühlschrank. Dann wusch sie sich die Hände und wanderte ein bisschen umher; wenn die Chidgelys verreist waren, war ihr Haus viel interessanter, als wenn sie daheim waren. Es war eine langweilige Familie, und das Haus war ohne jeden Reiz, nirgendwo ein Hauch von Kunst – die Nymphe neben dem Teich war untypisch, sie hatten sie von den Vorbesitzern geerbt und sich halt mit ihr abgefunden. In den Küchenschränken jede Menge speckige Tupperdosen und gebrauchte Pulverkaffeegläser, auf denen *Instantmehl* stand oder *Milchreis*, eine Oma hatte ihnen Bezüge für ihre schlaffen Sofakissen gehäkelt. In der Schule vermied Colette alles, was auf eine nähere Bekanntschaft mit Anthea Chidgely hindeuten konnte, die zwei Jahre jünger war als sie, beim Morgenappell eifrig die Choräle mitsang und Hockey und Mathe liebte. Ihre Haare waren genauso farblos wie ihre Augen, und ihre mit feinem Flaum überzogene Haut roch nach der Salbe, die sie sich auf ihre Pickel schmierte.

Doch als Colette nun in Antheas Zimmer herumstöberte, war sie gerührt. Die materiellen Spuren eines Lebens sind beredt und geben Raum für allerlei Vermutungen, jedenfalls solange man dieses Leben nicht leibhaftig vor der Nase hat. Sie dachte darüber nach, wie es wohl wäre, sich hier aufzuhalten, wenn die fünf Chidgelys alle zusammen in der Schweiz bei einem Autounfall umgekommen wären. Unter solchen Umständen wäre Antheas Kostümpuppensammlung ergreifend und beredt gewesen. Wer konnte schon wissen, was für Rollen diese Indianersquaws, die mazedonischen Bauern und Eskimos in ihrer Vorstellung gespielt hatten? Colette machte es sich auf Antheas rosa Daunendecke bequem und dachte, dass sie jetzt wahrscheinlich aussah wie Himbeerpudding auf Götterspeise. Sim kam an und setzte sich schnurrend auf ihren Bauch – die Pfotenmassage tat gut gegen die Schmerzen –, nur als er ihr Gesicht leckte, protestierte sie, sein Atem roch zu widerlich. Wenn sie abends hier war, um den Kater zu hüten, gönnte sie sich immer zwei Hefte von Antheas dickem Stapel *Bunty*-Comics.

»Ob wir den Teich wohl ohne die Taschenlampe erkennen werden«, sagte Nicky, »oder ob wir einfach reinfallen?«

»Wir müssen nach einer Nymphe schauen.«

»Ach, Mrs Fischer, aber … Glauben Sie etwa noch an Nymphen, hat nicht irgendwer …?«

»Ich bin sehr behütet aufgewachsen, Nicholas.«

»Ich wecke Sie nur ungern auf aus Ihrem Traum.«

Er fand Streichhölzer in seiner Tasche und schaffte es, eins anzuzünden, sie sahen sich um in der kleinen Höhle aus Licht, die es erzeugte. Diese Nymphe sei vermutlich so eine schreckliche nachgemachte Statue, sagte Phyllis. »Wir können ja den Teich nicht richtig sehen von unserer oberen Etage aus. Aber die Chidgelys haben einen fürchterlichen Geschmack.«

»Die Chidgelys haben einen fürchterlichen Geschmack«, äffte Nicky sie nach, er machte sich über sie lustig. Doch es wirkte irgendwie nicht unverschämt, sondern flirtend, es war seine Art zu flirten, und sie sonnte sich darin. Er schüttelte das Streichholz aus und fluchte, als er sich die Finger verbrannte. »Gott! Was heißt schon Geschmack? Was ist denn mit Ihrem Geschmack? Vielleicht finden die Chidgelys den auch fürchterlich?«

Und dabei dachte Nicky sich die ganze Zeit: Ich flirte ja mit ihr, aber ich sollte lieber nicht zu weit gehen, immerhin sind das Freunde von Mummy. Andererseits hatten sie beide etwas getrunken und waren nicht voll verantwortlich zu machen für das, was sie taten. Nicky erkannte die Nymphe erst, als er im Schein eines zweiten Streichholzes fast über sie gefallen wäre: Eine bleiche Gestalt in Kindergröße, die Hände erhoben, stand sie mit dem Rücken zu ihnen, den Hintern züchtig verhüllt, betörend in der Dunkelheit, was sie bei Tageslicht womöglich nicht gewesen wäre. Ein leises mysteriöses Tröpfeln, wahrscheinlich eine Art Belüftungssystem, kam von dem kleinen Teich hinter ihr. Phyllis und Nicky knieten sich vorsichtig an den mit Bruchsteinen gepflasterten Rand und erkannten im Licht eines dritten Streichholzes Seerosenblätter auf der dunklen Wasseroberfläche, die irgendwie abweisend wirkte, sodass Phyllis sich nicht vorstellen konnte, mit der Hand hineinzufassen, obwohl sie hoffnungsvoll ihren Löffel bereithielt. »Jetzt, wo wir tatsächlich hier sind, erscheint alles noch komplizierter. Was habe ich mir nur dabei gedacht, als ich einverstanden war, mich um diese Zeit hier umzusehen? Diese Frau ist es einfach gewohnt, immer ihren Willen zu bekommen. Ich muss verrückt gewesen sein. Wer weiß, was hier drin ist? Schlimmer als Fische …«

In einem Anfall von Übermut krempelte Nicky den Ärmel hoch, tauchte die Hand hinein und nahm sie schnell wieder raus. »Schleimig«, er verzog angewidert das Gesicht. »Gibt's hier drin denn Fische, wissen wir das?«

»Hier, probieren Sie's mal mit dem Löffel. Obwohl das ja gar nicht der richtige Löffel ist.«

Nicky tastete wenig überzeugend damit herum und kam nicht ganz bis auf den Grund des Teiches. Im Dunkeln sahen sie einander als noch dunklere Schemen.

»Ach, kommen Sie, geben Sie mal her.«

Plötzlich vom Mut der Verzweiflung gepackt, fuhrwerkte sie mit dem Löffel herum, verfluchte Patsy Barnes-Pryce, ohne auf irgendwas achtzugeben, legte den Löffel schließlich beiseite, platschte, tastete mit der Hand.

»Da! Erfolg! Ha!«

Triumphierend zog sie Milos triefende Sandale aus dem Wasser, das überallhin tropfte. Das blöde Ding war weit im Teich gelandet, fast schon in der Mitte. Nicky hatte nie daran geglaubt, dass sie es finden würden. Er hatte sogar fast schon vergessen, was sie hier suchten, warum sie hier zu nachtschlafender Zeit wie die Verrückten in einem Gartenteich herumangelten. Unter der stillen Vorstadtoberfläche war etwas aus den Fugen geraten. Der Einfluss der *Traurigen Tropen*, den die gutbürgerliche kleine Welt der Fischers zurückgedrängt hatte – als sie hier in der Dunkelheit herumsuchten, war er wieder aufgebrandet: Während Phyllis den fauligen Grund des Teiches aufwirbelte, hatte Nicky das Gefühl, die blühende tropische Treibhausflora Brasiliens einzuatmen. Die kleine Nymphe war ein Symbol einer untergegangenen Zivilisation, das über diesen Ort, den man geschändet hatte, wachte; Nicky kam sich vor wie ein winziger Nadelstich im weiten Mantel der Geschichte. Plötzlich hörte er Phyllis frohlocken, sie kauerte im Schlamm und hielt lachend die quietschnasse Sandale hoch, und da überwand er mit einem Satz den Abstand zwischen ihnen. Von irgendwoher war ihm der Gedanke zugeflogen, dass er sie jetzt küssen musste, wenn er nicht so ein Spießer sein wollte wie diese Leute hier, sondern auf deren Etikette pfiff. War das hier nicht das gefahrvolle Leben, und musste er es nicht beim Schopfe packen?

Im Halbdunkel zielte er auf ihre Wange, aber sie reckte ihm hungrig die Lippen entgegen. Ihr Kuss war erregend, beängstigend knoblauchig – er stellte sich vor, er sei in eine heiße Lusthöhle gefallen, die irgendwie auch brasilianisch war. Mit einem Mal war die nasse Sandale egal. Gleichgültig ließ Phyllis sie zusammen mit dem Löffel hinter sich zu Boden fallen. Ihre Hand schob sich forschend ins Innere seines Blazers, griff nach seiner Schulter, das Teichwasser durchnässte ihm das Hemd. Ihr Kuss, er dauerte, auf – zu, auf – zu, schmerzhaft, glitschig. Bis sie endlich voneinander abließen, schwer atmend, nah genug, um schemenhaft das Gesicht des anderen erkennen zu können, ihre Hand an seinem Nacken, nasse Finger, die sich in sein Haar gruben. »Ich hab gedacht, du hasst mich«, sagte sie.

In Wahrheit hatte er keine Ahnung, was er für sie empfand.

Phyllis jedoch glaubte bereits, dass Nicky ihr Liebhaber war oder werden würde. So hatte sie noch nie einer geküsst, so feucht und gierig, in all ihren Ehejahren nicht; diese Stelle ihrer leidenschaftlichen Natur war unerfüllt geblieben. Einmal hatte es einen anderen Mann gegeben, in den sie kurz verliebt gewesen war – vor langer Zeit in Kairo, vor Roger. Aber diese Affäre hatte kein schönes Ende genommen, und darum hatte sie die Erinnerung daran begraben und stattdessen Roger geheiratet, sich gegen die Leidenschaft entschieden, es scheinbar durchgehalten und geglaubt, ohne sie leben zu können. Noch während sie Nicky küsste, war diese Version der Geschichte ihres Lebens in ihrem Kopf abgelaufen: Jetzt war ihr so, als habe sie all die Jahre darauf gewartet, ihm zu begegnen. Sie war berauscht von Nickys Magerkeit, von seinem Kinn, so weich und schmal wie das eines Mädchens, von seinem Mund, der säuerlich schmeckte vom Zigarettenrauch, von allem, was an ihm unfertig, lässig, unhöflich war. Wie ein Schlag kam das Verlangen, fuhr schwer wie ein Gewicht durch ihren Körper, ordnete in ihrem Innern alles neu, veränderte sie so sehr, dass sie sich selbst nicht wiedererkannte; er ist mein Geliebter, dachte sie entschieden. Phyllis war schnell und anpassungsfähig, entgegenkommend: Sie nahm alle Dinge äußerlich gelassen und mit einer gewissen Leichtigkeit. Aber sie war auch argwöhnisch und starrsinnig. Hatte sie sich einmal etwas eingeredet, dann gerann es bei ihr zur festen Überzeugung, die weder durch Argumente noch durch den Beweis des Gegenteils zu erschüttern war.

Ehe sie noch dazu kamen, sich von Neuem zu küssen, rief Roger von jenseits der Hecke. »Glück gehabt?«

Phyllis löste sich von Nicky, wobei sie mit fast mütterlicher Zärtlichkeit seine Wange streichelte. »Wir müssen zurück«, raunte sie ihm ins Ohr. »Keine Angst, ich komme zu dir, ich finde einen Weg. Aber du musst eine Telefonnummer dalassen, das erwartet er von dir, und dann kann ich dich anrufen.«

Roger hatte anscheinend eine bessere Taschenlampe mitgebracht, die heller war. Die Hecke war zum Glück zu hoch, als dass er hätte drüber schauen oder sie anleuchten können mit der Lampe, deren Strahl vergebens über ihnen die Nacht durchkämmte. Nicky war noch ganz verwirrt, benommen, geschwellt von Begehren, beschämt; Phyllis stand auf, zog ihr Kleid runter, hob die nasse Sandale und den Löffel auf. »Wir haben sie gefunden!«, flötete sie in die Dunkelheit, jubelnd wie ein Kind, das Sieger ist bei einem Spiel. Sie spielte ihre Rolle als glückliche Ehefrau mit höchster Vollendung. Nicky machte das Angst: In welche Tiefen der Erfahrung war er da hineingestolpert? Er hatte die Fischers nach dem äußeren Anschein beurteilt, achtbare, harmlose Leute. Und jetzt sah es ganz so aus, als sei in Wahrheit er der Harmlose. Im Licht von Streichhölzern, auch wenn diese in seinen Fingern zitterten, fanden sie das Loch in der Hecke und zwängten sich wieder hindurch auf die andere Seite, wo Roger sie erwartete, Phyllis zuerst; als Nicky herauskam, sahen alle, dass sein weißes Hemd nicht nur klatschnass war, sondern auch voll Schlamm und grünem Schleim vom Grund des Teiches – derselbe Schmutz, den Phyllis an den Händen hatte und an ihrem Kleid. »Na, ihr seht ja vielleicht aus!«, rief Roger. »Wie habt ihr das denn angestellt?«

Entsetzt besah sich Nicky in dem Lichtstrahl, in dem er sich wie ins Visier genommen fühlte, sein Hemd. Er war darauf gefasst, dass Roger Fischer in Anbetracht der Indizien sehr schnell dahinterkäme, was dort am Teich mit seiner Frau geschehen war. Und außerdem klebte ihm der nasse Stoff so ekelhaft am Körper.

»Guckt mich doch bloß mal an«, schrie Phyllis. »Das Kleid hier, das darf nicht gewaschen werden, nur chemische Reinigung! Und Nicky, Sie Armer, Sie sehen ja furchtbar aus! Ich muss Ihnen ein sauberes Hemd raussuchen. Sie kriegen eins von Roger geborgt. Weil, es war doch für einen guten Zweck, Schatz. Nicky hat sie rausgefischt. Guck hier! Wir haben Milo Barnes-Pryces verdammte Sandale wiedergefunden. Und das, obwohl es so stockdunkel war, darum war's doch auch so ein Theater. Ich kann ja mal Patsy anrufen und ihr erzählen, was wir unserem Gast ihretwegen zugemutet haben.«

»Aber wo ist denn Colette? Die hatte doch zumindest eine Taschenlampe dabei, nicht wahr?«

»Hatte sie, aber die hat sie natürlich mit ins Haus genommen, als sie die Katze füttern ging.«

»Es ist mir wirklich peinlich, was unsere Familie Ihnen angetan hat, Nicholas.«

»Machen Sie sich meinetwegen keine Sorgen«, beruhigte ihn Nicky. »Freut mich, wenn ich helfen konnte.«

»Das Ganze war total albern«, sagte Roger. »Normalerweise sind wir nicht so albern. Können wir das irgendwie wiedergutmachen? Möchten Sie über Nacht hierbleiben? Wir haben ein Gästezimmer. Der letzte Zug dürfte nämlich schon weg sein. Phyl kann rasch Ihr Hemd auswaschen, dann ist es morgens wieder trocken, und sie macht Ihnen noch ein anständiges Frühstück.«

»Ach, das Hemd ist doch kein Problem«, sagte Nicky verzweifelt. »Ich kann so gehen, das macht nichts. Wie spät ist es denn? Ich muss heute noch zurück. Meinen Sie wirklich, dass ich den Zug nicht mehr schaffe?«

»Aber natürlich schaffen Sie den noch«, beruhigte ihn Phyllis verbindlich. »Roger kann Sie zum Bahnhof fahren. Und wenn wir im Haus sind, können Sie das nasse Hemd da ausziehen und sich waschen und frisch machen, während er den Wagen aus der Garage holt. Ihr Blazer sieht ja noch einigermaßen aus. Ich würde sagen, Sie hängen ihn gleich, wenn Sie heimkommen, zum Trocknen auf. Und dann ordentlich ausbürsten.«

Sie brachte ihm ein frisches Hemd an die Tür, während Nicky sich im Badezimmer wusch und den Heißwasserhahn so weit aufgedreht hatte, dass die Rohre jaulten und die Spiegel beschlagen waren und er allmählich wieder nüchtern wurde und das Gesicht im Handtuch vergrub, um das Geschehene aus seiner zuckenden Wahrnehmung zu löschen. Sie klopfte diskret an. »Die Ärmel werden Ihnen ein bisschen zu kurz sein, aber unter dem Blazer fällt das gar nicht auf«, rief sie laut. Nicky, bis zur Taille nackt, öffnete erschrocken die Tür. »Es tut mir so leid, Mrs Fischer«, flüsterte er eindringlich. »Ich muss wohl zu viel getrunken haben.«

Phyllis berührte mit den Fingerspitzen seine Brust, deren Haut blass und unbehaart war, feucht vom Dampf, straff gespannt über den Rippen, sodass sie an ein sehr leichtes, zartes Boot denken musste, ein Coracle. Sie neigte den Kopf und küsste ihn rasch auf die Schulter, und er spürte ihr dichtes helles Haar an seinem Hals. Im kalten Licht des Badezimmers sah er, als sie ihm das Gesicht entgegenreckte, dass sie nicht mehr jung war. Aber auch nicht alt, nichts war schlaff, es hing nichts, doch die Straffheit fehlte: die Spannung an den Lippenrändern, und die Haut unter ihren Augen war bläulich. Ihr strahlender Teint war angewelkt, herbstlich. »Lass deine Nummer da«, sagte sie, »nicht vergessen.«

Er gab Roger seine Nummer nicht, doch Phyllis machte sich keine Sorgen. Sie dachte sich, dass er's in seiner Konfusion bestimmt vergessen hatte, weil er nach dem, was passiert war, allein mit ihrem Mann im Auto sitzen musste. Sie hatte Verständnis für seine Ängste und wusste, dass sie furchtlos und rücksichtslos genug war für sie beide. Außerdem würde es für Phyllis auch so nicht schwer sein, ihn zu finden; sie brauchte ja bloß seine Eltern zu fragen, ihr würde schon eine Ausrede einfallen. Nachdem die beiden losgefahren waren zum Bahnhof, ging Phyllis in den Flur, um Patsy Barnes-Pryce wegen der Sandale anzurufen, und dabei stellte sie sich auf die Zehenspitzen und drehte sich, für Patsy unsichtbar, auf dem Läufer langsam immer wieder im Kreis; sie hatte die blubbernde Freude in ihrer Stimme bemerkt, die sich einfach nicht unterdrücken ließ. In ihrem Kopf war nicht ein einziger Gedanke, sie dachte an nichts. Es war noch zu früh zum Denken, damit würde sie morgen anfangen. Patsy verhörte sie argwöhnisch, als hätte sie irgendwas falsch gemacht. »Aber wie ist die denn da überhaupt ins Wasser reingekommen?«, fragte sie spitz. »Ich hoffe bloß, sie ist heil geblieben.«

Tatsächlich hatte Nicky nie die Absicht gehabt, den Fischers seine Telefonnummer zu hinterlassen, und er glaubte auch nicht ernsthaft daran, dass an diesem Abend zwischen ihm und Phyllis wirklich irgendwas angefangen hatte. Nur einmal hätte er aus reiner Höflichkeit fast etwas von in Verbindung bleiben gemurmelt, nämlich, als Roger ihn absetzte und mit ausstieg, um ihm im Licht der Bahnhofsbeleuchtung zum Abschied die Hand zu schütteln und ihn dann sichtlich ungern davongehen zu lassen. Er zog ihm die *Traurigen Tropen* aus der Blazertasche, in der sie noch immer umgeschlagen steckten. »Seien Sie mal ein bisschen netter zu Ihren Büchern, alter Junge«, sagte er, indem er das Buch wieder ordentlich umklappte und es mit seiner guten Hand in Form zu bringen versuchte. »Gefällt es

Ihnen? Ich hab es sehr gemocht. Allerdings unverbesserlich romantisch.«

»Es ist das Traurigste, was ich je gelesen habe«, rief Nicky. »Er sagt, die Zivilisation ist ein furchtbarer Fehler.« Roger redete ihm gut zu, sich diese Dinge doch nicht zu sehr zu Herzen zu nehmen.

»Das sind die Franzosen, wissen Sie. Die lieben es nun mal schwülstig.«

Außer ihnen war niemand da. Um diese nachtschlafende Zeit dämmerten die Vororte in todesähnlicher Erstarrung vor sich hin. Roger legte dem jungen Mann tröstend den Arm um die Schulter und ließ ihn ein paar Augenblicke schwer dort liegen.

Colette kam, eine halbe Stunde nachdem ihre Eltern zu Bett gegangen waren, durch das französische Fenster ins Haus, das man extra ihretwegen nicht verriegelt hatte. Im Esszimmer brannte noch eine Lampe, sodass sie, ehe sich der Schleier der Vertrautheit über alles breitete, ihr eigenes Zuhause noch einen Augenblick lang in dem gleichen verfremdenden Licht betrachten konnte wie vorhin das der Chidgelys. Phyllis hatte den Tisch abgeräumt und die Teller für morgen früh für Mandy in der Küche aufgestapelt. Das Zimmer kam Colette kleiner vor, als sie es von vor zwei Stunden in Erinnerung hatte, mehr mit Möbeln vollgestopft, miefiger durch die Essensgerüche, blöder. Die mit Stickereien bezogenen Stuhllehnen – englische Wildblumen auf Flaschengrün – hatten sie von den Vorbesitzern übernommen, sinnlos vor sich hin gestichelt von einer Unbekannten, die nichts Besseres zu tun gehabt hatte und bestimmt schon lange tot war. Einen Moment lang kam es Colette vor, als sehe sie etwas, das gerade eben in diesem Zimmer passiert war: Es zeigte sich wie eine helle Fluse, die über den Boden huschte und gleich wieder weg war. Äußerlich aber deutete nichts darauf hin, dass irgendwas nicht stimmte – außer dass ihre Mutter die hochhackigen Schuhe unterm Tisch abgestreift und sie dort vergessen hatte, wo sie nun unbeholfen auf der Seite lagen, abgeschabt, die Absätze gekreuzt wie Schwerter.

2

Phyllis wäre beinah wieder umgekehrt.

In diesem Teil von London war sie noch nie gewesen. Wenn sie sonst mit dem Zug in die Stadt fuhr, dann normalerweise, um bei Dickins & Jones einzukaufen oder sich mit einer ihrer Schwestern bei Simpson in der Strand zum Lunch zu treffen. Doch hier in der Ladbroke Grove, wo sich Nicky, wie sie von Jean Knight erfahren hatte, sein »ziemlich scheußliches« Zimmer gemietet habe, lag Abfall auf der Straße herum, und in den Häusern, die früher einmal etwas hergemacht haben mussten, jetzt aber marode vor sich hin moderten, waren die Fensterscheiben kaputt. Die Wohnungen waren mittlerweile aufgeteilt in Apartments und kleine möblierte Zimmer, ihre mit Säulen und Portikus verzierte Eleganz war schimmlig und verfallen, in den Vorgärten türmten sich Berge von verschlissenen Matratzen und alten Ausgussbecken, überwuchert von Eschenschösslingen und Buddleja. An den Fenstern hingen statt Vorhängen notdürftig angenagelte alte Bettdecken; an einem Eckhaus war die Wand mit zwei körperlosen roten Mündern bemalt, aus denen zwischen lachenden weißen Zähnen Rauchwolken aufstiegen. Schaudernd vor Angst nahm Phyllis an, dass diese Münder Hasch rauchten.

Und noch nie zuvor hatte sie irgendwo in England so

viele farbige Gesichter gesehen. Sie hatte natürlich lange genug in Kairo gelebt, sodass es für sie nicht ungewohnt war, sich auf der Straße unter Menschen mit brauner Haut zu bewegen – aber das konnte man ja nicht vergleichen. Dort wusste man, dass man ein Außenseiter war, ausgeschlossen aus deren Lebensweise – und gleichzeitig fühlte man sich vor denen abgeschirmt, sicher im eigenen Weißsein, was einen immun machte und gleichzeitig unsichtbar. Das waren eben Araber gewesen, ganz was anderes. Jetzt aber kam sie sich überhaupt nicht unsichtbar vor, sondern hatte das Gefühl aufzufallen in ihrem beigen Regenmantel, den beigen Schuhen, der hübschen Bluse mit dem malvenfarbenen Blumenmuster und dem Seidenschal – alles eigens ausgewählt, um unbekümmert und vergnügt zu sein; es goss in Strömen, und das nachmittägliche Licht war fahl und fleckig und gab den Straßen etwas Tunnelartiges. Als sie sich so sorgfältig überlegt hatte, was sie anziehen sollte, hatte sie nicht geahnt, dass sie in ein Elendsviertel kommen würde, wo der teure Schick ihrer Garderobe provozierend und unbedacht wirkte. Sie hatte nur das Eine im Kopf gehabt, sie wollte Nicky beeindrucken, damit er mit ihr ins Bett ginge.

Jean Knight hatte gelacht, als Phyllis sie wegen des Hemds anrief.

»Der arme alte Roger«, hatte sie gesagt. »Na hoffentlich kriegt er sein Hemd heil zurück – ob auch gewaschen, damit würde ich lieber nicht rechnen. Tut mir schrecklich leid, aber Nickys Umgang mit anderer Leute Eigentum ist einfach eine Katastrophe. Hat ihm das Hemd denn gepasst? Nicky ist doch so eine Vogelscheuche, das hat er von mir. Roger hat ja eine ganz andere Statur. Wie war denn euer Abend? Hat sich Nicky anständig benommen?«

Phyllis hatte Jean nett gefunden, jedenfalls am Telefon: Sie war herzlich und geradeheraus, kein Drumherumgerede. Seit Nicky sie neulich bei diesem Abendessen geküsst hatte, war Phyllis merkwürdig in sich gekehrt, als bewege und verhalte sie sich ganz normal, nur irgendwie in Trance; als sie sich mit seiner Mutter unterhielt, gab es einen Augenblick, da schienen in diesem vagen Nebel ein paar peinliche Erkenntnisse auf und waren kurz davor, sich durch den Schleier hindurchzubrennen, sodass sie gut aufpassen und ganz genau wissen musste, was sie tat. Aber sie kam dem Erkennen zuvor, drängte es dorthin zurück, wo es keinen Schaden anrichten konnte, jenseits des Kokons der absoluten Geistesabwesenheit, der sie einhüllte. Nicht Nickys Worte waren es, die sie im Kopf wieder und wieder abspulte, sondern die wortlosen Minuten ihres einen anhaltenden Kusses, und sie tat es so lange, bis ihre Erinnerung daran jegliche Frische verloren hatte. Und dann – heimlich, unsichtbar und unbeirrbar – hatte sie den fieberhaften Drang, sie wieder aufzufrischen und ihn von Neuem zu küssen. Und erst jetzt, da sie auf der Suche war nach seinem Zimmer in der Ladbroke Grove, wurde ihr klar, wie unvernünftig und gefährlich diese Suche war. So eine Angst vor irgendwelchen Gefahren hatte sie in Kairo nie gehabt, aber sie konnte doch nicht einfach stehen bleiben und in ihren Stadtplan gucken, sonst hätte man sie ja gleich erkannt als eine dumme Pute, die nicht hierhergehörte. Am besten ging sie zielstrebig weiter, mit nachdrücklich klappernden Absätzen, immer weiter durch die dunklen Straßen hier, in denen sie sich verlaufen hatte.

Fast wäre sie wieder umgekehrt. Aber als sie sich dann vorzustellen versuchte, wie sie kehrtmachte und zurückging zur U-Bahn-Station, wie sie in den Zug stieg, um Roger zu erzählen, sie sei in der Stadt gewesen, weil sie sich etwas zum Anziehen kaufen wollte, habe aber nichts Passendes gefunden, und wie sie zum Abendessen den Nudelauflauf in den Ofen schob, da war es ihr, als sähe sie sich plötzlich kehrtmachen und mit ihrem ach so zielstrebigen Schritt in ihrer hübschen malvenfarbenen Bluse mitten auf dem Weg gegen eine weiße Wand prallen, hinter der nichts mehr war. Noch vor ein paar Wochen, ehe Nicky sie geküsst hatte, hätte sie sich über so etwas Verstiegenes lustig gemacht. Jetzt konnte sie darüber nicht mehr lachen, denn sie spürte die Wucht dieses Aufpralls und ihre eigene Nichtigkeit, die dort vor dieser Wand quer durch ihr Leben zusammengebrochen war.

Doch dann, als sie sich gerade vorstellte, wie sie kehrtmachte, sah sie, dass sie mit mehr Glück als Verstand bei den Everglade Buildings angekommen war – wo Nicky Knight wahrscheinlich sowieso nicht zu Hause wäre. Er erwartete sie ja nicht, er hatte ja keine Ahnung, dass sie kam.

Das Everglade war ein riesiger, verlotterter Art-déco-Palast, erbaut um die Jahrhundertwende, mit sechzig Luxuswohnungen inklusive Personal. Ein paar alte Damen waren noch übrig geblieben, die zu arm waren, um woanders hinzuziehen, und Personal hatten sie natürlich längst keins mehr. Sie trugen Handschuhe, wenn sie ausgingen, und trauerten den Zeiten nach, als der Palast noch exklusiv und elegant war, mit einem Restaurant und einem Frisiersalon im Erdgeschoss. Jetzt war er in Ungnade gefallen, in weiß der Himmel wie viele schäbige kleine möblierte Einzimmerwohnungen und Untermietszimmer aufgeteilt, in denen sich ehemalige Boxer, Theaterleute, Mitglieder von okkulten Sekten, Tarotkartenlegerinnen und Revolutionäre breitgemacht hatten. Jeder, der in der alternativen Kulturszene etwas darstellte, hatte irgendwann im Everglade gewohnt. Das Dach war an tausend Stellen undicht, und anscheinend war niemand für die Reparatur zuständig; ein-, zweimal war eine ordentliche Ladung Stuck von der Fassade abgefallen und hinuntergekracht auf die Straße. Das Zimmer von Nicky Knight war ganz oben im obersten Stockwerk – eine Mansarde mit sensationell schrägen Wänden; im Winter eiskalt, im Sommer kochend heiß, und das Licht kam durch eine Hälfte eines überdimensionalen extravaganten runden Dachfensters, dessen zweite Hälfte sich im Badezimmer befand, das er sich mit fünf weiteren Mietern teilte.

Nicky hatte zu vergessen versucht, dass er die alte Freundin seiner Eltern geküsst hatte; wann immer die Szene vor seinem inneren Auge aufblitzte, schwitzte er vor Verlegenheit und vor diffuser Erregung. Ansonsten war sein Sexleben geradezu blamabel unbefriedigend. Dabei schien das Idyll von lockerer, spielerischer Erotik zum Greifen nah – was hinderte ihn daran, es beim Schopfe zu packen? Man hörte doch ständig, dass jeder mit jedem schlief. Und es gab so viele attraktive, faszinierende Frauen, er sah sie überall auf der Straße und in den Bars; in den Filmen, die er sich anschaute, wimmelte es nur so von Chancen. Aber die Mädels, die er kriegte, waren allesamt katastrophal, zu albern oder zu schlicht, zu ungeschickt oder zu scharf, sodass er sie am nächsten Morgen bloß immer schnell wieder loswerden wollte. Aus reiner Bequemlichkeit hatte er Phyllis hin und wieder in seinen Phantasien benutzt, was ihm jedoch auch peinlich war. Und dann, eines Mittwochnachmittags, klopfte eine feste kleine Faust an seine Tür, und da war sie wirklich – die Letzte, mit deren realem Auftreten er in seiner schnöden, öden Bude gerechnet hätte. Sein erster Impuls war, sich für den muffigen Geruch und das ungemachte Bett zu entschuldigen, und für sich selbst. Vielleicht solle er das Fenster aufmachen, bot er an. »Tut mir furchtbar leid.«

»Ich bring dir dein Hemd zurück«, sagte sie lächelnd.

Sie hatte es in einen kleinen Weidenkorb gelegt, der ihr überm Arm hing. Phyllis sah überhaupt nicht derangiert aus, und dabei war sie doch die Treppe hochgestiegen bis in den fünften Stock; sie sah frisch und munter aus, kleiner, als er sie in Erinnerung hatte, strahlend vom Firnis weiblichen Charmes. In dieser Umgebung, in ihren schicken Sachen, kam sie ihm vor wie eine Sozialarbeiterin auf Besuch bei denen, die vom Schicksal weniger begünstigt sind – er hätte sich nicht gewundert, wenn sie nicht nur das frisch gewaschene und gebügelte, ordentlich zusammengefaltete und in Seidenpapier verpackte Hemd aus ihrem Körbchen geholt hätte, sondern auch noch etwas Nahrhaftes. »Sie haben nicht den Fahrstuhl genommen?« Er spielte auf Zeit. »Weil, der bleibt nämlich immer stehen. Die letzte Wartung war vermutlich vor dem Krieg. Es ist schon vorgekommen, dass Fremde, die nicht aufgepasst haben, stundenlang zwischen den Etagen festsaßen.«

»Na, ein Glück, dass ich mich nicht verführen lassen hab. Ich wusste ja nicht, auf welcher Etage du wohnst.«

»Auf der hier, ganz oben. Ich meine, wie man sieht, weil, Sie sind ja hier.«

»Hab ich ein Glück, dass du zu Hause bist. Möchtest du mich nicht hineinbitten?«

»Ist aber nicht besonders nett da drin.«

»Das ist mir egal. So eine alte Spießerin, wie du denkst, bin ich ja nun auch nicht.«

Nicky war nicht angezogen, er war noch im Morgenrock; er schrieb gerade irgendwas über R. D. Laing für eine neue Zeitschrift, die ein Kommilitone von ihm gegründet hatte, und er hatte versprochen, bis morgen früh zu liefern. Nur langsam schwenkte sein Hirn, das eben noch intensiv mit irgendwelchen Ideen beschäftigt war, auf diese neue Richtung um und begann, Phyllis Fischers Erscheinen zu verarbeiten. Wie hatte sie herausgefunden, wo er wohnte? Wollte sie ihm wirklich nur sein Hemd wiederbringen? Keine Ahnung, was er mit dem geborgten Hemd gemacht hatte; in den Waschsalon hatte er es jedenfalls noch nicht gebracht. Diese Frau hätte seine Mutter sein können, und sie war anständig verheiratet und hatte einen guten Mann. Was wollte sie von ihm, wieso stellte sie ihm nach? Er wollte nichts zu tun haben mit ihrer Welt aus Servietten, Kerzenleuchtern und französischem Essen. Aber die Vorstellung, mit ihr zu schlafen, war auch nicht ganz unschmeichelhaft. Sie sah gut aus, sie roch gut. Und so einer reifen Frau konnte man vermutlich bis zu einem gewissen Grad die Verantwortung überlassen.

Phyllis zog auf der Stelle ihren Regenmantel aus und warf ihn über einen Stuhl; Nicky erinnerte sich, dass ihm bei Tisch, schon bevor er sie küsste, ihre Brüste gefallen hatten, die jetzt ebenso klein und wohlgeformt unter ihrer geblümten Bluse zu sehen waren. Genauso habe sie sich sein Zimmer vorgestellt, sagte sie – Schreibmaschine auf dem Tisch, Kaffeetassen, überall Bücher. Sie stand da und betrachtete mit verzückter Miene das Chaos, in dem er lebte. Die Frauen fasziniert das äußerliche Drumherum des Intellektuellenlebens, dachte Nicky. Sie lieben die Idee des Denkens, sein äußeres Erscheinungsbild; Phyllis hatte wahrscheinlich noch nie ein Buch gelesen, höchstens vielleicht ein paar Romane. Er sei tatsächlich gerade dabei, etwas zu schreiben, sagte er und guckte beinah wehmütig hinüber zu dem leeren Blatt in seiner Schreibmaschine. Phyllis verzog mit gespieltem Bedauern das Gesicht. »Ach, und ich hab dich gestört.«

»Das ist aber nett von Ihnen, dass Sie mir mein Hemd zurückbringen.«

Er fragte, wie sie denn herausgefunden habe, wo er wohne, und zuckte zusammen, als sie sagte, dass sie seine Mutter angerufen habe. Phyllis tastete sich weiter vor. »Aber deswegen bin ich nicht hier.«

»Ich weiß, das Hemd von Ihrem Mann, das muss hier irgendwo sein.«

»Aber war das nicht ein ganz außergewöhnlicher Abend? Für mich war er magisch, ein echter Sommernachtstraum. Ich muss immerzu daran denken.«

So richtig Sommer sei's ja eigentlich schon gar nicht

mehr gewesen, murmelte Nicky. »Soll ich Ihnen vielleicht einen Kaffee machen, solange ich das Hemd suche? Ich hab aber leider nur Pulverkaffee da. Die Milch stell ich immer in die Regenrinne vor den beiden Dachfenstern hier – im Winter ist das wie ein Kühlschrank. Ist eben eine echte Komfortwohnung. Wenn's draußen heiß ist, wird sie allerding leicht sauer. Nehmen Sie Milch?«

»Ich möchte keinen Kaffee, Nicky, und Rogers Hemd möchte ich auch nicht.«

Phyllis hatte sich gefragt, ob sie nicht am Ende ihres ganzen Sehnsuchtsrauschs, wenn sie Nicky wirklich vor sich hätte, von ihm enttäuscht sein würde. Aber in seiner kantigen, linkischen Art war er genauso stark und begehrenswert, wie sie ihn sich vorgestellt hatte: unrasiert, leicht gebeugte Haltung, das schwarzes Haar fiel ihm ins Gesicht. Die dünnen Beine unter dem von einer Kordel zusammengehaltenen wollenen Morgenrock waren behaart, komisch, diese langen knochigen Füße in den Altmänner-Filzpantoffeln, die goldgeränderte Brille hoffnungslos verbogen. Doch diese Gleichgültigkeit seinem Äußeren gegenüber brachte seine Schönheit nur noch mehr zur Geltung, denn er war so perfekt in seiner Jugend und so vollkommen vertieft in seine geistige Arbeit, die ihr Begriffsvermögen überstieg. Doch was sie hier festhielt und sie daran hinderte, sich zu retten und die demütigende Szene hinter sich zu lassen, war im Grunde gar nicht das Verlangen. Es war eher eine fanatische Beharrlichkeit. Sie musste alles versuchen, um das, wofür sie sich hierher begeben hatte, zu bekommen. Sie würde es nicht aushalten, wieder hinunterzusteigen in diese fremden Straßen und diesen peinsamen Ausflug in umgekehrter Richtung antreten zu müssen, ohne es bekommen zu haben. Wenn er mich nicht will, dann sterbe ich, dachte sie. Obwohl sie natürlich wusste, sie würde nicht wirklich sterben, sondern nach Hause gehen und den Nudelauflauf in den Ofen schieben. Und das wäre schlimmer.

»Aber was denn sonst?«, fragte Nicky fast schon verzweifelt. »Was wollen Sie denn dann?«

Er hatte den Kessel aufgesetzt und das Gas angedreht, gleich würde das Wasser kochen, und nun öffnete er das runde französische Palastfenster, das in seiner Größe und Protzigkeit an eine Puppentheaterkulisse erinnerte und in keinem Verhältnis zu diesem Dachstübchen stand. Mit der frischen Luft wehten von nebenan aus dem Badezimmer Geplansche und Geschrei herein. Das Licht draußen war mineralisch und grünlich, der Nachmittag roch nach Ruß, und Nicky spürte die ersten Tropfen eines heraufziehenden Regengusses auf der Haut; er zog das Fenster wieder zu, und in der veränderten Akustik waren sie plötzlich nah beieinander, fast schon intim. Als Nicky Phyllis anschaute, sah er, dass sie Angst hatte; in diesem Moment musste er unwillkürlich an seine Mutter denken. Ein schmerzlicher Gedanke, dass seine Mutter irgendwann einmal bemitleidenswert sein könnte.

»Ich muss immer wieder an diesen Abend denken«, sagte Phyllis leise, stockend, nicht mit der hellen, wohlklingenden Stimme, die sie in Gesellschaft hatte. »Du hast mich geküsst. Ich wusste nicht, wie du das meinst.«

»Das wusste ich ja selber nicht.«

»Ich hab gedacht, vielleicht …«

Sie standen so nah beieinander, dass er ihre Körperwärme spüren konnte; die halb volle Flasche mit der sauer gewordenen Milch in der Hand, schaute er stirnrunzelnd zu ihr hinunter, als wäre sie ein Rätsel, vor das man ihn gestellt hatte. Sanft, wie um ihr Mut zu machen, zupfte er mit den Fingern seiner freien Hand am Peter-Pan-Kragen ihrer Bluse herum und strich ihn glatt, obwohl er perfekt lag. Sie war so viel älter als er, hatte viel mehr Lebenserfahrung. Und doch war sie auch schwächer und kleiner als er, kindlich. Phyllis legte den Kopf an seine Schulter, seine Nase steckte in ihrem parfümierten, haarspraygefestigten Haar; seine Finger fanden ihren Weg von ihrem Kragen hinauf zu ihrer warmen Haut, sie warf ihm die Arme um den Hals und reckte sich mit einem kleinen, dankbaren Maunzen an ihm hoch wie eine Katze. Da senkte er den Kopf und begann, sie ein zweites Mal zu küssen. Ihr Mund schmeckte vertraut, nur nicht so knoblauchig. Dann hörte er auf und musste lachen: Er hielt immer noch die Milchflasche fest, und langsam fing das Wasser an zu kochen.

Zweimal liebten sie sich an diesem Nachmittag in seinem schmalen Bett, wo die Laken nach seinen Füßen rochen und das Kopfkissen nach seinen Haaren, und während draußen der Regen aufs Dach trommelte, fand Nicky, dass dies der beste Sex war, den er jemals hatte. Allerdings war er klug genug, Phyllis das nicht so direkt zu sagen, denn er meinte, seine geheimnisvolle Aura aufrechterhalten zu müssen. Irgendwie war es doch auch absurd, dass diese verheiratete, gutbürgerliche Frau mittleren Alters, eine Freundin seiner Eltern, hier nackt neben ihm im Bett lag und sich ihm hingab. Phyllis' Körper hatte ihn überrascht: Er hätte erwartet, dass sie stärker vom Alter gezeichnet wäre. Aus der Nähe, aus nächster Nähe und unbekleidet, sah sie ganz anders aus als im Alltag – obwohl, erstaunlicherweise hatte sich vor allem ihr Gesicht verändert, sah wie enthüllt aus, als habe man ihr die hübsche, aber leere Maske weggezogen. Er sah, wie ihr Make-up das echte Gesicht darunter verdeckte mit einem Bild, das zwar nah am Original war, aber etwas darin gleichsam zähmte, etwas, das ruppiger und gröber war – und offener. Unter dem rosa Lippenstift waren ihre Lippen dunkler und auch voller. Sie war schüchterner, aber auch auf eine listige Art kühner als in ihrer Alltagsgestalt, schämte sich nicht, sich von ihm anschauen zu lassen, als er ihr die Decken wegzog und sie bat, sich umzudrehen und sich ihm zu zeigen, von vorn und von hinten; die blassen Streifen auf der gebräunten Haut von dem Bikini, den sie beim Sonnenbaden in Südfrankreich getragen hatte, schienen in der Düsternis des Nachmittags zu phosphoreszieren. Trotz ihrer zwei Kinder war sie zierlich wie ein junges Mädchen. Er hatte noch nie zuvor mit einer Frau geschlafen, die Kinder geboren hatte, und hatte sich ein bisschen geziert, weil er fürchtete, er könnte einen Unterschied spüren; wenn er an Kinderkriegen dachte, wurde ihm ganz übel. Doch zu guter Letzt hatte er seine Zimperlichkeit vergessen, und ihm war alles egal gewesen.

Er müsse sie Phyl nennen, sagte sie, das täten alle. Phyllis sei unmöglich, ein Name für eine alte Dame; sie hieß nach ihrer verstorbenen Großtante und hatte den Namen schon immer gehasst. Ihre Schwestern hießen schlicht und einfach Jane und Anne, die hatten Glück gehabt. Phyllis stellte fest, dass sie ganz beiläufig und fröhlich mit Nicky plauderte, wo sie doch eigentlich erwartet hatte, dass es eine stimmungsgeladene und höchst vertrackte Angelegenheit sei, sich einen Liebhaber zu nehmen, wie in einem französischen Film. Als Kind, so erzählte sie ihm, habe sie immer so getan, als sei sie ein Junge und Phyl die Abkürzung von Philip; sie wäre immer so gern ein Junge gewesen, weil Jungen all die tollen Abenteuer erlebten. Nicky sagte, ihr Name erinnere ihn an eine Schäferin aus dem achtzehnten Jahrhundert in einem Gedicht; da rief sie ganz begeistert aus, es wäre herrlich, wenn er ihr Gedichte vorlesen würde. Und ob ihm aufgefallen sei, dass sie ihren Ehering nicht trage? Sie habe ihn im Zug abgenommen und in die Handtasche gesteckt, eingewickelt in ein Stück Papier. »Ich weiß gar nicht, warum du überhaupt einen trägst«, stichelte Nicky. »Ist das nicht ein Zeichen der Unterwerfung? Damit zeigst du, dass du sein Besitz bist.«

»O nein, so ist Roger nicht.«

»Es geht hier nicht um Roger. Der ist bestimmt ein richtig guter Typ.«

»Ich sollte eigentlich nicht über ihn reden mit dir. Aber ja, das ist er.«

»Es geht um das ganze System. *Das* ist marode. Die Ehe ist ein Aspekt der kapitalistischen Tauschbeziehung. Dein Ehemann besitzt dich, er kauft dich mit seinem Einkommen – sicherlich einem recht ordentlichen, wenn er im Außenministerium arbeitet – und als Gegenleistung trägst du seine Kinder aus und hältst seinen Hausstand in Ordnung. Höchstwahrscheinlich bist du mit dem Geschäft ja ganz zufrieden. Aber egal, wie sehr sich ein individuelles Paar auch einbilden mag, eine Wahl getroffen zu haben – *sich zu verlieben* und so weiter –, in all dem steckt ein Element von Täuschung. Das System ist größer als irgendein Individuum.«

Phyllis guckte finster und lächelte dabei und stieß ihm, nicht ernsthaft verärgert, ihre Fingerspitze in die nackte Schulter. Genauso stellte sie sich vor, was jungen Männern durch den Kopf gehen mochte. »Glaubst du denn nicht, dass Verliebtsein echt ist?«

Die romantische Liebe, sagte Nicky streng, sei eine Erfindung des Westens, Zuckerguss auf eine vertraglich geregelte Vereinbarung.

»Und wenn ich dich nun lieben würde?«, sagte Phyllis.

»Das tätest du nicht wirklich. Du würdest es dir nur einbilden.«

All das war nur ein Spiel, das sie miteinander spielten, während sie Haut an Haut in seinem Bett lagen. »Ich muss gehen«, sagte Phyllis schließlich. »Hugh ist heute zum Abendbrot bei einem Freund. Ich hab ihnen erzählt, ich fahre zum Einkaufen in die Stadt. Normalerweise nehm ich für die Rückfahrt immer den Zug um halb sechs.«

»Siehst du?«, sagte Nicky selbstgefällig. »Eine Gefangene des Systems. Wer ist Hugh?«

Über Hugh könne sie nicht mit ihm reden, sagte sie. Nicht jetzt, nicht so, und Nicky war erleichtert, denn anderer Leute Kinder waren langweilig, zumindest als Gegenstand einer Unterhaltung. Als sie aufstehen wollte, tat er so, als würde er sie wieder runterdrücken, bewunderte ihre Nacktheit, küsste das dunkle Muttermal an ihrem Rippenbogen, die feinen Knöchel ihres Handgelenks.

Sie sei wie eine Sklavin, beharrte er, gezeichnet mit den Attributen des Reichtums ihres Herrn: der Uhr mit ihrem zierlichen goldenen Armband, den schicken goldenen Knoten, die sie als Ohrclips trug, unter den Haaren.

»Was redest du bloß für einen Unsinn«, sagte Phyllis fröhlich.

Aber sie musste aufstehen, wagte sich in seinem Morgenrock nach nebenan in das versiffte Badezimmer, um auf die Toilette zu gehen, sich untenrum zu waschen, sich wieder in Ordnung zu bringen. Er sah ihr vom Bett aus zu, während sie in seinem Zimmer herumhantierte, sich wieder anzog, und das mit einer Anmut, als sei dieser alltägliche Akt eine besondere Fertigkeit oder eine Kunst, wie sie in den winzigen Spiegel ihrer Puderdose schaute, sich die Lippen frisch schminkte und Handcreme aus einer Tube drückte, die sie in ihrer Tasche hatte. Es sei ja richtig harte Arbeit für solche herausgeputzten Frauen, sinnierte er, diesen Eindruck von unbeschwerter Eleganz zu erwecken. Ein Mädchen seines Alters hätte sich einfach in Jeans und T-Shirt geworfen. Sie fragte ihn, ob er eigentlich den Schlamm von seinem Blazer abbekommen habe, neulich nach ihrem Abenteuer bei den Chidgelys im Garten. Das wisse er gar nicht mehr, sagte er, und als sie sich auf die Suche machte, fand sie den Blazer zusammengeknautscht und immer noch mit den Dreckflecken vom Teich in einer Ecke. Sie hängte ihn auf einen Bügel und gab sich Mühe, die Knitterfalten mit den Händen glattzustreichen und den angetrockneten Schlamm abzuklopfen.

»Kannst du morgen wiederkommen?«, fragte Nicky ganz beflissen.

»Ach nein, morgen geht nicht. Da hab ich nachmittags in der Gruppe für kirchliche Bildungsarbeit zu tun.«

»Sag bloß, du bist Christin! Musst du da nicht zur Beichte gehen und Buße tun oder so was? Fasten, die ganze Nacht ausgestreckt auf einem Steinfußboden liegen.«

»Sei doch nicht albern. Ich bin Anglikanerin, für solche Übertreibungen sind wir nicht zu haben.«

Dass sie religiös sein sollte, war für ihn nicht weniger exotisch, als wenn sie gesagt hätte, sie sei eine Heidin oder sie glaube daran, Nadeln in Wachspuppen zu stechen. »Trotzdem, du musst doch Gewissensbisse haben«, beharrte er ernsthaft interessiert.

»Aber sieh mich doch an«, sagte sie ebenso ernst, während sie neben ihm auf dem Bett saß, um sie herum das Wirrsal seiner Decken, und ihm mit ihrer kühlen Hand die Wange streichelte. »Ich bin so was von verworfen, das Einzige auf der Welt, was ich jetzt wollen würde, wäre, dass wir's gleich noch mal machen. Jedenfalls bin ich eigentlich gar keine gute Christin, nicht das ganze Bekenntnis, von wegen am dritten Tag auferstanden und so. Aber an irgendwas muss man ja glauben, oder?«

»Absolut nicht. Ich glaube an gar nichts, nichts außerhalb dieses Zimmers, außerhalb meiner selbst.«

»Und an mich glaubst du nicht?«

Er bohrte sich mit der Nase in ihre Hand, die nach Lotion roch, Maiglöckchen. »Du bist ganz schön unglaublich«, sagte er, »überfällst mich hier am helllichten Nachmittag, reißt dir die Kleider vom Leib, hüpfst zu mir ins Bett. Ich wär ja verrückt, wenn ich an dich glauben würde. Du bist eindeutig eine Phantasieprojektion meiner Sehnsüchte.«

Phyllis genoss den Anblick seines unkontrollierten Gesichts, sein Profil: die über den tief liegenden Augen geschlossenen Lider, den dunklen Flaum auf seiner Oberlippe, die Wangenmuskeln, die sich anspannten, wenn er lächelte. Dieses schmale kleine, nur für ihn selbst bestimmte Lächeln war ihr Schatz, von dem sie zehren konnte, wenn sie nicht bei ihm war. »Dann muss ich wohl bald wiederkommen und dich davon überzeugen, dass es mich wirklich gibt. Nächsten Mittwoch könnt es wieder gehen. Das müsste ich hinkriegen, Mittwoch ist immer mein Ausgehtag. Ich schreibe dir.«

»Aber das ist ja eine ganze Woche! So lange kann ich nicht warten.«

Das werde er aber müssen, erwiderte sie beglückt.

»Und bitte nicht schreiben«, sagte er. »Hier gehen ständig Briefe verloren. Die werden geklaut, weil die Leute hoffen, dass Geld drin ist. Komm einfach vorbei. Ich bin am Mittwoch da.«

Als Phyllis die Tür mit ihrem Schlüssel öffnete, ihren Regenschirm auf der Türschwelle ausschüttelte und ihn zum Trocknen auf die Veranda stellte, hatte sie keine Gewissensbisse. Vom Sex taten ihr die Knochen weh, wund war sie davon, aber dieses wilde, frohlockende Gefühl, das war sicher unter ihren hübschen Kleidern und ihrer Unterwäsche versteckt. Heute Abend würde sie ein Bad nehmen, sich reinwaschen. Was gestern noch undenkbar gewesen war, erschien ihr jetzt unausweichlich und notwendig: Sie sah, dass sie fähig war, zwei grundverschiedene Dinge auf einmal zu tun, nämlich Ehefrau und gleichzeitig Geliebte zu sein. Diese beiden Seiten ihres

Ich existierten als zwei getrennte, abgeschlossene Kammern nebeneinander, sie brauchte beide gleichermaßen, und nur sie hatte den Schlüssel zu beiden – wie sollte das irgendwem schaden? Niemand, den sie hier zu Hause kannte, würde sich je in die Ladbroke Grove wagen, geschweige denn ins Everglade. Obwohl, da war natürlich noch Jean Knight, die ihren Sohn offenbar dort besucht hatte, denn die hatte ihr doch erzählt, dass sein Zimmer ziemlich scheußlich sei. Vor ihr musste Phyllis auf der Hut sein.

Als sie zu Hause in ihre Diele trat, den Regenmantel aufknöpfte und den Kopf senkte, um kurz in den quadratischen Spiegel der Flurgarderobe zu schauen, da war es für ein paar Sekunden eher ihr eigenes Heim, das sie scheußlich fand, wie einbalsamiert in seiner Ordnung und mit seinem Terpentingeruch nach Möbelpolitur, den ungeöffneten Briefen von heute früh, die fein säuberlich aufgereiht neben dem Telefon warteten, der Luft, die so unbewegt war, dass ihr während des kurzen Augenblicks der Selbstbetrachtung buchstäblich der Atem stockte. Nickys mit einer so gänzlich anderen Unbekümmertheit bewohntes Zimmer war dagegen Freiheit; dort konnte man einfach leben und die Verantwortung ablegen, genauso einfach, wie man seine Sachen auf den Boden fallen lässt. Ein Blütenblatt von den bronzefarbenen Chrysanthemen, die im Flur in einer Vase standen, segelte hinab, die Läuferstangen auf der Treppe glänzten matt; nachdem sie die Treppen im Everglade erklommen hatte, kam ihr selbst die hohe Decke mit ihrer stuckverzierten weißen Kuppel, in der sie einen schmiedeeisernen Kronleuchter mit Glühbirnen aufgehängt hatten, irgendwie eng und niedrig vor. Dort oben hatte sie das Gefühl gehabt, eine reinere Luft zu atmen. Zumindest äußerlich, vergewisserte sie sich beim Blick in den Spiegel, war sie unverändert, war noch dieselbe, die sie beim Weggehen gewesen war, ihr Gesicht immer noch genauso strahlend and lebenstüchtig – nur die Nase war gerötet, das Haar mit Regen benetzt. Als sie feststellte, dass sie ihr Seidentuch bei ihm vergessen hatte, war sie froh, denn sie stellte sich vor, wie es über seinem Stuhl hing wie ein Zeichen, das sie extra dagelassen hatte.

Colette, noch in ihrer Schuluniform, lehnte sich oben auf dem Treppenabsatz übers Geländer, die Stimme kratzig vor Unzufriedenheit. »Wo warst du denn? Was hast du gekauft?«

»Nichts, ich hab nichts gefunden, was mir gefiel. Wie war's in der Schule?«

»Katastrophal. Ich glaube, Mrs Bernhardt kann mich nicht leiden. Hast du mit Tante Anne Mittag gegessen? Da wär ich gern dabei gewesen.«

»Ich war ganz alleine. Die Fahrt hat sich überhaupt nicht gelohnt, wirklich.«

»Warum hast du denn nichts für mich gekauft?«

»Du weißt doch ganz genau, dass ich das gar nicht wagen würde. Die Sachen, die ich für dich aussuche, gefallen dir doch nie.«

»Aber du suchst ja gar nichts mehr für mich aus.«

»Vielleicht könntest du mal deine Schulkleidung ausziehen, damit sie nicht so zerknittert wird.«

Phyllis hängte ihren Regenmantel zum Trocknen auf den Bügel und stieg aus ihren Stöckelschuhen, begutachtete die Schmutzspritzer daran und brachte sie nach oben, um flache Schuhe anzuziehen. Selbst der Treppenteppich, den sie unter ihren nylonbestrumpften Sohlen spürte, war sinnlich. Sie hatte das Gefühl, den frischen Regenduft der Sträucher zu riechen, die grün durch die gemusterten Mattglasscheiben der Fenster im Treppenhaus schimmerten. Colette erschien halb ausgezogen auf dem Treppenabsatz, ihr war eingefallen, dass sie ihrer Mutter etwas sagen musste. »Hugh ist hier. Sie haben ihn zurückgebracht, der andere Junge ist anscheinend krank geworden. Seine Mutter hat vorher angerufen: Ein Glück, dass ich da war.«

»Oje, ja wirklich, ein Glück.«

»Sie hoffen, dass sich Hugh nicht angesteckt hat.«

»Hoffen wir das Beste. Er fängt sich ja nie was ein. Hat er schon Abendbrot gegessen?«

»Ich hab ihn grad in der Küche rumräubern gehört, also wahrscheinlich nicht.«

»Armer Hughie, da muss er ja am Verhungern sein. Ihr alle beide. Ich zieh mir nur schnell andre Schuhe an, dann mach ich Abendbrot. Daddy kann auch jeden Moment hier sein.«

Als sie an Hughs Tür klopfte, hörte sie nervöses Geraschel. »Du kannst nicht reinkommen!«

»Aber ich komm trotzdem rein.«

In seinen Schulshorts, Socken an den Füßen und mit aufgeschrammten Knien thronte er im Schneidersitz vor seinem auf einer aufgerissenen Papiertüte ausgebreiteten Festmahl: Sultaninen, essigtropfende eingelegte Perlzwiebeln, viereckige Brocken Kochschokolade, ein zerkrümelter Brühwürfel. Seine Krawatte war lose, um seinen Kopf herum stand das weißgoldene Haar wie ein Rüschenkranz. Phyllis musste daran denken, wie Colettes Kindermädchen in Kairo einmal gesagt hatte, Vollkommenheit ziehe den bösen Blick an. »Wo du jetzt mein Geheimnis gesehen hast«, sagte Hugh seelenruhig, »werde ich dich töten müssen. Wo warst du überhaupt? Neil hat gekotzt, drum mussten sie mich früher nach Hause bringen.«

»Das tut mir leid, mein Schätzchen, ich war in der Stadt. Und du kannst mich wirklich gerne töten, aber dass du dir deinen Proviant aus meinen Vorratsschränken zusammenstibitzt, find ich nicht in Ordnung.«

»Wo ich mir den Proviant jetzt schon besorgt hab, kann ich ihn auch essen. Was Schönes gekauft?«

»Nein, diesmal hab ich den Weg umsonst gemacht.«

Er warf eine Sultanine in die Luft und versuchte sie mit dem Mund zu fangen, was misslang. »Dir tun wohl die Füße weh, meine kleine Mutter?«, bedauerte er sie. »Und der Kopf?«

Hugh kann fühlen, wie ich mich fühle, dachte Phyllis mit einer kurzen Aufwallung von Liebe. Sie setzte sich zu ihm aufs Bett, und da kullerten die kleinen weißen Zwiebeln von der Papiertüte in die Falten seines Bettüberwurfs. »Ich weiß nicht, wie du die ohne was dazu essen kannst«, sagte sie, »die sind für Cocktails gedacht. Keine Ahnung, wie lange wir die schon haben.«

»Ich versteh nicht, wie du Cocktails trinken kannst, Mutter, die sind doch so was von ekelig.«

Er schnappte sich eine Zwiebel und wollte sie ihr in den Mund stecken, sie quiekte, lachte ihn aus, wich seinen suchenden Fingern aus. »Na los«, sagte er, »probier mal eine! Die sind gar nicht so schlecht.«

»Hughie, ich möchte nicht, hör auf, mich zu belümmeln.«

Er hielt sie weiter fest und näherte sich jetzt mit der Nase argwöhnisch ihrem Hals: Klein war er, aber stark, vom Rugby in der Schule war sein Oberkörper muskulös. »Du riechst so komisch! Du bist anders.«

»Das stimmt doch gar nicht! Das sind deine blöden Zwiebeln.« Aber sie sprang trotzdem auf; Hugh griff nach ihrer linken Hand.

»Und wo ist dein Ehering?«

Sie erschrak. Den müsse sie wohl unten in der Gästetoilette zum Händewaschen abgenommen haben, erklärte sie. »Ich geh nachsehen, du bleibst hier«, sagte Hugh streng. Er raste los, als wäre es ein Notfall, rannte die Treppe hinunter, immer drei Stufen auf einmal, obwohl sie ihm das verboten hatte. Phyllis flitzte rasch in ihr Zimmer, fummelte in ihrer Handtasche, wickelte den blöden Ring aus dem Papier und behauptete, als Hugh mit ernster Miene wieder zurückkam, er habe die ganze Zeit bei ihr auf dem Toilettentisch gelegen.

»Aber warum hast du ihn denn abgenommen? Du nimmst ihn doch sonst nie ab!«

Sie tat, als ob sie sauer war, und bat ihn, sie endlich in Ruhe zu lassen, sie wolle jetzt weiter Abendbrot machen, und außerdem habe sie Kopfschmerzen.

Beim Essen entwickelte sich das falsche Kopfweh zu einem echten, so echt, dass Phyllis kaum drei Gabeln von dem Nudelauflauf, den sie auf ihrem Teller hatte, herunterbekam; sie ging ins Schlafzimmer und legte sich mit geschlossenen Augen und zugezogenen Vorhängen hin.

Roger war immer so rücksichtsvoll, wenn sie krank war. Sie hörte, wie er in der Küche das schmutzige Geschirr für den nächsten Morgen zusammenstellte und dann ein Bad für Hugh einließ; Colette zerbrach einen Teller und verteidigte sich laut und zornig, obwohl ihr niemand einen Vorwurf gemacht hatte. Hugh zog sich im Badezimmer aus und leierte dabei seinen Stundenplan runter; Rogers Schwester Marnie, die mit der verwitweten Mutter zusammenwohnte, rief an, um Organisatorisches zu klären – sie sollten am Sonntag zu ihr zum Lunch kommen. Phyllis' Wahrnehmung schwebte irgendwo über dem allen, als ob sie tot sei und die anderen einfach ohne sie weitermachten. Sie schlief nicht, sondern lag unter der Tagesdecke auf der Seite, die Knie angezogen, und sah dem Wecker zu, der auf ihrem Nachttisch tickte: Wie erbarmungslos langsam er auf die nächste Woche zurückte, der weiße Plastikminutenzeiger mit seiner phosphoreszierenden grünen Spitze! Das zähe Halbdunkel in ihrem Zimmer ließ ahnen, dass sich das Wetter änderte. Der Abendhimmel zog sich in die Höhe und war wie reingewaschen, in den Bäumen und im Gras glitzerte die Nässe. Ein fahles Licht glitt über die Tapete.

Als Hugh im Bett war, rauchte Roger im Arbeitszimmer seine Pfeife und las Zeitung. Es gab so viel für ihn zu tun, die ganze unruhige Lage im Nahen Osten nach dem Krieg zwischen Israel und den arabischen Staaten. Wenn Phyllis an den Krieg dachte, sah sie Rogers runde Tabakdose mit dem gefältelten Papierfutter und den lose darin aufgehäuften Tabakfäden vor sich. »Das war doch eine gute Sache, dieser Krieg«, hatte sie gesagt, »oder etwa nicht? Ich meine, dass sie gewonnen haben. Die Juden haben es doch wohl verdient, ihr eigenes Land zu haben, nach allem, was sie durchmachen mussten, meinst du nicht auch?«

»Natürlich, keine Frage.«

Er war in die Reinigung seiner Pfeife vertieft, kratzte den Schmutz aus dem Pfeifenkopf und klopfte ihn in einem Aschenbecher aus; sein lakritzschwarzes Haar hatte die gleiche Farbe wie der klebrige Teer, nur dass es von Silberfäden durchwoben war. Er beantwortete Phyllis' Fragen immer ebenso ausführlich wie präzise, sah sie aber, während er sprach, nie richtig an, als wolle er sie schonen, als wolle er vermeiden, dass die Härte und der Pessimismus seiner Analysen sie mit voller Wucht trafen. »Das Problem ist bloß, bis gestern war ihr Land im Besitz von jemand anders. Man kann die Sache so oder so sehen.«

»Wenigstens war's schnell vorbei.«

»Für die Araber ist es ein schwerer Schlag. Die kommen nicht gut dabei weg.«

»Für Nasser und seine Leute. Aber hat der nicht schon längst mal einen Dämpfer gebraucht?«

»Zweifellos. Aber wer wird seinen Platz einnehmen?«

Er sah auf, und die leicht geröteten, haselnussfarben schimmernden braunen Augen in seinem von tausend Fältchen durchzogenen Gesicht blickten nachsichtig und sehr gescheit. Phyllis wurde ganz nervös und unruhig, wenn sie an Krieg dachte. Wäre sie doch bloß ein paar Jahre früher zur Welt gekommen, dann wäre sie eine von den tapferen WAAFs gewesen, den Luftwaffenhelferinnen, die Truppenbewegungen beobachteten oder mit Kopfhörern dem Radar lauschten: Aber sie war am D-Day 1944 gerade mal siebzehn und wohnte bei einer Tante in den Sussex Downs. Vor einer stickigen Bridgerunde war sie davongerannt, war meilenweit gelaufen, um mit den Händen in den Hosentaschen den Feldlerchen zuzuhören und ihren heimlichen Träumen nachzuhängen, und dabei hatte sie überhaupt nicht mitgekriegt, was los war. Als sie abends heimkam, hatte man dort die Bridgepartie abgebrochen, und alle waren nur noch mit den neusten Nachrichten beschäftigt. Und natürlich hatte Phyllis auch gleich Radio gehört, ganz intensiv sogar, aber hinterher hatte sie immer das Gefühl gehabt, ein bedeutendes Initiationsritual verpasst zu haben. Wo eigentlich ihre Kriegslust hätte sein sollen, war nichts als Leere.

»Daddy!«, rief Hugh vom Bett aus, seine Stimme klang melodisch und zugleich bedrohlich, wie die eines Vogels, der sich bereit macht für die Nacht. Morgens war er munter und aufgeweckt, aber abends war er stets ein bisschen ängstlich. Phyllis wusste, wie sie ihm die Hand auf die Stirn legen musste, um ihm den Sprung in den Schlaf zu erleichtern. Vor lauter Mitgefühl mit seinem kindlichen Bemühen schlief sie selbst ein und wachte, wie sie an den schwach leuchtenden Ziffern der Uhr erkannte, erst Stunden später wieder auf, als sie die Dunkelheit umschlossen hielt gleich einem dicken Tuch. Sie war immer noch angezogen, lag immer noch unter der Tagesdecke auf ihrer Seite des Betts, immer noch in genau der gleichen Haltung; als habe ihr Bewusstsein sich verflüchtigt und ihren Körper dagelassen wie eine leere Hülle. Ihre Kopfschmerzen waren verschwunden, ihr Geist war glasklar, die Stille so greifbar, dass sie Roger unten eine Seite umblättern, sich räuspern und von seinem Schreibtisch aufstehen hörte.

Er konnte unmöglich wissen, was sie getan hatte. Und trotzdem kam er Phyllis schwerfällig, nachsichtig und resigniert vor wie ein alter Mann, als sie ihn auf der Treppe hörte; sie sprang auf und drückte rasch auf den Lichtschalter, das Zimmer nahm seinen alltäglichen Charakter an. Er durfte sie nicht so in sich gekehrt vorfinden – sie musste sich beschäftigen, am Toilettentisch die Ohrringe ablegen, sich mit ihren Haaren befassen.

»Wie geht es deinem armen Kopf?«

»Schon viel besser, danke. Aber ich möchte ein Bad nehmen, ich bin schmutzig von der Stadt.«

»Soll ich dir eins einlassen? Ach, übrigens, Phyl, wo ist eigentlich das Hemd von dem Jungen?«

»Ja, bitte, wie lieb von dir. Welcher Junge? Ach so, das Hemd. Ich hab's ihm mit der Post geschickt, hab seine Mutter angerufen und sie nach der Adresse gefragt. Ich habe allerdings kaum Hoffnung, dass du deins jemals wiedersiehst.«

»Komisch, er war so ein heller Bursche, meinetwegen kann er's ruhig abtragen und sämtliche Knöpfe abreißen. Dann hast du also mit Jean telefoniert. Wie geht's ihr denn?«

»Ich glaube, ganz gut. Ich meine, ich kenne sie ja kaum. Ich weiß noch, wie ich mal mit Colette bei ihr zu Hause war – Colette war damals noch ein Baby –, dass ich damals dachte, so ein altes Haus hat zwar Charakter, aber es verlangt einem auch viel ab.«

»Ich hab den Eindruck, dass Peter das Haus nicht besonders mag. Jeans Familie ist uralter Adel, Peter ist ganz anders. Obwohl, in seinem Fach scheint er sehr kompetent zu sein.«

»Öl, nicht wahr?«

»Öl. Aber er ist älter als sie, er wird wohl schon langsam an den Ruhestand denken.«

Phyllis war beim Abschminken. Wie sie so mit Coldcream im Gesicht Rogers Spiegelbild zulächelte, sah sie aus wie ein Clown. Die Rohre stöhnten und erfüllten das ganze Haus mit zweckgerichtetem Wasserrauschen, Dampf und dem sauberen Duft von Badedas. »Ich glaub, diesen Nicholas Knight, den laden wir nicht noch mal ein«, sagte sie. »Findest du nicht auch, dass er ein bisschen langweilig ist? So idealistisch, jung. Er ist zu weit weg von uns.«

»Mir hat er gut gefallen.«

»Ich kann mir nicht vorstellen, ihn mit unseren Freunden zusammenzubringen.«

»Normalerweise hast du in diesen Dingen recht. Aber vielleicht sind ja unsere Freunde langweilig. Hughie hat übrigens eine ganze Weile gebraucht, bis er zur Ruhe gekommen ist. Hoffentlich hat er sich nichts eingefangen.«

Doch das hatte er. Nur ungefähr eine Stunde nachdem sie eingeschlafen waren – züchtig Rücken an Rücken, unter der Bettdecke leicht mit den nach hinten ausgestreckten Händen sich berührend, wortlos Abschied nehmend, ehe sie sich trennten für die Nacht –, war Phyllis wieder wach und aus dem Bett. Sie hielt Hughs Kopf und streichelte sein verschwitztes Haar, während er sich in eine Schale übergab – Sultaninen, Schokolade, Makkaroni mit Käse, alles Mögliche. Dann ging sie die Schale ausgießen, holte einen Eimer mit heißem Wasser und Dettol, um die Sauerei auf dem Fußboden zu beseitigen und sein Nachtschränkchen abzuwischen, zog die schmutzige Bettwäsche ab, um sie am Morgen zu waschen und auszukochen, holte saubere aus dem Schrank, machte das Bett wieder frisch und legte ein Handtuch auf die Decke, falls es zu weiteren Unfällen kommen sollte. Hugh saß bleich und fröstelnd auf einem Stuhl, hielt die ausgespülte Brechschale auf dem Schoß und beugte sich darüber. »Das waren deine Zwiebeln«, sagte er reumütig. »Die stinken ekelhaft.«

»Das glaub ich kaum. Ich würde eher meinen, du hast das Gleiche, was Neil hat.«

Es war nichts Ernstes. Die Krankheit dauerte nur ein paar Tage.

Colette konnte ihre Tante Marnie, die Schwester ihres Vaters, nicht leiden, was zum Teil damit zu tun hatte, dass manche Leute sagten, sie sei ihr ähnlich: Sie hatte Angst, dass sie im Alter ebenfalls ledig, fies und korpulent sein und auch so einen Atombusen und so eine schroffe Männerstimme haben werde. Marnie trug das Haar als wurstartige Rolle um den Kopf gelegt; ihr Gesicht glich dem einer hölzernen Gliederpuppe; die aufgemalten Augen ganz weit offen – kleine Stupsnase, die Wangen hochrot getüpfelt von geplatzten Äderchen. Tante und Nichte hatten die gleiche unbequeme Art zu stehen, die geballten Fäuste an den Seiten runterhängend, die Unterlippe vorgeschoben. Marnie hatte an der Universität Französisch studiert und konnte bei *Brain of Britain* im Radio alle Fragen beantworten; sie schrieb eine wöchentliche Kolumne für eine Zeitung in Guildford, machte Wahlkampf für die Liberalen, rauchte vierzig Capstan Full Strength am Tag.

Wenn sie sonntags das Mittagessen zubereitete und dabei ungerührt ihre Zigarettenasche in die Soße fallen ließ, hatte sie inmitten all der dampfenden und brodelnden Töpfe um sich herum die durchaus unweibliche Anmutung eines Kapitäns, der auf der Brücke steht und ein kniffliges Manöver durchführt. Das Essen, das sie auftischte, war sättigend und funktional, Hausmannskost; bei Tisch transpirierte sie, benutzte ihre Leinenserviette, um sich Luft zuzufächeln, und wenn Roger den Braten tranchierte, schaute sie ihm andächtig dabei zu. Hugh beförderte verstohlen Dinge, die er nicht mochte, auf den Teller seiner Mutter. Wenn sie fertig waren mit Essen, verschwanden die Leinenservietten wieder in ihren Täschchen, die jeweils im Kettenstich mit den Namen der Benutzer bestickt waren. Als Colette und Hugh geboren wurden, hatte Rogers Mutter für die beiden neue Täschchen genäht, Phyllis aber musste nach wie vor das mit dem X für Gäste nehmen – sie erzählte das immer als lustige Anekdote. Und es stimmte wirklich, dass sie nach all den vielen Jahren in diesem Haus immer noch eine Außenseiterin war. Angesichts der dort herrschenden düsteren Atmosphäre – die Jalousien waren stets auf halbmast, um das grelle Licht abzuwehren –, war Roger dankbar für das strahlend helle Gesicht und die frische, modische Garderobe seiner Frau, ihren schnellen Verstand und ihre schlanke Figur.

Marnie, die glühende Atheistin, versuchte, sich mit Phyllis darüber zu streiten, dass diese regelmäßig in die

Kirche ging. Phyllis pflichtete ihr bei, dass es in der Welt nicht gerade von Beweisen für eine gütige Vorsehung wimmele. Aber sie liebe nun mal die Stimmung im Gottesdienst, die Blumen und den Gesang, sie finde es erbaulich, auch wenn es Unsinn sei.

»Wie kann man nur dasitzen und sich diesen ganzen Hokuspokus anhören!«

»Aber nenn es doch nicht Hokuspokus«, meinte Roger milde.

»Warum denn nicht?«

»Weil das ein Klischee ist, das alte Langweiler benutzen.«

Marnie wurde rot. Sie tat Phyllis leid. Sie bewunderte ihren Bruder so sehr für seine Klugheit. Vor langer Zeit, vor dem Krieg, muss im Hause Fischer, in diesem hässlichen großen, frei stehenden Haus hier in Guildford mit seinen hohen, wallartigen Eibenhecken, fieberhaft an kulturellen Verbesserungen gearbeitet worden sein: Amateurtheater, Wortspiele, ein kleiner Flügel. Roger war geflüchtet – zuerst aufs Internat und dann in den Krieg; Marnie hingegen hatte sich nach dem Schlaganfall ihres Vaters, der eine eigene Steuerkanzlei betrieb, in ihr Schicksal gefügt; sie hatte die Universität geschmissen und war brav wieder nach Hause gekommen, um den Senior pflegen zu helfen. Marnie verbrachte ihre Zeit am liebsten mit Männern oder Jungen; im Allgemeinen langweilte sie sich in Gesellschaft von Frauen. Die einzige Ausnahme war ihre äußerst langweilige Mutter, die das Glück hatte, dass Marnie ihr treu ergeben war. »Aber eins muss man ihr lassen«, sagte Phyllis. »In Sachen Geduld ist deine Tante eine richtige Heilige. Ich würde das nicht aushalten, mich den ganzen Tag rund um die Uhr um deine Großmutter zu kümmern.«

Sie hatte ein schlechtes Gewissen, weil sie ihrerseits nämlich eine Abneigung hatte gegen die harmlose alte Witwe mit ihrem großen weichen Körper und dem milden Schafsgesicht, den dichten weißen Locken und dem wirren Geist. Sie bewunderte die resolute Marnie, die nie genervt war und ihr immer wieder dieselben Liebesromane aus der Bücherei brachte, obwohl Mrs Fischer, bis das Buch zu Ende war, die Handlung längst vergessen hatte, genauso wie die handelnden Personen. Marnie akzeptierte den eingefahrenen Trott ihrer Mutter wie ein Gesetz, ihre Wehwehchen und Arzneien, die Fernsehsendungen, das Stricken, die Bevorratung mit Lutschbonbons. Hugh wurde von Großmutter und Tante abgöttisch geliebt und hatte es nicht leicht, ihren Umarmungen zu entrinnen; wenn sie sich auf ihn stürzten und ihn drückten, zuckte er hinterher fragend die Achseln oder rieb sich das Kinn. Mrs Fischer war davon besessen, den rechten Augenblick zu finden, um den beiden Enkelkindern die vom vielen Umarmen ganz heiß gewordenen Half-Crown-Münzen in die Hand zu drücken. Marnie missbilligte Phyllis' Grundsätze der Kindererziehung, wusste sich aber zu beherrschen und enthielt sich jedes Kommentars; sie und Roger hatten früher für deutlich weniger als das, was ihre Nichte sich erlauben durfte, Prügel bezogen und waren in den Schrank unter der Treppe gesperrt worden. Colette kam ihr irgendwie schwierig vor – das Kind sei ja eine richtige kleine »Bolschi«, sagte sie gern – und sie achtete mit der gleichen Wachsamkeit, mit der sie bei der BBC auf Sprachschludereien achtete, auf jede etwaige Bedrohung der Familientradition.

Colette aber hockte unterdessen da, den Kopf so tief überm Teller, dass ihr, wie Tante Marnie tadelnd bemerkte, die Haare in die Soße fielen, kaute ihren Braten und verachtete sich zugleich dafür, dass er ihr schmeckte; zuvor hatten sie in aller Ausführlichkeit darüber gesprochen, dass Hugh immer so leicht krank wurde, was ihre Freude am Essen allerdings getrübt hatte. In ihren Träumen war Colette ätherisch, brauchte keine Brille und hatte einen Appetit wie ein Spatz. Ihr Vater schob inzwischen den wässrigen Blumenkohl an den Tellerrand, was Marnies Protest provozierte. »Roger, den Blumenkohl hab ich extra für dich gekocht! Den isst du doch so gerne!«

»Ach so? Ich meine mich eigentlich zu erinnern, dass ich keinen Blumenkohl mag.«

»Früher mochtest du ihn immer sehr«, sagte die alte Mrs Fischer schwach.

»Er mag ihn nur nicht so gerne mit Käsesauce«, bot Phyllis versöhnlich an, als seien das hier Friedensverhandlungen, bei denen sie einen Kompromiss vorschlug. Mit finsterer Miene, krampfhaft das beinerne Heft ihres Messers umklammernd, versuchte Colette angestrengt, vor ihrem inneren Auge das Bild von Mrs Bernhardt entstehen zu lassen, die das Gegenteil von all dem Banalen und Philisterhaften hier war – »philisterhaft« war ein Lieblingswort ihrer Englischlehrerin. Gewiss tunkte sie in diesem Augenblick Madeleines in eine *Tisane* und blätterte dabei in den Versen der Silver Poets; oder vielleicht war sie auch im Kino, in einer Sonntagsmatinee, und sah sich einen freizügigen französischen Schwarzweißfilm an. Ihre Lehrerin war feingliedrig, dünnlippig, trug ihr graubraunes Haar zum Knoten geschlungen, die Lider schwer von müder Ironie; wenn sie sich den Kreidestaub von den nikotinfleckigen Fingern klopfte, sah sie aus wie eine hartgesottene, professionelle Virginia Woolf. Sie hatte Colette für ihren Aufsatz über *Was ihr wollt* eine Eins plus gegeben – aber kühl, das spürte Colette. *Raffiniert und perfekt*, hatte sie druntergeschrieben. Je länger Colette über *raffiniert und perfekt* brütete, desto mehr war sie überzeugt, dass darin ein versteckter Tadel, ja sogar Verachtung lag. Clever zu sein war ein Unheil; besser, man war natürlich, strengte sich nicht zu sehr an. Wenn Colette im Unterricht die Hand hob, dachte sie immer, Mrs B. senke ihre schweren Lider nur, weil sie ihr vorspielen wollte, dass sie für niemanden außer ihr Augen hatte. Endlich – wenn alle anderen dummes Zeug geredet hatten – schickte sie sich, gleichsam aus Erschöpfung, ins Unvermeidliche: »Nun, Colette«?

Die alte Mrs Fischer plapperte beim Essen beharrlich und selbstvergessen vor sich hin und bemerkte bei Dampfpudding mit Vanillesoße, wenn der kleine Hugh Unfug treibe, wäre es am besten, ihn schnellstens aufs Internat zu schicken. Phyllis hatte die Gesellschaft mit der Geschichte von Milo Barnes-Pryces Sandale amüsiert. Hugh sah zum ersten Mal aufmerksam und interessiert auf, Roger und Phyllis saßen kerzengerade da. Dieser Streit war zwischen ihnen noch nicht beigelegt.

»Ich glaube, er ist noch nicht reif fürs Internat.« Phyllis schickte ein strahlendes Lächeln in die Runde und legte den Löffel hin, ohne ihren Pudding aufgegessen zu haben. »Und mit der Schule bei uns vor Ort sind wir sehr zufrieden.«

»Roger hat sich in Abingdon sehr wohlgefühlt. Wir haben ihm seinen kleinen Koffer gepackt, ich hab ihm jedes halbe Jahr eine Kiste mit selbst gebackenem Früchtekuchen geschickt.«

»Aber die Zeiten haben sich geändert.«

»Du willst doch nicht, dass er schlechte Angewohnheiten entwickelt«, warnte Marnie. »Jungs können sehr klammern, wenn man nicht beizeiten was dagegen tut.«

»Hugh hat keine schlechten Angewohnheiten. Das ist ein ganz normaler kindlicher Spaß, das tut ihm gut.«

»Aber Roger sagt, er will ohne dich nicht einschlafen.«

»Hast du ihr das erzählt, Roger?«

Roger wehrte ab, er ärgerte sich über seine Schwester. »Jetzt ist weder der richtige Zeitpunkt für so etwas, noch ist dies der rechte Ort.«

»Aber bist du nicht auch dieser Meinung?«

»Meinetwegen kannst du mich ruhig nach Abingdon schicken«, sekundierte Hugh seinem Vater beherzt. »Wenn du meinst, ich bin reif dafür.«

Mrs Fischer strahlte. »So ist's brav, mein Junge!«

»Ich bin nicht dein Junge«, hörte Colette ihren Bruder in seine Serviette murmeln.

Meine Erziehung interessiert anscheinend keinen, dachte sie. Wenn Mädchen klammern, das ist offenbar egal. In Wirklichkeit war sie jedoch erleichtert, dass sich die Frage nach dem Internat bei ihr nie ernsthaft gestellt hatte. Sie konnte sich lebhaft ausmalen, wie schrecklich das sein musste – ein gemeinsamer Schlafsaal und, schlimmer noch, ein Gemeinschaftsbad, all die demütigenden

Intimgerüche –, das mit anderen zu teilen, mit den Mädchen, die sie schon in der Schule kaum ertragen konnte, und dann auch noch mit ihnen zusammen Mittag zu essen. Dort wäre sie vollends deren System ausgeliefert gewesen, ohne Rückzugsmöglichkeiten, ohne eine Chance, für sich zu sein. Außerdem wusste sie, dass es bei dem, was Hugh erwartete, nicht wirklich um Bildung ging oder darum, Dinge zu erfahren und zu verstehen. Dafür brauchte man kein Internat, das konnte man sich mehr oder weniger aus Büchern aneignen, zusammen mit ein paar beiläufigen Bemerkungen und Unterscheidungskriterien von ein, zwei guten Lehrern. Vor allem von Mrs B., die zwar Colette vielleicht nicht leiden konnte, ihr aber trotzdem genügend Tipps gab, die ihr helfen konnten, ihren Weg zu finden, so was wie die lebensrettende Fährte aus Brotkrumen im dunklen Wald. Was Hugh in Abingdon tatsächlich lernen würde, scherte im Grunde niemanden. Sie wollten, dass ihn das Internat kraft der ihm eigenen Alchemie ummodeln sollte, damit auch er dereinst aus jenem mysteriösen und angeblich goldenen, allen anderen überlegenen Stoff gemacht sein möge, aus dem sie selbst gemacht waren. Nun ja, ihren Vater hatten sie schon einmal umgemodelt, und er war überlegen. Aber Colette beneidete Hugh nicht. Sie wollte nicht umgemodelt werden oder irgendeine Initiation über sich ergehen lassen, um einem bestimmten Stamm anzugehören.

»Hugh weiß nicht, was er redet«, sagte Phyllis böse. »Er hat so viele gute Freunde hier. Die Barnes-Pryces schicken Milo auch noch nicht irgendwo hin.«

»Da irrst du, Mutter. Offenbar gibt es dort Pläne für die Zeit nach Weihnachten.«

Marnie zündete ihre Nach-Pudding-und-vor-Kaffee-Zigarette an, schüttelte das Streichholz kräftig aus – Mrs Fischer sammelte in einer Schublade die ausgeschnittenen Witze von den Rückseiten ihrer Streichholzschachteln – und warf Phyllis einen triumphierenden Holzpuppenblick zu. Roger beendete die Debatte mit der Bemerkung, dass er sich noch nicht entschieden habe. »Ich muss das alles noch mit Phyl besprechen. Ich weiß gar nicht, wieso das hier plötzlich diskutiert werden muss.«

Phyllis spürte schmerzhaft, dass Hugh sie verraten hatte. Seit diesem blöden Theater um den Ehering hatte sich zwischen ihnen etwas verändert. Er war kühler geworden, hatte begonnen, sich von ihr zu lösen; davor hatte sie sich immer gefürchtet, obwohl sie andererseits auch akzeptiert hatte, dass es notwendig und sogar etwas Gutes war. In ihrem Kopf blitzte eine Vision von Entschädigung auf, genauso glänzend unlogisch wie jene schwebenden Objekte aus Licht, die ihr vor einer Migräne vor den Augen verschwammen; doch solange sie in Guildford war, wollte sie nicht an Nicky Knight denken, durfte sie nicht an ihn denken. Er durfte nicht existieren, nicht hier, nicht in dieser Gesellschaft – nicht mit seinen langen Haaren, den ungepflegten Schlaghosen, dem offenen, ungebügelten Hemd, dem spöttischen Gemoser, dem dünnen Lächeln, den beleidigenden Ansichten, mit seinem ganzen so hinreißend beleidigenden Habitus. Aber eigentlich war es ja auch gar kein richtiges An-ihn-Denken. Es war eher ein Empfinden, so was wie ein Finger, der ihren Körper hinunterzog, sie dahinschmelzen und sich auflösen ließ und der dem so absurd schmerzhaften Gedanken daran, dass sie ihren kleinen Sohn in Bälde verlieren würde, etwas von seiner Schärfe nahm. Um den Schmerz zu verdrängen, stellte sie sich vor, dass sie sich auf einen Tausch einließ: Abingdon gegen das Zimmer in der Ladbroke Grove, ganz so, als existiere zwischen diesen beiden Orten eine ebenso bedeutungsvolle wie tröstliche Beziehung, und das, obwohl sie selbstverständlich wusste, dass dem nicht so war.

3

Als sie das nächste Mal ins Everglade fuhr, also an ihrem zweiten Mittwoch, war sie fast blind vor Liebe zu Nicky; hinterher konnte sie sich kaum noch erinnern, wie sie den Weg durch diese Straßen dort geschafft hatte, die ihr beim ersten Mal so abweisend vorgekommen waren. Diesmal schien die Sonne; ein altes Pferd schnaubte aus seinen rosa-schwarzen, mit stacheligen weißen Haaren gesäumten Nüstern, wartete geduldig, stampfte mit den Hufen und ließ seinen widerlich strohgrünen Mist zwischen den Deichselstangen eines Lumpensammlerwagens auf die Straße fallen, auf dem sich ein kaputter Gasherd, Küchenstühle, schmutziges Bettzeug, ein vergoldeter Spiegel und eine exakt in der Mitte auseinandergebrochene Waschschüssel mit Rosenknospenmuster türmten. Arbeiter, die mit dem Abriss einer Häuserzeile beschäftigt waren, hatten ihr bewundernd hinterhergepfiffen, und ein paar Minuten später hörte sie das satte, dumpfe Krachen einer langsam in sich zusammenfallenden Wand. Trotz des Schleiers aus Schmutz und Alter, der über allem lag, war das Foyer des Everglade noch immer wunderschön: schwarz-weiße Marmorfliesen, ein Stuckfries mit tanzenden Mänaden, die schwindelerregend kühn geschwungene Steintreppe mit ihrem verschnörkelten schmiedeeisernen Geländer und dem schlanken Handlauf aus dunklem Mahagoni – bis hinauf zu dem großen Oberlicht. Phyllis war so selbstvergessen glücklich, dass sie das ihr entgegenkommende dunkelhäutige Mädchen mit dem dicken Stapel medizinischer Fachbücher unterm Arm beinah umrannte; die Bücher fielen zu Boden, Phyllis bückte sich und hob sie auf, während das Mädchen dabeistand und mit vorwurfsvoller Miene zusah. Phyllis entschuldigte sich ganz unbefangen und mit geradezu überbordender Freundlichkeit; sie wünschte sich so sehr, auch mit hierherzugehören. »Das ist ja phantastisch! Sie sind wohl Schwesternschülerin?«

»Ich *bin* Schwester«, sagte die andere nüchtern. Ihren abweisenden Ton nahm Phyllis gar nicht richtig wahr, ihr fiel nur der starke karibische Akzent auf und dann, als sie ihr die Bücher abnahm, die blassen Handflächen, die an Perlmutt erinnerten, genau wie ihre sauber geschnittenen Fingernägel. Sie sagte nicht Danke, aber das war egal. Als Phyllis die Treppe hinaufging und dann durch den Flur zu Nickys Tür, lief ihr plötzlich ein heftiger Angstschauer über den Rücken: Was, wenn er vergessen hatte, dass sie kam? Aber er hatte es nicht vergessen, natürlich nicht. Er hatte sich sogar peinlich auf ihren Besuch vorbereitet. Direkt aufgeräumt hatte er zwar nicht, aber wenigstens hatte er die Anziehsachen und die Bücher, die vorher mitten im Zimmer gelegen hatten, etwas beiseitegeschoben; nicht ohne Rührung sah sie, dass er eine Flasche Mateus Rosé samt Korkenzieher und zwei Gläsern bereitgestellt hatte. Als er den Korken herausziehen wollte, zitterten ihm so sehr die Hände, dass Phyllis es ihm abnahm: Sie konnte einfach alles. Es war warm dort oben unterm Dach um diese Zeit, gegen Ende September, wo das Wetter reif und schön war; sein Puppentheaterfenster stand halb offen.

»Meine liebe Mrs Fischer«, sagte Nicky mit gespieltem Staunen, als sie wieder nackt in seinem Bett lag, »was machen Sie denn hier? Wir kennen uns doch kaum.«

Sein hemmungslos lüsterner Blick war fast so erregend, als ob er sie berührte. So hatte sie sich noch nie anschauen lassen, so völlig ohne ironische Nebenbemerkung: weder von Roger noch von diesem anderen Mann. Nicky war so zügellos und ungehemmt, wenn sie miteinander schliefen, dass auch sie alle Hemmungen ablegte und es ihr egal war, wie er sie sah. Die eheliche Liebe war zu artig, dachte sie, verharrte draußen vor der Tür, hinter der diese Art Erkennen sich befand, durchschritt sie aber nie, gestattete sich nie die nötige Freizügigkeit. Ihr Zusammenleben mit ihrem Mann war erwachsen und rücksichtsvoll, darum waren sie auch im Bett immer rücksichtsvoll, ja geradezu jungfräulich. Außerdem hatte sie nach Colettes Geburt mehrere Fehlgeburten erlitten, deswegen waren sie schließlich nach England zurückgekehrt. Dadurch war ihr Liebesleben von der Last des Scheiterns überschattet, sie waren zaghaft geworden. Nicky hatte keine Geschichte des Scheiterns hinter sich und keine erwachsene Autorität über sich in der Welt, und wenn er mit ihr schlief, dann mit seiner ganzen offenherzigen Konzentration – und mit einer Eindringlichkeit, als gäbe es nichts anderes, nichts, was wichtig war. Und darum fand auch Phyllis dann nichts anderes mehr wichtig.

Wenn Phyllis hinterher an jene ersten Wochen zurückdachte, erinnerte sie sich an den schier endlosen Altweibersommer, der sie begleitete, an sattes Licht und ölige Hitze; später dann gab es helle, straffe, frostige Mittwoche, wenn die Bäume selbst bei Windstille den beißenden Wechsel der Jahreszeiten spürten und die ersten Blätter abwarfen, die lustlos und irgendwie unglaubwürdig überall in der Stadt auf dem Gehweg liegen blieben. Phyllis wehrte sich eine ganze Weile dagegen, sich das Problematische ihrer Liebesaffäre einzugestehen. Sie erwähnte weder den Altersunterschied zwischen ihnen, noch sprach sie über ihren Mann. Auch den Gedanken, dass das, was sie taten, nicht rechtens war, ließ sie nicht an sich heran. Die Moral war in ihrer Vorstellung ein Mahlwerk, das unerbittlich mahlte und seine unanfechtbaren, aber hässlichen Urteile ausstieß, wie die Maschinerie einer Fabrik, ohne jedes Verständnis für die Feinheiten ihres Seelenlebens. Natürlich wusste sie, dass sie Verrat beging an ihrem Mann und ihren Kindern und dass das nicht rechtens war, aber sie wusste es auf die gleiche unpersönliche, dumpfe Art, wie sie noch aus der Schule über den Frieden von Wien Bescheid wusste oder über die Aufhebung der Korngesetze.

Stimmt schon: Wenn Phyllis zu Hause lügen musste, geriet ihr Selbstbild jedes Mal ein bisschen ins Kippen, aber gleichzeitig ging es so einfach und so mühelos, dass sie es unbekümmert immer wieder tat. Wenn Roger eine Bemerkung darüber machte, dass sie ja neuerdings so regelmäßig in die Stadt fahre, erklärte sie, so eine kleine Ortsveränderung sei der reinste Stimmungsaufheller. Er müsse sich keine Sorgen machen, sie werde schon nicht sein ganzes Geld ausgeben, sie fahre eigentlich gar nicht zum Shoppen hin. Manchmal gehe sie ins British Museum – oder in die Tate Gallery zu den Constables. Aber er habe ja gar nichts dagegen, dass sie sein Geld ausgebe, sagte Roger dann und fügte scherzhaft hinzu, natürlich nur, solange es im Rahmen bleibe. Die Lügen kamen ihr so leicht über die lächelnden Lippen, scheinbar ohne die geringste Anstrengung. Hin und wieder verbrachte sie den Vormittag wirklich mit ihren Schwestern und aß mit ihnen zu Mittag, um einen nachprüfbaren Vorwand für ihre Ausflüge zu haben. Sie liebte Jane und Anne, die so ernsthaft und solide waren, dass sie sich daneben immer wie das Nesthäkchen vorkam. Beide waren grobknochig und hochgewachsen. Anne war Zeichenlehrerin am Kunst-College in Chelsea; Jane mit ihren ironischen Sticheleien war mit einem Pastor verheiratet und ein frommes Glied der Hochkirche. Eigentlich hätte sich Phyllis schrecklich fühlen und sogar Angst haben müssen, weil sie ihre geliebten, respektablen Schwestern für ihren Betrug benutzte. Doch es passierte nichts dergleichen.

Und wenn sie sich dann am U-Bahnhof Piccadilly verabschiedet und einander noch liebe Grüße für ihre jeweiligen Familien aufgetragen hatten, eilte sie weiter, doch nicht etwa zum U-Bahnhof Waterloo, um den nächsten Zug nach Hause zu nehmen, sondern nach Ladbroke Grove und in Nickys Zimmer, und sie ließ alles hinter sich, was ihr Beisammensein hätte stören können. Um so viele Stunden mit ihm betrogen, achtete sie an diesen Nachmittagen nicht auf die Zeit, nahm ihre kleine goldene Armbanduhr ab und warf sie in ihre Handtasche, wo sie sie nicht sehen konnte. Die Tage wurden langsam kürzer, um sie herum das Zimmer dunkler, wenn sie eng umschlungen dalagen, sein junger Körper so eckig im Zwielicht. Sie erzählte Nicky, was für ein Wildfang sie einst gewesen war, wie sie auf Bäume geklettert und von zu Hause weggelaufen war; er erzählte ihr von seiner Kindheit in Suffolk, wo er Molche und Ringelnattern gehalten hatte. Eine Zeit lang, sagte er, bevor seine Eltern ins Ausland gegangen waren, hatte er die Dorfschule besucht, wo noch auf Schiefertafeln geschrieben wurde und die ärmsten Kinder Krätze hatten und barfuß gingen. Einmal sei er nachmittags mit dem Kopf auf der Bank eingeschlafen, und der Lehrer habe den anderen gesagt, sie sollten ihn nicht wecken. Er habe mit seinem Asthma zu tun gehabt, und sein Vater, der das Ganze für eine nervöse Störung hielt, die man mit Disziplin in den Griff kriegen könne, habe nicht zugelassen, dass er Medikamente dafür bekam. »Meine Mutter hat meine Tropfen in der Schublade eines alten Kartentischs versteckt, bis der Arzt meinte, dass es an der Zeit sei, mal mit meinem Vater zu reden, so von Mann zu Mann, und Mum deswegen Ärger bekam. Mein Vater ist eine Bestie, ich hasse ihn. Mum hat mir abends Geschichte und Latein beigebracht und meine Gedichte gelesen; aber zu guter Letzt musste man mich ja herausreißen aus meinem glücklichen Leben. Das Internat ist Folter für solche wie mich.«

Phyllis redete nie mit ihm darüber, dass Hugh aufs Internat geschickt werden sollte; abergläubisch, wie sie war, erwähnte sie Nicky gegenüber im Allgemeinen noch nicht einmal den Namen ihres Sohnes, wohingegen sie ihm ziemlich oft Sachen erzählte, die mit Colette zu tun hatten. In ihrer Phantasie bewahrte sie jedes noch so kleine Detail aus Nickys Vergangenheit, denn alles kam ihr magisch vor, wie aus einem Märchenbuch. Dass sie, als er klein war, einmal mit Roger auf Cressing zu Besuch gewesen war, wusste er nicht mehr. Sie erzählte ihm davon, fasste sich aber kurz, um ihn nicht daran zu erinnern, dass sie der Generation seiner Eltern angehörte. Sie schmiegte sich im Bett an Nicky und hatte das Gefühl, als habe sich die Haut dazwischen, die eins vom anderen schied, so fein ausgedehnt, dass sie fast wie eine einzige Gestalt waren, und wenn sie sich trennten, tat es ihr so weh, als würde ihr ein Teil von ihrem Körper abgerissen. An diesen Nachmittagen wurde es immer sehr spät, bis sie wieder zu Hause war. Oft war Roger schon vor ihr da, und die Kinder waren unwirsch, weil sie Hunger hatten. »Aber ihr hättet euch doch einen Toast machen können!«, sagte Phyllis dann aufgeräumt und war nicht bereit, ein schlechtes Gewissen zu haben oder sich um ihr Glück bringen zu lassen. War sie nicht sonst immer da, wenn sie nach Hause kamen, an jedem anderen Wochentag? »Euer Vater hätte euch ja auch mal was zu essen machen können.«

»Red doch keinen Blödsinn, der arbeitet ja in seinem Zimmer«, sagte Hugh. »Und außerdem, Männer können doch gar nicht kochen. Ich werde es nie lernen.«

»Die berühmtesten Köche der Welt sind allesamt Männer.«

»Das sind garantiert lauter Waschlappen«, sagte Hugh.

»Wir dachten doch die ganze Zeit, dass du endlich kommst«, maulte Colette, »aber Pustekuchen.«

Sie lungerte in der Küche herum, während Phyllis die Kartoffeln aufsetzte und die Fleischbällchen aus dem Kühlschrank nahm, die sie gestern Abend vorbereitet hatte, und sie zu braten begann. Phyllis war sich dessen nicht bewusst, aber obwohl sie, wenn sie abends von Nicky kam, zu Hause die gleiche unerschütterliche Heiterkeit wie sonst auch an den Tag legte, gab es doch so gewisse Anzeichen, die erahnen ließen, dass irgendwas anders war: Sie hatte ganz heiße Wangen, ihre kurzen Bemerkungen waren spitz, ihre raschen Blicke irgendwie abweisend, als würde sie ihre Familie neuerdings mit einer gewissen skeptischen Distanziertheit betrachten. In solchen Momenten fühlte sich Colette zu ihrer Mutter hingezogen, sie sehnte sich nach weiblicher Vertrautheit. Verzweifelt hielt sie Phyllis ihre kurzen, mit Tinte bekleckten Finger mit den abgeknabberten Nägeln vor die Nase. »Meinst du nicht auch, dass eine Frau nur wirklich schön sein kann, wenn sie auch schöne Hände hat?«

Phyllis drehte mit dem Pfannenwender die Fleischbällchen um. »Ich könnte dir was auf die Nägel machen, damit du aufhörst zu knabbern.«

»Aber meine Hände sind so patschig! Das ist doch hoffnungslos. Ich möchte auch so schmale, ausdrucksvolle Hände haben wie du, mit spitzen Fingern, nicht diese grauenvollen Dinger hier.«

»Du hast hübsche, praktische Hände, Schätzchen, genau wie dein Vater. Könntest du sie jetzt mal bitte benutzen und im Esszimmer den Tisch decken?«

Durchaus bewusst war Phyllis allerdings an diesen Mittwochabenden, dass sie gar nicht richtig anwesend war, dass sie wie ein Gespenst durch diese Räume geisterte, die sie in der Vergangenheit so ansprechend eingerichtet hatte. Ohne sie verlotterte hier alles: Niemand hob Hughs Schultasche auf, wischte seine Kuchenkrümel weg oder zog die Vorhänge zu; niemand knipste die Lampen an, die sie überall in den Zimmern aufgestellt hatte, damit sie ihr warmes, einladendes Licht verbreiteten; alles lag im kalten, grellen Licht der Deckenlampe. Eigentlich hätte ihr das ein schlechtes Gewissen machen müssen, doch sie dachte nur verärgert, es sei doch wirklich nicht so schwer, in der Wohnung für eine behagliche Atmosphäre zu sorgen. Warum bemühte sich niemand außer ihr darum? Vielleicht war es ihnen egal, oder sie merkten es gar nicht. Roger hatte sich inzwischen mit Abingdon in Verbindung gesetzt. Er wollte irgendwann an einem Wochenende mit Hugh hinfahren und sich die Schule ansehen. Fall sie sich dafür entschieden, müsste Phyllis ihm seine Uniform besorgen und alles, was er sonst noch brauchte. Hugh war anscheinend ganz begeistert von der Idee, aufs Internat zu gehen, auch wenn sich Phyllis ziemlich sicher war, dass er keine Vorstellung davon hatte, was ihn tatsächlich erwartete. Seine Sammlungen könne er aber dorthin nicht mitnehmen, warnte sie ihn.

»Das weiß ich«, sagte er. »Ich bin ja schließlich kein Baby mehr. Ich will nur nicht, dass da irgendeiner drangeht, wenn ich weg bin. Niemand darf mein Zimmer betreten, unter gar keinen Umständen. Und das gilt auch für dich, Mutter.«

»Aber Mandy muss zum Staubwischen rein.«

»Die zählt nicht.«

Phyllis begann unterdessen, Pläne zu schmieden, wie sie und Nicky eine ganze Nacht miteinander verbringen könnten. Sie schrieb an ihren alten Vater in Leamington Spa, der ungern telefonierte, und schlug vor, ihn vor

Weihnachten besuchen zu kommen. Sie dachte sich, es würde niemand merken, wenn sie am Nachmittag aus Otterley wegführe und erst am nächsten Morgen in Leamington ankäme.

Und dann, eines Mittwochs gegen Ende Oktober, noch ehe ihr Vater geantwortet hatte, kam sie ins Everglade, war ganz von einer närrischen Vorfreude erfüllt und konnte es kaum erwarten, sich ihm hinzugeben – doch Nicky war nicht da, seine Tür war abgeschlossen. Es hing nur ein Zettel dran: *Bin mit meiner Mutter essen.* Plötzlich sah sie, was für eine Riesendummheit es war, dass sie sich nie überlegt hatten, wie sie miteinander kommunizieren sollten, sodass er sie hätte vorwarnen können. Im Everglade gab es unten im Foyer ein Telefon in einer kleinen Kabine aus lackiertem Holz, deren Tür in den Angeln hing, und Nicky hatte ihr erzählt, dass die auch benutzt wurde; hätte sie ihm doch bloß ihre Nummer gegeben, dann hätte er sie anrufen können. Oder wenn sie die Nummer der Telefonzelle gehabt hätte, dann hätte sie im Notfall dort anrufen können; irgendjemand wäre sicher rangegangen und hätte ihm etwas ausgerichtet. Sie hatten sich einfach nicht die Mühe gemacht, Vorsorge zu treffen, falls es Komplikationen gab: Vielleicht aus Aberglauben, oder weil sie meinten, dass über ihren Mittwochnachmittagen ein Zauber lag und darum gar nichts schiefgehen könne. Wie dem auch sei, das war der Moment, in dem bei ihr ein abrupter Bewusstseinswandel eintrat. Plötzlich stürmten all die Erkenntnisse auf sie ein, die sie beide die ganze Zeit verdrängt hatten.

Phyllis weinte nicht. Sie weinte nur sehr selten. Ihre

Schwestern hatten in der Jugend immer viel geweint; selbst jetzt noch kamen ihnen rasch die Tränen, wenn sie beim Lunch von ihren Kindern sprachen oder von der Vergangenheit oder von ihrer toten Mutter, und das, obwohl sie beide vornehme erwachsene Frauen waren – und so vernünftig und humorvoll. Wenn sie sich die Tränen abwischten, mussten sie über sich selber lachen. Phyllis aber hatte schon, als sie noch ganz klein war, beschlossen, sich keine Tränen zu gestatten: Lieber lenkte sie die anderen ab und passte auf, dass niemand ihren Kummer sah. Und so blieb sie nach diesem Schlag nur ein paar Minuten unschlüssig und leicht taumelnd vor Nickys Tür stehen. Ihr war ganz übel vor Enttäuschung, sodass sie sich mit der behandschuhten Faust an dem lackierten Holz abstützen musste. Er hatte ihr nicht den kleinsten Tipp hinterlassen, was sie jetzt machen sollte. Auf ihn warten? Und wenn er nun mit seiner Mutter im Schlepptau hier auftauchte? Wie auch immer, seine Tür war abgeschlossen; sie konnte ja schlecht stundenlang hier draußen im Hausflur stehen bleiben, wo sie jeder, der vorbeikam, sah. Vielleicht sollte sie wirklich in die Tate gehen und sich die Constables anschauen, an die sie sich nur vage erinnerte; womöglich wären die ein Trost, so luftig und so grün, aber sie konnte sich nicht aufraffen. Sie wollte einfach nur zu Nicky, weiter gar nichts. Was für eine quälende Vorstellung, noch eine Woche länger warten zu müssen. Nach vorn war jeder Zug versperrt, sie war wie ein Tier in der Falle. Und was, wenn seine Tür in einer Woche erneut verschlossen wäre?

Das Dachgeschoss des Everglade mit seinem weiten Oberlicht bildete eine halbrunde Galerie, von der aus man durch die seit Jahrzehnten nicht mehr geputzten Glasscheiben entweder nach unten in das schwindelerregende Treppenhaus schauen konnte oder hinauf in die Wolken, die ganz nah und schmutzig grau erschienen. Jedes Geräusch, das in diesem Treppenhaus gleichsam in die Höhe gezogen wurde, hallte nach wie die Toneffekte im Kino. Phyllis hörte unten das explosive Krachen der schweren Doppeltüren aus Teakholz und Glas, die in ihren Messingscharnieren zurückpendelten, und dann Schritte, die nach oben kamen. Wie ein Opfer in einem Film stand sie da und lauschte; Nickys Zimmer lag an einem der von der Galerie abzweigenden Flure. Es gab ihr einen Stich, als sie feststellte, dass sie den Klang seiner Schritte nicht kannte, dass sie sie noch nie richtig gehört hatte. Aber bestimmt nicht so, so entschlossen – trug er nicht immer solche alten Turnschuhe, die fast auseinanderfielen? Und sicher würde er nicht so bedächtig langsam gehen, sondern nähme in der Hoffnung, sie hier vorzufinden, immer zwei Stufen auf einmal und würde lauter Entschuldigungen hervorsprudeln. Andererseits, die Schritte kamen bis ganz nach oben und dann durch seinen Flur und auf sie zu.

Es war die junge Frau, deren Bücher sie neulich runtergeschmissen hatte; Phyllis drückte sich mit dem Rücken an die Tür, um sie vorbeizulassen. Diesmal kam sie ihr weniger unscheinbar vor: größer, der Teint im Halbschatten noch dunkler, irgendwie souverän in ihrer Schwesterntracht unter dem Umhang aus marineblauem Gabardine, und ein bisschen schief, weil sie der schwere Ranzen runterzog, den sie über der Schulter trug. Das Gesicht, der ganze Kopf wie in Stein gemeißelt, Wangenknochen, die direkt von der Schläfe abzugehen schienen, sehr hohe Stirn, weit zurückweichender Haaransatz, das glanzlose schwarze Haar zum Dutt geknotet. Als sie näher kam, roch Phyllis ihren Schweiß – vom Treppensteigen und von dem langen Arbeitstag, den sie hinter sich hatte –, ein Schweißgeruch, in den sich eine strenge Note mischte: Desinfektionsmittel. Dagegen kam ihr eigener Parfümduft ihr jetzt beinah frivol vor.

»Nicky ist nicht da«, rechtfertigte sie sich. »Ich kann nicht rein.«

Die andere blieb stehen, ohne ein Lächeln, und las den Zettel. »Dann sind Sie gar nicht seine Mutter«, sagte sie.

In ihrer Verzweiflung war Phyllis alles egal. »Offensichtlich nicht.«

»Das dachte ich mir schon.«

Und dann, als strenge es sie zu sehr an, noch mehr zu sagen, ging die Krankenschwester weiter den Flur entlang. Bestimmt hatte sie Phyllis schon öfter zu Nicky kommen oder wieder weggehen sehen. Auf einmal traf sie die schockierende Erkenntnis, dass diese Fremde, der sie mit herablassender Nettigkeit begegnet war, sich ihre eigene, gewiss nicht gerade schmeichelhafte Meinung über sie gebildet hatte. Im Gegensatz zu ihrer Welt hatte sie die von Nicky stets als zügellos und chaotisch empfunden und war gar nicht auf die Idee gekommen, dass sich hier irgendwer ein Urteil über sie erlauben könnte. Sie fühlte sich durchschaut und auch beschämt, und diese Uniform, die Schwesterntracht, all das machte sie aggressiv. Gewisse Autoritätspersonen – Lehrer etwa oder Krankenschwestern, sogar die aufdringliche Frau im Postamt, die ihr das Kindergeld auszahlte – hatten bei Phyllis schon immer eine geradezu infantile Trotzreaktion ausgelöst; in ihrem Kampf dagegen hatte sie sich auf ihr hübsches Äußeres und ihren scharfen Verstand verlassen und auf das Überlegenheitsgefühl, das man in ihren Kreisen eben hatte, genau wie früher in der Schule, wo sie ihre Lehrer rasend gemacht hatte. Und plötzlich kam sie sich entsetzlich dumm vor. Da hatte sie sich extra herausgeputzt, und nun stand sie hier rum und konnte nicht vor und nicht zurück, weil Nicky, der fast noch jung genug war, um ihr Sohn zu sein, sie für ein Rendezvous mit seiner richtigen Mutter versetzt hatte. Phyllis war drauf und dran zu gehen. Sie würde Nicky eine Nachricht hinterlassen, einfach unten auf seinen Zettel gekritzelt und ganz neutral, sodass es alle lesen konnten. Natürlich hätte sie ihm gern Vorwürfe gemacht: *Wie konntest du nur? Das werde ich dir nie verzeihen.* Andererseits war sie unterwürfig, es konnte schließlich sein, dass er sie nicht mehr begehrte. *Schade, ich hab dich verpasst. Bis nächste Woche.* Kein Name, kein Fragezeichen. Sie suchte in ihrer Handtasche nach einem Bleistift.

Die Krankenschwester hatte unterdessen ihre Schlüssel herausgeholt und schickte sich an, eine Tür auf der anderen Seite des Flurs aufzuschließen – Gott sei Dank wohnte sie wenigstens nicht direkt nebenan, konnte also nichts gehört haben. Sie hatten sich geliebt, als wären sie alleine auf der Welt. »Wollen Sie den ganzen Tag hier auf ihn warten?«, fragte sie. »Das würde ich Ihnen aber nicht raten. Kommen Sie lieber mit rein, trinken Sie eine Tasse Tee. Ich will sowieso grade Wasser aufsetzen.«

Phyllis wollte eigentlich weder Tee und noch einen Rat

noch sonst irgendwas von dieser Krankenschwester, diesem Wesen aus einer Welt, die ihr fremd war. Aber noch länger hier draußen vor seiner Tür warten konnte sie auch nicht, und wenn Nicky nun ins Everglade zurückkäme, und sie wär nicht mehr da – was für eine qualvolle Vorstellung! Also fragte sie die Krankenschwester nach ihrer Zimmernummer und schrieb sie mit dem Ministift aus ihrem Taschenkalender ganz unten an den Rand von Nickys Zettel. »Das ist wirklich reizend von Ihnen«, flötete sie formvollendet höflich. »Einfach ein Missverständnis, wir haben uns verpasst. Ich bin übrigens Phyllis. Freut mich, Sie kennenzulernen. Sie sind ein Engel.«

Der steife Rücken, mit dem ihr die Krankenschwester die Tür aufhielt, war eine Absage an diese Art der Konversation; ihr Name sei Barbara Jones, erwiderte sie knapp. Phyllis scheute sich, ihren Nachnamen zu nennen, obwohl sie es für recht unwahrscheinlich hielt, dass sich die Wege dieser Barbara Jones irgendwann einmal mit denen der Fischers kreuzten. Barbaras Zimmer war ebenfalls eine Mansarde, genau wie Nickys, nur kleiner und mit noch weniger Licht, obwohl es ein ganzes Fenster für sich allein hatte, einen schlichten Fensterflügel, der auf einen weit unten gelegenen Innenhof hinausging, in den die Mieter ihren Müll geworfen hatten. Geschwader von Tauben vollführten dort ihre Flugkunststücke, bei ihren Loopings reflektierten ihre grell aufblitzenden Bäuche das Licht, und Phyllis äußerte Bewunderung, Barbara jedoch nannte sie eine Plage und sagte, sie würden Krankheiten übertragen. Sie gehörten einem Mann, der sie in einem Schlag auf dem Dachboden hielt. An einem in die Wand geschlagenen Nagel hing zwischen den beiden Frauen auf einem Bügel, fast wie eine dritte Person, eine Schwesterntracht, passend zu der, die Barbara unter ihrem Umhang trug: ein altmodisches langes marineblaues Kleid ähnlich dem einer Nonne, mit einer gebügelten und gestärkten weißen Schürze und einer Haube aus weißem Leinen. Das strenge, für Barbara wadenlange Kleid war wie gemacht für ihre hagere Statur. Als sie sich runterbeugte, um den Tee aufzubrühen, schien es, als bestünde sie aus nichts als Schultern und Knien und aus ihren großen Füßen, schmal wie Boote in den schwarzen Strümpfen und den Schnürschuhen. Mit leisem Rauschen flackerte die blaue Gasflamme unter dem Teekessel.

Sie komme aus Grenada, sagte Barbara. »Ich bin da weg, als sie in England die Quote für karibische Mädchen erlassen haben, zur Unterstützung für das staatliche Gesundheitswesen. Das war eine Chance.«

Phyllis gab sich einen Ruck. »Lieben Sie Ihre Arbeit?«, fragte sie angelegentlich.

Barbara sagte nein, überhaupt nicht. Eigentlich habe sie Ärztin werden wollen, es habe aber bloß zur Krankenschwester gereicht. Es sei ein harter Job. »Ein paar von den älteren Schwestern sind Monster, besonders zu den schwarzen Mädchen. Wenn du die Betten machst, und die Falte vom Betttuch ist nicht genau in der Mitte von der Matratze, musst du alles wieder rausreißen und neu machen, vor aller Augen. Du darfst nie vor einer älteren Schwester durch die Tür gehen, selbst wenn sie nur eine Klasse über dir ist, sonst machen sie dich fertig.«

Sie habe die ganze Nacht Dienst gehabt, erklärte sie, auf einer Station im St Mary's Hospital in Paddington, und am Morgen sei sie dann noch zum Lernen in die Bibliothek gegangen. Sie habe bald ihre Prüfungen zur Vollschwester, eine praktisch und eine schriftlich.

»Und dann können Sie auch ein Monster sein.«

Barbara lachte, ohne aufzublicken. »Das werden wir dann sehen.«

Diese Selbstaufopferung ein ganzes Leben lang, ein Leben, das tickend auf der Armbanduhr verrann, die Barbara mit einer Sicherheitsnadel an ihrer Brusttasche festgesteckt hatte, kam Phyllis wie ein Vorwurf vor; sie sah sich um in diesem Zimmer, das bar jeden Trostes war: zwei plumpe, mit grünem Plüsch bezogene Stühle, Tee und eine Keksdose, ein Kamin, in dem kein Gasfeuer brannte, an einem anderen Nagel hing eine Wärmflasche, ein Einzelbett mit einer Decke aus kleinen gestrickten Vierecken. Ein Tisch, auf dem sich Lehrbücher stapelten, alle akkurat auf Kante. Eigentlich hätte Barbara doch völlig uninteressant sein müssen, aber als sie den Tee in die Kanne löffelte und das kochende Wasser darübergoss, konnte Phyllis den Blick nicht von ihren kastanienbraunen Unterarmen mit den kreideweißen Ellenbogen lassen. Im Ausguss, in dem sie offenbar auch ihr Geschirr abspülte und die Wäsche und sich selbst wusch, stand ein Eimer mit kaltem Wasser und darin eine Flasche Milch.

»Das ist ein ganz erstaunlicher Ort«, sagte Phyllis. »Das Everglade.«

»Haben Sie das Klo gesehen? Das muss ich mir mit sechs Leuten teilen, und einer davon ist ein richtiger Schmutzfink. Ich bin froh, wenn das hier endlich alles abgerissen wird. Ich wohn hier nur, weil's so schön billig ist.«

»Wenn was abgerissen wird?«

»Das wissen Sie nicht? Das ganze Viertel hier wird abgerissen, Gott sei Dank. Die bauen doch hier eine neue Schnellstraße, Westway.«

»Ach so? Davon weiß ich ja gar nichts.«

Phyllis hatte sich vorgestellt, das Leben im Everglade werde ewig so bleiben, wie es jetzt war. Dass Barbara sich über den bevorstehenden Untergang des Viertels freute, nahm sie ihr übel, sie hatte missbilligend den Mund zu einem harten, dünnen Strich verzogen: Jetzt war sie für Phyllis die Frau auf dem Postamt. Allerdings machte sie einen starken Tee, servierte ihn sogar in Porzellantassen, und als sie ihr einen Keks anbot, einen Jammie Dodger, griff Phyllis zu, denn sie hatte Appetit auf Süßes. Normalerweise aß sie an den Tagen, an denen sie Nicky besuchte, kaum etwas – wenn sie bei ihm war, fiel es ihr leicht, auf Essen zu verzichten, zumal sie jetzt mehr denn je auf ihre Linie achtete. Grenada müsse herrlich sein, sagte sie. Sie habe jahrelang in Kairo gelebt, da wisse sie, wie grau und trist einem England mit seinem ewigen Regen vorkommen könne.

Dass Grenada Ähnlichkeit mit Kairo habe, könne sie sich kaum vorstellen, sagte Barbara. »Ich bin sehr streng erzogen. Wenn meine Familie wüsste, in was für einer Bude ich hier hause, das wär ein Schock für sie. Mein Onkel ist ein Mann der Kirche, die denken doch, ich wohn noch im Studentenheim. Ich wär gern irgendwo, wo's mehr Kultur gibt.«

Phyllis hatte immer gemeint, Ausländer müssten London einfach prächtig finden. »Und doch sind Sie hier mehr zu Hause als ich«, sagte sie aufmunternd. »Ich kenne längst nicht jeden Teil der Stadt. Für mich ist das hier alles neu.«

»Mir wär's lieber, wenn ich mich hier nicht so gut auskennen würde. Ich war mal in Oxford, das fand ich ganz gut. Oder Stratford-upon-Avon, da möcht ich gerne wohnen.«

Wenn sie ihre Prüfungen bestanden hätte, könnte sie ja vielleicht Bewerbungen an die dortigen Krankenhäuser schicken, sagte Phyllis, obwohl sie sich eigentlich nicht vorstellen konnte, dass Barbara nach Oxford passte. Als sie ihren Tee ausgetrunken hatte, wusste sie, dass sie gehen musste; die erschöpfte Krankenschwester sehnte sich gewiss danach, allein zu sein, ihre Tracht abzulegen, die Vorhänge zuzuziehen, damit das Licht nicht hereinkam, zu schlafen – ihre Augen waren gelblich und mit lauter geplatzten Äderchen. Und dennoch überkam Phyllis auf einmal das Bedürfnis, dieser Fremden alles zu erzählen. Sie hatte mit niemandem über ihre Affäre geredet: Freundinnen, mit denen sie so vertraut war, hatte sie keine, und mit ihren Schwestern zu reden, kam nicht in Betracht. Als sie Barbara fragte, ob sie Nicky kenne – sie nannte ihn »meinen Freund Nicholas« –, wich Barbara ihrem Blick aus.

»Ich kenne ihn nur flüchtig«, sagte sie. »Er ist ein Freund von meinem Freund Sam Harris, das ist mein Cousin aus der Heimat, ein Musiker. Ich glaube jedenfalls, dass die irgendwas miteinander zu tun haben. Wie kann denn ich so einen näher kennen?«

»Aber was ist er denn für einer? Wie ist Nicholas denn?«

Sie zuckte die Achseln, wegwerfend. »Gebildet, kann gut reden, hat aber keinen ordentlichen Job und trägt keinen guten Anzug. Ich möchte mal wissen, wieso der rumläuft wie ein armer Mann? Warum sucht er sich keine Arbeit, keine etwas bessere Wohnung?«

»Er ist Schriftsteller, er arbeitet. Es dauert eben seine Zeit, bis man davon leben kann.«

»Na ja, kann sein. Stimmt schon, ich bin immer zu ernst, das sagt jeder.«

Barbara lehnte sich in dem niedrigen Sessel zurück, unvorteilhaft, mit vorgereckten Knien, die langen Waden, abfallend auf einer Seite, den Oberkörper an die wärmende Teetasse geschmiegt; Phyllis hockte wie ein albern bunt gefiederter Vogel – so jedenfalls kam sie sich vor – auf der Kante des anderen Stuhls. »Ich kann's Ihnen ja ruhig sagen«, fuhr sie mit gespielter Armesündermiene fort, als sei das Ganze Stoff für eine Komödie leicht skandalösen Inhalts, »also, ich bin in Nicky verliebt. Und außerdem bin ich mit jemand anders verheiratet und hab zwei Kinder. Aber ich liebe Nicky. Ich hab davor noch nie jemanden geliebt, nicht so. Ich weiß gar nicht, warum ich Ihnen das erzähle. Und ich hab es noch nie jemandem erzählt. Natürlich verachten Sie mich jetzt dafür. Lächerlich, nicht wahr? Ich nehme an, Sie halten mich jetzt für absolut zügellos. Vom Alter her passt er besser zu Ihnen als zu mir.«

Barbara wandte den Blick ab und schnalzte vorwurfsvoll mit der Zunge. »Eine erwachsene Frau! Wie können Sie nur so unvernünftig sein!«

»Tja, und trotzdem – es ist halt passiert. Er liebt mich auch.«

»Machen Sie Schluss mit ihm. Denken Sie doch mal an Ihre Kinder!«

»Ich kann nicht.«

»Sind Sie Christin?«

Ja, sagte Phyllis, aber anscheinend keine besonders gute; Barbara erwiderte, sie solle beten und die Bibel lesen. Phyllis glaubte kaum, dass die Bibel da viel helfen könnte. Sie erinnerte sich aus dem Religionsunterricht in der Schule an David und Goliath, an Jakob mit den ganzen Herden und den vielen Ehefrauen, an Judith, die dem Holofernes den Kopf abgeschlagen hatte. Aber vielleicht war ja bei den Lehren der Kirche tatsächlich was für sie dabei, wenn sie nur wüsste, wie sie sich da durchfinden sollte. Irgendwas, das ihr Halt geben und ihr helfen würde zu erkennen, was sie tat und wie sie damit aufhören konnte, wenn Aufhören wirklich das war, was sie tun musste. *Ich hebe meine Augen auf zu den Bergen*, erinnerte sie sich dunkel. Sie dachte, dass sie nun nach Hause gehen sollte, und stand auf; sie hielt es einfach nicht mehr aus in diesem ärmlichen puritanischen Zimmer.

»Es geht mich ja nichts an«, sagte Barbara kühl.

Phyllis' Abgang war ohne Höflichkeit, nicht einmal für den Tee bedankte sie sich mehr.

Unterdessen saßen Nicky und seine Mutter in ihrem angestammten Restaurant, dem University Women's Club, beim Lunch und ließen es sich schmecken: Rosenkohlsuppe und paniertes Kalbsschnitzel. Jean hatte ein paar Porzellanteile aus Cressing mitgebracht, die zur Reparatur mussten, und danach hatte sie spontan bei ihrem Sohn vorbeigeschaut, und er hatte nichts dagegen gehabt, mit ihr essen zu gehen, weil er nicht erleben wollte, wie enttäuscht sie gewesen wäre, wenn er sie weggeschickt hätte. Gott sei Dank war sie nicht ein, zwei Stunden später gekommen! Als er die Tür aufgemacht hatte und sie mit erwartungsfrohem Lächeln ob der gelungenen Überraschung dort stehen sah, war er erst einmal konsterniert – er hatte ja mit Phyllis gerechnet – und dann hatte er seine Mutter plötzlich in einem ganz anderen Licht gesehen, schick angezogen für den Ausflug in die Stadt, in ihrem dunkelblauen Kostüm mit Rüschenbluse, Puder und Lippenstift, unterm Hut hervorschauende Perlenohrringe, Regenmantel überm Arm. Aber seine Mutter war alt, ihre hübsche Fassade war abgeblättert und verblasst.

Allerdings war Jean Knight nicht annähernd so konventionell, wie ihr Lebensstil vermuten ließ. Sie hatte es amüsant gefunden, dass sie ihn in seinen verlotterten Klamotten mitnahm in ihren spießigen Club, obwohl sie ihn oben in seinem Zimmer immerhin noch hatte überreden können, sich zu kämmen, den Blazer anzuziehen, den Phyllis ihm gerettet hatte, und eine Krawatte umzubinden – wobei sie den Knoten machen musste, während er wie ein Schulbub brav das Kinn hob. Und während sie an ihm herumnestelte, drängelte Nicky die ganze Zeit, dass sie gehen sollten, weil ja Phyllis jeden Moment auftauchen konnte. Mit spöttischem Blick begutachtete Jean ihren Sohn und zupfte ihm noch rasch den Kragen zurecht. »Und wenn sie uns im Club nicht reinlassen, dann gehen wir eben irgendwo Spaghetti essen«, sagte sie. »Und dann tret ich zurück und werde ihnen sagen, dass du die große Hoffnung der künftigen Generationen bist.«

In seiner Kindheit, ehe sie ihn aufs Internat schickten, war seine Mutter genau auf diese Art seine Komplizin gewesen, weltfremd und exzentrisch, ironisch. Sie hatte ihn gedeckt, wenn er etwas kaputt gemacht hatte, hatte Krankheiten erfunden, um ihm den Albtraum fremder Kindergeburtstage zu ersparen, hatte ihm geholfen zu schummeln, wenn die Hausaufgaben zu schwer waren. Aber sie hatte sich nie in seine Spiele oder seine großen Zukunftspläne eingemischt und stets mit geradezu ängstlicher Scheu seine kindliche Privatsphäre respektiert. Jean hatte ihm weit über seine eigentliche Schlafenszeit hinaus vorgelesen; wenn sein Vater zu Hause war und streng nach oben rief, schrak sie zusammen, war aus ihrer Geschichte herausgerissen und wusste einen Augenblick lang gar nicht mehr, wo sie stehen geblieben war. Damals, als er klein war, war Nicky immer hin und weg gewesen, wenn sie so erschrocken ausgesehen hatte – linkisch und groß, mit blassen Sommersprossen und krausem mattbraunem Haar. Doch schon damals hatte etwas im Verhalten seines Vaters ihm gesagt, dass ihre Schönheit in der Welt da draußen keine sonderlich wertvolle Währung war. Heutzutage war ihr widerspenstiges Haar mittels einer Dauerwelle zum Erliegen gebracht, langweilig braun gefärbt und von den Schläfen aus in zwei festen Rollen hinten festgesteckt, was die Aufmerksamkeit auf ihre schöne Kopfform lenkte.

Seine Krawatte erwies sich als Glücksbringer und verschaffte ihnen den Zutritt zum Club; von dem Kellner einmal abgesehen, war er der einzige Mann in diesem schäbigen, hohen Saal, in dem neben jeder mit Schreibmaschine getippten Speisekarte ein keusches Blumensträußchen stand. Das verstärkte Nickys Wahrnehmung seiner eigenen männlichen Eigenschaften, wie der Lästerei und der Spöttelei. Die Damen an den anderen Tischen, meist zu zweit, Altertumsforscherinnen vielleicht oder übrig gebliebene Suffragetten, unterhielten sich leise murmelnd wie in einer Bibliothek; sie hatten ihre festen Ansichten und waren es gewohnt, dem Kellner Befehle zu erteilen; ihre weichen, schmucklosen Gesichter und Körper aber waren unbeholfen und verwahrlost, als hätten sie seit Jahren nicht mehr mit Interesse oder Hoffnung in den Spiegel geschaut. Wie anders Phyllis doch war! Nicky machte sich Sorgen, weil er sie verpasst hatte – aber er hatte ihr eine Nachricht hinterlassen und vertraute darauf, dass sie Verständnis haben würde. Phyllis war flexibel: Sie würde eben stattdessen shoppen gehen. Es gefiel ihm, sie sich bei einer so banalen Tätigkeit wie Shoppen vorzustellen. Eigentlich, sinnierte er, beruhte ihre Harmonie auf ihrer Gegensätzlichkeit – beide waren sie Experten, nur eben jeder in einem anderen und gänzlich eigenen Bereich. Jean wollte wissen, ob er vorhabe, die Fischers noch einmal zu besuchen. »Sie fanden dich offenbar sehr nett.«

Als Nicky sagte, er hab es dort langweilig gefunden, Roger Fischer habe die ganze Zeit bloß vom Außenministerium erzählt, ließ sie enttäuscht den Kopf hängen. »Aber er ist doch so ein kluger Kopf. Schade, ich war mir sicher, dass ihr etwas miteinander anfangen könnt. Vielleicht war das Ganze ja ein Fehler, eine dumme Idee von mir. Aber Phyllis ist doch lustig, oder? Ich hab gehört, es gab einen kleinen Unfall mit deinem Hemd – hast du dich bekleckert?«

»Ich hab mich natürlich wie ein Idiot benommen. Hab den aggressiven Marxisten gemimt und gegessen wie jemand, der keine Manieren hat.«

»Du warst sicher ganz bezaubernd. Roger ist wahrscheinlich selbst marxistisch angehaucht. Er steht sehr weit links, weißt du, für einen Mann in seiner Position. Er durchschaut die Dinge.«

Nicky nahm die Flasche Sauternes und schenkte ihnen nach. »Und wie war's bei der Reparaturfirma? Was war denn kaputtgegangen? Was um alles in der Welt machst du bloß den lieben langen Tag allein in Cressing? Wirst du nicht verrückt, so ganz ohne Gesellschaft, nur mit dem Hund und Mrs Chick?«

Er habe ja keine Ahnung, wie zeitaufwendig so ein privilegierter Müßiggang sei, erwiderte sie. Alles, was einmal funktioniert habe, gehe früher oder später kaputt: Sogar Mrs Chick, die Haushälterin, sei missmutig und leide an Ischias. Jean müsse sich ständig mit irgendwelchen Gelegenheitsarbeitern herumschlagen, oder sie stelle Mädchen als Putzhilfen ein und entlasse sie dann nicht wieder, egal, wie faul, wie aufsässig oder wie schwanger sie waren. »Und ansonsten Lesen und Gartenarbeit«, fügte sie vage hinzu. Sie musste lachen, als sie von dem kaputten Teeservice erzählte und Nicky mittendrin herzhaft gähnte, ohne Hand vorm Mund, die Arme hinterm Kopf verschränkte und beide Beine weit von sich streckte, was an den anderen Tischen gelinde Aufmerksamkeit erregte. »Das ist wirklich ein gutes Zeichen«, sagte sie, »dass du dich nicht für Porzellan interessierst! Ich fänd's grässlich, wenn es anders wäre. Du bist so revolutionär, wahrscheinlich träumst du ja davon, wie du das Teegeschirr aus feinem Porzellan zertrampelst.«

»Ja, und wie ich den Kopf von Mrs Chick auf einer Stange aufgespießt herumtrage.«

»Der aufgespießte Kopf, der da herumgetragen wird, mein Schatz, wird eher meiner sein. Mrs Chick wird zur Klasse der Rehabilitierten gehören, sich im besten Zimmer breitmachen und den ganzen Port austrinken – nicht, dass wir überhaupt Port haben. Die geistlose Schmarotzerin, für die es in der helleren Zukunft keine Rolle gibt, bin ich. Das ist mein voller Ernst. Ich glaube an eine hellere Zukunft, und es ist mir wirklich schleierhaft, was ich dort anzubieten hätte.«

»Ich wünschte, ich könnte deinen Glauben teilen.«

»Ich fühle, dass sie kommt. Und natürlich macht sie mir furchtbare Angst. Ich bin so tief verstrickt in alles, was in der Gegenwart falschläuft. Aber ist für Revolutionäre eine helle Zukunft nicht *de rigueur*?«

»Zusammen mit dem Niederreißen der Häuser der Oberschicht. Aber ich bin kein Revolutionär: Vom Temperament her ungeeignet, ich kann mich einfach nicht zu der nötigen Begeisterung aufschwingen.«

»Dein Vater findet auch, dass Cressing abgerissen werden sollte, allerdings aus anderen Gründen.«

Darüber, was sie beide wussten, redeten sie nicht. Wenn Jean sich nicht im Londoner Quartier der Knights am Woburn Square aufhielt, ließ Peter seine Geliebte dort wohnen, eine hübsche, gut gepolsterte Frau mit messingblondem Haar, bei der er immer war, wenn er aus Teheran kam, weil er geschäftlich in London zu tun hatte – sie war die Ex-Frau eines jüngeren Kollegen.

Wenn Jean die Absicht hatte, sich in London aufzuhalten, informierte sie ihren Gatten stets vorab per Telegramm. Peter lamentierte fortwährend, was für eine permanente finanzielle Belastung Cressing mit seinen undichten Stellen und in seinem baufälligen Zustand darstellte. Ihm wäre es am liebsten gewesen, wenn Jean das Haus verkauft hätte. Warum kauften sie sich nicht stattdessen ein Haus in Frankreich, in der Dordogne, wo man sich auf die Sommer verlassen konnte? Am Anfang habe Peter Cressing durchaus gemocht, hatte Jean Nicky einmal erzählt, damals, vor langer Zeit, kurz nachdem sie sich kennengelernt hatten. Womit sie wohl zugleich auch die Haltung seines Vaters ihr gegenüber beschrieben hatte. »Ich glaub, er fand es damals einfach rührend«, sagte sie. »Die Romantik und die Abgeschiedenheit und alles, die ganze donquijotehafte Geschichte. Als er noch nicht so selbstsicher war, noch nicht erfolgreich, leichter zu beeindrucken.«

Cressing war eher eine geräumige, zugewachsene Villa als ein Herrenhaus, erbaut im frühen neunzehnten Jahrhundert von Jeans Urgroßvater, einem Hobbyastronomen, im ländlichen Suffolk. Die Familie hatte einst ein schöneres und stattlicheres Haus besessen, aber das hatte ein älterer Sohn geerbt, der es verkauft hatte, und um 1890 herum war es abgerissen worden. Cressing hatte ein Türmchen mit einer Sternwarte und stand auf einem kleinen Hügel mit Blick auf Buchen- und Eichenwälder, die ihr Urgroßvater und ihr Großvater gepflanzt hatten. Jean war dort aufgewachsen, ein einsames Kind, ein kleiner Bücherwurm, und war mit ihrer Phantasie an diesem Ort verwurzelt. Meine Mutter ist tatsächlich immer noch ein kleines Mädchen, dachte Nicky. Sie war nie aus ihrem Dornröschenschlaf erwacht. Von Phyllis hielt sie vermutlich nicht viel, was sie jedoch hinter herablassender Freundlichkeit verbarg. Phyllis war beileibe keine Intellektuelle, rein äußerlich betrachtet war sie weiter nichts als eine kleinbürgerliche Hausfrau mit all den unreflektierten Ansichten, die für ihre Gesellschaftsschicht und ihren Bildungsstand charakteristisch waren. Und doch war sie für Nicky immer wieder eine Überraschung. Es kam ihm vor, als führe sie ihn in die Zukunft, von der seine Mutter sprach, aber nicht mit ihren Ideen, sondern einfach bloß mit ihrer Körperwärme. Er ließ sich mitreißen von ihrem Leichtsinn und ihrer unbekümmerten Freiheit, war so von Erinnerungen an sie und von Sehnsucht nach ihr durchströmt, wie er es noch nie in einer Liebesbeziehung erlebt hatte. Das Zärtliche und Weiche ihrer Beziehung verwirrte ihn; er war sich sicher gewesen, seelisch taub zu sein, unfähig zu derartigen Gefühlen. Es gefiel ihm auch, dass sie nur einmal in der Woche zu ihm kam, wie eine Geliebte in einem Buch. So musste er nicht sein ganzes Leben nach ihr ausrichten und konnte sich ganz dem Schreiben widmen und hatte auch genügend Zeit, Kontakte mit Zeitschriften und Verlagen zu knüpfen.

Als Phyllis an jenem Mittwoch nach Hause kam, schaffte sie es kaum die Treppe hoch und in ihr Zimmer, um den Mantel auszuziehen und die Schuhe zu wechseln, und sie erschrak richtig vor ihrem eigenen Spiegelbild. Wie sollte sie die folgenden Stunden und Tage überstehen, wenn sie Angst haben musste, dass sie bei ihrem nächsten Besuch im Everglade wieder nur einen Zettel vorfand oder noch nicht mal einen Zettel, wenn sie abermals vor verschlossener Tür stand und vielleicht nie wieder etwas von Nicky hören würde? Wenn seine schockierte Mutter die Wahrheit aus ihm herausgeholt und ihm klargemacht hätte, dass Phyllis ein verdorbenes Luder war und drauf und dran, auch noch ihren Jungen zu verderben. Oder wenn Barbara Jones zu ihm ins Zimmer marschiert war, um ihn zur Rede zu stellen und ihm stattdessen sich und ihre Jugend anzubieten. Als die Kinder aus der Schule kamen, hatte Phyllis ihre Schürze umgebunden und frischen Lippenstift aufgelegt, und ihr Kummer war so schwer, dass sie ihn nur mit größter Mühe unter die Oberfläche der verrinnenden Minuten drücken konnte, wie wenn man etwas ertränken will, das um sein Leben kämpft. Es war, als imitiere sie sich selbst, sie bewegte sich leicht und geschmeidig und schien froh zu sein, dass sie sich mit Kochen und Spülen beschäftigen konnte. Dann musste sie Hugh ins Bett bringen, Colettes Uniform für den nächsten Tag überprüfen und ihr mit einem feuchten Tuch die Falten aus dem Rock bügeln. Vielleicht könnte sie ja den Rest ihres Lebens auf diese Art verbringen, lächelnd und teilnahmslos wie eine Puppe: ihren Mann umarmen und fürsorglich nach seiner Arbeit fragen, wieder anfangen zu stricken, was sie in letzter Zeit vernachlässigt hatte. Es könnte sogar erholsam sein, wenn sie jetzt, nachdem ihr leidenschaftlicher Selbstbetrug vorbei war, nicht jeden etwa auftauchenden lebendigen Gedanken gleich wieder unterdrücken und um Atem ringen müsste. »Na, meine Alte, geht's dir gut?«, fragte Roger sie liebenswürdig.

Und dann, am nächsten Morgen, gerade als Phyllis sich hinsetzte, um mit Mandy Verey einen Nescafé zu trinken, klingelte in der Diele das Telefon, und sie entschuldigte sich eilig, zog die Küchentür hinter sich zu, ohne sich darum zu kümmern, was Mandy dachte. »Ja?«, sagte sie leise in die Sprechmuschel, wickelte sich förmlich um den Hörer, sodass ihr die Haare ins Gesicht fielen, und vergaß völlig ihre Haltung, die sie sonst am Telefon hatte. »Ja?«

»Phyl? Ja, ich bin's.«

»Ja, ich weiß. Als das Telefon geklingelt hat, hab ich sofort gewusst, dass du es bist.«

»Es tut mir so leid wegen gestern. Sie ist ganz überraschend aufgetaucht, ich konnte sie nicht abwimmeln.«

»Von wo aus rufst du an? Aus dieser Zelle im Everglade? Hast du die Nummer von der Telefonauskunft?«

»Von meiner Mutter. Sie will unbedingt, dass ich wieder Fühlung mit dir aufnehme. Ich meine, mit euch, mit dir und deinem Mann, und natürlich nicht unter diesen Umständen. Ich hab ihr nicht erzählt, dass ich jede Woche mit dir Fühlung nehme. Ich bin mit dir in Fühlung, im wahrsten Sinne des Wortes. Ich fühl dich und berühre dich – buchstäblich.«

»Ich bin so froh, dass du dich gemeldet hast.«

»Ich bin auch so froh. Ich bin sogar so froh, dass ich unbedingt bald wieder Fühlung mit dir nehmen muss. Kannst du zurückkommen? Kannst du früher als nächste Woche kommen? Ich brauche dich, Phyl.«

»Ich brauche dich auch.«

»Heute noch? Morgen?«

In der gesitteten Stille der Diele, wo Staubmotten in

den Lichtsäulen vor dem Treppenfenster hingen, waren diese laut ausgesprochenen Worte ein Skandal. Phyllis war sich bewusst, dass Mandy in der Küche war – auch wenn sie sicher nichts hören konnte, nicht durch die geschlossene Tür. Nicholas sprach drängend und eindringlich – und sie hatte geglaubt, dass sie nie wieder etwas von ihm hören werde. Verzückt rutschte sie in ihrer verkrampften Haltung hin und her und umklammerte den Hörer.

»Ich werde es schon irgendwie schaffen«, sagte sie. »Ja, morgen. Ich sage alles andere ab.«

»Aber doch nicht die Gruppe für kirchliche Bildungsarbeit? Da muss ich mir ja Sorgen machen, dass ich deine unsterbliche Seele gefährde.«

»Den Freitagsclub. Das ist eine Art Lunch-Club, da haben wir immer bestimmte Themenfelder, die wir diskutieren.«

»Den Freitagsclub, den hol ich mit dir nach, versprochen. Ich hab eine ganze Liste von Themen, die wir abarbeiten können.«

Als sie am nächsten Tag in sein Zimmer kam, hatte Phyllis den Eindruck, dass eine neue, erwachsene Ernsthaftigkeit zwischen ihnen herrschte, als sei mit diesem schrecklichen Mittagessen gestern eine erste, kindliche Phase ihrer Affäre zu Ende gegangen. In der Stille nach dem Liebesspiel trafen sie Vorkehrungen, um sich gegenseitig zu kontaktieren, falls sie ihre Pläne für ein Treffen einmal ändern müssten. Sie erzählte Nicky, dass sie mit seiner Nachbarin Barbara Tee getrunken hatte, während sie auf ihn wartete. »Barbara? Wer ist das?«

»Sam Harris' Cousine, die Krankenschwester. Sie findet dich übrigens tadelnswert, weil du keine richtige Arbeit hast.«

Nach ihrer Beschreibung erkannte er Barbara vage wieder und erinnerte sich, dass Sam mal was von einer Cousine im Everglade erzählt hatte. »Er hat überall Cousins und Cousinen. Jeder, der in Waterloo aus dem Schiffszug steigt, sagt, er ist mit ihm verwandt. Ich habe dieses Zimmer von Sam gemietet, er ist mein Vermieter, ihm gehören hier mehrere Wohnungen. Er meint, er kann sich zum Krüppel verdienen, weil sie hier gerade alles aufkaufen, damit sie Platz haben für den Westway. Sam wird dir gefallen. Ich nehm dich mal mit, wenn er Klavier spielt. Er ist wirklich gut.«

Sie dachte, er rede von Calypso, aber Sam spielte anscheinend auch Chopin, er hatte an der Royal Academy studiert. Nach diesem Rendezvous mit Nicky hatte Phyllis das Gefühl, eine Grenze überschritten zu haben, wie auf einem Schiff, wo es bestimmte Zeremonien gab, wenn man den Äquator überquerte. Das Problem war nicht nur, dass Nicky so redete, als könnten sie zusammen ausgehen, als könnte sie seine Freunde kennenlernen und eine ganz neue Welt betreten, in der es ganz andere soziale Beziehungen gab. Das eigentliche Problem war, dass sie überhaupt nichts wusste über diese seine Welt. Alles, was sie je gekannt hatte, war nichts gewesen: Es war, als könne sie all das, was sie ihr ganzes Leben lang für selbstverständlich gehalten hatte, herunterkratzen, um neu anzufangen. Sie kam sich vor, als würde sie sich selbst dabei beobachten, wie sie sich in Nickys Zimmer ohne Möbel oder häusliche Einrichtung auszog, wie sie ein Kleidungsstück nach dem anderen auf den nackten

Boden fallen ließ, wie sie ihr altes Ich zurückließ und zu ihm ins Bett stieg, schwerelos und durchsichtig wie eine nackte Seele auf einem alten Gemälde.

Phyllis' Vater schrieb aus Leamington, dass er sich über ihren Besuch vor Weihnachten freuen würde. Als sie eines Nachmittags mit ihren Schwestern Tee trank, gaben sie ihr Geschenke und Karten mit für ihn und Marcia Deller; Mrs Deller war die angebliche Haushälterin ihres Vaters, aber es steckte eindeutig mehr dahinter. Mit einem verschlüsselten System von Blicken und ironischen Bemerkungen teilten die drei Schwestern auf ihre zurückhaltende, taktvolle Art einander ihre Sorgen mit darüber, was in Leamington wohl vor sich gehen mochte. Ihren Vater zu verurteilen, das brachten sie nicht über sich: Wie auch, wenn sie daran dachten, wie einsam er war? Aber Mrs Deller mit ihrem feindseligen, rosa gepuderten Gesicht, dem harten Helm ihrer schwarz gefärbten Haare und ihrem verwöhnten Pekinesen, die verabscheuten sie von ganzem Herzen. Jane nannte sie Cruella de Vil. Sie gaben zu, dass sie sich über die Veränderungen ärgerten, die Marcia im Haus ihrer Mutter vorgenommen hatte. Sie hatte alte verblichene Samt- und Brokatstoffe durch Dralon-Polsterungen ersetzt, Antiquitäten verkauft – dieses klapprige olle Ding! – und dort, wo einst ein Bücherregal voll geliebter alter Romane gewesen war, stand jetzt der Fernseher in einem Eichenschrank im Tudorstil, der kleine Türen hatte, die man öffnen konnte, wenn man fernsehen wollte. »Sind wir nicht wieder schrecklich arrogant!«, rief Jane. Sie waren solche Snobs, nicht wahr? Sie missbilligten die Art, wie Mrs Deller kochte, mit Tütensuppen und Instant-Kartoffelbrei. Aber sie konnten nicht leugnen, dass ihr Vater offenbar glücklich war – obwohl er doch anscheinend immer den gleichen Geschmack gehabt hatte wie ihre Mutter, all die vielen Jahre lang, bis sie gestorben war.

»Und was sollen wir tun«, hatte Anne einmal nachdenklich gesagt, »wenn er alles Cruella vermacht?«

Die resolute Jane schien diese Möglichkeit bereits von allen Seiten durchdacht zu haben. »Das wird er wahrscheinlich. Und wir werden gar nichts tun. Schließlich halten wir nichts von geerbtem Reichtum, nicht wahr? Außerdem haben wir das Geld von Mummy bekommen. Das wird doch wohl reichen.«

»Ja, das wird wohl reichen«, sagte Anne. »Ich hätte mir gern für meinen Ruhestand ein Landhaus in Suffolk gekauft. Aber du hast recht, es reicht. Alles gut.«

Phyllis erklärte Roger, sie werde am Donnerstagnachmittag den Zug nach Leamington nehmen, er solle sich keine Sorgen machen, sie werde ihn am Freitagabend anrufen. Mandy werde Hugh von der Schule abholen und ihm Abendbrot machen. Ihrem Vater sagte sie, sie werde am Freitag um die Mittagszeit bei ihm ankommen, so konnten sie und Nicky den ganzen Donnerstagabend zusammen verbringen. Am Donnerstagnachmittag kam sie mit ihrem Koffer in sein Zimmer, und während es draußen dunkel wurde, schliefen sie miteinander. Überm Lärm des Stadtverkehrs glaubte Phyllis, das Rauschen des Windes in den Platanen zu hören. Irgendwann stand sie auf, um sich zu waschen, ging im blauen Licht des runden Fensters über den Boden wie durch ein Bühnenbild für ein Theaterstück und nahm ihren Kulturbeutel und ihr Handtuch mit nach nebenan ins Bad. Während sie sich am Waschbecken mit kaltem Wasser wusch, rüttelte ein Mann am Türknauf und fragte drängend und ungeduldig, wer da drin sei. »Einen Augenblick, bitte!«, hörte sie sich sagen und schämte sich sofort für ihren gestelzten Ton, der hier überhaupt nicht herpasste. Sie hatte Angst, wenn sie die Tür aufmachte, würde der Mann dort auf sie warten, ihr auf den allzu knappen baumwollenen Morgenmantel starren und sie zornig fragen, mit welchem Recht sie sich hier aufhalte – aber er war schon weg. In Nickys Zimmer schaltete sie seine Schreibtischlampe ein, legte ihre Haarbürste auf seinen Schreibtisch und stellte den Tiegel mit der Coldcream und ihr Parfümfläschchen dazu, während die Dielen unter ihren nackten Füßen schmutzig knirschten. Nicky war eingeschlafen, mit dem Rücken zu ihr. Einen Augenblick lang kam sie sich deplatziert vor und hatte Angst.

Zum Essen führte er sie dann in einen echten Boheme-Schuppen, dessen Eingang man vom Keller aus erreichte. Das Restaurant bestand aus zwei kleinen Räumen, beide brechend voll, Gesprächslärm, die Luft dick von Zigarettenrauch und Essensgerüchen, Schummerlicht von Kerzen, auf jedem Tisch eine in einer leeren Weinflasche. Phyllis konnte sich vorstellen, dass ihre Schwester Anne, die Künstlerin, die nebenbei noch ein geheimes Leben führte, in solchen Lokalen verkehrte. Von ihrem Platz hinter einer mit Gebäck gefüllten Glasvitrine regierte die Wirtin, Helga, eine dicke alte Österreicherin in spitzenbesetzter Schürze; sie begrüßte alle Gäste mit Namen und kannte auch Nicky. Während sie sich an einem winzigen Ecktischchen auf ihre Plätze zwängten, bemerkte

Phyllis den milde forschenden Blick, mit dem Helga abschätzte, in was für einer Beziehung sie und Nicky zueinander standen. »Ich bin ganz falsch angezogen«, entschuldigte sie sich. Sie hatte ihr gutes Kleid an, ein bedrucktes Seidenkleid, Schwarz auf Olivgrün, mit einem schmeichelhaften Ausschnitt und einem schmalen kleinen, über die Schulter geworfenen Schal, aber die Frauen hier trugen keine Couture. Ihre wehenden geblümten Stoffe ließen sie altmodisch aussehen, und Phyllis erkannte, dass Eleganz hier nicht mehr angesagt war. Stark geschminkt, sahen sie in ihren Knittersamtkleidern und Maxiröcken und mit ihrem indischen Silberschmuck aus wie Tempelgöttinnen; ein Mädchen ganz in Schwarz und mit schnurgerade herunterhängendem, hüftlangem rotem Haar behielt während des gesamten Essens ihre schwarze Baskenmütze auf, und eine Frau hatte eine nickende Straußenfeder in ihrem Bandeau stecken. Einige der Männer sahen ebenso exotisch aus wie die Frauen, mit langen Haaren, ausgestellten Hüfthosen aus Satin, Seidenhemden und bestickten Westen; andere waren im Anzug und hatten nur die Krawatte gelockert.

Es war glamourös, aber nicht so, wie Phyllis es kannte; alle sahen aus, als hätten sie ein interessantes Leben als Künstler oder Musiker oder Psychoanalytiker. Sie war stolz auf Nicky, weil er sich hier zu Hause fühlte und die Extravaganz, die sie beeindruckte, gar nicht registrierte, weil sie für ihn selbstverständlich war. Er kannte die Leute, man winkte ihm zu – einer, so erzählte er ihr, schrieb über Politik, ein wirklich kluger Kopf, war in der Kommunistischen Partei; einer war in einer Band, von der sie noch nie gehört hatte. Dass Nicky jünger als die anderen war, fiel gar nicht auf: Selbst die Älteren versuchten so auszusehen, als seien sie ebenso in einer Phase jugendlichen Herumtastens und Sich-Ausprobierens. Kein Wunder, dass er sich bei diesem Abendessen in Otterley gelangweilt hatte. Hier, in seiner eigenen Umgebung, hatte er diese gleichgültige Sicherheit, die Männer haben, wenn sie klug sind und viel gelesen haben, wenn sie auf der Universität waren. Phyllis wollte gerade fragen, ob Nickys Freund Sam auch in diesem Restaurant verkehrte, doch als sie sich umsah, fiel ihr auf, dass es fast nur weiße Gesichter gab – was überraschend war und irgendwie enttäuschend, in Relation zu der Bevölkerung draußen auf der Straße.

Sie fühlte sich eingeschüchtert von dem Mädchen mit der schwarzen Baskenmütze und den anderen attraktiven Mädels dort mit ihren mürrischen, niemals lächelnden Gesichtern, den langen, schwingenden Haaren und den schrägen, schwarz geschminkten Augen. Ihr Blick war gesättigt und geglättet, als hätten sie die Tiefen der Erfahrung ausgelotet und zweifellos allerlei Experimente gemacht – mit Sex und auch mit Drogen. Wie lange würde sie Nicky von diesen Mädchen fernhalten können? Es war eine neue Erfahrung, anderswo als in seinem Bett mit ihm zusammen zu sein. Als sie ihr Essen bestellt hatten, fragte Phyllis zaghaft, was eigentlich seine Schreiberei mache, und Nicky sagte, er arbeite jetzt für eine Zeitschrift, die vor Kurzem ein paar Typen in Long Acre gegründet hatten, einfach bloß mit einer Schreibmaschine. »Tom McGrath, dieser verrückte schottische Dramatiker, lebt irgendwo im tiefsten Wales, sie haben ihm grade ein Telegramm geschickt. ›Komm nach London, du wirst Chefredakteur einer neuen Zeitung.‹ Das war alles. Der Punkt ist, es verbindet uns mit dem, was in Amsterdam, in Paris und in New York passiert. Ich berichte über Film und bildende Kunst und über alles andere, worüber ich schreiben möchte. Dann ruft die Druckerei Tom an, der vor Empörung Schaum vorm Mund hat. ›So einen Schmutz können wir unmöglich drucken. Hier arbeiten anständige Frauen.‹«

»Und ist es denn Schmutz?«

»Herrgott noch mal. Schmutzig ist der Krieg, aber doch nicht irgendein harmloses Magazin. Es steht eine Menge drin, was gegen den Krieg ist, zwangsläufig. Und sie setzen sich für eine Änderung der Schankgesetze ein, damit die Pubs die ganze Nacht geöffnet bleiben und so weiter. Das Blatt ist voll von ›Politik ist Schweinescheiße‹. Was ich nicht besonders schmutzig finde. Es mag als Aussage zwar nicht gerade elegant sein, aber es ist die Wahrheit.«

»Ja, vermutlich ist das die Wahrheit«, sagte Phyllis skeptisch. »Aber was ist denn zum Beispiel mit dem nationalen Gesundheitssystem? Das ist doch eine gute Sache, oder? Und das kommt ja von der Politik.«

»Alte Frauen mit Lockenwicklern, die ihre Fläschchen mit kostenloser Medizin in den Krallen halten. Das ändert das Bewusstsein nicht gerade, oder? Aber so bleiben die Fabrikarbeiter gesund, damit sie länger arbeiten können. Zu einer wirklichen Veränderung der Art und Weise, wie die Menschen miteinander leben oder wie sie sich gegenseitig sehen, führt das nicht unbedingt, oder?«

»Wenn du aber sehr arm wärst und einen Arzt für dein Kind bräuchtest.«

Ja klar, sagte Nicky, das sei ja selbstverständlich, und Phyllis dachte, er sei verärgert, weil sie von Kindern gesprochen hatte, einer Sache, die ihn nicht interessierte. Sie wechselte rasch das Thema und fragte ihn nach den Filmen, die er rezensiert hatte – in Otterley war sie in einem Club, wo man ausländische Filme sehen konnte. Sie bestellten eine Flasche Wein, und als sie leer war, tranken sie Weinbrand; das Essen war ziemlich fettig und schwer, österreichisch eben. »Ich zahle«, flüsterte sie, unsicher, ob sie ihn damit vielleicht kränkte. Roger hätte niemals eine Frau zahlen lassen. »Ich gebe dir das Geld, dann kannst du selber zahlen.«

»Ist schon in Ordnung. Weißt du, meine Mutter gibt mir Geld.«

Als Phyllis das hörte, war sie schockiert; sie hatte sich noch nie gefragt, wovon er eigentlich lebte und seine Rechnungen bezahlte, irgendwie hatte sie immer angenommen, dass er mit seiner Schreiberei genug verdiente. »Ich will nicht, dass du mit ihrem Geld für mich zahlst«, sagte sie. Und Nicky zuckte die Achseln, er hatte kein Problem damit, es war ihm schnuppe; sie reichte ihm ein paar Pfundnoten aus ihrer Geldbörse. Sie war extra zur Bank gegangen und hatte Roger gesagt, sie wolle Geld für Weihnachtseinkäufe abheben.

Auf dem Weg zurück ins Everglade zog Nicky Phyllis in der kalten Nacht an sich und nahm sie mit unter den schweren Militärmantel mit den Messingknöpfen, den er offenbar für einen Schilling in einem Altkleiderladen gekauft hatte. Er roch nach Mottenkugeln, und in der eisigen Luft spürte sie den kratzigen Stoff des Kragens an der Wange. Mitten auf der Straße küssten sie sich so lange, bis sie kaum noch stehen konnten: Was kümmerte es sie schon, was die Leute dachten? Hinter der Stelle, wo sie sich küssten, erstreckte sich im Mondlicht weithin nur eine huckelige Brache – ein Teil des Streifens, der zum Abriss vorgesehen war für diese neue Straße, die hier hindurchführen sollte; wo einmal Häuser gewesen sein mussten, gab es nur noch niedrige Mauern und Erdwälle, verkümmerte Sträucher, an Bretterzäunen klebende Reklameplakate mit lose flappenden Rändern. Kaum waren sie bei Nicky angekommen und hatten ihre Mäntel ausgezogen, da lag er auch schon auf ihr auf dem Bett, sie zog sich ihren Schlüpfer aus, er hatte noch die Schuhe an und sie die Strümpfe, ihm baumelte die Hose samt der Unterhose um die Knie. Als sie fertig waren, dachte sie an ihr schönes Kleid, das bestimmt Flecke abgekriegt hatte, und ihre Schreie, die so voller Gewissheit waren – das war das Einzige, was zählte, sonst gar nichts! Das Kleid war hin. Atemlos waren sie übereinander hergefallen, staunend, lachend über sich selbst, einander küssend in einem Taumel wechselseitiger Beifallsbekundungen. Dann stand Nicky auf, um sich richtig auszuziehen, tappte tollpatschig herum, Hose auf halbmast.

»Bist du wirklich der Meinung, dass Politik Schweinescheiße ist?«, fragte Phyllis.

Das Wort »Scheiße« kam ihr nur im Dunkeln über die Lippen, sie hatte es noch nie zuvor laut ausgesprochen. »Und was mein Mann macht, ist das für dich auch Schweinescheiße?«

Nicky schaltete die Schreibtischlampe an, die neben dem Bett auf einer Kiste stand, und sagte, er finde es ein bisschen seltsam, dass sie in so einem Moment von ihrem Mann rede.

»Aber sag doch mal.«

Er zog die Hose aus, hüpfte auf einem Bein, schälte sich die Socken von den Füßen, sein Penis immer noch in Hochform und seidig glänzend nach der Liebe. »Ich möchte jetzt nicht über Politik nachdenken, Phil, nicht in so einem Moment.«

»Ich weiß. Ich weiß ja, dass du nichts von seiner Arbeit hältst.«

Sie stand auf, hob die Arme, um ihren Reißverschluss zu öffnen, stieg aus ihrem Kleid und ließ es zerknautscht auf dem Fußboden liegen. Auf einmal konnten sie einander nicht mehr anfassen.

»Ja, selbstverständlich halte ich nichts davon«, sagte Nicky. »Was der macht, ist widerlich! Ist dir das wirklich nicht klar? Unsere ganze Zivilisation basiert auf einer Lüge. Leute wie dein Mann, solche ach so anständigen, gescheiten und erfahrenen Leute, tun nichts gegen diese Lüge. Auf ihre Weise tragen sie sogar zu ihrem Fortbestand bei.«

»Und worin besteht denn bitte diese Lüge? Meinst du Geld?«

»Viel schlimmer. Tiefer. Wie diese Schlauköpfe in den Fernsehnachrichten: Tun so, als wären sie erwachsen, tun so, als wüssten sie, wovon sie reden. Aber unter diesen vernünftigen Worten liegen verstümmelte, blutige Geheimnisse. Nichts von dem, was so normal und vernünftig erscheint, ist es auch. Männer in Anzügen, solche wie dein Mann, hocken seelenruhig in Sitzungen herum und entscheiden darüber, ob es nötig ist, Bomben auf

Dorfbewohner und Kinder zu werfen. Das ist obszön, Schweinescheiße ist gar kein Ausdruck für das alles.«

Phyllis stand da in ihrem Nylonunterrock, ihre Stimme zitterte. »Aber man muss doch realistisch sein. Kriege hat es immer schon gegeben und Leute, die Ärger machen. Man kann doch nicht zulassen, dass sie alles an sich reißen.«

»Leute, die Ärger machen! Großer Gott, Weib! Bist du allen Ernstes noch nie auf die Idee gekommen, dass wir den meisten Ärger machen? Und das meiste an uns reißen?«

»Aber ist das denn wirklich wahr?«, sagte sie.

Er legte sich ins Bett und lüpfte einladend das Laken, damit sie zu ihm kommen sollte. »Na komm schon rein, Phyl«, versuchte er sie zu überreden. »Lass uns jetzt nicht streiten, es ist zu spät zum Streiten.«

»Roger würde nie etwas tun, was in seinen Augen unrecht ist.«

»Vielleicht glaubt er ja wirklich, es sind immer die andern, die Ärger machen. Vielleicht glaubt er tatsächlich, er ist einer von den Erwachsenen.«

»Er hat Prinzipien«, sagte sie und merkte selbst, wie lächerlich sie sich anhörte. Sogar Roger würde finden, dass sie sich lächerlich machte. »Er würde ankämpfen gegen die Tyrannei.«

»Aber sicher würde er das«, sagte Nicky trocken. »Vorausgesetzt, er würde irgendwann einmal bemerken, dass sie passiert und dass er selber der Tyrann ist.«

Phyllis fand, sie könne doch auf keinen Fall schlafen, nicht jetzt. Sie wollte Nicky widersprechen, musste aber unwillkürlich eine Verbindung ziehen zwischen dem, was sie für diese beiden Männer empfand, und den unterschiedlichen politischen Ansichten, die sie vertraten. War im Sexleben mit ihrem Mann nicht schon immer etwas faul gewesen, irgendwie nicht echt? Sie sagte, sie müsse sich waschen gehen, und als sie aus dem Bad zurückkam, schlief Nicky bereits. So saß sie allein in ihrem Unterrock an seinem Schreibtisch auf dem harten Holzstuhl, ihr ganzer Körper starr und wie betäubt vor Kälte, während ihr Verstand sich auf diese neue Perspektive einstellte und ihr Denken auf Pfaden wandelte, die sie bislang vor sich selbst geheim gehalten hatte: auf dunklen, zugewachsenen Pfaden. Es war wichtig, dass sie die kalte Luft an ihren Schultern spürte; wenn sie sich jetzt zu Nicky ins Bett legte, konnten sich ihre neuen Wahrnehmungen in bloßes Glück auflösen, und das war nicht genug. Sie erinnerte sich, wie sie bei den Fernsehnachrichten ständig hin- und hergerissen wurde zwischen der gleichmütigen, bedauernden Stimme des Sprechers und unscharfen, verschwommenen Ausschnitten von Dokumentaraufnahmen aus dem Vietnamkrieg, Soldaten, die, bis zum Bauch im Wasser, einen reißenden Fluss durchwaten, oder sich mühsam durch das dichte Laub des Dschungels kämpfen, ängstlich geduckte, in ihrer eigenen Sprache lamentierende Dorfbewohner – die anklagend auf grauenvolle Lumpenberge deuten. Sie hatte diese Filmschnipsel verdrängt wie Bruchstücke eines Traums. Feige, wie sie war, hatte sie stets bei der sicheren, vernünftigen Stimme des zuständigen Sprechers Zuflucht gesucht und darauf vertraut, dass er wusste, was man zeigen konnte, was gerade noch erträglich war. Und nein, keine Sorge, es war auch zulässig – im Rahmen der eigenen Realität. Doch was, wenn dieser Mann log? Was, wenn diese Ausschnitte aus einer anderen, noch schrecklicheren Realität stammten, die der eigenen gleichwertig war? Oder sogar noch realer. Was dann?

»Wie kannst du das ertragen?«, sagte sie zu Nicky und legte sich schließlich doch zu ihm ins Bett. »Ich kann es nicht ertragen.«

»Meine Güte, du verrücktes Weib. Ach du Scheiße, du hast ja eiskalte Füße.«

»Also, wie erträgst du das? Wenn alles eine Lüge ist.«

Sie müsse alles ändern, sagte sie; sie müsse ihre Art zu sehen ändern und ihre ganze Lebensweise. Nicky lachte verschlafen, rollte sich behaglich zusammen und schlief einfach weiter, sehr zu ihrer Erleichterung. Die Wärme in seiner Höhle aus Decken und Betttüchern war wie ein Feuer, er nahm sie gerne darin auf.

Über ihren Besuch in Leamington hatte Phyllis noch gar nicht groß nachgedacht. Ihre Gedanken waren in Nickys Zimmer und bei der in seinem Bett verbrachten Nacht stehen geblieben, wie eine Uhr, die stehen bleibt, wenn jemand stirbt, und danach nicht bereit ist, wieder weiterzugehen. Als sie am Morgen zusammen aufwachten, waren sie glücklich; Nicky hatte den Heizstrahler angemacht, denn es war kalt im Zimmer, und ihr Tee und Toast ans Bett gebracht – und als sie dann gehen musste, damit sie ihren Zug schaffte, brach ihr alles viel zu abrupt ab. Es regnete, und im Zug waren die Abteilfenster beschlagen, sodass sie draußen nicht viel sehen und auch den unheimlichen Schwebezustand nicht abschütteln konnte, in dem sie sich befand. In Leamington musste sie ihren Regenschirm aufspannen und sich am Taxistand in die Warteschlange einreihen.

Ihr Vater hatte Rosemount nach dem Krieg gekauft, als er und seine Frau schon an die fünfzig waren und Jane und Anne bereits aus dem Haus. Phyllis erinnerte sich an die Berge von Pelzmänteln, die bei den Cocktailpartys ihrer Eltern immer auf dem Bett ihrer Mutter lagen, an die Fenster, die in der Abenddämmerung vom Licht der Glühbirnen erwärmt wurden, und an den starken Moschusduft, den die Frauen damals trugen. Das Haus hatte eine hübsche geschwungene Fassade, ein Säulenportal und eine kurvige, mit Kies bestreute Auffahrt; eine weiß lackierte Dornenkette wand sich um die Blumenbeete, die jetzt in den Farben des Herbstes leuchteten, und die Hortensien, die am Strauch verwelkten. Marcia Deller hatte zu beiden Seiten der Einfahrt je eine Reihc ruppiger junger Koniferen gepflanzt, die im Nieselregen unheimlich wirkten. Sie kam heraus und blieb mit dem Hund auf dem Arm an der Haustür stehen, während Phyllis das Taxi zahlte. Die beiden Frauen gingen höflich miteinander um, aber das war nur äußerlich, unter der Oberfläche spürte man die Antipathie. Marcias Make-up glich einer grimmigen Maske, und ihr blauschwarzes Haar stand starr von der kantigen Stirn ab. Phyllis streichelte dem Pekinesen zur Begrüßung kurz mit der behandschuhten Hand die Nase, und dabei dachte sie, dass der Hund und sie ihre wechselseitige Abneigung wenigstens nicht zu verhehlen brauchten.

»Du hast Glück gehabt, dass die Bahn nicht gestreikt hat«, sagte Marcia.

»Ach ja? War denn ein Streik angedroht?«

»Es gibt ja so viel Ärger in letzter Zeit. Die Gewerkschaften denken anscheinend, dass sie im Land das Sagen haben.«

»Also wir sind pünktlich angekommen«, sagte Phyllis, obwohl das auch nicht so ganz stimmte. »Wo ist denn Daddy?«

»Sir John ist im Wintergarten. Aber ich glaube, er macht grad ein Nickerchen.«

Draußen vor dem Wintergarten rauschte laut der Regen, die Glasscheiben sahen wie verflüssigt aus, der ganze Garten verschwamm vor den Augen: geschwärzte Stängel und Samenköpfe, bronzefarbenes Laub mit Altersflecken. Der alte Mann in seinem Korbstuhl sah todgeweiht aus, die Beine mit einer Decke zugedeckt, die Augen geschlossen, den Kopf gesenkt, sodass man seine Glatze sah, die ebenfalls Altersflecke hatte, genau wie die Blätter; doch als ihm bewusst wurde, dass Gesellschaft da war, gab er sich einen Ruck und kehrte wieder ins Leben zurück. John Knott war zwar schon über achtzig, sah aber immer noch ganz gut aus: leutselig, schmächtig und eher klein, trübe blaue Augen, dem Blick des Gegenübers ausweichend, im weißen Haar noch ein paar maisblonde Strähnen. »Was für ein scheußliches Wetter, Daddy!« Phyllis gab ihm ein rasches Küsschen.

»Wie geht's dir denn? Ich komm mir vor wie 'ne ertrunkene Wasserratte.«

Sie brachte ihre Frisur in Ordnung und klopfte sich den Rock ab und war beinah darauf gefasst, dass ihr Vater mit seinem scharfen Blick hinter die Fassade schauen und erraten würde, wo sie gerade herkam; mit einigen der Frauen, die immer bei den Cocktailpartys auftauchten, hatte er eine Affäre gehabt. Aber in Sachen Sex war er doch schon zu lange aus dem Rennen, sein Blick war zu weit nach innen gerichtet, ihn interessierte bloß, was sie für das Taxi bezahlt hatte. »Bei diesen Kerlen muss man aufpassen«, brummte er; sie hätten Marcia schicken sollen, damit sie sie abholt. Marcia protestierte, mit dem Auto sei ja gar kein Durchkommen, der Gemeinderat buddele ja ständig alle Straßen gleichzeitig auf. Die Arbeiter von der Stadt seien so was von schlampig, sagte sie, nie werde irgendwas richtig fertiggestellt. Phyllis fiel auf, dass die Sessel im Wintergarten allesamt neue Schonbezüge über der Rückenlehne hatten, und in der Ecke stand bizarrerweise ein kleiner Kleiderständer mit Sachen, die vor der Ölheizung zum Trocknen aufgehängt waren: hautfarbene Büstenhalter, Strumpfhaltergürtel und Damenstrümpfe. Marcia nahm den Kleiderständer hoch und trug ihn mit einer gemurmelten Entschuldigung hinaus, als sei es ihr peinlich, dass er dort stand, aber Phyllis war sich sicher, dass sie ihn extra dort hingestellt hatte, damit sie sah, wie intim Marcia und ihr Vater miteinander waren.

Oben in ihrem alten Zimmer waren sämtliche Möbel umgestellt. Der Blick aus ihrem Fenster war deprimierend. Hinter dem Garten mit seinem zwischen den Seerosenblättern von Regentropfen durchlöcherten Teich, dessen Fontäne ausgeschaltet war, lagen die verlassenen Plätze des Tennisclubs, hohe Ulmen und eine Rotbuche und dahinter die letzten Ausläufer der immer weiter vordringenden Stadt, die nackte rote Backsteinmauer eines Fabrikgebäudes, der Bus Nummer 17, der sich den Hügel hinaufquälte. Phyllis schob irgendwelchen fremden

Schnickschnack in eine Schublade, damit sie ihn nicht mehr sehen musste – einen Porzellanschwan mit einem Nadelkissen aus rotem Satin, ein Schmuckkästchen in Form einer Schweizer Blockhütte; als sie ihren Koffer ausgepackt hatte, brachte sie ihre Weihnachtsgeschenke nach unten. Sie hatte zusammen mit ihren Schwestern einen hellen Kaschmirpullover und einen Fotoband von Cartier-Bresson ausgesucht, dazu einen Seidenschal von Liberty, französische Seife und Pralinen. Phyllis hoffte, dass das Auspacken dieser Liebesgaben wie ein Friedensangebot wirken und sämtliche Wogen glätten würde, aber Marcia bestand neckisch darauf, dass sie bis Weihnachten warten müssten. »Du böser Junge, wirst du wohl noch nicht unsere Geschenke auspacken! Die müssen doch unterm Baum liegen bleiben, bis der Weihnachtsmann kommt!«

Phyllis musste einen Wutanfall unterdrücken. »Kann ich nicht vor dem Mittagessen mit dem Hund rausgehen?«, fragte sie verzweifelt. »Ich brauche frische Luft, und der Regen stört mich nicht.«

»Aber der Kleine macht doch immer so ein Theater«, sagte Marcia tadelnd, hob Tang-Tang auf Augenhöhe hoch, wedelte mit seiner Pfote, schüttelte den Kopf und zog ein finsteres Gesicht, als ob sie mit ihm schimpfte, obwohl ganz klar war, dass sie eigentlich Phyllis meinte. »Er hasst es, wenn sein Fell nass wird.«

So musste es sich anhören, wenn die beiden über ein Paar Schuhe redeten, die Marcia zurückbringen musste, oder über Probleme mit dem neuen Tauchsieder oder mit dem Jungen, der jeden Tag den *Telegraph* bringen sollte. Phyllis kam sich genauso vor wie vorhin im Zug, als sie durch die beschlagenen Fenster nichts sehen konnte: als ob ihr Leben innehielt, während sie auf eine wichtige Nachricht wartete. Ihr Vater war nicht mehr der Alte, seine Ansichten waren nicht mehr so offen wie früher, seine Interessen verkümmert; immerhin war er mal ein Mann von Welt gewesen. Er hatte Geld gemacht und es zum Ritterschlag gebracht, und das mit einer Firma, die metallgerahmte Fenster verkaufte; sein glanzvoller Aufstieg war nicht ohne eine gewisse Brutalität vonstattengegangen, er hatte genau gewusst, wo er seine Anzüge schneidern ließ und wie er im Restaurant den besten Tisch bekam. Politik hatte er immer sterbenslangweilig gefunden. Von all dieser Unbekümmertheit war inzwischen nichts mehr übrig. »Wir lesen alles, was in London vor sich geht«, sagte er lustvoll verächtlich, als sie beim Lunch saßen. Es gab Thunfischauflauf mit Mais aus der Dose. »Wir sehen es uns im Fernsehen an.«

Sie und Roger hätten ein sehr ruhiges Leben, versicherte ihm Phyllis, konnte es sich aber nicht verkneifen, noch hinzuzufügen, dass sie letztens in Ladbroke Grove gewesen sei, weil sie dort etwas zu erledigen hatte. »Das hat mir die Augen geöffnet, das ist ja eine völlig andere Welt. Kennst du diesen Teil von London, warst du dort mal? Kennst du das Everglade? Ein herrliches altes Gebäude, Art déco, aber inzwischen sehr runtergekommen.«

»Was denn zu erledigen?«

»Ich musste etwas zurückbringen, für einen Freund.«

»Komische Freunde, die in so was wohnen.«

Natürlich kannte ihr Vater das Everglade nicht, woher auch? Sie hatte nur das Bedürfnis gehabt, den Namen laut auszusprechen. Dann klagte er über die Verhältnisse in bestimmten Gegenden von London, meinte, dort müsste mal richtig großreinegemacht werden. Normalerweise seien die Leute, die dort wohnten, selber schuld, sagte er.

»Wenn sie doch aber arm sind?«, wandte Phyllis ein. Manche Leute seien einfach nicht in der Lage, ein anständiges Leben zu führen, erwiderte Marcia. Warum kriegen sie denn so viele Kinder, wenn sie sie dann nicht vernünftig erziehen können? Marcia war eine begeisterte Anhängerin von Enoch Powell. Worauf Phyllis, nur um sie zum Schweigen zu bringen, behauptete, unter ihren Freunden dort sei eine Farbige, eine Krankenschwester, die sich aufopferungsvoll um Kranke kümmere. Ihr war heiß, sie schämte sich, so etwas zu behaupten, wo sie Barbara Jones doch kaum kannte und sie nicht mal besonders mochte. Ganz abgesehen davon, dass sich Barbara nicht aufopferte, sondern einfach nur versuchte, ihren Lebensunterhalt zu verdienen. Am Nachmittag, als Marcia trotz der Straßenarbeiten in die Stadt fuhr, kam Phyllis mit, um ein paar eigene Einkäufe zu machen, wie sie sagte. In Wirklichkeit aber wollte sie bloß raus aus diesem Haus. Der unbehagliche Waffenstillstand, den die zwei Frauen in dem schnurrenden pflaumenblauen Mercedes mit der mühelos funktionierenden Gangschaltung miteinander geschlossen hatten, hielt stand, bis sie sich auf dem Parkplatz trennten. Als Marcia losging, lief Phyllis mit ihrem Regenschirm eilig in die entgegengesetzte Richtung, rannte durch Straßen, die ihr bekannt vorkamen, und fand sich schließlich vor der großen Stadtkirche aus dem neunzehnten Jahrhundert wieder, in die ihre Mutter nie zum Gottesdienst gegangen war mit ihr und ihren Schwestern. Sie hatten aus rein ästhetischen Gründen eine uralte Kirche in einem der benachbarten Dörfer besucht.

Phyllis stellte ihren Regenschirm im Vorbau ab und betrat die Kirche; nach dem zerrissenen grauen Licht und dem permanenten Reifenrauschen draußen auf der Straße war die hallende Stille hier drinnen der reinste Balsam. Der Bau, errichtet mit der grenzenlosen Zuversicht einer anderen Ära, hatte etwas von einer Höhle; jemand Unsichtbares kümmerte sich um die Blumen im Chor. Phyllis roch den würzigen Duft zerschnittener Blätter, hörte eine Schere klappern und eine Porzellanvase auf Stein schurren. Hier würde sie vielleicht endlich einmal zum Nachdenken kommen. Sie wollte niederknien, aber sie hatte Angst, es könnte sie jemand sehen; das wäre ihr peinlich gewesen. Es gab in Leamington so viele nette Frauen, die mit ihrer Mutter befreundet gewesen waren. Sie hockte sich in eine der Kirchenbänke, schloss die Augen, stützte den Kopf auf die gefalteten Hände und versuchte mit aller Kraft, in sich zu gehen. Was, wenn Nicky nun recht hatte mit seiner Meinung, dass ihre Art zu leben unanständig war? Phyllis hatte schon immer, schon von klein auf, die Fähigkeit besessen, eine Vorstellung von Gott heraufzubeschwören, sie musste sich nur richtig konzentrieren. Dann sah sie ihn nicht als gütigen alten Mann, der ein persönliches Interesse an ihr hatte, sondern eher als eine Art intensiver Klarheit, einen Fleck von weißem Licht, wie eine Magnesiumfackel, die irgendwo außerhalb ihrer selbst in der Luft schwebt. Wenn sie sich auf diese Klarheit konzentrierte, kam es ihr vor, als sei sie in der Lage, die Dinge fair und unvoreingenommen von außen zu betrachten, frei von ihrem ganzen eigenen Tamtam. Das war so eine Art Selbstaufgabe, eine göttliche Befreiung. Jetzt aber, wo sie es am meisten brauchte, musste sie darum kämpfen, Gott ins Dasein zu holen. Sie fühlte ihren Pulsschlag und wie das Blut durch ihre Adern lief. Auf einmal kam ihr diese Kirche mit ihrer ganzen frommen Stille wie eine Sackgasse vor, wie eine Täuschung: die beispielhafte Handwerkskunst – die hoch aufragenden steinernen Säulen und die Schnitzereien des Chorgestühls, der Boden mit seinen Ornamentfliesen –, alles war fad und wie gebändigt, ein Produkt der materialistischen viktorianischen Epoche. Andererseits, wenn Gott nur dorthin kam, wo seine Kirchen alt und stilvoll waren, dann konnte er nicht wirklich Gott sein. Als Phyllis den festen Schritt der Frau näher kommen hörte, die sich um die Blumen kümmerte, verkroch sie sich in ihrer Bank. Ich muss mein Leben ändern, dachte sie. Ich kann nicht mehr so weitermachen. Aber es ist ja ganz unmöglich, etwas daran zu verändern. Sie sah, wie schicksalhaft sie durch Roger und die Kinder und ihr Zuhause – die ganze festgefügte Häuslichkeit ihres gemeinsamen Lebens –, wie fest sie durch das alles in der gegebenen Form gehalten wurde, sodass sie ihr eigenes Leben gar nicht ändern konnte, ohne das aller anderen um sich herum zum Einsturz zu bringen.

An diesem Abend ging sie zur Telefonzelle und rief Roger an.

»So was Albernes hab ich ja noch nie gehört«, sagte Marcia. »Als würde unser Telefon hier nicht einwandfrei funktionieren.«

Aber Phyllis grauste es bei der Vorstellung, hier im Haus zu telefonieren, während Marcia im Nebenzimmer saß und lauschte. Außerdem war sie froh, an die frische Luft zu kommen; ihr Vater und Marcia drehten die Zentralheizung immer voll auf, und der Fernseher war auch zu laut. Der Regen hatte aufgehört, doch die Nachtluft war geschwängert vom würzigen Duft der nassen Gärten, und das feuchte Laub hatte die Gehwege in Rutschbahnen verwandelt. Die Telefonzelle befand sich in einem abgelegenen Teil der Straße, die an den Tennisplätzen entlangführte; Phyllis spürte die Distanz so intensiv, dass sie fast erschrak, als sie aus dem Hörer Rogers vertraute Stimme vernahm. Sie fragte ihn, was auf der Arbeit los war. »Ach, du weißt doch«, sagte er, »Sitzungen, Stehempfänge und so. Vor Weihnachten kommt das Weltgeschehen ja immer etwas zur Ruhe.«

»Also nichts allzu Schlimmes.«

»Kommt drauf an, was du unter schlimm verstehst. Diese Stehempfänge können schon ganz schön scheußlich sein.«

»So was wie Bombardements anordnen oder … was weiß ich!«

»Da machst du dir aber eine ganz falsche Vorstellung von meinen Zuständigkeiten, meine liebe Phyl. Du überschätzt meine Wichtigkeit. Ich kann dir versichern, dass ich keinerlei Bombardements angeordnet habe, weder heute noch sonst irgendwann. Was geht dir nur im Kopf herum, dass du dir über so was Sorgen machst?«

»Ich weiß ja«, sagte Phyllis, »das klingt albern. Vergiss einfach, was ich gesagt habe.«

Sie ließ den schweren Hörer auf die Schulter sinken und starrte hinunter auf ihre Schuhe, die im dumpfigen Licht der Telefonzelle wie zwei blasse Kleckse aussahen. Ihre Füße waren eiskalt. Von den Bäumen hinter einer Mauer prasselten die Regentropfen aufs Dach. Ihr Atem beschlug die gläsernen Wände; wie ein Teenager schrieb sie mit dem Finger Nickys Namen an die Scheibe und wischte ihn gleich wieder weg, wobei sie sich den Handschuh schmutzig machte. Roger hatte die Marotte, am Telefon immer wieder lange Schweigepausen einzulegen, genauso wie wenn er direkt mit einem sprach und jedes Mal ein Weilchen brauchte, um sich die richtige Antwort zu überlegen.

»Nein, nein«, sagte er, »das ist mein Fehler – ich hab nicht richtig zugehört bei deiner Frage. Wenn du wirklich wissen möchtest, was ich mache, also, ich hab gerade eine ganze Menge Zeit damit verbracht, ein Referat für den Minister auszuarbeiten, das er vor der UNO halten soll, zum Thema Sicherheit und Zusammenarbeit im Nahen Osten.«

»Verstehe. Danke. Das klingt gut.«

»Hoffen wir, dass die Einschätzung präzise genug ist. Es wäre natürlich vermessen zu glauben, man könnte irgendwen überzeugen, vernünftig zu handeln, nur weil es in seinem eigenen Interesse liegt. Aber zumindest gehen wir mit offenen Augen in die Zukunft.«

»Und das ist alles, was man sich erhoffen kann?«

Er hielt abermals inne, bedachte ihre Worte. »Es wird wohl darauf hinauslaufen, dass man sich nicht zu viel erhoffen sollte. Das ist eine zusammengeschusterte alte Kultur, weißt du. Weit davon entfernt, perfekt zu sein.«

Phyllis merkte, wie sie sich mal wieder, fürs Erste jedenfalls, von Rogers Ansichten überzeugen ließ. Nach den Gesprächen mit ihrem Vater und mit Marcia kam er ihr wie ein Stützpfeiler der Erleuchtung und der Freundlichkeit vor. Als sie die Telefonzelle verlassen hatte und auf dem Weg zurück nach Rosemount war, hatte sie ein Gefühl, als bedränge sie seine alte Zivilisation hier in der Dunkelheit, als irre sie zwischen geborstenen Monumenten auf dem Forum Romanum herum, anstatt einfach bloß am Buswartehäuschen und am Tennisclub vorbeizugehen, in dem sie als Teenager getanzt hatte. Sie roch die uralte kompostierte Fäulnis, spürte den Kies unter ihren dünnen Schuhsohlen und wusste, wie sinnlos es war, sich etwas anderes vorzustellen, etwas weniger Schreckliches oder Bitteres. Marcias Koniferen waren der reinste Kreuzweg. Und doch schlug Nicky unbekümmert vor, das alles umzukrempeln, alle verborgenen Geheimnisse zu offenbaren, sie hohnzulachen. War er wirklich so schlau? Vielleicht sollte man seine Geheimnisse besser für sich behalten.

Zurück von ihrer Reise nach Leamington, wieder zu Hause in Otterley, beschloss sie, mit ihm Schluss zu machen. Es war nicht nötig, ihm sofort zu schreiben oder für einen letzten Nachmittag zu ihm zu gehen. Sie hatte ihn ja sowieso schon vorgewarnt, dass sie über Weihnachten wohl kaum Gelegenheit haben werde, ihn zu besuchen – und er hatte gesagt, er werde ein paar Tage bei seinen Eltern in Cressing sein. Wie betäubt verdrängte sie ihren Liebhaber, wischte ihn einfach beiseite, als hätte es ihn nie gegeben.

Und dann, eines Abends, machten Roger und sie sich fertig für eine Party bei irgendwelchen Nachbarn, die ein paar Häuser weiter wohnten. Er stand da, mit nackten Beinen und im Hemd, und streckte ihr die Arme entgegen, damit sie ihm die Manschettenknöpfe einsetzte. Sie hatte ihr Kleid bereits an: nicht das aus olivgrüner Seide, sondern eins aus kastanienbraunem Krepp und mit Kapuzenkragen, das sie letztes Jahr selbst genäht hatte. Das olivgrüne Seidenkleid war in die Reinigung gegangen, allerdings nicht in ihre übliche Reinigung, sondern in eine andere, und dort hatten sie gute Arbeit geleistet – aber als Phyllis es zwischen ihren anderen Kleidern im Schrank hängen sah, hatte sie ein flaues Gefühl in der Magengrube gehabt und es rasch weitergeschoben. Das kastanienbraune Kleid umschmeichelte sie und war dennoch sittsam. Sie stellte sich vor, wie sie auf der Party herumlief, charmant, aber nicht kokett, mit gesenktem Blick, zurückhaltend und geduldig lächelnd. »Was für eine nette Frau diese Phyllis Fischer doch ist!« Und die Gattinnen würden einander fragen, ob sie ihre Weihnachtseinkäufe schon erledigt hätten. »Gibt's bei Ihnen Pute? Alan isst keine Pute. Bei ihm in der Familie hat man Gänse gehalten, als er klein war. Pute ist aber auch so furchtbar trocken, nicht wahr?«

Aber das war unfair, nicht alle Frauen waren dumm. Phyllis konnte sich an ihre Freundinnen halten, an die, die Spaß verstanden, die aus ihrer Freitagsdiskussionsgruppe, mit denen es wesentlich lustiger war. »Wissen Sie, Schätzchen, wenn ich ›festlich‹ höre, möcht ich sofort nach der Ginflasche greifen. Wir waren neulich im Kino, in diesem bewusstseinserweiternden französischen Film, da schläft der doch tatsächlich neben mir in seinem Sessel ein. Wenn Weihnachten nicht bald vorbei ist, bring ich noch die Kinder um, das steht dann in allen Zeitungen.« Während Phyllis über seine Manschetten gebeugt stand, gab Roger ihr einen Kuss auf den Scheitel. Es war ein ganz schönes Gefummel, die Knöpfe durch die dicken Stofflagen zu schieben. Sie war genervt und fluchte vor sich hin.

»Ich glaub, ich brauche eine Lesebrille. Oder wird einfach alles immer dusterer? Müssen wir denn wirklich zu dieser blöden Party gehen?«

»Wir könnten noch absagen. Oder ich such ein Hemd mit Knöpfen raus. Es sind ja schließlich bloß die Holmes. Aber ich dachte, du freust dich darauf.«

Sie ließ sein Handgelenk los. »So, bitte, fertig. Aber wir könnten ja trotzdem schwänzen. Einfach ein Stück rausfahren, so feingemacht, mit einer Flasche Scotch, irgendwo im Grünen unter einer Decke liegen und in die Sterne gucken. Colette kommt erst nach Mitternacht zurück.«

Hugh übernachtete bei einem Freund, und Colette war mit ihrer Klasse und der Englischlehrerin im Theater und sah sich *Antonius und Kleopatra* an. Roger zog seine Hose an und sagte skeptisch, dass sie sich beim Sternegucken leicht erkälten könnten.

»Ich weiß ja«, sagte sie. »Du hast ja recht.«

»Aber wir müssen nicht gehen.«

»Doch, müssen wir, wir haben's doch versprochen. Du hast recht.«

In seinem Smoking sah Roger gleich viel mehr wie der Mann aus, mit dem Phyllis verheiratet war. Nicht, dass sie seinen Körper nicht gemocht hätte. Sein Körper war ihr Freund, ein über alle Maßen vertrauter Freund. Stämmig gebaut, kräftiger Brustkasten, keine Fettpolster, die Haut fest und fahl, die Behaarung schwarz und drahtig. Doch wenn sie nackt waren, konnten sie einander nicht wirklich unbefangen ansehen. Dann rutschten ihre Blicke seitwärts weg. Sie waren immer höflich, auch wenn sie sich stritten. Ein Picknick mit Roger unterm Sternenhimmel war Unsinn, weil dabei nichts Neues herauskommen konnte, weil die Romantik bloß vorgetäuscht wäre. Was für eine unappetitliche Vorstellung, dass sie intime Geständnisse austauschen könnten; Phyllis hatte ihn bis heute nicht einmal nach seinen früheren Freundinnen gefragt oder nach seiner ersten Liebe. Jetzt stand sie so dicht am Fenster, dass sie die von der Glasscheibe abgestrahlte Kühle spürte, und sah in die tiefblaue, von ein paar weißen Sternensplittern durchbrochene Dunkelheit; davor die Silhouetten der Bäume, die mit ihren nackte Zweigen und Ästen die Luft kämmten wie Haar. Mit einem halben Auge bemerkte sie die Wohnzimmerfenster der Familie Holmes, rautenförmig und geschmückt mit Luftschlangen und bunten Lichtern, durch die schon der Partylärm zu hören war, wie mickrig waren sie in diesem weiten Raum der Nacht. Und auf einmal überkam sie die Sehnsucht nach Liebe, brennend und sentimental wie ein Volkslied, und einen Augenblick lang brachte sie kein Wort heraus.

Hughs Wechsel aufs Internat war unterdessen geregelt; gleich nach Weihnachten sollte es losgehen. Phyllis war mit ihm in die Stadt gefahren, um alles Nötige zu besorgen. Aus sicherer Entfernung hatte sie ein Bild vor

Augen: Ihr heller, fröhlicher kleiner Junge steht ganz verlegen beim Ausstatter in der Kabine und versinkt fast in der steifen Uniform, in die er erst noch hineinwachsen muss. Ihr Mann war fest entschlossen. Roger war ein feinsinniger Mensch, aber seine ganzen geheimdienstlichen Informationen führten unausweichlich zu gewissen starren Haltungen, von denen er einfach nicht mehr abgehen konnte; außerdem war ihm, ob durch Vererbung oder durch seine Erziehung, ein gewisser Fatalismus wesenseigen. Phyllis löste sich vom Fenster, bereit, mit ihm auszugehen, und nachdem sie noch kurz an ihrem Toilettentisch gewesen war, um Lippenstift und Parfüm aufzulegen, gingen sie zusammen nach unten. Über diesen freundschaftlichen Wortwechsel unter Eheleuten gab es eine ganze Menge zu sagen: leise und vernünftig, freundlich, eingefahren, beide durch lang vertrauten Umgang miteinander eingestimmt auf die jeweiligen Bedürfnisse des anderen. Lohnte es sich, den Mantel anzuziehen, wo sie nur kurz über die Straße mussten? Phyllis wollte ihren trotzdem überwerfen, weil es kalt war. Sollten sie das Licht im Flur anlassen? Sie befeuchtete mit der Zunge eine Ecke von Rogers Taschentuch, um ihm einen kleinen Fleck von der Wange zu wischen – er hatte im Arbeitszimmer das Farbband an seiner Schreibmaschine gewechselt. Beim Blick in den Spiegel der Flurgarderobe war sie sich einen Moment lang nicht ganz sicher, ob ihre Ohrringe passten, aber er fand sie gut. »Diese hier oder lieber meine korallenen?« »Die hier stehen dir,« sagte er. »Sie passen zu deinem Kleid.«

Ungefähr eine Stunde später, inmitten all des Trubels aus Stimmen und Gelächter, sprach Phyllis mit einem anderen Partygast. Er war ausgesprochen nett, ein Freund von Brian Holmes, warme braune Augen und meliertes Haar, kontaktfreudig wie ein junger Hund, massig und gemütlich in seinem zerknitterten Smoking, einer von diesen Männern, in deren Miene man deutlich zu erkennen meint, dass sie einen unbedingt näher kennenlernen möchten, bis man merkt, dass sie eigentlich nur über sich selbst reden wollen. Oder, wie in diesem Falle, nicht ohne Humor über seine Campingurlaube mit der Familie und dass man heutzutage in einem Zelt komplett den gleichen Komfort haben kann wie in den eigenen vier Wänden, bis hin zur faltbaren, innen mit Plastik ausgekleideten Geschirrspülschüssel samt Ständer. Und dass die Campingplätze in der Bretagne immer besser ausgestattet seien. »Ich weiß schon, Sie denken jetzt an die französischen Toiletten, die ja der reinste Albtraum sind«, sagte er, als würde er sie ernsthaft überzeugen wollen. »Dieses grauenvolle stinkende alte Loch im Boden. Das kennen wir ja alle. Aber die Franzosen wissen sehr wohl, dass sich da was dran ändern muss, wenn sie für Touristen attraktiv sein wollen.«

»Wenn Sie mich mal kurz entschuldigen würden«, sagte Phyllis lächelnd und legte ihm die Hand auf den Arm, als ob sie ihn nur bitten wollte, einen Augenblick zu warten, während sie nach nebenan ging, um ihr Glas wieder zu füllen. Vielleicht hatte sie zunächst auch wirklich nichts anderes vorgehabt. Doch als sie den Flur betrat, begrüßte Maggie Holmes gerade ein anderes Paar an der Haustür, das mit großem Hallo und voller Vorfreude eintrat, und da zog Phyllis rasch aus dem über den Geländerpfosten geworfenen Haufen von Mänteln ihren eigenen hervor, warf ihn sich um die Schultern, schlüpfte, immer noch lächelnd, an den Neuankömmlingen vorbei in die Nacht hinaus und erklärte Maggie knapp, sie habe etwas vergessen. Und wenn sie den Schlüssel gehabt hätte, wäre sie vielleicht einfach über die Straße und nach Hause gegangen, hätte sich beizeiten ins Bett gelegt und sich am Morgen mit ihren Kopfschmerzen entschuldigt. Aber den Schlüssel hatte Roger. Phyllis kramte in ihrer Handtasche, konnte aber keinen finden, und der Gedanke, wieder zu der Party zurückzukehren, war ihr unerträglich. Also schrieb sie mit Bleistift eine Nachricht für Roger auf eine aus ihrem Taschenkalender herausgerissene Seite und steckte den Zettel durch den Briefschlitz. Ihr Kalender von 1967 war ohnehin zu nichts mehr nütze. Sie hatte ein paar Pfundnoten und etwas Kleingeld im Portemonnaie und ihr Scheckbuch bei sich.

Such nicht nach mir, schrieb sie. *Ich muss einfach mal ein paar Tage raus.*

Und schon rannte sie die Hillfield Road hinunter und zum Bahnhof und hatte noch eine ganze Weile Zeit, bis der letzte Zug nach London kam. Wenn Nicky nicht da war, würde sie ins erstbeste Hotel gehen und sich ein Zimmer nehmen für die Nacht. In dem Moment hatte sie wirklich keine Ahnung, dass sie nicht wieder zurückkommen würde.

4

Es war Colette, die diesen Zettel fand. Sie schloss mit ihrem eigenen Schlüssel die Haustür auf, trat auf das zusammengefaltete Stück Papier und erkannte, noch bevor sie es aufgehoben hatte, dass es aus dem Taschenkalender herausgerissen war, den sie ihrer Mutter letztes Jahr zu Weihnachten geschenkt hatte. Komisch. Ihre Eltern hatten die Lampe in der Diele angelassen, es war alles wie immer, offenbar waren sie noch nicht wieder zurück von ihrer Party – ihre Mäntel hingen nicht an der Flurgarderobe. Auf der kalten Veranda roch es nach feuchtem Fußabtreter und dreckigen Gummistiefeln. Colette blieb ein Weilchen draußen stehen, mit dem Rücken an die geschlossene Haustür gelehnt schaute sie durch die gemusterten Buntglasscheiben und wartete, dass die Aufregungen des Abends – das Theaterstück, die Fahrt im Bus mit den anderen Mädchen, Mrs Bernhardt – allmählich abklang. Um keine Zurückweisung zu riskieren, hatte sie im Theater hartnäckig auf Abstand zu ihrer Lehrerin geachtet, hatte keine Anstalten gemacht, sich neben sie zu setzen oder sie anzusprechen, und sich nur in den Pausen in ihrer Nähe aufgehalten, damit sie hören konnte, was Mrs Bernhardt zu dem Stück meinte, und Bescheid wusste, was sie selbst darüber denken sollte. Die Mädchen durften ihre eigenen Sachen anziehen und hatten sich schon seit Tagen über ihre Garderobe Gedanken gemacht, aber Colette hatte darauf bestanden, sogar im Zuschauerraum den grünen Schulregenmantel über ihrem rosa Kleid anzubehalten.

Sie hatte gelernt, dass das Stück ein Meisterwerk sei. Mrs B. hatte aufgeregt mit den Eiswürfeln in ihrem Gin Tonic geklimpert, hatte ihre Sätze heruntergehaspelt und immer wieder ein paar Worte verschluckt, wie sie es mitunter tat, und dabei keine von ihnen direkt angesehen, als würde sie sich an jemand anders wenden, einen Vorgesetzten vielleicht, und nicht an diese Schar von albernen Schulmädchen, die sie umringte. »Es ist ein Stück für Erwachsene«, hatte sie gesagt, »und keine Romanze.« Colette war zusammengezuckt, als sie sah, wie sich ihre Lehrerin in diesem neuen, riskanten Kontext offenbarte, mit ihren überschwänglichen Gefühlen und diesem verklärten, überwältigten Gesichtsausdruck. Manche der Mädchen, die sie hier so eifrig ausfragten, studierten höchstwahrscheinlich nur ihre Marotten, damit sie sie später nachmachen konnten. Auf der Heimfahrt aber war Colette diejenige, die sich impulsiv und angeberisch aufführte, als ob sie einen Schwips hätte, obwohl sie von der halben Flasche Famous Grouse, die hinten im Bus die Runde machte, gerade mal einen winzigen Schluck getrunken hatte. Sie hob das Gesicht, kniff die Augen zusammen und imitierte Mrs Bernhardts heisere, schleppende Stimme. »Ich hoffe bloß, dass diese Aufführung nicht gänzlich spurlos an euch vorübergehen wird, meine lieben Mädchen. Ich hoffe, ihr könnt begreifen, was für eine großartige Darstellung einer reifen Leidenschaft das war. Es gibt so vieles an der Leidenschaft, was ihr in eurem Alter noch gar nicht verstehen könnt; aber bitte fragt nur, denn ich persönlich bin damit natürlich sehr vertraut.«

Colettes kleine Angebernummer war gut angekommen. Die anderen Mädchen hatten sich ordentlich zusammenreißen müssen, um nicht laut loszuprusten, und als sie ihre Persiflage dann fortgesetzt und dabei tüchtig übertrieben hatte – »Ein Körper in den besten Jahren, in nachmittäglicher Sonne gereift« –, hatten sie so getan, als würde ihnen übel werden. Colette hatte den Dutt von Mrs B. im Auge behalten, während ihre Lehrerin ganz vorn im Bus saß, den Kopf von den anderen abgewandt hatte und in die Nacht hinausstarrte, ohne auf die Fisimatenten ihrer Schülerin zu achten. Die andern drängten sie, weiter von der reifen Leidenschaft zu erzählen; eine Woge der Hysterie hatte sie alle miteinander erfasst und sie aus ihrer Alltagsnormalität gerissen. Zum ersten Mal konnte Colette sich vorstellen, bei ihren Mitschülerinnen eine Rolle zu spielen: die schonungslose, verächtliche Intelligenzbestie, die immer ein paar Schritte voraus war und bei der man sich nie sicher sein konnte, ob der Spott am Ende nicht einem selbst galt.

Zu Hause faltete sie ungeduldig den rosa Zettel auseinander und wusste instinktiv sofort, dass das die schludrige Kringelschrift ihrer Mutter war. Wenigstens gab es in diesen paar Worten keine Gelegenheit für die Schreibfehler, über die sich Colette bei Phyllis' Einkaufszetteln immer so aufregte: Tomahten mit H in der Mitte, Karamel mit nur einem L. *Such nicht nach mir. Ich muss einfach mal ein paar Tage raus.* Aber für wen war die Nachricht bestimmt? Ihr Vater war doch mit Phyllis zusammen auf der Party, oder nicht? Colette warf den Zettel wieder auf den Abtreter, als ob Gift daran wäre. War er etwa für sie? Der Inhalt wirkte irgendwie ungehörig und unglaublich, irgendwie total unsinnig. Sie schüttelte sich. Was ging sie das an? Und nun war ein schmutziger Fußabdruck auf dem achtlos zusammengefalteten Stück Papier. Auf diesem Zettel, der da lag, als ob sie draufgetreten war, als sie hereinkam, als habe sie ihn nicht gesehen und gar nicht mitgekriegt, dass er da lag.

Oben in ihrem Zimmer zog sie ihr Nachthemd an, schob sich die Kissen in den Rücken, um im Bett noch ein bisschen zu lesen, und wartete, dass sie ihre Eltern nach Hause kommen hörte. Sie würden angesäuselt sein, mit dem Schlüssel herumfummeln, um ihn ins Schlüsselloch zu kriegen, gedämpft zusammen lachen; oder vielleicht waren sie auch froh, der langweiligen Party entronnen zu sein, dann würden sich ihre Stimmen leise und freundlich anhören, ermattet. Ihre Mutter würde mit den Stöckelschuhen in der Hand die Treppe hochkommen, ihr Vater würde sich in seinem Arbeitszimmer noch einen kleinen Schlummertrunk genehmigen; Colette könnte kurz den Kopf aus der Tür stecken und »Wie war's denn so?« fragen. Bis dahin wär der ganze Glanz hinüber, an dem ihre Mutter so hart gearbeitet hatte, erst an ihrem Toilettentisch und dann noch mal vorm Klappspiegel – alles zerlaufen, alles hin. Schwankend und leicht derangiert, mit verschmierter Wimperntusche und hängenden Schultern, würde sie sagen, dass die Party echt langweilig war, immer dieselben alten Leute. Aber ganz witzig.

Stattdessen kam Roger allein nach Hause. Als seine Tochter hörte, wie er unten die Haustür aufschloss, knipste sie das Licht aus und legte ihre Brille auf den Nachttisch. Angespannt, aufrecht im Bett sitzend, horchte sie, wartete, dass er den Zettel auf dem Abtreter fand, stehen blieb, um ihn auseinanderzufalten und zu lesen, dann nach oben kam, um nachzusehen, ob seine Frau in ihrem Zimmer war. Dann Stille – kurzes Überlegen, nahm Colette an –, bevor er losging, um das Haus nach Phyllis abzusuchen, obwohl er doch inzwischen wissen musste, dass er sie nicht finden würde. Vor Colettes Tür hielt er inne, drehte aber den Knauf nicht herum; vielleicht dachte er, sie schlafe schon. Oder vielleicht konnte er sich auch denken, dass sie nicht schlief, hatte gemerkt, dass ihr Atem hinter der Tür allzu gleichmäßig ging, allzu gewollt, hatte daraus geschlossen, dass sie den Zettel gelesen hatte und da drin im Dunkeln saß und auf ihn horchte, kerzengerade und hellwach. Zwischen Colette und ihrem Vater bestand seit jeher eine starke emotionale Bindung, aber unter diesen neuen Umständen schien er irgendwohin versetzt, wo er für sie unerreichbar war. Sie konnte sich keine Vorstellung davon machen, was Phyllis' Nachricht für ihn bedeuten mochte oder was er darüber wusste; jetzt schämte sie sich, dass sie den Zettel gelesen und dann so getan hatte, als habe sie ihn nicht gesehen, und wünschte sich ihre alte Unschuld zurück.

»Eure Mutter ist ein paar Tage verreist«, sagte Roger am nächsten Morgen beim Frühstück zu seinen Kindern. Hugh hatte bei seinem Freund Neil übernachtet und war nur kurz nach Hause gekommen, um die Zahnbürste und den Pyjama dazulassen. Dass er Tee trank, war eigentlich gar nicht vorgesehen, aber nun stand eine Tasse vor ihm auf dem Tisch, und er tat so, als würde er sich darüber freuen, und schaufelte löffelweise Zucker hinein. Frühstück war schon anders ohne Phyllis. Keine Eier mit Speck, nur Toast und Müsli.

Hugh war erstaunt, empört. »Aber es ist doch Weihnachten! Sie kann doch nicht einfach weggehen. Und außerdem ist heute mein letzter Tag in der alten Schule. Mein allerletzter Tag. Sie sollte doch Kekse backen für das Abschlussfest.«

»Es dreht sich halt nicht immer alles bloß um dich«, sagte Colette düster.

Wegen der Kekse konnte Roger ihn beruhigen, sie warteten bereits in einer Plastikdose.

Als Colette an diesem Morgen aufgewacht war, hatte sie das Gefühl, dass die Ereignisse der letzten Nacht doch zu unglaublich waren, als dass sie bei Tageslicht Bestand haben konnten; sobald sie ihren Vater die Treppe hinuntergehen hörte, schlich sie sich barfuß ins Schlafzimmer ihrer Eltern, fest davon überzeugt, dass alles wieder normal wäre, die Partykleider ihrer Mutter würden lässig überm Stuhl hängen, ihr Kopfkissen zusammengeknautscht wie immer, die Bettdecke mit der für sie typischen Achtlosigkeit beiseitegeschlagen, und von unten käme der Geruch von gebratenem Speck. Die Zeugnisse der einsamen Nacht ihres Vaters – seine Schuhe, exakt nebeneinander ausgerichtet, die Anziehsachen allzu ordentlich zusammengelegt, wie bei einem Mönch in seiner Zelle, das Bettzeug kaum verschoben – hatten abweisend gewirkt, als ob sie sie nicht sehen sollte, und so hatte sie die Tür schnell wieder zugemacht. Roger sagte, Phyllis sei zu Großvater Knott gerufen worden. Vielleicht war das die Wahrheit, aber warum schrieb sie dann *Such nicht nach mir*? Colette war sich allmählich nicht mehr sicher, ob sie diesen rosa Zettel tatsächlich gesehen hatte.

»Aber bei dem war sie doch schon letzte Woche«, wandte Hugh ein.

Der Blick, der seinen Vater traf, war bohrend und durch und durch selbstgerecht und wurde erwidert mit einem erwachsenen Blick, der fest und undurchschaubar und gewichtig war. »Iss bitte deine Krusten auf, Hugh. Heute Nachmittag kommt Mandy und macht dir Abendbrot.«

Wegen der Ferien war Colettes Schule vor der Mittagspause aus, und alle vierhundert Mädchen mussten sich vor dem Büro der Direktorin anstellen, um sich mit Handschlag zu verabschieden, jede einzeln – das war an ihrer Schule Tradition. Ein paar von den unverheirateten älteren Lehrerinnen, die im Unterricht immer grimmig und gnadenlos waren, strichen aufgekratzt um die endlose Reihe der Mädchen herum, die sich den Korridor im Erdgeschoss des Old House entlangschlängelte, und machten vergnügt ihre Scherze. Die Erdkundelehrerin nannte die Physiklehrerin beim Vornamen, wurde rot, korrigierte sich und guckte streng, denn die Mädchen freuten sich natürlich über jeden noch so kleinen Einblick ins Privatleben ihrer Lehrerinnen. Solche Momente der Kameraderie waren das, was Colette an der Schule am meisten hasste: wenn die Lehrerinnen sich gehen ließen, als wären ihre sonstigen Einschüchterungs- und Bestrafungsrituale einfach bloß Show. Mrs Bernhardt, sah sie, hatte damit nichts zu schaffen. Den Rücken über einen Bücherstapel gebeugt, mit abgewandtem Gesicht und sarkastisch verzogenen Mundwinkeln eilte sie die Haupttreppe hinauf. Linda Chubb murmelte, Mrs B. müsse wohl dringend im Lehrerzimmer eine Zigarette rauchen. Es war ein ziemlicher Skandal, dass sie rauchte. Wenn sie in die Klasse kam, roch sie nicht selten nach Zigarettenrauch.

Colette stand mit Linda und Susan Smithfield, die gestern Abend auch mit im Bus gewesen waren, in der Warteschlange. Die beiden gaben vor, einen fürchterlichen Kater zu haben. Misstrauisch beobachteten sie Colette, denn sie waren sich nicht sicher, ob das Bravourstück, das sie auf der Heimfahrt abgeliefert hatte, nicht bloß ein Zufallstreffer gewesen war. Vielleicht war sie heute wieder genauso unscheinbar wie sonst, und wenn sie zu nett zu ihr wären, würde es auf sie zurückfallen. Colettes Stellung unter ihren Mitschülerinnen konnte sich sowohl in die eine als auch in die andere Richtung entwickeln; Linda und Susan gehörten zu den beliebten Mädchen. Susan war dürr und gelenkig, sie war gut im Korbball und hatte Sex-Appeal und eine raue Stimme, fast wie ein Junge; Linda war verwöhnt und hochmütig, hatte glattes dunkles Haar und ein süßes Welpenfrätzchen mit braunen Bettelaugen. Sie hatte einen Freund mit Auto gehabt, aber der hatte was mit den Händen, konnte sie einfach nicht bei sich behalten, und irgendwann hatte es ihr gelangt, und sie hatte ihm den Laufpass gegeben, was alle beeindruckt hatte, weil es so erwachsen war, so souverän.

»O Gott«, sagte Colette, »ihr glaubt ja nicht, was bei

uns zu Hause los war, als ich gestern Nacht heimgekommen bin.«

Sie hatte gar nicht vorgehabt, etwas zu sagen, und dann war sie auf einmal doch damit herausgeplatzt.

»Was war denn los?«

»Ich hab so einen komischen Zettel gefunden!«

Ihr Gesichtsausdruck war bestürzt, tratschlustig und verschwörerisch in einem. »Ich glaube, meine Mutter hat ein Verhältnis.«

Linda zuckte dramatisch zusammen. »O Gott, Fisch! Im Ernst?«

»Was stand denn auf dem Zettel?«

Sie erzählte, wie sie erkannt hatte, dass der Zettel eine rausgerissene Seite aus Phyllis' Taschenkalender war, wie sie ihn vom Fußabtreter aufgehoben und gelesen hatte. »Und heute Morgen beim Frühstück hat mein Vater gesagt, sie ist zu Grandpa gefahren. Und mein kleiner Bruder, die alte Nervensäge, hat lauter so peinliche Fragen gestellt. Ich hab schön die Klappe gehalten.«

»Dein kleiner Bruder ist doch süß«, wandte Linda reflexartig ein.

»Aber wenn sie wirklich zu Grandpa gefahren ist, wieso schreibt sie dann *Such nicht nach mir*? Und außerdem war sie doch erst vorige Woche dort.«

Um sich während der langweiligen Warterei die Zeit zu vertreiben, war jede Ablenkung willkommen. Die beiden Mädchen guckten mitfühlend und überlegten, ob sie ihrer Mitschülerin glauben sollten oder nicht, sie waren schockiert, dass Colette sie so einfach in die intimsten Geheimnisse ihres Familienlebens einweihte. Die meisten Mädchen redeten fast nie über ihre Eltern, und wenn doch, dann höchstens in ganz allgemeinen, nichtssagenden Floskeln. »Also, ich glaube, sie ist wirklich bei deinem Grandpa«, sagte Linda skeptisch. »Das ist bestimmt alles nur ein Missverständnis.«

»Das hoffe ich natürlich auch.«

»Aber wenn nicht, wär's wirklich übel!«, sagte Susan mitfühlend.

Linda riss die Augen auf. »Das täte mir so leid für deinen Vater. Stell dir doch bloß mal vor, wie das für den sein muss.«

Colette sah das Potenzial, das darin stecken würde, die beiden in die Irre zu führen und zu verwirren, indem sie die Gegenposition einnahm; das wäre weniger kitschig, als die verlassene Tochter zu spielen und um Mitleid zu buhlen. Die beiden waren ja nur oberflächlich so kultiviert, im Grunde waren sie spießig und angepasst. »Das könnte doch eine tolle Sache sein, nicht wahr? Unwiderstehlich, wie bei *Antonius und Kleopatra*. ›Schmilz in den Tiber, Rom …‹ Vielleicht ist sie irrsinnig verliebt.«

»In einem Theaterstück ist das ja in Ordnung«, sagte Susan unwirsch. »Aber doch nicht bei deiner echten Mutter.«

»Vielleicht läuft's bei den beiden ja ganz toll im Bett.«

Linda kreischte auf und machte, dass sie aus der Schusslinie kam; eine Lehrerin rief, sie solle gefälligst in der Reihe bleiben. »Wie kannst du nur?«, zischte sie und verzog angewidert ihr Welpenfrätzchen. »Und überhaupt, hast du etwa eine Ahnung, wer der Liebhaber sein könnte?«

Denken könne sie sich schon das eine oder andere, erwiderte Colette ausweichend, was natürlich gar nicht stimmte. Bis sie vorhin das Wort *Verhältnis* ausgesprochen hatte, war da nur so ein diffuses Gefühl von Beunruhigung und Gefahr, das von dem Zettel ausgegangen war. Susan schlug vor, sie könnten Colette ja in den Ferien einfach mal anrufen, um in Erfahrung zu bringen, was los war. »Wenn wir der Chefin auf Wiedersehen gesagt haben, kannst du uns ja deine Telefonnummer geben, Fisch. Ich schreib sie mir auf die Hand.«

Auch Mandy Verey gegenüber behauptete Roger, dass Phyllis ganz überraschend zu ihrem Vater fahren musste. Colette fing langsam an zu glauben, dass das wohl doch die Wahrheit war. Mandy kam nun jeden Tag für ein paar Stunden zu ihnen; sie ging einkaufen, wusch das Geschirr ab und räumte auf, bereitete das Abendessen vor und stellte es in den Kühlschrank. Ihre Anwesenheit sorgte für eine gewisse Normalität. Mandy war ruhig und groß, geradezu monumental, mit glatter Haut, goldenem Teint und seidigem blondem Haar, das sie sich hinter ihre kleinen Ohren schob; danke, schon viel besser, sagte Colette, wenn sie fragte, wie es dem Grandpa denn inzwischen gehe. Sie leistete Mandy in der Küche Gesellschaft, bewunderte ihre Kunstfertigkeit, wenn sie die Wäscheberge auf dem Plättbrett fein säuberlich zusammenlegte und in ordentliche Stapel sauber duftender Kleidungsstücke verwandelte oder mit bemehlten Händen Fischbouletten formte. Don, Mandys Mann, war Briefträger, die beiden hatten drei Kinder; die Jüngste brachte sie manchmal mit, doch die Kleine störte sie bei der Arbeit, hielt ihre Beine umklammert, heulte und wollte nach Hause. »Komm, sei ein Schatz, Col, geh ein bisschen mit ihr spielen, damit sie mir nicht dauernd vor den Füßen rumrennt«, bat Mandy dann. Und obwohl sich Colette nichts aus Kindern machte, holte sie die Wachsmalstifte und das Malbuch und redete der durchaus nicht lieben kleinen Rotznase mit ihrem plattem durchtriebenen Gesicht, die ihr gegenüber feindselig und verschlossen blieb, gut zu. Aus irgendeinem Grund war es Colette wichtig, Mandy zu beweisen, dass sie über die frauenspezifische Fähigkeit des Kinderhütens verfügte.

Den Rest des Tages musste sich Colette jetzt immer um Hugh kümmern. Normalerweise hätten sie sich unentwegt gezankt, aber es gelang ihnen, in der Zeit, die bis Weihnachten blieb, einen Waffenstillstand einzuhalten. Ohne es direkt zu sagen, gingen beide davon aus, dass ihre Mutter selbstverständlich zu Weihnachten wieder zu Hause sein werde. Hugh beschäftigte sich vormittags immer mit seinen Sammlungen, sah sich in einem Buch verschiedene Schmetterlinge an und erfasste sie in einer Liste unter verschiedenen Rubriken: *Häufig*, *Ziemlich Häufig*, *Selten*, *Sehr Selten*. Unter *Selten* hatte er noch gar keinen, unter *Sehr Selten* nur einen einzigen, nämlich einen Schwalbenschwanz aus einem Versandkatalog, den er diesen Sommer gekauft hatte und der in einer Pappschachtel angekommen war. Colette hockte in ihrem Zimmer und probierte das Make-up ihrer Mutter aus; dann suchte sie das ganze Haus nach Phyllis' Zettel ab – in der Flurgarderobe und in dem Schreibschrank im Wohnzimmer, im Nachtschränkchen ihres Vaters und in seinem Schreibtisch im Arbeitszimmer. Eine seiner Schreibtischschubladen war immer abgeschlossen. Nachmittags holten sie die alten Brettspiele wieder hervor, die sie früher immer gespielt hatten, Monopoly und Cluedo, sogar Schlangen und Leitern. Aus irgendeiner Eingebung heraus zogen sie beizeiten die Vorhänge vor den Fenstern zu und machten die Lampen im Wohnzimmer an, bauten dort vor der Ölheizung ihre Spiele auf und spielten bäuchlings auf dem Kaminvorleger liegend. Wenn ihr Vater abends zu Hause war, hörten sie ihn nach dem Abendessen in seinem Arbeitszimmer telefonieren und nahmen an, dass er dem Geheimnis des Verschwindens ihrer Mutter auf die Spur zu kommen suchte.

Als Roger eines Abends wegen einer Betriebsfeier länger in der Stadt blieb, ging Colette in sein Arbeitszimmer und rief bei ihrem Großvater in Leamington an. Marcia ging ans Telefon, und Colette verlangte heiser mit verstellter Stimme, Phyllis zu sprechen.

»Wer ist denn da?«, fragte Marcia. »Bist du das, Colette?«

Colette räusperte sich. »Ja.«

»Also das ist nicht gut, dass du hier anrufst, Liebes. Phyllis ist nicht hier. Dein Vater hat auch schon nach ihr gefragt, und Jane. Sir John regt sich immer so auf, das ist nicht gut für ihn.«

»Ach so, na dann ist ja gut, danke«, sagte Colette, bemüht, sich neutral und unbekümmert anzuhören. »Ich hab's ja eigentlich gewusst. Wollt bloß noch mal sichergehen.«

Sie versuchte den Hörer aufzulegen, ohne dass es klick machte, aber Hugh hörte es und kam im Schlafanzug die Treppe runtergeschlichen; als er fragte, mit wem sie geredet habe, sagte sie, bloß mit ein paar Mädels aus der Schule. Hugh blieb noch ein Weilchen nachdenklich im Arbeitszimmer hocken, nahm erst den Locher und dann das Feuerzeug vom Schreibtisch des Vaters, fuhr mit beiden in der Luft herum und brummte dabei wie ein Flieger. Normalerweise war es den Kindern verboten, diesen Raum zu betreten, der in gewisser Weise gar nicht mit zum Haus gehörte – eine rein männliche Domäne, in der ihre Mutter nichts zu suchen hatte. Auf dem massiven Rollverdecksekretär, den Roger von seinem verstorbenen Vater in Guildford geerbt hatte, standen seine Schreibmaschine und sein stählerner Tischkalender, ein Aschenbecher, ein Tintenfass und eine Tabakdose mit Büroklammern; in dem Regal dahinter waren Aktenordner aufgereiht, die er eigenhändig beschriftet hatte – Steuern, Versicherungen, Zinsen, Bank. Colette schaute nach, ob sich irgendein Brief, den ihr Vater geschrieben hatte, auf der Schreibunterlage abgedrückt hatte, sodass sie ihn lesen könnte. »Sollen wir eigentlich an Heiligabend wie üblich die Weihnachtssocken aufhängen?«, fragte Hugh. »Weil, ich weiß schon längst, in Wirklichkeit bringt Mutter die Geschenke. Ich glaube nicht mehr an den Weihnachtsmann und an das Rentier oder so. Ich will nicht meine Zeit vergeuden und die Weihnachtssocken aufhängen, wenn nachher doch nichts drin ist.«

»Bloß gut, dass du inzwischen aus diesem Babykram rausgewachsen bist, wo du doch jetzt aufs Internat kommst.«

»Wenn ich bloß endlich hier wegkönnte, ich hasse dieses Haus.«

Der blonde Haarschopf ihres Bruders, seine kräftigen, sauberen Gliedmaßen, seine unerschütterliche, reine Kindlichkeit in diesem weißen, mit kleinen Raketen und

Traktoren bedruckten Schlafanzug, für Colette hatte all das etwas Verrücktes an sich. Wie würde er wohl auf dem Internat zurechtkommen, ihr kleiner Bruder, der bisher so behütet aufgewachsen war und so daran gewöhnt, sein eigenes Reich zu haben? »Dass sie bei Grandpa ist, das kann ich jedenfalls nicht glauben«, sagte Hugh. »Irgendwie weiß ich, wo sie ist.«

»Nein, das weißt du nicht. Woher willst du das denn wissen?«

»Weil ich was gesehen hab – und sie hat so komisch gerochen, irgendwie nach Schmutz.«

»Wie meinst du das, sie hat komisch gerochen? Und was hast du gesehen?«

»Ich hab gesehen, wie sie jemanden geküsst hat, im Badezimmer. Und das war nicht Daddy.«

Colette lachte. »Na, das ist ja wohl nicht sehr wahrscheinlich, oder? Das hast du bestimmt geträumt.«

»Ich hab das nicht geträumt. Ich hab's genau gesehen.«

»Und wen hat sie geküsst?«

»Ich weiß nicht. Irgendwen. Ich konnte ihn nicht sehen, er war ja im Badezimmer. Ich hab nur sie gesehen, so hier.«

Und dann reckte er den Kopf so komisch vor, so von unten nach oben, als würde er Küsschen geben. »Ach Hugh, erzähl doch keinen Quatsch«, sagte Colette nachsichtig. »Das hast du bloß geträumt.«

Als die Kinder am Weihnachtsmorgen aufwachten, waren ihre Socken zwar nicht leer, aber völlig falsch befüllt. Im Zeh steckte normalerweise ein Umschlag von Grandpa Knott mit einer Guinee, also dem Gegenwert von einer Pfundnote und einem Schilling, dann kam eine Mandarine, dann Badesalz. Ein paar von den Geschenken, die sie bekamen, hatte ihre Mutter wohl noch für sie ausgesucht, bevor sie weggegangen war, aber dazwischen gab es andere Sachen, die gar nicht richtig dazu passten: Riesenlutscher und Brausefontänen, eine Packung Plastiksoldaten aus dem Supermarkt, ein Satz Spielzeugkosmetik. Hugh kam nicht frühmorgens zu seiner Schwester ins Zimmer. Er öffnete alleine seinen Weihnachtssocken und stellte alles, was darin war, fein säuberlich und ohne ein Wort auf seinen Nachttisch, nicht mal die Schokolade aß er.

Zum Weihnachtsessen fuhren sie wie immer nach Guildford. Normalerweise machten die festen Traditionen, die in diesem Haus gepflegt wurden, ein Gutteil dessen aus, was den Feiertag so schön und so besonders machte. In der Mitte des Esstisches zogen ausgeblichene Plastikrentiere einen mit Keksen beladenen Schlitten; bunte Bilder von Schneemännern und Weihnachtsbäumen, deren Glitzer schon lange nicht mehr glitzerte und es vielleicht nicht mal mehr getan hatte, als ihr Vater klein war, hatten ihre festen Plätze an den Wänden, dazwischen auseinandergefaltete Rüschen aus Papier, die Schnee darstellen sollten. Großmutters Kuchen war bitter und schwarz, der Zuckerguss steinhart, mit Tupfen aus Marzipan. Phyllis war die Einzige, die das Engelsglockenspiel zum Laufen bringen konnte. Sie hatte geschickte Finger und wusste genau, wie man die Teile zusammensetzte: Ohne sie würden sich die Engel mit ihren Trompeten in der Wärme der Kerze verkehrt herum drehen oder gegen die Glocke schlagen.

Offenbar hatte Roger auch seiner Mutter und seiner Schwester erzählt, dass Phyllis bei Grandpa Knott war; Marnie fragte leicht pikiert nach Sir John, sie war nämlich Republikanerin und hielt nichts von Titeln. Colette spürte den raschen Blick ihres Vaters auf sich; er hätte wissen müssen, dass er ihr vertrauen konnte. Sie antwortete seelenruhig, ganz so, als hätte sie am Morgen noch mit ihrer Mutter telefoniert, Grandpa Knott habe sich gut erholt, und Phyllis tue es sehr leid, dass sie diesmal an Weihnachten nicht bei ihnen sein könne. Es war widerlich, sich Marnies Gesicht vorzustellen, dieses geheuchelte Mitleid, wenn sie Phyllis einmal bei einer kleinen Schwäche ertappte oder der Meinung war, ihre Schwägerin habe Roger im Stich gelassen. Als sie an diesem Abend wieder daheim in Otterley waren, rief Roger die Kinder ins Wohnzimmer, machte die Heizung und die Lampen an und tat sein Bestes, damit sie es gemütlich hatten. Er hatte sich die Schürze ihrer Mutter umgebunden, mit dem Putenfleisch, das Marnie ihm mitgegeben hatte, Sandwiches gemacht und die harten Mürbeteigpastetchen mit der süßen Füllung im Backofen erwärmt, aber die Kinder hatten keinen Hunger. Sie fanden es demütigend zu sehen, wie ihr Vater sich mit Dingen befassen musste, die eindeutig Hausfrauensache waren. Mit seinen langsamen, bedächtigen Bewegungen und seinem großen gesenkten Kopf erinnerte er Colette an einen schwerfälligen Bären an einer Kette.

»Eure Mutter hat sich bei mir gemeldet«, sagte er. »Das wollte ich euch mitteilen.«

»Wusst ich's doch, dass sie nicht bei Grandpa ist«, sagte

Colette rasch, weil sie es nicht ertragen konnte, dass man sie bei einem Fehler ertappte.

Hugh war stinksauer. »Und wo ist sie dann?«

»Ich hab zuerst gedacht, sie kann ja nur in Leamington sein. Aber als ich dort angerufen habe, wussten sie von nichts. Jetzt hat sie mir geschrieben, wir sollen uns damit abfinden, nicht zu wissen, wo sie ist, vorerst. Sie nimmt sich eine Auszeit von der Familie. Es war wohl alles ein bisschen viel für sie in letzter Zeit. Sie muss sich etwas von uns erholen. Das kann ich ihr nicht verdenken.«

»Ich schon«, sagte Hugh mit fester Stimme. »Ich verdenke es ihr.«

»Aber wie kommt sie denn zurecht, so ohne ihre ganzen Sachen? Sie hat ja nicht mal ihre Zahnbürste mitgenommen.«

»Ich nehme an, sie hat sich eine neue Zahnbürste gekauft«, sagte Roger. »Sie ist ganz überstürzt aufgebrochen und hat keine Zeit gehabt zu packen. Ich verstehe durchaus, dass das alles sehr schwierig ist, von eurer Warte aus – und auch von meiner, selbstverständlich. Aber ich schlage vor, dass wir alle miteinander einen kühlen Kopf bewahren. Und dass wir die Angelegenheit für uns behalten, jedenfalls im Moment. Ich hab mit ihren Schwestern gesprochen, weil ich dachte, dass die vielleicht irgendwas wissen. Aber sonst braucht niemand zu erfahren, dass sie sich nicht in Rosemount aufhält. Sie braucht einfach Zeit, um mit sich ins Reine zu kommen.«

»Mir doch egal, ob sie mit sich ins Reine kommt oder nicht«, sagte Hugh. »Von mir aus kann sie bleiben, wo der Pfeffer wächst.«

Als Roger seinem Sohn freundlich die Hand auf die Schulter legte, zuckte Hugh zusammen.

»Was hat sie denn in diesem Brief geschrieben?«, wollte Colette wissen. »Wie ist der genaue Wortlaut? Darf ich ihn nicht lesen?«

Nein, sagte Roger, der Brief sei persönlich und ausdrücklich an ihn gerichtet; da vermutete sie, dass er wohl bloß diesen Zettel meinte, den sie ursprünglich gefunden hatte, dieses rosa Stück Papier. Bekümmert kauten sie an ihren Putensandwiches herum; den Rest packten sie für morgen in Butterbrotpapier ein, und dann ging Roger in sein Arbeitszimmer. Wie eine muffige Decke legte sich die Trostlosigkeit über das Haus, jeder brütete still vor sich hin – auch wenn Colette und Hugh zusammen vor dem Fernseher saßen und über dieselben Witze lachten. Colette hielt sich kerzengerade, ohne sich gehen zu lassen, und fragte sich, wie sie ihre Schwäche loswerden und sich aus der Abhängigkeit von ihrer Familie befreien konnte. Vielleicht war das der rechte Augenblick, um es mit Abnehmen zu versuchen und ihre Brille abzulegen. Phyllis hatte immer gewollt, dass sie Kontaktlinsen bekam, und solange ihre Mutter zu Hause war, hatte Colette sich geweigert, auch bloß daran zu denken. Jetzt aber war sie frei.

Hugh fragte sie, ob er Vater das mit dem Badezimmer erzählen sollte.

»Was mit dem Badezimmer?«

»Na, du weißt schon. Das *Küssen*.«

»Ach so, das. Nein, das ist ja nicht wirklich passiert.«

Es sei sehr wohl wirklich passiert, beharrte Hugh. Aber er erzählte Roger nichts davon.

Obwohl es regnete, machte Roger am zweiten Weihnachtstag einen Ausflug mit ihnen. Sie hielten an einem Landgasthof, er ging auf ein Bier hinein und brachte ihnen Ginger Ale und Chips nach draußen, die sie im Auto aßen; aber weil Colette Phyllis' Diätbücher gelesen hatte, gab sie Hugh ihre Chips. Am Abend spielten sie am Kartentisch Newmarket mit einem Dummy-Blatt. Als Roger ein paar Tage später sagte, er müsse mal für ein paar Stunden ins Büro, dachte sich Colette, er könne diesen zwanghaft rücksichtsvollen Umgang miteinander hier im Haus einfach keinen Augenblick länger ertragen, und die Kinder waren erleichtert, als er sich mit seiner Aktentasche auf den Weg zum Bahnhof machte. Sie riefen sich laut von einem Zimmer zum andern Dinge zu und polterten die Treppe rauf und runter. Colette nahm sich eine Büroklammer und steckte sie in das Schlüsselloch der verschlossenen Schublade im Schreibtisch ihres Vaters, konnte sie aber nicht öffnen. Sie verspürte wieder dieselbe Hektik, dieselbe überschäumende Energie wie früher, wenn sie, als sie klein war, draußen gespielt hatte, immer näher am Fluss, immer weiter weg von dem schützenden Haus; obwohl das Wetter jetzt zu mies war, um wirklich nach draußen zu gehen. Von einem Fenster im Obergeschoss aus sahen sie und Hugh, wie eines der Chidgely-Mädchen – nicht Anthea, sondern ihre ältere Schwester – traurig zwischen den Blumenbeeten in ihrem Garten herumlief, ohne Mantel, im Regen; dann erschien Anthea, von ihren farblosen Zöpfen eingerahmt, an der Hintertür, vermutlich mit dem Auftrag, sie zu überreden, dass sie hereinkam. »Ich hasse euch alle und es ist mir egal, ob ich sterbe«, hörten sie das ältere Mädchen sagen.

Colette und Hugh, die am Fenster standen, duckten sich, und als nichts mehr zu sehen war, guckten sie sich an und stimmten ein Freudengeheul an, allerdings ein gedämpftes, damit die Chidgelys es nicht hören konnten. Colette fing an, *Der Fremde* zu lesen, auf Französisch, mithilfe ihres Wörterbuchs; der Roman war Abistoff für nächstes Jahr. Sie war sich nicht ganz sicher, worum es in der Geschichte ging, aber die elegante Kürze des Buches und die abgehackten, schonungslosen Sätze gaben ihm eine Aura von Widerständigkeit. Als Linda Chubb und Susan Smithfield sie am Nachmittag anriefen, sprach sie beharrlich Französisch mit ihnen. »*Je suis en train de lire* L'Étranger. *Je l'aime beaucoup.*«

»*Was* machst du? Ach, halt doch die Klappe, du dumme Nuss.«

»*Pourquoi? Toi aussi, Linda, tu comprends le français.*«

An dem Hall, den ihre Stimmen hatten, erkannte Colette, dass sie sie von einer Telefonzelle aus anriefen, bestimmt, damit ihre Eltern nicht zuhören konnten. Sie stellte sich vor, wie sie sich in der engen Zelle drängelten, nach dem Hörer griffen und beide gleichzeitig zuzuhören versuchten.

»Gibt's irgendwas Neues?«, fragte Susan ernst.

»Keine Spur von meiner Mutter, wenn du das meinst. Anscheinend hat sie noch einen Brief geschrieben, aber mein Vater will uns nichts sagen, er hat ihn in einer abgeschlossenen Schublade in seinem Schreibtisch. Ich hab versucht, die Schublade aufzubrechen, aber ich hab's nicht geschafft. Jedenfalls ist er heute zur Arbeit gegangen.«

»Gott, du Arme. Vielleicht ist er auch gar nicht auf Arbeit, sondern läuft durch die Straßen und sucht sie.«

»Ich glaube nicht, dass sie auf der Straße ist. Jedenfalls noch nicht.«

Colette genoss es, die beiden keuchen zu hören und ihr schockiertes Kichern. »O nein, Colette!«

»Die Atmosphäre hier ist wirklich ziemlich seltsam. *Écoutez, les filles.* Ich hab vor, mir Kontaktlinsen zu besorgen. Was meint ihr? Ob das eine gute Idee ist? Ich könnte ja zur Abwechslung mal was für mich selber tun, zur Überbrückung, für die mutterlose Zeit.«

»Die können aber leicht mal im Auge verschwinden, die Dinger«, warnte Linda.

»Stimmt ja gar nicht«, sagte Susan. »Red doch keinen Blödsinn, mein Bruder hat auch welche. Wollen wir uns nicht treffen, Fisch?«

Colette sagte, sie könne im Moment nicht weg, sie müsse auf Hugh aufpassen. Worauf Susan mit wohlgeübter Lässigkeit erklärte, sie habe ja auch gemeint, sie könnten sich am Abend im Queen's Head treffen. »Wir sind immer hinten in der Bar. Ist denn dein Vater bis dahin nicht wieder zu Hause? Du kannst doch einfach sagen, du willst dich mit einer von uns treffen. Natürlich sagst du nicht, wo.«

Dass die Mädchen im Queen's Head verkehrten, hatte Colette nicht gewusst. Sie war erstaunt und beeindruckt. Die Erste, die den Mut gehabt hatte, ins Pub zu gehen, war bestimmt Susan gewesen, die war nämlich echt dreist und so draufgängerisch wie ein Junge. Letzten Sommer hatte Colette sie nach der Schule gesehen. Da hatte sie khakifarbene Shorts getragen, die oben mit einem Stück Schnur zugebunden waren, und das nicht etwa aus Schlamperei, sondern weil sie ihren eigenen Stil hatte.

Weil sie eine fabelhafte Torjägerin war – mit ihren blonden Strähnen, den zusammengekniffenen hellen Augen und dieser ungeduldigen, stirnrunzelnd herrischen Art, wenn sie den Ball auf der Schulter hielt und sich umsah, wen sie anspielen konnte –, und es focht sie überhaupt nicht an, wenn sich jemand über ihren Aufzug lustig machte. Colette war sofort Feuer und Flamme von der Idee, dass sie sich im Queen's Head treffen wollten, total nervös war sie. Sie hatte ohnehin vorgehabt, demnächst mal ins Pub zu gehen, das war eine notwendige Initiation: nur eben nicht unter den kritischen Blicken dieser Mädchen. »Wie viele Kalorien hat eigentlich Bier?«

»Bist du etwa auf Diät, Fisch?«

Sie erzählte ihnen, dass sie gerade dabei sei, alles zu verändern, ihr ganzes Leben.

Als Colette sich auf den Weg zum Queen's Head machte, kümmerte es sie nicht, dass sie sich anschickte, nicht nur gegen die Verbote von Eltern und Lehrerinnen, sondern auch gegen das Gesetz zu verstoßen. Das Einzige, was sie fürchtete, war das überlegene Gehabe ihrer Mitschülerinnen. Der Trick, das wusste sie, bestand darin, sich vorzustellen, dass man etwas Kühnes, Mutiges tat, und dieses auf dem eigenen Mist gewachsene Selbstbild dann im wirklichen Leben durchzuhalten, ohne groß darüber nachzudenken: einfach auf den Eingang des Pubs zuzumarschieren und die Schwelle zu überschreiten, als sei es das Normalste von der Welt. Und dann war sie endlich eingetaucht in diese dicke, von Bierdunst und Zigarettenrauch geschwängerte Luft, die sich immer schon so einladend auf sie zuwälzte, wenn sie auf der Straße an einem Pub vorbeiging; von hinten aus der Bar, in die man wohl durch diesen Gang hier kam, vorbei an den ruhigen Nischen mit ihrer braunen Holztäfelung, waren laute Stimmen zu hören – Stimmen von jungen Leuten. Und alles war genauso, wie sie es sich immer vorgestellt hatte: Im Spiegel hinter der Theke bunt, glänzend und verlockend die Flaschen, die Zitronen und die Chipstüten, die alten Männer, die ihr nachschauten. Bloß gut, dass sie die Brille abgenommen hatte. In diesem Schummerlicht war alles irgendwie verschwommen.

Linda und Susan saßen mit einem Jungen – offenbar Susans Bruder, denn er war genauso muskulös und hatte die gleichen abgehackten Bewegungen wie sie – an einem runden Tisch. Vor den beiden Smithfields standen Biergläser, während Linda etwas Gelbes mit einer auf einem Cocktailspießchen steckenden Kirsche darin trank. Obwohl kein Mensch auf sie achtgab, wirkten die drei unsicher, gleichsam bedrückt von dem Bewusstsein, dass sie in dieser rappelvollen Bar die Jüngsten waren, saßen da und nippten an ihren Drinks, als hätten sie sich sonst nichts mehr zu sagen. Als sie Colette sahen, staunten sie über die Verwandlung, die mit ihr vonstattengegangen war. Sie hatte sich aus dem Kleiderschrank ihrer Mutter eine schwarze Samtjacke und ein Shirt mit Liberty-Print geborgt, dazu trug sie ihre eigenen Jeans; die Augen waren dick mit schwarzem Kajal und blauem Lidschatten umrandet, und obendrein hatte sie sich ordentlich mit L'Air du Temps eingedieselt. Sie hatte sich eine tüchtige Ladung von den Perlenschnüren und Ketten gegriffen, die überm Spiegel des Toilettentischs drapiert waren, und sich eigentlich nur eine davon aussuchen wollen, doch dann war sie unverschämt geworden und hatte sich einfach alle umgehängt. Als habe sie auf einmal erkannt, dass es ihr nicht gegeben war, wie andere Mädchen zu sein oder sich einfach bloß anzupassen. Während sie sich zurechtmachte, hatte sie die ganze Zeit das Gefühl gehabt, irgendeine groteske Figur auszustatten und zu schmücken, die nicht sie war, so was wie eine Fetischpuppe oder wie die feine Dame im Kasperletheater. Wenn sie irgendwas nicht sein wollte, dann attraktiv – das Lieblingswort ihrer Mutter.

Colette setzte sich zwischen Linda und den Jungen, den Susan als ihren kleinen Bruder Jeremy vorstellte. »Er wollte unbedingt mitkommen, und er hat versprochen, mich nicht zu blamieren. Eigentlich sind wir übrigens gerade bei der Orchesterprobe.«

»Unsere Geigen sind unterm Tisch«, ergänzte Jeremy.

Colette war noch nie mit so vielen Leuten in einem Raum gewesen, die sie alle interessant fand: langhaarige Gammler in schwarzen Polohemden, Mädels in Regenmänteln aus PVC und weißen Lacklederstiefeln, die rauchten und sich lebhaft unterhielten. »Ich hab den Safe geknackt«, verkündete sie triumphierend. »Genauer gesagt die Sparbüchse von meinem Bruder. Ich habe Geld! Noch einen Vanilleshake für Linda.«

»Das ist doch kein Vanilleshake, du Ignorantin, das ist ein Snowball, echt lecker. Ich staune ja, dass du den Kopf noch gerade halten kannst, bei dem ganzen Plunder, den du da um den Hals hängen hast.«

»Du redest vom Inhalt der Schmuckschatulle meiner Mutter.«

»Das ist aber kein echter Schmuck!«

»Wenn du mir nicht glaubst, komm ich nächstes Mal mit dem Diadem.«

Sie waren so erleichtert, dass sie jetzt mehr Krach machten und lachten, ganz so, als gehörten sie hierher. Und Colette entdeckte staunend, wie so ein paar Schluck Bier, das doch ganz harmlos schmeckte, die gewohnte Erstarrung lösen konnten, sodass man wie mit Siebenmeilenstiefeln in völlig neue Erfahrungen vordrang. Sie offenbarte verborgene Reserven an Wissen und Skepsis und überraschte damit sogar sich selbst; sie redete noch ein ganzes Stück sarkastischer – über die erhabene Institution Schule, über ihre Klassenkameraden – als an dem Abend im Bus bei ihrer Mrs-B.-Parodie. Im Hinterkopf war ihr schon klar, dass die anderen ihr Urteil längst gefällt hatten und nur auf den Beweis dafür warteten, dass sie halt doch nicht ihre Kragenweite war und einfach nicht ihr Typ, aber in diesem Moment im rauchgeschwängerten Licht des verqualmten Pubs kümmerte sie das herzlich wenig. Sie diskutierten darüber, welche ihrer Lehrerinnen garantiert lesbisch waren, und Colette gab etwas vorlaut ein paar der Spitznamen preis, die sie heimlich für einige der anderen Mädchen hatte – Klofrau, Mürbchen, Glühbirne. Gut möglich, dass sie in der Tat nicht deren Kragenweite war. Aber das fand sie eigentlich ganz verlockend.

In ihrer Euphorie wurde selbst Susans Bruder mit seinem ernsten Zwinkern, seinen verschorften Ellbogen und den Warzen an den Fingern interessant für sie. Jeremy wirkte weder schlau noch lustig, genoss aber allein darum, weil er männlichen Geschlechts war, in ihrer rein weiblichen Gesellschaft eine gewisse Autorität. Colette beschloss, dafür zu sorgen, dass er sie wahrnahm; es war vielleicht das erste Mal, dass er von einem Mädchen, das nicht seine Schwester war, beachtet wurde. Er ließ sich eine Weile wortreich über Kontaktlinsen aus, und als die anderen anfingen, über ihre Lieblingsfächer zu reden, erklärte er, er hasse Eng. Lit. »Da ist Fisch ganz toll drin«, warf Linda listig ein. »Sie könnte dir ja Nachhilfe geben, damit du bessere Noten kriegst.«

»Das möchte ich bezweifeln«, sagte Jeremy entschieden. »Weil, ich hasse Bücher.«

Unterm Tisch stieß Colette mit ihrem Knie an das von Jeremy, erst aus Versehen, dann mit Nachdruck, und wunderte sich, dass er daraufhin nur weiter verdrossen in sein Bierglas glotzte. Müsste ihm das nicht eigentlich gefallen? In der Schule hatte man sie, freilich immer nur ziemlich verklausuliert, vor dem ebenso überwältigenden wie unwiderstehlichen Ansturm männlichen Begehrens gewarnt, den man als Mädchen keinesfalls herausfordern dürfe. Jeremy versuchte, von ihr wegzurutschen, war aber zwischen ihr und Linda eingeklemmt; als er sein zweites kleines Bier ausgetrunken hatte, warf er seiner Schwester über den Tisch hinweg einen vielsagenden Blick zu und murmelte, ob sie nicht besser wieder nach Hause gehen sollten. »Ich hab dich gewarnt«, fuhr Susan ihn wütend an. »Wenn du mit mir mitkommen willst, musst du schon so lange bleiben, wie ich will. Ich darf dich nämlich leider nicht allein nach Hause gehen lassen.«

Als sie sich endlich vor dem Pub verabschiedeten, schwenkten die Smithfields ihre Geigen, und Colette, die sich betrunkener stellte, als sie war, fiel Jeremy um den Hals und küsste ihn; er wich erschrocken zurück und wischte sich mit der Faust die Wange ab, selbst Susan guckte verwirrt. Aber das war jetzt eh egal, denn als Colette vorhin, kurz vor der Sperrstunde, vom Damenklo kam, hatte sie sich an ein paar Trinkern vorbeizwängen müssen, die dort herumstanden, und einer davon hatte gesagt, er finde ihre Ketten schön. Da war es ihr geglückt, noch mal ihren Witz mit dem Diadem anzubringen, und zwar so, als wäre er ihr gerade eingefallen, und dadurch hatte sie schlagfertig und witzig und entspannt gewirkt, obwohl sie sich in Wahrheit kaum getraut hatte, den Blick zu heben und dem Jungen, der das gesagt hatte, in die Augen zu schauen. Aber war das überhaupt ein Junge, war er nicht eigentlich schon ein erwachsener Mann? Auf jeden Fall war er älter als sie und viel älter als Jeremy Smithfield. Und auf den ersten flüchtigen Blick – Stoppelkinn, schnabelförmige Nase, getönte Sonnenbrille, abgewetzte Lederjacke – schien er ihr wie von einer Aureole aus Erfahrung umgeben, die sie betörte und sie blendete.

Wobei später, als Colette ihre kurze Unterhaltung zu Hause wieder und wieder Revue passieren ließ, das Entscheidende gar nicht die lustigen Worte waren. Das, was sie so beschäftigte, war die Erinnerung an seinen Ton – anzüglich, verschlagen, einschmeichelnd – und an seinen Blick. Den Schmuck ihrer Mutter zum Vorwand nehmend, offen die eigene Unverschämtheit zur Schau stellend, hatte er, während er mit ihr sprach, auf ihre vollen Brüste gestarrt, die sie bis zu diesem Augenblick so sehr verabscheut und gehasst hatte: Ihm war bewusst, dass ihr bewusst war, wie er sie anstarrte und dass er sie provozieren wollte, so zu tun, als würde es ihr nicht gefallen. In dem Moment, da dieser Blickwechsel stattfand, hatte er ganz und gar unvermeidlich gewirkt, ein angemessener Tribut; rückblickend aber wunderte sie sich. War jenes Mädchen, dessen Brüste das Interesse eines Mannes auf sich zogen, wirklich dasselbe Kind, das sie noch gestern gewesen war und dem dieses Zimmer hier gehörte? Das Zimmer war weiß getüncht, auf dem Bett lag eine seidene rosa Tagesdecke, der Schirm der Nachttischlampe war aus gefältelter rosa Seide. Ihr Blick wanderte an den Kinderbüchern in ihren Regalen entlang, den Mappen mit den Unterlagen für die Schule, den weißen Porzellanpferden, der Spieluhr, die ihr die tote Großmutter Knott geschenkt hatte, den Steinen von einem Strand, an dem sie als Kind gewesen war – als wäre all das plötzlich fremd und fast obszön, weil sie mit einem Mal aus alledem herausgewachsen war.

Als er Colette polternd ins Haus kommen und über die untere Treppenstufe stolpern hörte, vermutete Roger, dass sie mit ihren Freundinnen aus gewesen war und etwas getrunken hatte. Er scheute sich, sie zur Rede zu stellen; im Grunde war es ihm egal, wo sie gesteckt hatte, und so blieb er ganz still in seinem Arbeitszimmer sitzen, inständig hoffend, sie möge nicht hereinkommen, denn wenn sie ihn dort entdeckt hätte, wäre er gezwungen gewesen, etwas zu tun und den besorgten und verantwortungsvollen Vater zu spielen. Er hatte ja selber etwas getrunken, nur war er nicht *be*trunken. Wenn er abends so allein in seinem Arbeitszimmer saß und Whisky trank, hatte er das Gefühl, mit jedem Glas klarer denken zu können. Bei nüchterner Betrachtung musste er sich eingestehen, dass es ihn erschütterte, wie tollpatschig und unattraktiv die Pubertät seine Tochter machte; das kleine Mädchen, das sie früher war, hatte er ganz einfach lieben können. Sie hatte sein Äußeres geerbt – den großen Kopf, die dichten, glänzenden Brauen, die Hundeaugen mit den hängenden Lidern und das kräftige Kinn –, was bei einem Mann nicht weiter störte, bei ihr jedoch von Nachteil war. Eine wie Colette, ein Mädchen, klug, von kräftiger Statur und ohne jede Anmut, unfähig, seine Ungeduld zu verhehlen oder irgendjemanden zu bezaubern, so eine konnte nicht erwarten, dass ihr der Übergang ins Erwachsenenalter reibungslos gelang. Er ahnte, dass ihr unruhige Jahre bevorstanden, was nicht unbedingt mit dem Fortgehen ihrer Mutter zu tun haben würde, das allerdings auch nicht gerade hilfreich war. Unscheinbare Mädchen mit attraktiven Müttern hatten es nie leicht.

Was den Jungen anging, bloß gut, dass er auf dem Internat war – der arme Junge. Wenn Hugh am Ende des Schuljahres nach Hause käme, wäre Phyllis vielleicht schon wieder da. Sollte sie ihre Meinung ändern, so hatte Roger beschlossen, sich darauf einzulassen; er zweifelte nicht daran, dass es ihnen mit der Zeit gelänge, Regelungen zu finden, die genauso gut funktionierten wie die früheren. Als er diesen Entschluss fasste und dabei seine Pfeife neu stopfte und den Tabak mit dem Daumen festdrückte, erschrak er über seine eigene Nüchternheit und Abgeklärtheit. Es hatte ihm nicht das Herz gebrochen, dass Phyllis weggegangen war; eine Herzensgefährtin war sie für ihn ja nie gewesen. Das Einzige, was ihm fehlen würde, wäre ihr Geschick, dafür zu sorgen, dass er sich daheim wohlfühlte, dachte er mit seiner neuen Nüchternheit. Und er empfand es als demütigend, dass sie ihn verlassen hatte, als zutiefst unangenehm; der Gedanke, anderen seine Lage erklären zu müssen, war ihm widerwärtig. Andererseits war ihm egal, was andere dachten. Phyllis hatte zwar immer so ein lebhaftes, kokettes Auftreten, dachte er jetzt, doch leidenschaftlich war sie nie, zumindest nicht bei ihm. Seine intensivste Erfahrung mit der körperlichen Leidenschaft hatte er als ganz junger Mann gehabt, lange bevor er Phyllis kennengelernt hatte, und zwar mit einer, deren Auftreten für irgendwelche dahergelaufenen Trottel, wenn sie sie beobachteten, einfach bloß brav und dröge war und jedenfalls bestimmt nicht temperamentvoll oder kokett.

Er hatte mit den Schwestern von Phyllis telefoniert, die er sehr mochte – vielleicht sogar noch mehr als sie selbst, sinnierte er. »Es gab da etwas«, hatte Jane gesagt, die Direktere der beiden. »Als du angerufen hast, ich hab's gewusst. Du musstest gar nichts sagen. Die letzten Male, wenn wir sie gesehen haben – sie hat an der Leine gezerrt.«

»An der Leine?«

»Ach, Rog, ich wollte doch nicht sagen, dass du sie an der kurzen Leine hältst! Ich hab gemeint – du weißt schon! Das Leben! Weil, Phyl war immer schon die Rastlose von uns – auch früher schon, in jungen Jahren, und sie war ja sogar noch jünger als wir. Ich dachte allerdings, dass sie sie eingetauscht hat, ihre alte Wanderlust.«

»Eingetauscht?«

»Jetzt leg doch nicht jedes Wort von mir auf die Goldwaage. Du musst ihr Zeit lassen.«

Anne hatte etwas gesagt, das ihr gleich darauf wieder leidgetan hatte. »Ich hab mich schon gewundert, was da los ist.« Eine Freundin von ihr habe Phyllis an dem Wochenende, als sie angeblich bei ihrem Vater war, in einem Restaurant in Notting Hill gesehen, in so einer Künstlerkneipe. Roger hatte nicht gefragt, ob sie alleine war. Falls jemand bei ihr war, habe ihn die Freundin jedenfalls nicht erkannt, hatte Anne zur Sicherheit noch rasch hinzugefügt. Sofern es überhaupt ein Er war.

Roger brauchte den neuen Brief von Phyllis, der heute im Büro angekommen war, gar nicht aus seiner abgeschlossenen Schreibtischschublade herauszuholen; dank seiner Fertigkeit, den Inhalt eines Kommuniqués rasch zu erfassen, erinnerte er sich an jedes Wort, das sie geschrieben hatte: *Langfristig ist das, was ich getan habe, alles weder sinnvoll noch vernünftig. Andererseits, langfristig sind wir alle tot, nicht wahr? Vielleicht werde ich es eines Tages bereuen, manchmal denke ich, dass es so kommen wird.* Dann hatte sie noch geschrieben: *Wenn ich an die Kinder denke*, dann abgebrochen und diese Worte wieder und wieder mit wütenden schwarzen Kreuzen durchgestrichen. Wenn er das Blatt umdrehte – einfaches liniertes Papier, von einem Schreibblock abgerissen –, konnte er leicht lesen, was sie hatte auslöschen wollen. Das war das einzige Mal gewesen, dass dieser heftige Groll auf sie, den man nach seiner Vorstellung als gehörnter Ehemann zu empfinden hatte, tatsächlich in ihm aufgestiegen war; wenn sie wirklich gewollt hätte, dass er diese Worte nicht lesen sollte, dann hätte sie doch gefälligst noch mal neu anfangen sollen, auf einem sauberen Blatt. Wenigstens war ihr klar, dass sie kein Recht mehr hatte, dass sie das Recht verwirkt hatte, solche sentimentalen Gedanken an ihre Kinder als Teil ihres Frauseins zur Schau zu stellen – wie verlogen war es da, auch nur eine Spur von ihnen hier stehen zu lassen. Im Grunde war der ganze Brief ein einziges pseudophilosophisches Herumgeeiere: unlogisch, überspannt, voller Schreibfehler, taktlos und bar jeder sachdienlichen Information, sie müsse *ihr Leben ändern*, hieß es da, müsse *alles ganz anders sehen*. Einfacher brauner Umschlag, kein Absender, Poststempel Central London.

Aber Roger wusste, dass es einen anderen Mann gab, auch wenn Phyllis ihn mit keinem Wort erwähnte. Und er hatte schlicht und ergreifend nicht die leiseste Ahnung, wer das sein konnte, welcher Kandidat die neue Leerstelle besetzen sollte – auch ihre Schwestern konnten sich nichts denken. Phyllis kam in ihrem Brief an keiner Stelle offen damit heraus, stattdessen faselte sie bloß irgendwas von ihrer Seele und von Freiheit. Und trotzdem wusste er Bescheid. Man konnte förmlich riechen, dass es um Sex ging.

Nicky fuhr über Weihnachten für drei Tage zu seiner Mutter nach Cressing, und Phyllis blieb allein in seinem Zimmer. Sie versicherte ihm, sie werde schon zurechtkommen, er müsse fahren – unbedingt. »Schau doch nur die ganzen Bücher! Endlich komm ich wieder mal zum Lesen, dafür hab ich ja nie die Zeit gehabt.«

»Ich hab's ihr versprochen«, sagte Nicky. »Bevor ich gewusst hab, dass du kommst. Der ganze Weihnachtsscheiß kann mir gestohlen bleiben, aber ich mag mir nicht vorstellen, dass sie da unten ganz alleine ist.«

»Kommt denn dein Vater nicht?«

»Eher nicht. Der hockt wahrscheinlich mit seiner Freundin am Woburn Square.«

Sie lagen in Nickys Bett, ganz nah beieinander, Auge in Auge, nur dass Phyllis die Augen geschlossen hatte; er streichelte ganz konzentriert und langsam mit den Fingern ihr Gesicht, als ob er lernen wolle, sie zu lesen, dachte sie, so wie man Braille lesen lernt. Es war ihr egal, dass er auf ihrer Haut all die kleinen Makel sah, die Anzeichen des Alters. Sie wollte sogar, dass er sie sah – als würde sie für ihn ihr Innerstes nach außen kehren. Das Wohlgefühl, das die Berührung seiner Fingerspitzen in ihr auslöste, war so intensiv, dass alles andere dadurch ausgelöscht wurde. Was machte es da schon, wenn sie drei Tage lang getrennt waren? Sie würde einfach in eine Trance des Wartens verfallen, solange er weg war, einen Schwebezustand, bis er wieder da wäre.

»Dass er eine Freundin hat, hast du mir gar nicht erzählt.«

»Weil's uninteressant ist. Sie ist mehr oder weniger eine Faschistin, die glaubt wirklich, die Labour-Regierung, das sind alles Kommunisten, die gehören alle an die Wand gestellt. Außerdem flirtet sie mit mir, sobald er mal aus dem Zimmer ist.«

»Wie alt ist sie denn?«

»Älter als du«, sagte Nicky mit einer Unbekümmertheit, die vielleicht sogar taktvoll gemeint war. »Mächtig aufgedonnert, trägt immer solche steifen Kleider aus irgend so einem metallischen Zeug mit einer Unmenge großen Blättern und Blumen drin. Du weißt schon, wie Ludwig XIV. auf einem Gemälde oder so.«

»Brokat.«

»Genau, aus Brokat. Wenn ich's mir recht überlege, sie sieht wirklich ein bisschen aus wie Ludwig XIV. Genau die gleichen Augen.«

»Und genau die gleiche Perücke«, schlug Phyllis vor.

Das fand Nicky lustig. »Und hat genau das gleiche Schloss wie in Versailles gebaut.«

»Und hat genau den gleichen Kopf abgeschlagen gekriegt.«

Er küsste zärtlich ihren Mundwinkel. »Das war Ludwig XVI.«

An Heiligabend ging Nicky frühmorgens zum Bahnhof, um den Zug nach Ipswich zu nehmen, wo seine Mutter ihn abholen würde. Phyllis, die noch schlief, kam es anfangs wie der reine Luxus vor, das schmale Bett für sich allein zu haben. Während sie mit dem Gesicht zur Wand dalag und döste, stellte sie sich vor, Nicky wäre noch hinter ihr im Zimmer – sie war in der letzten Woche manchmal noch im Bett geblieben, wenn er schon aufgestanden war und sich an den Schreibtisch gesetzt hatte, um zu lesen oder etwas zu schreiben. Es war ein eisiger Wintertag – blasses Sonnenlicht ließ die weiße Wandfarbe schimmern, und als sie sich schließlich aufrichtete, sah sie draußen vor dem Fenster die kahlen Zweige der Platanen wie Bleistiftstriche vorm vereisten Himmel. Bibbernd vor Kälte stand sie auf, um den elektrischen Heizstrahler einzuschalten und Wasser aufzusetzen, dann kroch sie zurück unter die Decke, eingewickelt in ein altes Hemd von Nicky, in dem noch sein Geruch hing, und trank ihren Tee. An diesem ersten Tag war sie fast froh, dass er weg war. In dieser einen Woche, seit sie die Party bei den Holmes verlassen hatte und ständig mit ihm zusammen gewesen war, hatte sie sich ganz und gar ihren Gefühlen überlassen. Doch jetzt, wo sie allein war, konnte ihr neues Leben beginnen.

Sie widerstand dem Bedürfnis, Nickys Anziehsachen zusammenzufalten und in die Kommode zu legen oder seine herumliegenden Bücher in die aus Backsteinen und Fichtenbrettern zusammengebauten Regale zu sortieren; ich darf mein neues Glück nicht verderben, dachte sie, indem ich wieder in die alten Muster verfalle: Putzen, Aufräumen, Möbelrücken, um es wohnlicher zu machen. In ihrem alten Leben hatte sie nur halb gelebt, war viel zu sehr damit beschäftigt gewesen, ihr Äußeres und ihr Zuhause zu perfektionieren, damit andere sie bewunderten. Nun tat sie die ersten zaghaften Schritte weg von all dem Falschen. Ein paar Sachen von ihr standen schon als Vorboten auf einem von Nickys Regalen, aber sie musste zu Peter Jones gehen, um etwas zu essen zu besorgen, musste sich Make-up und Unterwäsche kaufen und eine Haarbürste, einen Pullover und einen wollenen Rock, weil sie ja nicht ständig in diesem Kapuzenkleid rumlaufen konnte, und außerdem einen geblümten Kulturbeutel, um ihr Waschzeug ins Gemeinschaftsbad zu bringen. Für diese Dinge hob sie ein paar Pfund von dem Konto ab, auf dem das Geld war, das ihr ihre Mutter hinterlassen hatte – von Rogers Konto wollte sie nichts nehmen.

Sie wusch sich im Badezimmer, zog sich an und machte das Bett, dann ging sie in den Lebensmittelladen an der Ecke und kaufte einen Liter Milch und eine Flasche Sherry, außerdem Käse und Schinken und beim Gemüsehändler, der heute früher zumachte, einen halb verwelkten Strauß Schnittblumen zum halben Preis. Es gab keine Vase für die Blumen, aber daheim im Badezimmer goss sie die sauer gewordene Milch weg, spülte die alte Milchflasche aus und stellte den Strauß dort hinein, machte sich dann noch einen Tee und aß zwei Kekse. Gestern Abend waren sie Spaghetti essen gewesen, darum hatte sie noch keinen Hunger; vom Fasten stellten sich im weiteren Verlauf des Tages ein wohliges Gefühl von Leere und ein leichter Schwindel ein. Am Nachmittag schlief sie noch mal ein Weilchen.

Als es allmählich dunkel zu werden begann, knipste sie die Schreibtischlampe an, goss sich einen Sherry ein, ging Nickys LPs durch und legte auf seinem tragbaren Black-Box-Plattenspieler Bob Dylan auf. Sie hatte gewusst, wer Dylan war, hatte sich mit Roger zusammen über seine heisere Stimme lustig gemacht – »Der arme Kerl, kann gar nicht singen« –, aber richtig angehört hatte sie sich diese Songs noch nie, auch sonst nichts dergleichen. Roger war mit ihr in klassische Konzerte gegangen, und wenn sie allein zu Hause war, hatte sie gehört, was gerade im Radio lief, Pop oder Tanzmusik. Jetzt ging die Intimität dieser neuen Musik ihr durch und durch und hüllte sie regelrecht ein. Wenn sie Nicky nicht begegnet wäre, wenn sie ihn nicht gesucht hätte, ihm nicht nachgelaufen wäre und alles hinter sich zurückgelassen hätte – dann hätte sie vielleicht niemals erfahren, dass es diese neue Form des Seins überhaupt gab: ihren Glamour und ihre verführerische Einladung, sorglos, ironisch und frei. In ihren Gedanken verschmolzen Nicky und Bob Dylan miteinander. Sie glaubte sich verliebt in diese Stimme, in diese Worte.

Immer wieder spielte Phyllis die zwei Platten in dem Doppelalbum ab, besonders »Sad Eyed Lady of the Lowlands«, das so eindringlich zu ihr sprach, ganz so, als sei sie selbst die besungene Lady mit den traurigen Augen. Nicky hatte noch andere Alben von Dylan, aber dieses hier reichte ihr fürs Erste, es war fast schon zu viel. Sie trank noch mehr Sherry und tanzte wie ein Mädchen auf Strümpfen im trüben Licht des kahlen Zimmers, das mittlerweile durch den Heizstrahler kuschlig warm geworden war; sie war ganz erfüllt von der Schönheit der Musik und den Emotionen darin, von ihrem neuen, vollen Leben und ihrer eigenen Story, die so tief war und so interessant. Es machte nichts, dass ihr das eigentlich zu spät passierte, jetzt erst, wo sie schon vierzig war. Das Einzige, was zählte, war dieser Augenblick, diese Freude jetzt.

Am Weihnachtsmorgen wachte sie im Dunkeln auf und erinnerte sich an ihren Mann und die Kinder, wobei sie die drei natürlich nicht vergessen, sondern den Gedanken an sie lediglich aus ihrer bewussten Wahrnehmung verdrängt hatte. Und auch jetzt war es weniger ein Gedanke als vielmehr ein Gefühl; während sie schlief, hatte sich ein Infekt in ihr breitgemacht, ihre Glieder waren schwer, ihr Kopf glühte. Auf einmal kam mit aller Macht ihr normales, alltägliches Familienleben wieder zurück, der Strömung eines tiefen Flusses gleich und viel, viel stärker als jeder ihrer Träume. Wie hatte sie nur glauben können, sie sei imstande, sich dagegen zu wehren? Sie stellte sich vor, wie sie vor Roger auf Knien lag und ihn um Verzeihung bat. Sie dachte daran, sich augenblicklich auf den Weg nach Otterley zu machen. Züge oder Busse würden heute keine fahren, aber wenn sie sich jetzt aufraffte und zu Fuß ging, könnte sie bestimmt in ein paar Stunden dort sein. Sie stellte sich vor, wie sie sich am Weihnachtsmorgen durch die düsteren Vororte schleppte und Buße tat. Wahrscheinlich würde sie eh ein Taxi finden. Doch sie rührte sich nicht von der Stelle, sondern blieb im Bett, wo sie trotz der vielen Decken fror.

Sie knipste die Lampe an, starrte auf Nickys Wecker und sah zu, wie die Minuten vergingen. Wenn du jetzt losgehst, bist du immer noch pünktlich, sagte sie sich, ohne sich vom Fleck zu rühren. Oder wenn du jetzt gehst, oder sogar jetzt noch – doch sie blieb liegen und sah eine Frist nach der anderen verstreichen, als sei sie durch die Krankheit zeitweilig gelähmt. Jetzt hätten sie ihre Geschenke aufgemacht; jetzt würden sie aufbrechen nach Guildford. Als sie endlich aufstand, konnte sie den elektrischen Heizstrahler nicht einschalten, weil keine Münzen für den Zähler da waren. Völlig durchgefroren setzte sie sich in Nickys Hemd und seinem Morgenrock an den Schreibtisch, um auf Papier, das sie von einem Schreibblock abriss, einen Brief an Roger zu schreiben. Sie hätte den Brief auch tippen können, aber zu ihrem Selbstekel passte besser dieses flüchtige Gekritzel mit den unordentlich durchgestrichenen Stellen. Als sie jetzt daranging, das, wovon sie in der vergangenen Nacht überzeugt gewesen war, niederzuschreiben, kamen ihre Worte ihr schwerfällig und tot vor; dann überlegte sie, an die Kinder zu schreiben, wusste aber nicht, was sie ihnen hätte sagen sollen. Ihr war vor lauter Scham ganz übel.

Sie ging wieder ins Bett und schlief ein. Am Nachmittag stand sie auf, zog sich an, fand in ihrer Handtasche eine Briefmarke und ging hinunter, um den Brief einzustecken.

Es war leichter, draußen auf der menschenleeren Straße zu sein und so zu tun, als habe man ein Ziel. Sie lief und lief, nicht nur, um wieder warm zu werden, sondern auch, um ihre quälenden Gedanken zu vertreiben, lief so lange, bis ihr irgendwann die Füße wehtaten – sie hatte ja nur die dünnen Schuhe bei sich, mit denen sie bei den Holmes gewesen war. Auf der Straße wimmelte es von Taxis, die nach Kundschaft suchten. Ich könnte immer noch zurück nach Hause gehen, dachte sie. Sie stellte sich vor, wie sie eins von diesen Taxis anhielt, stellte sich vor, wie Roger und die Kinder aus Guildford zurückkamen und sie sie zu Hause erwartete. Doch sie tat nichts. Nicky hatte ihr noch nicht einmal gesagt, wann er aus Cressing zurück sein würde – ob morgen oder übermorgen oder vielleicht überübermorgen. Sie hatte ihn nicht unter Druck setzen wollen, denn in dieser neuen Welt durfte man keine Ansprüche stellen und den anderen nicht besitzen wollen. Nicky war frei, er konnte tun und lassen, was er wollte.

Als Phyllis die an eine Spiralfeder erinnernde Wendeltreppe des Everglade wieder hinaufstieg, fürchtete sie sich davor, in sein Zimmer zurückzukehren. Im dritten Stock hörte sie Geräusche und Musik; sie blieb stehen, um zu horchen, und trat an die geschlossene Tür der Wohnung, aus der die Geräusche kamen: Sie folgte ihrem Impuls und klopfte einfach an. Dem Mann, der ihr öffnete, präsentierte sie sich auf ihre altgewohnte Weise, kokett und attraktiv. Wenigstens hatte sie sich noch geschminkt und die Haare gebürstet, bevor sie runtergegangen war.

»Ich bin an Weihnachten alleine und ein bisschen depri«, entschuldigte sie sich. »Darf ich mich fünf Minuten zu Ihnen setzen?«

Er schien nicht überrascht zu sein, bat sie herein und legte ihr besitzergreifend seinen schweren Arm um die Schultern; er heiße Paul, sagte er. Er war klein und stämmig, hatte ein faltiges, hässliches, ausdrucksvolles Gesicht, die Ärmel seines karierten Hemds waren bis zu den Ellbogen hochgekrempelt, die Unterarme dicht mit schwarzen Härchen bedeckt. Dieser Raum war anders als Nickys Dachstube – hoch, großzügig, heruntergekommen, mit stockfleckigen Spiegeln über dem Kaminsims und verschlissenen violetten Vorhängen, die bis zum Boden gingen, aber nicht zugezogen waren, sodass man sehen konnte, wie es draußen immer dunkler wurde. Es waren so viele Leute da, dass sie und Paul die Stimme heben mussten, um sich in dem Lärm Gehör zu verschaffen. Das sei nicht seine Wohnung, sagte er ihr, als sie ihn danach fragte. Er selbst wohne im vierten Stock. Das hier sei die Wohnung von Raúl.

»Und was machen Sie so?«, fragte Phyllis höflich.

Eigentlich wollte sie bloß was trinken, sie wollte nicht reden.

»Wie meinen Sie das? Was soll das heißen, was ich so mache?«

»Ich meine, beruflich.«

Er kniff die Augen zusammen, um sie vor dem Rauch seiner Zigarette zu schützen; ihre Frage schien ihn zu amüsieren. »Und was machen *Sie* so, Phyl, also beruflich?«

»Ach, ich, gar nichts. Nichts Besonderes. Ich kann Schreibmaschine schreiben und Buchhaltung. Aber ich bin gerade in so einer Art Übergangsphase in meinem Leben.«

Er stöhnte bühnenreif auf. »Alle Frauen, die mir begegnen, sind gerade in so einer Art Übergangsphase in ihrem Leben.«

»Sind wir so langweilig?«, fragte Phyllis.

»Na ja, irgendwie schon, wenn ihr euch andauernd ändert. Wir mögen euch so, wie ihr seid. Ändert euch nicht, und kommt nicht auf Ideen. Ich hasse Ideen!«

»Sie meinen, Sie hassen Ideen, wenn Frauen sie haben.«

»So in der Art«, sagte er lachend. Sie glaubte, dass Paul nicht wirklich von ihr bezaubert war, sondern sich nur mit ihr unterhielt, weil er darauf hoffte, dass sie später mit ihm ins Bett gehen würde. Als er ihr einen Plastikbecher brachte mit irgendwas Starkem, Süßem, Rumhaltigem drin, erzählte sie ihm, dass sie erst vor Kurzem ins Everglade gezogen war, um hier mit jemandem zusammenzuleben, in den sie verliebt sei.

»Ach, echt?«, sagte er ohne großes Interesse. »Und wo ist er?«

»Also heute Abend ist er bei seiner Mutter.«

Das hörte sich lustig an und lockerte die Stimmung zwischen ihnen. Er machte sie mit Liz bekannt, die ihr ihre schlaffe, feuchtkalte Hand reichte; Liz war anscheinend Dichterin. »Auch so eine, die Ideen hat«, sagte Paul, worauf Liz »Leck mich, Paul« sagte. Sie war eckig und abweisend, dezidiert unweiblich, trug eine dicke

Hornbrille, enge karierte Hosen und im wilden schwarzen Haar ein dünnes Tuch aus gazeartigem Stoff; sie saß mit übergeschlagenen Beinen auf einem Barhocker und rauchte selbst gedrehte Zigaretten in schwarzem Papier. Paul verschmolz mit der Menge, und Phyllis setzte sich auf die überall auf dem Boden verteilten Kissen neben Liz, die da oben auf ihrem Hocker thronte und gar nicht daran dachte, auch nur ein Wort in ihre Richtung fallen zu lassen. Phyllis ging immer wieder hinüber zu dem großen Tisch, auf dem die Schüssel mit dem Punsch stand, und schenkte sich nach. Einfach eine große Rührschüssel von Mason Cash, genauso eine wie ihre in Otterley, die sie zum Teigrühren benutzte, nur mit einer Suppenkelle drin.

»Was macht Paul eigentlich beruflich?«, fragte sie jemanden.

Man staunte, dass sie das nicht wusste – er war Bildhauer, ein ziemlich bekannter sogar.

»Wie interessant«, sagte sie.

»Du solltest mal seine Bronzen sehen, die Vögel und die Tiere. Wahre Wunderwerke, total lebensecht.«

Sie hatte keine Ahnung, was das hier für Leute waren, es war ihr auch egal, sie wusste überhaupt nicht, was sie hier machte. Irgendwas zum Rauchen machte die Runde, vermutlich Hasch, sie nahm einen Zug. Auf der Party gab es weiße Gesichter und schwarze, ein paar Leute tanzten, auch sie tanzte eine Weile mit irgendwem zu rauchigem Jazz. Dann beugte sich eine unbekannte Frau in einem geblümten Kleid über sie. »Das ist die Freundin von Nicholas«, sagte die Frau, und da erkannte Phyllis sie – es war Barbara Jones. Barbara hatte ihr wohl später auch geholfen, wieder in ihr Zimmer zu kommen – am Morgen konnte sie sich an nichts erinnern. Sie wachte mit einem schweren Kater auf und musste sich in einen Eimer übergeben, den sie im Badezimmer fand. Irgendwann klopfte Barbara auf dem Weg zur Arbeit bei ihr an, um zu horchen, ob alles okay war. Diesmal erkannte Phyllis sie sofort, weil sie ihre Schwesterntracht anhatte.

Als Nicky in Cressing ankam, fand er dort ein derartiges Chaos vor, dass er zuerst dachte, seine Mutter wolle das Haus verkaufen und sei bereits am Packen. Mrs Chick war offenbar über die Feiertage bei ihrer Schwester in Saxmundham. Stühle standen verkehrt herum auf den Tischen, Teekisten, halb voll mit Sachen, die mit Stroh umwickelt waren, mit Bindfaden verschnürte Zeitschriftenstapel, der Inhalt der Schränke lag ausgebreitet auf Zeitungspapier, und auf dem Esstisch war kein Platz zum Essen, weil sich dort Geschirr, Berge von Tischwäsche und Besteckkästen stapelten. Wer brauchte schon so viele Essteller, so viele silberne Fischgabeln, Weinkühler, Rechauds? Seit Jean wieder auf Cressing lebte, hatte sie keine Gäste mehr gehabt. »Ich mache nur ein bisschen Ordnung«, sagte sie leichthin zu Nicky und versicherte ihm, dass sie nicht die Absicht habe umzuziehen. Nach einer Weile verstand er, dass sie nicht etwa packte, sondern dabei war auszuräumen, was sich in der Zeit, als das Haus vermietet gewesen war, so alles angesammelt hatte, und er sah auch, dass manche dieser Schränke schon vor Monaten leer geräumt worden waren. Offenbar hatte sie sich vorgenommen, der Unordnung Herr zu werden, aber sie beschäftigte sich immer nur mit irgendwelchen

Nebensächlichkeiten und trug Dinge von hier nach dort. Nichts wurde entschieden, nichts wurde weggeworfen. Und zwischen alledem rannte der Hund mit seinen schmutzigen Pfoten herum. Nicky fragte Jean, ob er das Ei aus Elfenbein haben könne, das er auf einem Tischchen in der Bibliothek gefunden hatte, denn er dachte, dass es Phyllis gefallen könnte; in dem aus einem Stück geschnitzten Ei befand sich ein zweites, ebenso kunstvoll geschnitztes. Das Haus war voll von derlei Schnickschnack, Andenken, die irgendwelche Vorfahren von ihren Reisen zu fernen Orten mitgebracht hatten. Er wolle es jemandem schenken, sagte er; Jean nahm das Ei in die Hand, betrachtete es und empfand Bedauern. »Hättest du mich doch lieber um etwas anderes gebeten«, sagte sie. »Aber das hier ist wertvoll, eine schöne Erinnerung. Weißt du«, sagte sie, »ich habe es immer bei mir, wenn ich hier drin bin und lese.« Kein Wunder, dass sein Vater dieses Haus hier hasste; kein Wunder, dass sich seine Mutter in der wohlgeordneten plüschigen Gemütlichkeit am Woburn Square nicht wohlgefühlt hatte. Es gab Nicky einen Stich zu sehen, wie Jean sich jetzt, wo sie allein hier lebte und nicht mehr die pflichtbewusste Gattin des im Ausland tätigen und von lauter Landsleuten umgebenen Unternehmers sein musste, zu einer regelrechten Exzentrikerin entwickelte. Aber ihr Verstand war offenbar noch so schnell wie eh und je, sie hielt sich mit den Radionachrichten auf dem Laufenden und hatte auch dafür gesorgt, dass es in der Küche genug zu essen und zu trinken gab für ihr gemeinsames Weihnachtsfest, sie hatte ein Bäumchen geschmückt, dass sie draußen im Wald geschlagen hatte, und hatte Geschenke eingewickelt und unter das Bäumchen gelegt – Bücher für ihn und einen Pullover. Zum Weihnachtsessen briet sie eine Ente – sein Lieblingsgericht. Am zweiten Feiertag zündete sie in der Bibliothek die Holzscheite im Kamin an, was – zusammen mit dem Hund, der sich ekstatisch vor dem Feuer rekelte – sein Asthma verschlimmerte. Dann stand sie da und zählte mit einer Pipette die Ephedrintropfen in seine rosa Gummipumpe, genau wie früher, als er klein war. Draußen hörte es gar nicht mehr auf zu regnen, ein leises Trommeln im glänzenden Laub der Sträucher, die vor den Fenstern der Bibliothek wuchsen; im Korridor vor der Bibliothek tropfte das Wasser in einen bereitstehenden Kochtopf. Auf den Rasenflächen lag das verwaschene, viel zu lange ungemähte Gras flach auf dem Boden, die steinernen Urnen und die Balustraden auf der Terrasse hatten nasse dunkle Flecke. Das letzte bisschen Licht verschluckte der dichte winterliche Wald, der ringsherum den tiefen Horizont säumte; Jean steckte den Stecker einer einzelnen Stehlampe mit Fransenschirm, die zwischen zwei vor den Kamin gerückten Sesseln stand, in die Steckdose. »Ich muss auf die Stromrechnung achten«, sagte sie. »Mit dem Geld muss ich aufpassen.«

»Aber Vater hat doch jede Menge Kohle.«

»Ja, aber für Cressing gibt er's ungern aus.«

»Ich hasse seine Knausrigkeit.«

Jean mochte nicht zugeben, dass sie sich über seinen Vater ärgerte, und beließ es bei Andeutungen, aber Nicky wusste, es gefiel ihr, dass er auf ihrer Seite war. Um ihn von seinem Keuchen abzulenken und ihn auf andere Gedanken zu bringen, las sie ihm, ganz so wie früher,

Marvell und Donne und *Jahrmarkt der Eitelkeit* vor; das Feuer spiegelte sich in den Glasscheiben der Bücherschränke aus Walnussholz, und die eingestaubten Büsten von großen Denkern, die in regelmäßigen Abständen oben auf den Schränken standen, verschwanden in der Abenddämmerung. Jean saß kerzengerade in ihrem Stuhl und hielt sich das Buch vors Gesicht, wie man es ihr beigebracht hatte, als sie ein Schulmädchen gewesen war, und sie ging mit den Augen ganz nah an die Seite heran, denn sie war kurzsichtig, und die Glühbirne gab nur schwaches Licht. Sie hatte ausgebeulte alte Sachen an – einen schmutzigen Arranpullover, einen wollenen Plisseerock, hässliche, lammfellgefütterte Wildlederstiefeletten mit Reißverschluss an der Seite. Andererseits klang ihre Stimme beim Vorlesen elegant und selbstsicher, die Stimme einer Frau ihres Standes, gebildet und deutlich artikuliert, mit einem Hauch von Ironie. Für heutige Verhältnisse war ihre Diktion vielleicht ein bisschen übertrieben. Nicky hatte an der Universität bewusst darauf geachtet, in seiner Redeweise alles abzumildern, was auf seine Herkunft hindeuten konnte.

Um ein Haar hätte er sich seiner Mutter anvertraut. Als es an diesem Winternachmittag allmählich dunkel wurde, war es ihm einen verrückten Augenblick möglich erschienen, ihr zu erzählen, was es bei ihm Neues gab: dass eine reife, verheiratete Frau zu ihm gezogen war, einfach mitten in der Nacht so lange an seine Tür geklopft hatte, bis er aufwachte, nichts bei sich hatte, nicht mal ihre Zahnbürste, und ihr ganzes Leben hinter sich zurückließ. Und das nicht etwa unter Tränen, sondern lachend ob der eigenen Verwegenheit, über sich selber staunend. Sie hatte ihm ihre kalten Hände ums Gesicht gelegt, hatte es erforscht mit ihrem Blick im trüben Licht, gleichsam erstaunt darüber, dass es wirklich da war, als habe sie, während sie ihm durch die Dunkelheit entgegeneilte, Angst gehabt, er könnte gar nicht existieren. Aus dem Schlaf gerissen, war er aufgestanden, nackt, und hatte sie hereingelassen, in ihrem Mantel hing der eisige Geruch der Nacht. Es hätte ihn erleichtert, hätte er diese ganze aberwitzige Komödie irgendwem erzählen können – dass die Welt tatsächlich kopfstand, dass jeder alles tun konnte. Aber Jean war mit den Fischers befreundet, wenn sie Bescheid wüsste, würde sie sich garantiert verpflichtet fühlen, mit Phyllis' Mann zu reden. Nicky scheute irgendwelche spießigen Komplikationen, die konnten warten. Schließlich war Phyllis niemandes Besitz.

Und überhaupt konnte er ja über so was – also über Sex – unmöglich mit seiner Mutter reden, mit der am allerwenigsten; auf keinen Fall. Er liebte Phyllis, glaubte er jedenfalls. Er betete sie an, aber das ging doch seine Mutter nichts an, die würde dafür kein Verständnis haben. Er war ganz berauscht von den Tagen, die er seit jener Nacht, als sie gekommen war, mit ihr in seinem Zimmer verbracht und sich höchstens mal zum Einkaufen aus dem Haus gewagt hatte, damit sie ihnen auf seinem kleinen Tischkocher etwas kochen konnte – und einmal zu Franco, Spaghetti essen. Mit Phyllis darin war sein Zimmer plötzlich das reinste Fabelreich, herrlich übervoll vom grapschenden, stöhnenden, köstlich lasziven Exzess ihres Liebesspiels: Wie konnte da noch irgendetwas anderes von Bedeutung sein? Er war vernarrt in ihre zarte, sandfarbene Hübschheit, ihre kleinen Hände und Füße, die sandfarbenen Spitzen ihrer kleinen Brüste, ihren Spaß und ihr heiseres Lachen – und auch in ihre manchmal nervenden Gewissensbisse, von denen er sie dann immer wie ein Wilder ablenken musste. Und nicht nur das, sie half ihm auch bei seiner Arbeit. Wenn er am Schreibtisch saß, schlief sie entweder oder schwieg oder blätterte in einem Buch – freilich ohne viel mitzukriegen, dachte er sich.

Er konnte gut arbeiten, man wollte immer mehr von ihm lesen. Er schickte einen Durchschlag an eine Zeitschrift, zu deren schäbigen Büroräumen über einem Café in Soho man über eine schmale Treppe gelangte, und an eine andere in einem eleganten georgianischen Gebäude in Bloomsbury; er verstand es, seinen Stil zu variieren, von kenntnisreich und beherrscht bis hin zu eigenwillig und salopp. Neuerdings vergab er auch Aufträge an andere Autoren und trug sich mit dem Gedanken – vorausgesetzt, er konnte sich irgendwo das nötige Geld dafür leihen –, einen kleinen Verlag zu gründen, in dem er kurze Bücher und Broschüren zu brandaktuellen Themen publizieren und neue Ideen aufgreifen könnte, solange sie noch frisch waren. In der Szene gab es Leute, die Geld hatten und welches verschenkten. Vielleicht konnte er sogar seinen Vater überreden, sich zu beteiligen; das würde ihn freuen und wäre eine hübsche Ironie.

Über die Zukunft sprachen sie nie, das war zwischen ihnen einfach kein Thema, weder für ihn noch für Phyllis. Und wenn in dieser letzten Woche vielleicht doch das eine oder andere Mal so eine perverse Sehnsucht nach seiner alten, leeren Einsamkeit bei ihm aufkam, so war das schiere Undankbarkeit und nur dazu angetan, das erwachsene Glück des Fickens nun erst recht in vollen Zügen zu genießen. Erst als er allein in seinem Abteil im Zug nach Ipswich saß, wo ihn seine Mutter am Bahnhof abholen würde, stellte sich ihm seine Situation wirklich aus einer anderen Perspektive dar – wie wenn einen durch ein undichtes Fenster ein eisiger, kribbelnder Luftzug anweht. Er liebte Phyllis. Er rutschte auf dem kratzigen Plüsch hin und her, die heiße Luft, die unter den Sitzen in Kniehöhe hervorgepumpt wurde, bereitete ihm Unbehagen, und die Erinnerung an die Freuden, die sie ihm mit ihrer einzigartigen sinnlichen Intuition bereitete, machte ihn nervös. Nein wirklich, dachte er nach einer Weile, was soll ich mit ihr anfangen im Lauf der Zeit? Sie war kein junges Mädchen mehr, sondern eine erwachsene Frau. Sie würde ein richtiges Zuhause brauchen und konnte nicht immer bei ihm in seinem Zimmer bleiben. Wovon sollten sie leben, wenn das Geld ihrer Mutter aufgebraucht war? Was er verdiente, reichte ja nicht mal für ihn selber.

Phyllis hatte alles für ihn aufgegeben. Aber er hatte sie nicht darum gebeten. Und da erinnerte er sich wieder an diese gefährlichen Kinderspiele auf dem Schulhof, wo man, wenn man etwas schwören sollte, hinterm Rücken heimlich die Finger kreuzte. Es gab noch mehr Frauen auf der Welt. Ihm war ja gerade erst bewusst geworden, welch eine Vielfalt die Begegnung mit Frauen in sich barg: Eine hatte ihm mit geschmeidigen Händen in einem Laden an der Ecke eine Flasche Gin eingewickelt, damit er sie seiner Mutter mitnahm; eine andere mit braunem Teint hatte am Bahnhof seine Fahrkarte kontrolliert und ihn mit ihren knallroten Fingernägeln am Handgelenk berührt. Und jede dieser Frauen, so schien es ihm nun, hatte ihr geheimes erotisches Leben, das sie geschickt hinter ihrer Fassade verbarg. Sogar auf Cressing gab es Cathie, die Nichte von Mrs Chick, die bei seiner Mutter putzte und nicht hübsch war, sondern unwirsch und mürrisch, mit krummen Schultern und einem dicken Bauch, fetten Brüsten, die unter ihrem engen Pulli aus dem BH hervorquollen. Wenn er versuchte, mit Cathie zu sprechen, nuschelte sie nur und sah sich um, als wolle sie davonlaufen. Doch als er sie am Heiligabend nachmittags auf Knien den Küchenboden schrubben sah, mit dem Hintern in der Luft, da wusste er, sie wusste, was er gesehen hatte, und sie verachtete ihn dafür und reckte ihm trotz allem hinterlistig ihren Allerwertesten entgegen. Er wollte diese Gedanken nicht haben. Sie stiegen einfach in ihm auf, ganz unwillkürlich.

5

Liebe Jean,

ich glaube kaum – obwohl, man kann nie wissen, schließlich haben die Kanäle, durch die sich Klatsch und Tratsch verbreiten, viele Arme –, dass Du gehört hast, was für eine seltsame, allemal demütigende und leicht absurde Fügung des Schicksals mich getroffen hat. Und doch, weil Du und ich ja stets miteinander in Einklang waren, merke ich, wie ich mir immer wieder vorstelle, was Du wohl dazu sagst, ganz so, als wüsstest Du Bescheid. Also kann ich Dir auch geradeheraus erzählen – und Du musst mir verzeihen, wenn Du das Gefühl hast, ich würde mir etwas von der Seele reden, um es Dir aufzuhalsen –, dass Phyl mich verlassen hat. Unmittelbar vor Weihnachten – es ist erst ein paar Wochen her, und was weiß ich, vielleicht ist sie bis Ostern wieder da. Aus meiner Sicht hat das Ganze eher etwas von einer komischen Oper als von Anna Karenina. *Alles so Knall auf Fall, so urplötzlich, keine Präambel – Postambel eigentlich auch keine. Ein* Coup de foudre *– und vermutlich, von Phyls Seite, so eine Art Selbstjustiz. Erinnerst Du Dich noch an die alte Ballade, die die Kinder in der Schule lernen, von der Lady, die mit den raggle-taggle Gypsies durchbrennt? Phyl hat mir in einem Brief ganz klar erläutert, dass sie erkannt habe, was an unserer Art des »Zusammenlebens« falsch war. Bestimmt hat diese*

Lady auch so etwas in der Art zu ihrem Lord gesagt, als sie ihr Federbett hinter sich gelassen hat.

Jedenfalls hat es leider den Anschein, als sei meine Rolle in diesem Szenario nicht unbedingt beneidenswert. Apropos Anna Karenina, *ich schau mir meine Ohren immer wieder im Spiegel unserer Flurgarderobe an, denn wenn ich mich recht entsinne, sind die, die Tolstoi dem betrogenen Gatten verpasst hat, nicht gerade schmeichelhaft, und ich weiß noch, dass ich damals beim Lesen so engherzig war zu meinen, dass er diese Ohren oder Hörner allemal verdient habe. Aber Deine Lektüre von* AK *liegt gewiss noch nicht so lange zurück wie meine, sodass Du mich korrigieren kannst, falls ich mich täusche. Ich stelle mir vor, wie Du Dich dieser Tage, abgeschottet gegen Welt und Wetter, zum x-ten Mal in all die Klassiker vertiefst, dort in der Bibliothek auf Cressing, wo Du hingehörst. Eine schöne Vorstellung.*

Sei's drum, Phyl ist weggegangen, und ich weiß nicht, wohin, und bisher – merkwürdigerweise – noch nicht einmal, mit wem. Das Verstörendste dabei ist vielleicht, liebe Jean, dass ich mich zwar gräme und auch schäme und manchmal sogar empört bin, aber nicht todunglücklich. Natürlich sind da die Kinder, um die man sich kümmern muss. Hugh ist Gott sei Dank weg nach Abingdon, wo ich ihn in guten Händen weiß; das größere Problem ist Colette. Sie hat in der Schule nachgelassen, ihre Lehrerinnen machen sich Sorgen, und sie treibt sich mit ein paar Mädchen herum, die nicht gut für sie sind. Zu Hause – wenn sie mal zu Hause ist und nicht wer weiß wo steckt – kocht sie irgendwelches schreckliches Zeug zusammen, von dem ich dick werde und Verdauungs-

probleme bekomme, dabei aber so tun muss, als würde es mir schmecken.

Du nimmst mir hoffentlich nicht übel, dass ich Dir das alles schreibe. Es ist lange her, dass wir uns gesehen haben. Fünf Jahre seit unserem gemeinsamen Lunch. Viel länger noch, seit ich Dich mit Phyl auf Cressing besucht habe. Zwei Menschenleben, seit Du lieb zu mir warst, was mir so viel bedeutet hat, mitten in meinem Krieg. Alles Gute jedenfalls wünscht Dir und Peter und natürlich auch dem Jungen

Roger

Eines Morgens, Mandy Verey putzte gerade das Haus, rief Phyllis an und fragte, ob sie vorbeikommen und ein paar Anziehsachen und ein paar persönliche Dinge holen könne – selbstverständlich nichts, was Roger gehörte. Mandy erwiderte misstrauisch, da müsse sie erst Mr Fischer fragen.

»Ja, natürlich, das verstehe ich vollkommen. Darf ich Sie wieder anrufen?«

»Ich bin meistens morgens ein paar Stunden hier.«

Mandy hatte ein Gespür für die Misslichkeit der Situation. Da stand sie hier in der Diele und sprach so hart mit ihrer einstigen Arbeitgeberin, verweigerte ihr gar den Zutritt zu ihrem eigenen Haus. Es war seltsam, beinah jeden Tag hier zu arbeiten, die täglichen Abläufe durchzuführen, die Phyllis festgelegt hatte: den Abwasch zu machen in Phyllis' Spüle unter dem Fenster mit den Spitzenvorhängen, ihre Usambaraveilchen auf dem Fensterbrett zu gießen, den Esstisch mit derselben Politur zu behandeln, die Phyllis ihr zu benutzen aufgetragen hatte.

Auch in der Küche hatte Mandy nichts nach ihren eigenen Vorstellungen verändert, obwohl sich ja nur sie und Colette dort aufhielten. Dinge zu verändern, gehörte nicht zu ihrem Job. Roger hatte ihr gesagt, Phyllis sei für eine Weile weg und würde möglicherweise nicht wieder zurückkommen; Mandy las zwischen den Zeilen und war schockiert, neugierig und entrüstet, machte aber weiter ihre Arbeit, als sei nichts geschehen. Ihrem Mann erzählte sie lange gar nicht, dass Phyllis weg war; sie hatte sich immer vor die Fischers gestellt, wenn Don irgendwas gegen sie sagte. Aber nach diesem Telefongespräch hatte es ihr gereicht: Noch nicht einmal nach ihren Kindern hatte Phyllis sich erkundigt. Dass sie den Jungen vorzog, war ja immer klar gewesen, und jetzt hatte man ihn aufs Internat geschickt – armer kleiner Kerl. Mandy konnte nicht verstehen, wie sie ihn hatten wegschicken können.

Natürlich könne Phyllis ihre Sachen abholen, sagte Roger, sie könne alles mitnehmen, was sie haben wolle. Mandy hatte gedacht, er würde vielleicht darauf bestehen, anwesend zu sein, wenn Phyllis kam. Er stemmte sich mit beiden Fäusten auf die Schreibtischplatte, stand da in seinem Arbeitszimmer und starrte unverwandt auf ein paar wichtige Papiere, die sie beim Staubwischen niemals anrührte. Er und Mandy waren furchtbar befangen, wenn sie etwas miteinander zu besprechen hatten. »Könnten Sie sie wohl fragen, ob sie mir eine Nachsendeadresse dalassen möchte?« Das war alles, was er sagte.

Und so öffnete Mandy Phyllis eines Morgens, als sonst niemand zu Hause war, die Tür.

»Ach, Mand, ist das nicht schrecklich?«, sagte sie, noch

in der Tür, und ihr stiegen Tränen in die Augen. Sie schien noch mehr erklären zu wollen. Aber was gab es denn noch zu erklären? Phyllis sah kein bisschen verändert aus – wobei, das stimmte vielleicht nicht ganz. Sie hatte sich immer so hübsch zurechtgemacht, sehr gepflegt, schon in der Frühe, noch im Morgenrock. Jetzt sah sie zwar nach wie vor nett aus, aber irgendwie zerzaust. Ihr Haar war länger, der Schnitt war rausgewachsen, sie trug weniger Make-up, auch ihr Gesichtsausdruck war anders, irgendwie unsicher. Mandy wusste, wie alt Phyllis war – es war riskant, wenn eine Frau in ihrem Alter sich gehen ließ. Und natürlich trat sie Mandy gegenüber anders auf. Freundlich war sie immer zu ihr gewesen, hatte aber stets so eine Überlegenheit an sich gehabt, diese leicht unwirsche Art der Person, die die Verantwortung trägt. Das konnte es nun zwischen ihnen nicht mehr geben.

Während sich Phyllis oben aufhielt, stand Mandy in der dunklen Diele und hörte zu, wie sie im Schlafzimmer hin und her rannte und Schubladen und Schranktüren öffnete; Mandy kam sich vor, als würde sie Wache halten, und dabei wusste sie noch nicht einmal, ob sie es für Roger tat oder für Phyllis. Draußen auf der Straße entdeckte sie einen Mann, der in einem parkenden Auto auf Phyllis wartete, und trat leise näher, um ihn durchs Verandafenster zu beobachten. Er war dunkel und untersetzt, trug eine Art grobe Arbeitsjacke wie ein Handwerker, saß in einem verbeulten Ford Anglia, hatte das Fenster runtergekurbelt, den Arm aufgestützt, rauchte und starrte durch die Windschutzscheibe vor sich hin. Mandy malte sich insgeheim aus, wie sie sich diesen starken Armen hingab. Phyllis trug ein paar Koffer die

Treppe hinunter. »Sagen Sie Roger, ich hab nur die ältesten mitgenommen«, sagte sie und ging dann ins Wohnzimmer, um ihr Nähkästchen zu holen und ein paar Sachen, die ihrer Mutter gehört hatten.

Als sich Phyllis mit den Koffern nach draußen quälte, hielt Mandy ihr die Haustür auf und fragte nach einer Nachsendeadresse, wohl wissend, dass die Frage müßig war. Phyllis schüttelte nur rasch den Kopf und sagte, dazu sei sie noch nicht bereit. Der mit der Arbeitsjacke schaute vom Auto aus zu und stieg dann aus, um den Kofferraum für das Gepäck zu öffnen. Phyllis bemerkte den Blick, mit dem ihn Mandy ansah, und musste plötzlich lachen. »Nein, Mand, das ist er nicht!«, rief sie.

»Ach nein?«

Sie behielt ihr Geheimnis für sich. »O nein!«, sagte sie mit strahlendem Lächeln, »für so einen hätte ich Roger nicht verlassen können.«

»Was denn für einen?«

Phyllis schüttelte leicht verdutzt den Kopf und lachte. »Für so einen groben Klotz, meine ich.«

Auch Mandy musste unwillkürlich lachen – denn er war wirklich ein grober Klotz.

»Meiner ist schön«, flüsterte Phyllis Mandy ins Ohr.

Das war schon eher so wie früher, wenn sie sich ihre Unzufriedenheit mit ihren Männern gestanden und beim Kaffee in der Küche miteinander Witze gemacht hatten. »Der da, das ist nur ein Freund«, versicherte Phyllis. »Das ist Paul, ein Bildhauer. Eigentlich ist er ein Genie, er macht ganz tolle Vögel und Tiere. Und was für mich heute früh noch wichtiger ist: Er hat ein Auto. Wenn's auch bloß eine Schrottkarre ist, nicht wahr? Es war gar nicht so leicht, ihn um diese Tageszeit aus dem Bett zu kriegen. Normalerweise schläft er bis nachmittags und arbeitet dann die ganze Nacht durch.«

Die schien sich ja damit zu brüsten, dass sie jetzt mit Leuten verkehrte, die es sich leisten konnten, so zu leben. Mandy ging, noch eh sie abfuhren, wieder ins Haus, sie wollte lieber nicht so viel über Phyllis' neue Freunde wissen. Als sie sich im Wohnzimmer umsah, fiel ihr auf, dass eins der Fotoalben nicht mehr an seinem Platz im Regal stand, Phyllis hatte offenbar in den Familienfotos gestöbert. Mandy blätterte das Album durch und fand drei, vier Stellen, an denen eine Aufnahme aus den Fotoecken herausgezogen oder, wenn die Bilder eingeklebt waren, von der schwarzen Pappe abgerissen worden war. Schnell klappte sie das Album wieder zu, denn sie hatte das Gefühl, dass sie all das nichts anging – diese ganze in den Fotos verborgene Last der glücklichen Vergangenheit einer Familie.

Niemand hatte Colette gesagt, dass ihre Mutter herkommen wollte, doch als sie aus der Schule kam, sah sie sofort, dass Phyllis' Sommerregenmantel und ihr Strohhut nicht mehr an der Flurgarderobe hingen, und bildete sich ein, sogar noch einen Hauch ihres Parfüms zu riechen. Sie ließ ihren Ranzen in der Diele fallen und rannte hinauf ins elterliche Schlafzimmer, das sie mit seiner neuen Leere blendete, und als sie die Schranktür öffnete, sah sie dort die nackten Kleiderbügel baumeln. Die Nicht-mehr-Anwesenheit ihrer Mutter war wie eine Halluzination, die die stille Atmosphäre des Hauses durcheinanderwirbelte; auch den Schmuck und die

Schminksachen vom Toilettentisch hatte sie mitgenommen und die Unterwäsche aus der Kommode.

Colette setzte sich in ihrem Schulmantel auf den Hocker vor dem leeren Toilettentisch, betrachtete ihr Gesicht, zog die Wangen ein, hob das Kinn an und drehte den Kopf, um sich aus verschiedenen Perspektiven zu betrachten. Ihre Wangenknochen und ihre kräftige Kinnlinie traten deutlicher hervor, denn sie hatte abgenommen und ernährte sich von Knäckebrot und Hüttenkäse, während sie für ihren Vater zum Abendessen Sachen aus einem Cordon-bleu-Kochbuch kochte, die brave Tochter spielte und Mandy Verey jede Woche eine Einkaufsliste hinterließ. Mit den Kontaktlinsen kam sie gut zurecht, weshalb sie ihre Brille ausgemustert hatte; außerdem hatte sie angefangen, sich für die Schule zu schminken, womit sie sich zwar Ärger einhandelte, doch das war ihr egal. Aber in ihre attraktive Mutter konnte sie sich trotz allem nicht verwandeln; was sie aus dem Spiegel ansah, war nur ihre heftig zergrübelte Denkermiene. Es war, als huschte der Geist ihrer Mutter hinter ihr im Zimmer herum und suchte sich die Sachen aus, die sie mitnehmen wollte, wohin auch immer.

»Du kannst es mir doch ruhig sagen«, hatte Colette Roger angefleht. »Ich bin doch kein Baby.«

Ihr Vater zuckte in letzter Zeit immer zurück, wenn ihre Gefühle wieder mal mit ihr durchgingen. Er versicherte ihr, dass er nicht wisse, wo Phyllis sei, aber sobald er etwas herausfinde, werde er es ihr erzählen. In ihrer Phantasie versuchte Colette, sich irgendeinen Mann aus dem Bekanntenkreis ihrer Eltern als Liebhaber ihrer Mutter vorzustellen, doch von denen kam keiner auch nur annähernd in Betracht. Sie durchsuchte die Schubladen des Toilettentischs, wollte wissen, ob Phyllis nicht vielleicht etwas für sie dagelassen hatte, als Zeichen – als Wiedergutmachung für Weihnachten oder als Ermutigung durchzuhalten und abzuwarten, bis weitere Mitteilungen kämen. Sie hätte ihr wirklich etwas dalassen sollen: einen neuen Füllfederhalter zum Beispiel oder eine schöne Puderdose mit einer Quaste. Colette hatte sich diesen Gegenstand ganz genau vorgestellt – hübsch in Geschenkpapier verpackt, mit einer Schleife drum, in ihrem Zimmer auf dem Schreibtisch, wo sie immer ihre Hausaufgaben machte –, und so war sie, als sie nachsehen ging und nichts da war, tatsächlich erstaunt und fühlte sich betrogen. Sie kramte in den Schränken und unter ihrem Kopfkissen herum, falls Phyllis doch etwas versteckt hatte, als Überraschung – vielleicht, weil Roger nicht wissen sollte, dass sie ihr was dagelassen hatte.

Colette schaute auch nach, ob sich ihre Mutter vielleicht in Hughs Zimmer aufgehalten hatte, obwohl sie wusste, dass dem nicht so war, Hugh hatte nämlich vor seiner Abreise ein Stück Schnur um den Türknauf gewickelt, das zeigen sollte, ob jemand dort eingedrungen war. Vorsichtig wickelte sie die Schnur ab und betrat das Heiligtum ihres Bruders. Im kalten Licht des späten Frühlingsnachmittags lag Hughs Abwesenheit wie Staub auf all seinen Habseligkeiten: auf den mit Zigarrenkisten vollgestopften Tragetaschen aus Papier, auf seinem Briefmarkenalbum, das auf der Malta-Seite aufgeschlagen war. Das ganze Zimmer war erfüllt von seiner so urplötzlich abgebrochenen Kindheit, als wollte er nach seiner Rückkehr aus dem Internat genau da weitermachen, wo er sie verlassen hatte. Das schmale Bett war ordentlich gemacht, die sauberen weißen Laken fest zurechtgezurrt – auch Mandy hatte die Schnur bemerkt und sie ab- und wieder umgewickelt. Mandy wusste alles über Hughs kleine Spiele und seine Regeln. Meine Mutter würde es gar nicht ertragen, hier hereinzukommen, dachte Colette.

Als Phyllis wieder im Everglade angekommen war, wusste sie, sie hätte Colette eine Nachricht oder ein Zeichen dalassen müssen. Dass sie es nicht getan hatte, war weder Gleichgültigkeit noch Grausamkeit gewesen. Als sie in ihrem alten Zuhause war, wusste sie gar nicht richtig, was sie tat. Es hatte sich dort alles angefühlt wie ein Traum und gleichzeitig banal. Solange sie nicht da war, hatte das Haus in ihrer Phantasie etwas Mythisches, Unwirkliches gehabt, aber kaum hatte sie den Fuß auf die Treppe gesetzt, da fiel plötzlich alles in sich zusammen, war altbekannt und eine einzige Enttäuschung. Wie die durchgewetzten Stellen im abgetretenen Treppenläufer. Sobald sie es hinter sich ließe, hatte sie geglaubt, wär es vorbei mit diesem gewohnten alten Leben, doch stattdessen war es mehr oder minder unverändert neben ihrem neuen weitergelaufen, als könnte sie es jeden Moment wieder aufnehmen. Nur ein paar Kleinigkeiten waren anders: Mandy Verey verrückte die Möbel immer so, dass sie rechtwinklig zur Wand standen, und die Sofakissen stellte sie alle in einer Reihe auf, wie die Zuschauer im Kino – und natürlich stand nirgendwo ein Blumenstrauß. Außerdem war Hugh auf dem Internat, wodurch auch alles anders war. Phyllis wurde ganz übel, wenn sie sah, wie eintönig und fad ihr altes Zuhause war.

In Nickys Zimmer empfand sie ihre blöden Koffer jetzt wie Eindringlinge. Und dann musste sie auch noch Paul loswerden, der kratzbürstig und sauer war, nachdem er ihr geholfen hatte, die Koffer in den fünften Stock zu schleppen, und sich wahrscheinlich immer noch irgendwie Hoffnungen machte, dass sie mit ihm ins Bett ging. Was indes kein Kompliment war, weil er das bei jeder auch nur einigermaßen attraktiven Frau hoffte. Nicky war nicht da, er schaute sich für einen Artikel, den er schrieb, eine im Aufbau befindliche Art alternativer Universität an, eine Initiative der Bertrand Russell Peace Foundation; dort geschähen erstaunliche Dinge, sagte er. Phyllis schob die Koffer in die Ecke; sie hatte keine Lust, sie aufzumachen, konnte sich nicht mehr erinnern, warum sie irgendwann einmal gemeint hatte, dieses ganze dämliche Zeug zu brauchen, das zu ihrem früheren Leben gehörte. Sie lag auf dem Bett, die Knie angezogen, das Gesicht zur Wand. Es habe ja keinen Sinn, über die Kinder nachzudenken, sagte sie sich. Was sie getan hatte, war nicht wiedergutzumachen. Aber mit Denken hatte dieses Leiden keine Ähnlichkeit, es war eher wie ein Migräneanfall in der Brust oder im Magen, gegen den man nichts machen konnte, man musste einfach warten, bis er vorüber war. Das Einzige, woran sie sich halten konnte, war: Sie musste sich wirklich ändern, nur so konnte sie ihrem Verrat einen Sinn geben. Sie musste daran glauben, dass das, was Nicky in ihr wachgerufen hatte, dem Leben selbst entsprungen war.

Sie vergrub die Fotos ihrer Kinder ganz unten im Koffer, unter ihren Anziehsachen, und strengte sich an, den Gedanken an die beiden zu verdrängen. Sie ließ sich die Haare lang wachsen und ging gern barfuß über die Dielen in Nickys Zimmer, spielte ihre Lieblings-LP und stellte sich ans Fenster in die warme Frühlingssonne. Oder sie ging mit Nicky in den Hyde Park, wo sie sich nebeneinander ins Gras legten, rücklings, ohne einander zu berühren, und zu den blassen neuen Blättern an den Bäumen hinaufsahen, die noch ganz zerknittert waren, weil sie so fest in ihrer Knospenhülle gesteckt hatten. Wenn Nicky von einer seiner Zeitschriften sein Honorar teils bar und teils in Gras bekam – er erzählte ihr, die Leute dort hielten sich mit cleveren Drogengeschäften über Wasser –, rauchte Phyllis das Zeug mit ihm und manchmal, wenn er nicht da war, auch alleine; sie lernte, wie man einen Joint dreht, und irgendwann konnte sie es besser als er. Sie gab den Gin auf, denn der war zu teuer, und kaufte stattdessen in einem kleinen Laden, in dem ein altes spanisches Ehepaar einem die Flasche aus dem Fass nachfüllte, Sherry. Sie saß da in ihrem weiten, verwaschenen Strandkleid, mit nackten, schmutzigen Füßen, die Beine übereinandergeschlagen, die Haare fielen ihr ins Gesicht, auf dem Schoß ein Albumcover als Unterlage, und rollte geschickt die Dinger zusammen. Nicky mochte ihre schmutzigen Füße und küsste sie, sie machten ihn an, sagte er. Er benutzte diese Hippie-Ausdrücke: anmachen, aussteigen, high werden – aber in leicht ironischem Ton, gleichsam in Anführungszeichen; für Phyllis waren diese Ausdrücke wie eine Schwelle, über die sie in neue Erfahrungsbereiche gelangte. Es drückte ihr geradezu die Luft ab, wenn sie daran dachte, wie steif und falsch ihr altes Ich gewesen war: Wie sie immer dieses maskenhafte Lächeln aufgesetzt hatte, um zu gefallen, und wie sie ständig drauflosgeplappert und mit gespielter Freundlichkeit Smalltalk gemacht hatte. Jetzt lächelte sie weniger. Ihre Gesichtsmuskeln entspannten sich, sie war wieder mehr sie selbst, war mehr mit sich im Reinen und musste nicht ständig nach außen reagieren. Sie dachte, sie müsse mehr wie die Mädchen aussehen, die sie beneidet hatte, als sie das erste Mal bei Helga essen waren – die waren nicht charmant und trugen auch nicht irgendwas vor sich her, die waren geheimnisvoll, verschlossen.

Nicky hatte ihr ein Buch über die Geschichte Afrikas geschenkt, und sie gab sich Mühe, es zu lesen. Es war ein erstaunliches Buch, fesselnd, aber auch anstrengend; sie hatte früher nie Sachbücher gelesen, darum war ihr Kopf in diesem Genre nicht geschult. Oft, wenn sie von etwas, das dort stand, erschüttert oder auch entsetzt war und den Blick von der Seite hob, um die Information sacken zu lassen, gingen ihre Gedanken auf Wanderschaft. Sie musste sich daran erinnern, den Blick wieder zu senken und weiterzulesen. Mühsam zerlegte sie ihr Weltbild und setzte es anders wieder zusammen. Alles war viel schrecklicher, als sie es sich zu sehen gestattet hatte, sogar damals, in jenen Jahren, in denen sie in Kairo gelebt hatten. Was sich in der Geschichte zutrug, war nicht nur Schicksal oder eine Aneinanderreihung von Zufällen, sondern es war vor allem die Niedertracht des Kapitalismus und des Westens. Manchmal, wenn Nicky zum Schreiben in der Bibliothek war und nach Hause kam, fand er sie aufgewühlt vor, ganz erfüllt von dem, was sie gelernt hatte. Lesen reichte ihr nicht, sie wollte handeln, wollte die Dinge verändern. »Könnten wir nicht dorthin gehen? Versuchen zu helfen?«

Ganz im Geiste ihres neuen Lebens, glaubte sie, sie könnten alles tun. Er lachte sie aus, aber nicht böse. »Wohin willst du denn gehen? Und wie willst du genau helfen?«

»Ich weiß nicht. Ich wünschte, ich wär Krankenschwester oder irgendwas Nützliches.«

Das sei einfach nur die neueste Plage, die die privilegierte Erste Welt der Dritten Welt antue, sagte Nicky, die Dritte Welt werde überschwemmt von wohlmeinenden liberalen Europäern und Amerikanern, die ihr Stück vom Kuchen der Gerechtigkeit abkriegen wollten. »Die neuen Staaten in Afrika werden schon alleine ihren Weg finden; wir sind das Letzte, was die brauchen«, sagte er. Er empfahl ihr, *Freedom and Unity: Uhuru Na Umoja* von Julius Nyerere und *This Was the Old Chief's Country* von Doris Lessing zu lesen – sich auf die Kurzgeschichten zu konzentrieren, fiel ihr nicht schwer. Sie trafen ihre Phantasie mit voller Wucht und erfüllten sie mit Scham und Empörung, weil es darin so sehr um ihre eigenen kleinbürgerlichen Traumata und Schuldgefühle ging. Als Nicky ihr erzählte, dass er auch mit vor der rhodesischen Botschaft gewesen war, um gegen Ian Smith und seine einseitige Unabhängigkeitserklärung zu protestieren, wünschte sie sich inständig, sie wäre mit ihm dort gewesen. »Ich weiß noch, dass ich mit Roger darüber diskutiert habe, natürlich waren wir nicht einverstanden. Aber es wäre mir nie in den Sinn gekommen, etwas zu unternehmen. Ich bin gar nicht darauf gekommen, dass das irgendwas mit mir zu tun haben könnte.«

»Ich glaube kaum, dass unsere Proteste Ian Smith den Schlaf geraubt haben.«

In Phyllis' Vorstellung war die gesammelte Ungerechtigkeit den Ländern des Südens gegenüber ein einziges großes Ganzes, das in einem krassen Missverhältnis stand zu den ungerechtfertigten Privilegien der wenigen im Norden. Musste dieses Ungleichgewicht nicht früher oder später kippen und sie ihre Privilegien verlieren? Manchmal fürchtete sie sich vor diesem Moment und nahm die westliche Welt, die einzige Welt, die sie kannte, in Schutz – und dann schämte sie sich für ihre Angst. Bis es so weit ist, dachte sie, sollte man wohl einfach nur sein Leben leben, in einem Zimmer, ohne zu viel Hab und Gut, das einen ja doch bloß belastet. Oder vielleicht in zwei Zimmern. Nicky könnte ihrer überdrüssig werden, wenn sie ihm ständig vor den Füßen rumlag und ihn am Arbeiten hinderte. Phyllis verhandelte mit Sam, dem Cousin von Barbara Jones. Er riet ihr, eine hundertprozentige Hypothek auf zwei Wohnungen in einem viktorianischen Haus aufzunehmen, nur fünf Minuten zu Fuß vom Everglade entfernt. Von der Miete, die sie für die eine Wohnung einnähme, könnte sie die Hypothek abzahlen, und in der anderen – einem großen Zimmer im ersten Stock mit einer winzigen Kitchenette – könnte sie wohnen. Sie konnte dort kochen, und Nicky würde zum Essen zu ihr kommen und zum Schlafen, und wenn er tagsüber arbeiten wollte, könnte er wieder in sein Zimmer gehen. Außerdem hatte sie Sam angeboten, Schreibarbeiten für ihn zu erledigen und sich so ein bisschen Geld zu verdienen.

Auf ihre Beziehung zu Barbara wirkte sich Phyllis' neu

erwachtes Interesse an Afrika eher nachteilig aus. Als sie Barbara erzählte, was sie gerade las, kam das bei der nicht so gut an. »Weißt du«, sagte Barbara kühl, »ich komme nicht aus Afrika. Das denken immer alle. Die Mädchen auf der Arbeit denken immer, ich hab früher auf ’nem Baum gewohnt oder so ähnlich.«

»Aber ursprünglich kommst du doch von dort. Ich meine, deine Vorfahren.«

Barbara zuckte die Achseln, als ob sie das nicht interessierte oder als ob sie es irgendwie beleidigend fand. Ihre Mitschülerinnen in der Schwesternschule, fuhr sie entrüstet fort, hätten sie gebeten, bei ihrer Theateraufführung ein Schilfröckchen zu tragen. »Die denken, in meiner Heimat sind alle faul, wickeln sich eine Schnur um den großen Zeh, und dann sitzen sie damit den ganzen Tag an einem Bach und angeln. Dabei ist meine Tante Direktorin einer Mädchenschule!«

Auf der Station, sagte sie, würden die farbigen Krankenschwestern immer die unangenehmsten Aufgaben bekommen: beschmutzte Laken abziehen, Bettpfannen leeren. Phyllis fand, sie müsse sich unbedingt beschweren, aber Barbara sagte, das hätte keinen Sinn, es würde alles nur noch schlimmer machen. Die anderen Krankenschwestern seien anständige Mädchen, sagte sie, was vielleicht bedeutete, dass Phyllis in ihren Augen nicht anständig war. Und wenn Phyllis sich über die strengen Hierarchien im Krankenhaus lustig machte, wo sogar im Speisesaal das Personal nach der Rangordnung zu sitzen hatte, dann verteidigte Barbara diese Regeln und sagte, das sei notwendig für die Disziplin.

Phyllis war richtig stolz darauf, eine dunkelhäutige

Freundin zu haben. Das war etwas Neues für sie, und manchmal verwechselte sie Barbara in ihrer Vorstellung mit all den benachteiligten Opfern des Kolonialismus. Dieses neu erwachte Gewissen ließ sie freilich ignorieren, dass die reale Barbara oft aggressiv und launisch war und die Freundschaft zurückwies, die Phyllis ihr antrug. Wenn Phyllis abends für Nicky kochte – er stocherte immer vorsichtig mit der Gabel im Essen rum, falls sie irgendwas hineingeschmuggelt hatte, das er nicht mochte –, hob sie stets eine Portion für Barbara auf, denn wenn die abends nach ihrer Schicht heimkam, war sie manchmal zu müde zum Kochen und hielt sich mit Keksen, Toast und Kakao über Wasser. Phyllis saß dann, während Barbara aß, im Licht der Gasheizung bei ihr im Zimmer und setzte Teewasser auf. Es war eh ganz gut, Nicky ein bisschen in Ruhe zu lassen. Und Barbara war so erschöpft, dass sie sich nicht wehrte, wenn ihr Phyllis Schuhe und Strümpfe auszog, ihre schmerzenden Füße auf den Schoß nahm, sie massierte und sie dann in eine Schüssel heißes Wasser mit Radox-Badesalz stellte, damit Barbara sie ordentlich einweichen konnte. Barbara erzählte absurde Geschichten davon, was für Fehler manche Ärzte machten, und dass sie dann nichts sagen durfte, dass sie gelernt hatte, den Mund zu halten. Phyllis erinnerte sich, dass Barbara ihr einmal erzählt hatte, sie wäre selbst gern Ärztin geworden.

»Das soll ich gesagt haben? Ach, dazu wird's wohl niemals kommen.«

»Aber Krankenpflege muss doch etwas sehr Befriedigendes sein. Das Gefühl, etwas Gutes zu tun, kranken Menschen zu helfen, wieder gesund zu werden.«

Barbara verzog das Gesicht, beugte sich auf ihrem Stuhl nach vorn und paddelte mit den Füßen im heißen Wasser herum. »Ich mag keine kranken Menschen! Ihre Krankheit interessiert mich nicht.«

»Und warum wolltest du dann überhaupt Ärztin werden?«

»Ich wollte zu den Ärzten gehören, die forschen, in einem Labor. In der Schule war ich immer die Beste in Chemie, Physik, Biologie. Aber sie haben gesagt, du musst Krankenschwester werden oder Lehrerin, als Doktor wirst du niemals deinen Weg machen können. Ich bin keine gute Krankenschwester. Die Patienten können mich nicht leiden. Aber man muss immer lächeln und nett sein. Ich will ja nicht auf der Psychiatrie landen oder auf der Geriatrie, wie die andern farbigen Mädchen, nur weil die weißen Mädchen da nicht hinwollen.«

Zum ersten Mal wurde Phyllis wirklich klar, wie schwer es für einen breit aufgestellten Geist sein musste, sich auf diesen schmalen Pfad der strengen Disziplin einzulassen, zu arbeiten, bis man sich kaum noch auf den Beinen halten konnte, die mitunter falschen Anweisungen von Ärzten und Oberschwestern zu befolgen, immer wieder die gleichen banalen Dinge tun zu müssen für Patienten, die oft undankbar waren und von denen manche wahrscheinlich Vorurteile hatten und voller Hass waren. Kein Wunder, dass Barbara alles das in einem so freudlosen Ton verteidigte. Sie ist schlauer als ich, dachte Phyllis überrascht. Sie fragte Barbara, ob sie sich denn nicht auch zur Krankenschwester ausbilden lassen könnte, doch Barbara meinte, dafür sei sie zu alt. »Das soll keine Beleidigung sein. Aber dazu brauchst du die Energie der Jugend. Mit über dreißig kannst du nicht mehr lernen.«

Sam Harris war komisch, wenn er über Barbara redete; er tat so, als habe er Angst vor ihr, und nannte sie den Racheengel, weil sie so streng war und ihn andauernd in die Kirche locken wollte. Sam war stabil gebaut und aufgeräumt, hatte schräge Mandelaugen und einen hellen goldbraunen Teint; er war immer in Eile, ständig mit seiner neuesten Geschäftsidee befasst. Er handelte nicht nur mit Immobilien, sondern betrieb auch eine Agentur für Bands: Rhythm and Blues und Jazz. Und Pan-Drums, das war der letzte Schrei – er schaffte es sogar ins Fernsehen und spielte dort auf seinen Pans. Phyllis fiel auf, dass Sam es geschickt verstand, seine Redeweise und seinen ganzen Ton seinem jeweiligen Gegenüber anzupassen. Wenn er mit ihr sprach, war er höflich und einfühlsam, er flirtete ein bisschen, und sein Akzent war schwungvoll und verführerisch; mit den anderen Männern auf der Straße, egal, ob schwarz oder weiß, redete er provozierend und in breitem Dialekt. »Und heute, was läuft 'n heute so ab? Hey Junge, hat doch alles keine Perspektive nich.« Die Weißen mochten diesen Ton, manche übernahmen ihn sogar.

»Und du vertraust Sam mit deinem Geld?«, fragte Nicky.

Phyllis war entrüstet. »Du meinst, weil er schwarz ist?«

»Ich meine, weil er ein Fixer und ein Stricher ist.«

Phyllis versicherte ihm, dass sie genug Menschenkenntnis habe. »Der macht einfach nur sein Ding«, sagte sie. »Genau wie alle andern.«

Sie bewunderte Sams Eleganz und sein träges, melancholisches Auftreten und freute sich, als sie hörte, er besitze ein Rennpferd, das er irgendwo im Norden halte. Und tatsächlich war es ein guter Deal, den Sam für sie eingefädelt hatte. Und warum sollte er nicht auch seinen Schnitt dabei machen? Ihre neue Wohnung lag in einer Straße mit hohen Mietshäusern, zwischen einer jüdischen Schule, einer Bingohalle und einem Laden, der Süßkartoffeln und Kochbananen verkaufte. Die alte Frau, die unter ihr wohnte, praktizierte angeblich Obeah-Zauber und gab Leuten spirituelle Ratschläge; nebenan wohnten Juden, die im Krieg als Flüchtlinge hergekommen waren und ihr von Rassenunruhen erzählten, die es vor zehn Jahren in der Straße gegeben hatte. Für die zweite Wohnung besorgte Sam ihr einen Mieter, einen rotblonden Weißen mit teigigem Gesicht; er war Bassist in einer Rockband, sie hörte es, wenn er mitunter nach einem Gig ein Mädchen mit nach Hause brachte, und wenn sie ihn auf der Treppe traf, war er meistens high oder bekifft, nuschelte irgendwas und starrte auf seine Füße oder glotzte an ihr vorbei ins Leere. Anscheinend hatte er früher hier in der Gegend in einer Metzgerei gearbeitet, bevor er eine Chance bekam mit seiner Band – aber Geld verdienten sie keins. Auch für ihn hob Phyllis immer einen Tellervoll auf, wenn sie gekocht hatte.

Ihr eigenes Zimmer war luftig, und die bodentiefen Fenster führten auf einen Balkon, den man zwar nicht gefahrlos betreten, auf den man aber Blumentöpfe stellen konnte. Sie löste die Tapeten ab und strich die Wände weiß, riss den schmutzigen alten Teppich raus und kaufte auf dem Markt einen gestreiften Dari. Außerdem fand sie im Sperrmüll auf der Straße einen großen alten vergoldeten Spiegel und ein paar wacklige goldgelb lackierte Stühle, die angeblich aus einer Tanzschule kamen. Ihr Bett war eine auf dem Boden liegende Matratze, auf der tagsüber eine Tagesdecke und allerlei bunte, indisch gemusterte Kissen lagen; an einer Seite des Zimmers, hinter einem Paravent, befand sich die Kitchenette. Paul brachte ihr einen angeblich aus der Porchester Hall geklauten Kronleuchter. Dann fragte er sie, ob sie eine seiner Skulpturen für ihn aufbewahren würde, bis er einen Käufer gefunden hätte. Es war eine Bronzeplastik, die einen Mischlingshund darstellte, der auf den Hinterbeinen saß und sich umdrehte, um über seiner Schwanzwurzel die Flöhe wegzuknabbern. Paul stand da, die Hände in den Taschen, und sah zu, wie Phyllis sich hinhockte und die Skulptur betrachtete.

Sie konnte Paul nicht so richtig ernst nehmen. Er war ein guter Kumpel, aber furchtbar eitel, weil er so ein erfolgreicher Künstler war, und wie er mit ihr flirtete, das hatte auch etwas Kaltes, Oberflächliches. Sie hatte sogar den Verdacht, dass er sie im Grunde verachtete, weil er in ihr nur die brave, spießige Hausfrau sah. Attraktiv fand sie ihn nicht mit seinem glatt herunterhängenden schwarzen Haar, dem ledrigen, faltigen Gesicht, den hellen Augen und dem stechenden Blick. Phyllis sagte sich, dass Paul wohl einen Komplex hatte, weil er in einer Sozialsiedlung in den West Midlands aufgewachsen war – sein Vater war Fabrikarbeiter, und dieser Hintergrund erklärte die mächtig abschätzige, ironische Ausstrahlung, die er hatte. Sein dicker, verschlissener Pullover ribbelte sich unten an den Ärmelbündchen schon auf, er roch nach Zigaretten, alter Wolle und saurem Schweiß. Nicky konnte ihn nicht leiden und sagte, er sei ein Scheißkerl, aber ein talentierter Scheißkerl. Er sagte auch, Pauls Arbeiten seien Schnee von gestern. Kein Mensch habe heute noch Interesse an einem Abklatsch der Natur, auch wenn er noch so geschickt gemacht sei.

Aber der Hund war ein richtiges Wunderwerk mit seiner unnachahmlichen Lebendigkeit, von der Phyllis' ganzes Zimmer erfüllt war; sie staunte über seine lebensechte Dreistigkeit, so höhnisch und so dreckig, einfach unverschämt – wie er mit der spitzen, räudigen Schnauze, wie bei einem Fuchs, im dichten, schmutzigen Fell nach Flöhen wühlte. Es war keine naturalistische Skulptur, keine exakte Nachbildung eines echten Hundes. Im Grunde hatte Phyllis keine Ahnung von moderner Kunst oder davon, was diese ausmachte. Wie hatte Paul es nur geschafft, in einem groben, massiven Klumpen Metall die flüchtige, spontane Bewegung des Tieres einzufangen?

»Ach, Paul, ich liebe diesen kleinen Kerl.«

Sie war voller Bewunderung und Respekt. Aber natürlich hatte sie da genau das Falsche gesagt, und Paul empfand ihre Worte als Kränkung; ein Lob wäre ihm ohnehin nie genug gewesen. Missmutig trat er gegen einen ihrer kleinen goldenen Stühle, warf ihn um und sagte, sehr von oben herab, die Skulptur stelle keinen Kerl dar, sondern eine »Hündin«. Als sie genauer hinsah und unter den Schwanz guckte, erklärte er, das sei nicht zu erkennen. Aber der Hund begeisterte und rührte Phyllis so sehr, dass sie Paul seine Eitelkeit nicht weiter übel nahm und sich keine Gedanken darüber machte, ob er als Mensch sympathisch oder unsympathisch war – so rein und so vollkommen, wie er diese aufgescheucht schnuffelnde kleine Hündin dargestellt hatte. Paul selbst kam sie weder näher noch konnte sie ihn besser leiden, die Skulptur aber war im Verlauf des Frühlings und des Sommers ihre Hausgenossin, und sie hoffte inständig, dass er sie nicht so bald verkaufen werde. Selbst nachts im Dunkeln, wenn sie aufstand, weil sie pinkeln musste, nahm sie die aufgeladene Präsenz des Hündchens wahr. Nicky musste es unbedingt Fido nennen und ihm seinen Schal umbinden, ihre Freunde benutzten es als Hutständer, aber Phyllis wusste ja, sie machten es nur darum zur Witzfigur, weil sie ganz einfach seine Macht nicht aushielten.

Als Phyllis und Nicky eines Abends nach dem Sex noch auf ihrer Matratze lagen und sich unterhielten, erzählte sie ihm von der schlimmen Sache, die ihr in Kairo widerfahren war; sie hatte noch nie mit jemandem darüber gesprochen. Nicky lag auf dem Rücken, rauchend, den Arm um sie gelegt, und sie spürte seine Rippen, schmeckte auf seiner Haut den Schweiß und den Sex. Im Halbdunkel sah sie, dass er die Augen offen hatte, er hörte zu. »Ach, eigentlich war doch gar nichts«, sagte sie. »Es ist ja auch schon lange her.«

»Nein, erzähl es mir.«

»Ich war ein dummes Ding, ich war so naiv. Ich war ja selber schuld.«

Johnnie Maddox hatte ihr die Kleider zerrissen, er hatte sie fast erwürgt, sie an den Haaren weggeschleift und sie überwältigt. Und das nicht nur einmal. »Mehr als einmal?«, fragte Nicky. »Dann kann's ja so schlimm nicht gewesen sein.«

»Das hat er auch gesagt. Er hat gesagt, ich müsse wohl eine schmutzige Phantasie haben, wenn ich immer wiederkomme und mehr will.«

»Verlogenes Arschloch!«, sagte Nicky mitfühlend. »Typisch verlogenes Oberschichtenarschloch.«

»Ich weiß gar nicht, ob er wirklich zur Oberschicht gehörte. Ich glaub, das war bloß so 'ne Masche.«

»Na, dann eben: typisch verlogenes Pennälerarschloch.«

»Er hat gesagt, ich sei abartig, ich sei nicht so wie andere Frauen. Aber das ist nicht wahr, nicht ich war es, die abartig war. Und geschädigt hat er mich auch, hat mich ganz übel angesteckt. Ich habe mich so geschämt, als ich zum Arzt gehen musste.«

Nicky drückte seine Zigarette aus, beugte sich vor und küsste in der Dunkelheit ihr Gesicht, kitzelte sie mit seinem Haar, seinem teerduftenden Atem. »Mein armes altes Schätzchen, arme kleine Phyl«, murmelte er liebevoll. Aber auch unbefangen neugierig. »Und hat's dir Spaß gemacht? Weil, manche Männer sagen ja, Frauen mögen so was.«

»Ich weiß nicht, wie das bei andern Frauen ist«, sagte Phyllis. Johnnie hatte ihr schön eingeheizt, und als sie sich dann anmerken ließ, dass sie heiß war, hatte er sein Verhalten geändert und angefangen, sie zu schlagen. Von dem Moment an gab es nur noch Schmerz und Angst. »Siehst du, was du getan hast?«, hatte er gesagt. »Siehst du, was du mir angetan hast, du dreckige Schlampe?« Als er ihr nachher ein Taxi gerufen hatte, war sie kaum noch in der Lage gewesen, zum Aufzug zu gehen: Er hatte im vierten Stock eines Wohnhauses in Gezira gewohnt. »Danach war Sex mir lange Zeit zuwider. Aber jetzt bin ich darüber hinweg.«

In den Gesprächen mit Roger sei die Rede noch jahrelang immer wieder auf Johnnie Maddox gekommen, erzählte Phyllis, weil er mit den verschiedenen Botschaften im Nahen Osten zu tun hatte. Roger wusste, dass sie in Kairo mit Maddox befreundet gewesen war, vor seiner Zeit. Ihr wurde schon schlecht, wenn sie bloß seinen Namen hörte, aber sie hatte Roger immer nur erzählt, sie habe mit ihm Schluss gemacht. Als sie hörte, dass er im Libanon bei einem Autounfall ums Leben gekommen war, hatte sie Erleichterung empfunden, aber auch eine eigenartige Leere. Das Merkwürdige war, dass sie Johnnie am Anfang wirklich gemocht hatte; sie hatte sich sogar eingebildet, sie sei in ihn verliebt. Er war klug und extrovertiert, groß und blond, hatte rote Backen wie jemand, der vom Lande kam, bei den jungen Leuten in ihrem Freundeskreis war er beliebt, ein guter Tänzer. Frauen ließ er gern auf kleiner Flamme schmoren, nicht grob, aber er machte gewisse Andeutungen, und dann versprachen sie sich dies und das. Phyllis hatte damals einen Bürojob bei der britischen Botschaft, und Johnnie hatte etwas mit den Verhandlungen über eine Straße entlang des Nils zu tun, die die Ägypter auf botschaftseigenem Gelände bauten. Sie war ganz euphorisch gewesen, geschmeichelt und erregt, ließ sich von ihm zum Dinner einladen und aß mit ihm Kuchen bei Groppi.

»Ich wollte mit ihm ins Bett. Ich wusste, er hatte Erfahrung mit Frauen – nicht, dass ich irgendwas direkt geplant hätte, aber ich ging davon aus, dass es sich zwangsläufig ergeben würde. Und danach war ich verstört und hab mich gefragt, was ich falsch gemacht habe. Ich war mir sicher, dass er mich nicht wiedersehen will. Aber beim nächsten Mal hat er mich wieder ganz freundlich gefragt, als ob nichts gewesen wäre, und da hab ich mir gedacht, dass ich das wohl falsch verstanden hatte. Und hab gehofft, dieses Mal würde alles anders sein.«

»Aber warum hast du es Roger nicht erzählt, als ihr verheiratet wart?«

»Über so was haben wir einfach nicht geredet.«

»Du hast jede Nacht neben dem Typen gelegen!«

»Ich schätze mal, ich hatte Angst, dass er schlecht von mir denken könnte, weil ich mich mit so einem eingelassen hab. Johnnie hatte nämlich einen gewissen Ruf. Roger sollte nicht wissen, dass Johnnie Maddox mich aus seinem Bett gejagt hat. Ich hab damals große Ehrfurcht vor Roger gehabt. Er war schließlich ein Kriegsheld und alles.«

»Das kann ich verstehen. Ich meine, ich hab ja selber Ehrfurcht vor ihm: Ich habe Angst vor ihm.«

Sie stützte sich auf den Ellbogen auf und sah ihn an. »Wirklich? Im Ernst? Vor Roger? Aber du kennst ihn doch kaum.«

»Nicht, dass er mich öffentlich anprangert und mich auspeitscht oder so was. Das wäre ja wohl unter seiner Würde. Aber ich hab Angst vor seinem Urteilsvermögen. Ständig dieser prüfende Blick durch den Rauch seiner Pfeife hindurch, der mich abschätzt, nach dem Motto: gewogen und zu leicht befunden.«

Phyllis fuhr ihm tröstend durchs Haar. »Du musst

doch vor Roger keine Angst haben, du Dummer. Er ist ein netter Mann, und er mag dich, das hat er gesagt.«

»Vielleicht mag er mich weniger, wenn er weiß, dass ich seine Frau ficke.«

»Klar, das ist ja nur natürlich. Aber ich hab Roger mittlerweile durchschaut. Dieses ganze gewichtige Urteilsvermögen: Das ist nichts, mein Liebling, das basiert auf gar nichts. Es ist eine Täuschung, es ist langweilig. Für mich bist du jedenfalls kein Leichtgewicht, stimmt's?«

»Das ist nicht dasselbe. Du bist eine gefährliche Frau. Du hast das nicht zu entscheiden.«

Als Colette eines Tages nach Hause kam, traf sie ihren Vater mit einer fremden Frau im Wohnzimmer an. »Colette, das ist Jean Knight«, sagte er. »Ich kenne Jean schon seit Jahren.«

»O ja, seit Ewigkeiten«, bestätigte Jean fröhlich. »Unsere Bekanntschaft reicht weit in die Vergangenheit zurück.«

»Weißt du noch, ihr Sohn Nicholas war letzten Sommer bei uns zum Abendessen?«

Colette nahm ihren Ranzen ab und blickte misstrauisch durch die Tür; sie hatte ihre Schuluniform an, obwohl sie wieder geschwänzt und den Nachmittag mit Susan und Linda und ihren neuen Freunden von der Boys' High im Park verbracht hatte. Ihr Vater und Jean Knight wirkten beschwingt und ausgelassen, als ob sie etwas getrunken hatten; vor ihnen auf dem Couchtisch standen Gläser, und die Whiskyflasche war aus dem Schrank geholt. Natürlich erinnerte sie sich an Nicholas Knight und das ganze Theater an jenem Abend: Ihre

Mutter hatte wie verrückt geflirtet, und dann hatte sie ihn mitgeschleppt, um irgendwas zu suchen, das irgendwer bei den Chidgelys im Teich verloren hatte. Es war wie eine Erinnerung aus einer fernen, längst vergangenen Zeit. Dieses rosa Kleid! Wie hatte sie das nur jemals tragen können?

»Daran kann ich mich nicht mehr erinnern«, sagte sie kühl.

»Warum auch?«, rief Jean. »Ich nehme an, Nicky hat sich ungehobelt aufgeführt und durchaus nicht so, dass man sich erinnern möchte.«

»Er war nicht ungehobelt«, beharrte Roger. »Diese außergewöhnliche Direktheit, mit der er geredet hat. Das hat mir gefallen.«

»Er kann überhaupt nicht unverbindlich plaudern – obwohl ich ihn davon zu überzeugen versuche, dass Smalltalk das ist, was die Welt am Laufen hält. Ich vermute, Männer fühlen sich nicht im gleichen Maße verpflichtet, das zu lernen. Weißt du, Colette, als ich so alt war wie du jetzt, da war ich praktisch stumm, und jetzt sitz ich hier und plappere wie eine Blöde. So ist das eben mit der Zivilisation.«

Jean Knight mit ihrer Ironie und ihrer abgehackten Sprechweise war gewiss nicht die Sorte fremde Frau, vor der man Angst haben musste, beruhigte sich Colette, wenn die eigene Mutter abgehauen war und den Vater hilflos zurückgelassen hatte. Sie war dünn und schon älter, hatte krauses, welkes dauergewelltes Haar, ein langweiliges lila Kleid und karamellbraune Strümpfe, die an den Knöcheln Wasser zogen; ihr langes, knochiges, vor Eifer strahlendes Gesicht erinnerte Colette an die Schönschreiblehrerin, die sie in der ersten Klasse drangsaliert hatte. »Es ist so eine Freude, dich wiederzusehen«, sagte Jean. »Du wirst dich nicht mehr an letztes Mal erinnern, da warst du noch ein reizendes kleines Baby. Das ist so herzerfrischend, wie so ein Baby gluckst und grinst und die ganzen sozialen Ängste einfach beiseitelässt.«

»Sie meinen wahrscheinlich meinen Bruder. Der war das reizende kleine Baby.«

»Das Baby warst eindeutig du. Und was für eine süße kleine Maus! Ich weiß noch, du hast ein blaues Hängerchen angehabt und hattest zwei Zähne. Aber mir ist schon klar, dass solche Erinnerungen aus ferner Vergangenheit für junge Leute einfach unerträglich sind, und ich entschuldige mich dafür. Solange man Kind ist, schwört man sich, wenn man erst mal selbst erwachsen ist, wird man diesen ganzen entsetzlichen Blödsinn Kindern gegenüber nie und nimmer wiederholen, so Sachen wie ›Du bist aber groß geworden‹ und wer weiß was noch alles. Vielleicht frag ich dich auch gleich noch, wie es heute in der Schule war – auch so eine Albernheit, denn in der Schule war's natürlich furchtbar öde, wie immer. Ich weiß noch, wie oft ich gedacht hab, dass ich lieber sterben möchte, als auch nur noch ein einziges Mal eine Doppelstunde Mathe oder Sport zu machen. Das ist natürlich übertrieben, aber was bleibt einem denn weiter, wenn man jung ist? Übertreibung ist doch eh in jedem Alter näher an der Realität. Roger sagt, du bist so furchtbar schlau.«

»In der Schule war's gut, danke.«

In Colettes Kopf blitzten immer noch die Bilder von vorhin im Park auf. Sie hatten den kühlen Frühlingsnachmittag damit verbracht, rücklings im Gras zu liegen, und hatten Zigaretten rumgehen lassen sowie eine Packung rosa-weiße Marshmallows. Es war ihnen leichter gefallen, über sich zu reden, weil sie einander nicht beobachteten, sondern hinaufschauten in die große Stadtlandschaft des Himmels, die Wolken, hoch wie Monumente, das mürrische Graublau, durchschossen von strahlendem Licht. Um die anderen zu schockieren und zum Lachen zu bringen, hatte Colette erklärt, wenn sie groß sei, wolle sie Oben-ohne-Kellnerin in einem Nachtclub werden. Sie hatten geschaukelt und waren Karussell gefahren – eine sentimental-nostalgische Kindheitsparodie; selbstvergessen hatten die Mädchen bis zur Ekstase geschaukelt, weit zurückgelehnt, die Beine vor sich ausgestreckt, mit herunterhängendem Haar, um dann am höchsten Punkt ihres Fluges zum Richtungswechsel nach vorn zu schnellen. Sie wussten, dass die Jungen, wenn es wieder nach oben ging, ihre Schlüpfer sehen konnten, aber das war ihnen egal, sie freuten sich sogar darüber. Es war modern, den Schulrock skandalös kurz zu tragen, den Bund oben mehrfach umzukrempeln, sodass er einen weichen Wulst von Stoff um ihre Taille bildete und man beim Gehen von hinten ihre Oberschenkel sah. Kurz vorm Haus hatte Colette ihren dann natürlich wieder zurückgekrempelt.

Inzwischen war sie sich sicher, dass es ihrem Vater und Jean lieber gewesen wäre, sie wäre nicht heimgekommen. Sie war stinkig, weil sie sie ausgeschlossen hatten. Sie hatten nicht mit ihr gerechnet, sie hatten sie einfach vergessen. Doch als Roger sagte, heute Abend brauche sie nicht zu kochen, sie würden in der Stadt essen, lud

Jean sie kurzerhand ein mitzukommen. »Wir gehen ins Chez Solange, und wir würden uns freuen, wenn du uns Gesellschaft leistest.«

Das sei leider nicht möglich, sagte sie, sie müsse Hausaufgaben machen. »Ach was, hol deine Hausaufgaben raus! Die pfuschen wir rasch zusammen hin. Los, wir schummeln! Außer es ist Chemie, das war nie meine Stärke – aber vielleicht ist es ja deine? Und dann kannst du mit uns mitkommen zum Essen.«

»Jean ist eine begnadete Latinistin«, sagte Roger aufmunternd.

Aber Colette beharrte darauf, lieber nicht mitkommen zu wollen, und sie war sich sicher, dass die beiden insgeheim erleichtert waren; sie war ebenfalls erleichtert, als sie weg waren, und froh, das Haus für sich allein zu haben. Sie ließ das Abendessen ausfallen, aß stattdessen trockenes Knäckebrot, und die Hausaufgaben ließ sie ebenfalls ausfallen – im Grunde hatte sie das Hausaufgabenmachen mehr oder minder aufgegeben, außer in Englisch ab und zu. Sie probierte eine Weile Kleider an, zog sich dann aus, um beizeiten ins Bett zu gehen, schlich im fahlen Abendlicht ein paarmal die Treppe rauf und runter, barfuß, um ihre schweren Glieder zu spüren und ihre Brüste, die unter dem Nachthemd aus Bri-Nylon auf und ab hüpften. Unruhe und Nichtigkeitsgefühle fraßen an ihr, die Luft war dick und aufgeladen. Was für ein grauenhaftes Haus, dachte sie: das muffige Arbeitszimmer ihres Vaters, das verschlossene Zimmer ihres Bruders, das Fortsein ihrer Mutter. Wenn sie sich retten wollte, musste sie irgendwie hier rauskommen. Sie lugte durch das farbige Glas des hohen Treppenfensters und sah die ersten Regentropfen in den ungepflegt wuchernden Sträuchern an der Seite des Hauses – erst war es nur ein feines Sprühen, doch dann fielen die Tropfen schnell und zielsicher mit sprudelndem Geräusch, prasselten auf das eingestaubte Immergrün und drückten es nieder. Lange rosa Regenpfeile glitten im Rot der Buntglasscheibe über das violette Laub der Bäume vorm Fenster. Als der Regensturm vorüber war, ging sie in Hughs Zimmer und schrieb etwas in sein Wettertagebuch.

Neulich abends hatte Hughs Lehrer aus Abingdon angerufen, Colette hatte an der Tür des Arbeitszimmers gelauscht. Sie hatte gedacht, er sei krank, aber Roger hatte hinterher gesagt, es sei alles in Ordnung mit ihm. Er habe lediglich einen leichten Anfall von kindlichem Asthma gehabt.

»Und darum haben sie angerufen?«

Sie hatte gemerkt, wie ihr Vater um Fassung rang, wie er dort an diesem Ungetüm von Rollverdeckschreibtisch vor seinen Papieren saß und überlegte, was er ihr sagen sollte. So ganz allein im Haus, ohne die anderen, hatte ihr Miteinander die altgewohnte Spontaneität verloren. An seinen Schultern sah sie, wie unschön und provozierend er es fand, dass sie einfach in der Tür stehen blieb und auf Antwort wartete. Seine Telefonate gingen sie nichts an. Jetzt überlegt er, ob er mich belügen soll, hatte sie gedacht. Als er die Hände vors Gesicht nahm und sich die Partie unter den Augen massierte, hatte sie einen schrecklichen Moment lang geglaubt, er weine –, aber als er dann sprach, hatte er seine Stimme voll unter Kontrolle. Das Problem war offenbar, dass Hugh seinen Schulfreunden und den Lehrern erzählte, seine Mutter sei gestorben. »Sie haben angerufen, um sich zu erkundigen«, sagte Roger trocken. »Ich konnte sie beruhigen. Sie werden mit ihm reden. Sie sind sehr verständnisvoll, angesichts der Umstände. Es sind ja auch bald Ferien, dann kommt er nach Hause.«

Roger setzte Colette morgens immer unten an der Steigung ab, die hinaufführte zur Otterley Girls' High. Aber manchmal machte sie, sobald sein Auto außer Sichtweite war, kehrt und schwamm gegen den Strom der grün gekleideten Mädchen, die sich den Hügel hinaufquälten, ignorierte deren verwunderte Blicke und teils neidische, teils anerkennende Bemerkungen, als wären sie Luft, diese Langweilerinnen, und machte sich auf den Weg zum Bahnhof, wobei sie unterwegs irgendwann ihren schrecklichen grünen Filzhut absetzte und ihn in ihrem Schulranzen verstaute. Sie hatte ihn schon so oft zusammengeknickt, dass er in der Mitte einen Falz hatte, so ähnlich wie der Kamm eines alten Kriegerhelms. Als die Schulleiterin Miss Topham wissen wollte, warum sie so oft fehlte, hatte sie behauptet, man habe bei ihr eine ungewöhnliche Form von Schlafkrankheit festgestellt; Topsy war eine blöde Kuh, Colette verachtete sie, jeder wusste, dass die Schule unter ihrer Führung vor die Hunde ging. Aber selbst Mrs Bernhardt hatte Colette um eine Unterredung gebeten. Neben dem Lehrerzimmer gab es ein kleines fensterloses Kabuff mit einem Teppich und zwei Sesseln, in das die Lehrerinnen mit den Mädchen gingen, wenn es heikle Angelegenheiten zu besprechen gab.

Vor ein paar Monaten wäre Colette vor Aufregung noch ganz außer Atem gewesen, so allein mit Mrs B., so eng mit ihr zusammen, dass sie den Zigarettenrauch an ihren Kleidern und den schwachen Moschusduft ihres Parfüms riechen konnte; sie trug ein rosabraunes Tweedkostüm, dessen Rock offenbar kürzer als gewohnt war, denn sie zuppelte ständig daran herum und wollte ihn sich über ihre braun gebrannten, fest zusammengepressten Knie ziehen. Mrs B. war eckig und schlank, sehr feingliedrig – immer auf dem Sprung, wie ein nervöses Vollblut. Sie war schon alt, sie musste auf die fünfzig zugehen. Aber schön in ihrem mählichen Verfall, mit ihrer Müdigkeit, dem leichten Lispeln und der hängenden leberfarbenen Unterlippe. Colette hatte das Gefühl, im Voraus zu wissen, was ihre Lehrerin sagen würde.

»Du bist ein sehr intelligentes Mädchen, Colette.«

»Bin ich das?«

»Oh, ich glaube, das weißt du selbst.«

»Und was geht Sie das an?«

Die Lehrerin zwang sich, die Aufsässigkeit des Kindes an sich abperlen zu lassen. »Ich kann nicht mitansehen, wie du deine Chancen auf eine gute Ausbildung einfach wegwirfst. Du magst das jetzt nicht so sehen, aber später wird es dir die Türen öffnen zu einem erfüllteren Leben.«

Colette musterte ihre Lehrerin und verkniff sich die Frage, ob sie das hier ein erfülltes Leben nennen würde. Sie klemmte die Hände unter die Oberschenkel und hielt den Blick die meiste Zeit auf die niedrige, mit vergilbten Styroporplatten beklebte Decke geheftet, um nicht dem sorgenvollen, geradezu flehenden Blick von Mrs Bernhardt begegnen zu müssen. »Ich bin mit meinen Sachen auf dem Laufenden«, sagte sie. »Fragen Sie mich doch ab. Ich hab alle Bücher gelesen. In Geschichte liest sie uns nur aus dem Trevelyan vor, und wir schreiben uns Stichpunkte auf, die wir dann zu Hause ausarbeiten sollen. Wozu soll das gut sein? Ich kann den Trevelyan selber lesen – und auch andere interessante Bücher. Trevelyan ist gar nicht mehr aktuell.«

Mrs B. verzog vorsichtig den Mund zu einem amüsierten Lächeln, sie wusste sofort, um welche Lehrerin es sich handelte. »Sich langweilen zu lernen, ist an sich schon eine wertvolle Lektion. Doch das zu schätzen, fällt einem nicht so leicht, wenn man jung ist.«

»Und dann ignorieren Sie mich in Englisch, Mrs Bernhardt.«

»Nun ja, Colette, jemanden wie dich zu unterrichten, ist gar nicht so einfach. Du bist streitlustig und gierst nach Aufmerksamkeit.«

Das war ihr neu, es überraschte und es interessierte sie. »Ach ja? Tu ich das?«

»Ich weiß, dass du zu Hause Probleme hast. Es ist bestimmt nicht einfach, ohne deine Mutter auszukommen.«

»Zu Hause ist alles bestens«, sagte Colette. »Das Problem ist die Schule.«

Die aufgeheizte Intimität dieser Szene hatte etwas von einem Traum; sie ähnelte so sehr den Phantasien, die Colette in der Vergangenheit gehegt hatte: Die unnahbare Lehrerin, die sich aus den Höhen ihrer Kultiviertheit herablässt und Colette anerkennend die rettende Hand reicht. Aber das kam zu spät. Colette wollte nicht mehr gerettet werden, sie wollte frei sein. Das Leben einer Intellektuellen reizte sie nicht. In der Bahnhofstoilette von Otterley schminkte sie sich und zog sich um. Oft trug sie Kleider oder Röcke, die ihre Mutter zurückgelassen hatte – aber sie trug sie anders, eher ironisch. Sie hatte die Säume eingeklappt und sie mit großen groben Stichen umgenäht, mit schwarzem Garn; oder sie knotete sich ihre Schulkrawatte als Gürtel um die Taille. Wenn sie am Bahnhof London Bridge ankam, verstaute sie den Ranzen und die Schuluniform in einem Gepäckschließfach.

In der Stadt mischte sie sich einfach unter die Massen, lief herum und tat so, als wäre sie genauso beschäftigt und zielgerichtet wie alle anderen. Sie stöberte in gewissen Buchläden herum; in der Carnaby Street kaufte sie sich in muffigen kleinen Läden getönte Sonnenbrillen, Underground-Magazine und Räucherstäbchen, außerdem Henna, um sich daheim die Haare zu färben. Manchmal nahm sie ihren Mut zusammen, um in einem Pub ein Glas Starkbier zu bestellen, und saß dann trotzig allein da und trank und las. Sie wurde auch von Männern angesprochen; um sich ihrer zu erwehren, legte sie sich die nötige Schroffheit zu und zog ein hartes, mürrisches Gesicht: kein Blickkontakt.

Unter den vielen Menschen, die sie auf ihren Streifzügen durch die Straßen sah, stachen einige heraus, Männer ebenso wie Frauen, die außergewöhnlich waren und begehrenswert. Sie entwickelte ein Geschick darin, diese Menschen zu erkennen, ihnen mit Achtung zu begegnen und sie nachzuahmen. Zum Teil war es die Kleidung – sie waren auffällig gekleidet, gingen im Kaftan oder in bunt bestickten, mit aufgenähten kleinen Spiegeln besetzten Kleidern, schäbigen Militäruniformen ohne Knöpfe oder Hosen aus Leder. Die Männer hatten oft Schnurrbärte; sie trugen ihr Haar lang und stellten ihren Körper und ihr ganzes Äußeres auf eine beinah feminine Weise zur Schau – auch waren sie in ihrer Sexualität längst nicht so verklemmt wie die gewöhnlichen Männer um sie herum, die stocksteif in ihrer Männlichkeit und ihren Anzügen und Kurzhaarschnitten feststeckten, sie waren schamloser. Auch die Frauen liefen stolz herum, mit trotziger Miene, ohne Lächeln, die Augen dick mit schwarzem Eyeliner umrandet, trugen sie den Sex-Appeal, der eigentlich versteckt gehörte und nur raffiniert angedeutet werden durfte, aggressiv nach außen. All diese schönen Menschen liefen ungezwungen und selbstvergessen herum, als wären sie mit einem Code vertraut, den niemand außer ihnen kannte, und schauten gleichsam durch die Welt, die sie umgab, hindurch in eine bessere. Colette spürte ihre Macht so brennend deutlich und erkannte sie so unfehlbar, als seien sie Filmstars oder Aristokraten, die sich unter die Bauern mischten, die das gewöhnliche, langweilige Volk darstellten. Sie sehnte sich danach, diese vornehmen Leute kennenzulernen, damit sie sie sahen und mit ihr rechneten, damit sie ihr Zutritt zu ihrem Leben gewährten.

Einmal verabredete sie sich in der Stadt mit ihrer Tante Anne; sie aßen in einem vegetarischen Restaurant zu Mittag. In der Familie galt Anne als die Unkonventionelle, die Bohemienne; Colette hatte sie immer schon bewundert. »Was ich Phyllis nicht verzeihen kann, ist diese Geheimniskrämerei«, sagte Anne gleich beim ersten Happen Rohkostsalat in ihrer schroffen Art, mit der sie ihre schüchterne Zurückhaltung überspielte. »Wenn sie doch nur mit uns reden würde. Nicht, dass ich so eine bedingungslose Verfechterin der Ehe bin. Aber einfach so zu verschwinden, ohne vorher mit jemandem zu reden. Das ist so was von leichtsinnig und verletzend. Das ist so schwer für dich und Hughie – und auch für Roger, obwohl er ja der Stärkere ist und sich bestimmt nicht beklagen wird. Ich nehme mal an, Phyl war sehr unglücklich. Aber warum wird so was nicht innerhalb der Familie besprochen? Tom und ich hätten ihr einen guten Therapeuten empfehlen können.«

»Du glaubst, sie war unglücklich?«

»Warum hätte sie sonst gehen sollen?«

»Vielleicht hat sie sich verliebt.«

»Verliebt, in ihrem Alter?« Anne stocherte verächtlich mit der Gabel in ihrer Schüssel. »Ich weiß schon, sie hat immer gern geflirtet. Aber Flirten ist keine Liebe. Dafür gibt man doch nicht seine Familie auf, oder?«

Colette zuckte die Achseln. »Ich weiß nicht, was *man* tut. Mir sagt ja keiner was.«

Sie staunte schon seit vielen Jahren über ihre Tante, die sich den Geheimnissen der Malerei hingab, in ihrem Atelier oben in dem hohen, heruntergekommenen Haus in Highbury – so herrlich versunken und verlottert, die großen abstrakten Bilder, die man nicht verstehen konnte, und die Malerin in ihrer tiefernsten Selbstvergessenheit. Ihre Kinder durften zuschauen, aber nur, wenn sie ganz still saßen; wenn sie flüsterten oder zappelten, schickte Anne sie weg, ohne die Arbeit zu unterbrechen oder sich auch nur umzusehen, und sie gehorchten ausnahmslos. Anne hatte die gleichen vollen, weichen Lippen wie Phyllis, doch Kinn und Stirn waren bei ihr kantiger, und mit ihren treuherzigen braunen, weit aufgerissenen Augen und dem störrischen grauen Haar, das sie oben als Welle festklemmte, damit es ihr nicht ins Gesicht fiel, erinnerte sie Colette an einen intelligenten Terrier. Über ihrem üppigen Busen trug sie ein weites weißes Männerhemd. »Eine Freundin von mir hat sie gesehen«, sagte sie. »Hast du das gewusst? Ist aber schon ein paar Monate her, noch vor Weihnachten, und hat vielleicht nichts zu bedeuten. Hier in London, in einem Restaurant, als sie eigentlich bei Daddy in Leamington sein sollte. Ich hab's Roger erzählt.«

»Er hat mir nichts davon gesagt.«

»Dann hätte ich es wohl nicht erwähnen sollen. Aber andererseits bist du alt genug, man sollte dich nicht ausschließen.«

Colette legte ihre Gabel hin. »Ich bin aber ausgeschlossen, Anne«, protestierte sie, »von allem.«

»Es ist ein grauenhaftes Alter. Ich kann mich noch erinnern: Du wirst von allen wie der letzte Trottel behandelt, und gleichzeitig erwarten sie von dir, dass du dich wie eine Erwachsene benimmst.«

»War meine Mutter mit jemandem zusammen, als man sie gesehen hat?«

Ihre Freundin habe angenommen, gestand ihr Anne, dass Phyllis mit ihrem erwachsenen Sohn zu Abend esse, sie habe ja nicht gewusst, dass Phyllis gar keinen erwachsenen Sohn hat; sie habe sie auch nur ganz kurz gesehen und kenne sie nur flüchtig. »All das war aber noch, bevor Phyl weggegangen war, also kein Grund, sich über irgendwas Gedanken zu machen. Und vielleicht gibt es ja auch sowieso gar keinen Grund, vielleicht war dieses Abendessen ja ganz harmlos. Es war in einem kleinen

Lokal, in das Tom und ich früher immer gegangen sind. Wir mochten die wienerische Atmosphäre da, als wir noch Fleisch gegessen haben.«

»Das mit dem Sohn ist interessant. Das könnte ein Anhaltspunkt sein.«

»Wenn Jane wüsste, dass ich dir das erzählt hab, wär sie mir sicher böse. Wir sind beide der Meinung, wenn Phyllis von ihrem wie auch immer gearteten Abenteuer genug hat, wird sie schon wieder heimkommen. Durchhaltevermögen war ja noch nie ihre Stärke, sie verliert schnell das Interesse. Wenn sie doch nur beruflich mehr aus sich gemacht hätte, irgendwas, wo sie ein Ziel hat. Phyl war immer wirklich klug, aber sie konnte sich für nichts entscheiden. Und da ist sie halt im Büro hängen geblieben, aber das entsprach überhaupt nicht ihrem Niveau. Und als sie dann geheiratet hat, musste sie den Job natürlich aufgeben.«

Colette versuchte, sich eine neue Sicht auf das Leben zuzulegen, alles leichter zu nehmen, als seien all die Dinge, die scheinbar so viel Gewicht hatten, also Sachen wie Schule, Zuhause oder die Ehe, in Wirklichkeit nur zerbrechliche Wegwerfartikel. Das war beängstigend, aber auch erleichternd. Phyllis machte sich immer darüber lustig, wie Anne und ihr Mann Tom vor ihrer Heirat mit freier Liebe experimentiert hatten, und nun verstand Colette, mit welcher Ernsthaftigkeit sie ihre Suche nach einem Ideal betrieben hatten. Vielleicht war es ja besser, leichtfertig zu sein. Und dabei fand Colette es bei Anne immer herrlich chaotisch, wenn sie dort in dem Reihenhaus in so einem kahlen, schmuddeligen Zimmer übernachtete, wo ihre kleinen Cousins in selbst gebauten Kojen schliefen und die verwaschene, geflickte Unterwäsche ihrer Geschwister auftragen mussten. Tom, Annes Mann, hielt es nicht für unter seiner Würde, die zweite Geige zu spielen und Anne den Rücken freizuhalten, damit sie unterrichten und auch malen konnte; er half mit beim Kochen, Einkaufen und Abwaschen. Roly, einer ihrer Söhne, war geistig behindert zur Welt gekommen, und die Ausgelassenheit, die bei ihnen herrschte, war zum großen Teil sein Verdienst. Er wurde in alles einbezogen, obwohl er kaum sprechen konnte und sich so merkwürdig ruckartig bewegte; Anne zeichnete ihn immer wieder, er habe einen wunderschönen Kopf, sagte sie, wie ein kleiner Prinz. Die Jungs spielten ziemlich wild miteinander, aber sie wussten genau, wie sie Roly stoppen und beruhigen konnten, wenn er sich zu sehr aufregte oder seine Gefühle mit ihm durchgingen. »Man hätte ihn gleich bei der Geburt einschläfern lassen sollen«, hatte Großmutter Fischer einmal über Roly gesagt, »das wäre für alle besser gewesen«. Und Roger darauf vorwurfsvoll: »Mutter! Du und Adolf Hitler!« Und dann hatte er noch gesagt, genau dagegen hätten sie Krieg geführt, gegen genau diese Ideen. Colette war ihrem Vater damals so dankbar gewesen für seine Herzensgüte, seine Stärke und seine Entschiedenheit.

In den Osterferien holte Roger Hugh aus dem Internat ab; Colette kochte zur Begrüßung ein großes Drei-Gänge-Menü, das Hugh kaum anrührte – er stopfte stattdessen Kuchen in sich hinein –, sodass sie ihrerseits zu viel aß und sich später im Bad den Finger in den Hals stecken musste. Sie ließ sich nicht täuschen von den tollen Lobliedern auf das Gemeinschaftsgefühl und den Heldenmut, die ihr Bruder anstimmte, von seinem Gerede über die Schule – in welchem Haus er wohnte, warum sein Haus das beste war, und wie sie ihn beim Rugby in die erste Mannschaft gewählt hatten. Colette kannte ihn zu gut: Er leierte das alles runter, als habe er es aus einem Buch abgeschrieben. Ihr Vater schien zufrieden, denn nach dem Essen hörten sie ihn am Telefon begeistert erzählen, Hugh habe sich prima eingelebt, er fühle sich in Abingdon wie ein Fisch im Wasser. Beim Reden machte er die Tür zum Arbeitszimmer zu, hielt das Telefon ungeschickt in einer Hand und sprach leise in den Hörer, den er sich unters Kinn geklemmt hatte.

Hugh ging hinauf in sein Zimmer und zerriss die Schnur, die um den Türknauf gewickelt war – vielleicht hatte er vergessen, dass er sie irgendwann einmal dort befestigt hatte. Colette folgte ihm, beinah sicher, dass er wütend auf sie war, weil sie in seine Notizbücher geschrieben hatte, aber anscheinend merkte er es gar nicht, oder es kümmerte ihn nicht, er schaute nur stirnrunzelnd auf seine alten Habseligkeiten, als falle es ihm schwer, etwas davon wiederzuerkennen. Er war definitiv in die Höhe geschossen seit seiner Abreise nach Weihnachten, sein Gesicht wirkte größer und trivialer, der Ausdruck war anders – um einige Nuancen ärmer. Selbst der goldblonde Haarschopf war matter, irgendwie verwaschen. Ihr kauziger kleiner Bruder war gewöhnlicher geworden. »Und wie ist es wirklich?«, fragte sie vertraulich, ließ sich auf sein Bett fallen, zog die Beine an und schlang die Arme um die Knie. »Ich meine, dass es unvorstellbar schrecklich ist, ist ja eh klar. Ich hab's ja gleich gewusst, dass es so werden würde. Erzähl mal, was ist am schlimmsten.«

»Hau ab, große Schwester«, sagte er ruhig, ohne sie anzusehen und mit Betonung auf »groß«. »Ich habe zu arbeiten.«

»Arbeiten? Das ist doch total aus der Mode. Ich mach ja heutzutage keine Hausaufgaben mehr.«

»Dann hast du wohl die Grenzen deiner natürlichen Kapazität erreicht.«

»Nein, mein brillantes Hirn hat die Grenzen dessen hinter sich gelassen, was die Schule zu bieten hat.«

»Das wird wohl daran liegen, dass es eine Mädchenschule ist, wo sie einem nur Kinderkram beibringen. Wie dem auch sei, wo ist denn deine Brille?«

Hugh fuchtelte ihr mit den Händen vor den Augen herum, um zu prüfen, ob sie jetzt vielleicht blind war. Sie erklärte ihm, dass sie neuerdings Kontaktlinsen trage.

»Igitt, verschwinden denn die Dinger nicht irgendwo im Auge?«

»Mein lieber kleiner Bruder, wenn man bedenkt, wie viel Geld wir für deine Ausbildung bezahlen!«

Er boxte sie fies in den Magen, sie haute zurück und dann prügelten sie sich auf dem Bett, schlugen wild um sich und kämpften raschelnd, mit gedämpfter Lautstärke, ihren atemlosen Kampf, leise, damit ihr Vater sie nicht hörte und nicht schimpfen kam. Durch den Kampf herrschte nun wieder ein einigermaßen freundschaftliches Gleichgewicht zwischen ihnen. Und als er zu Ende war, überfiel Colette plötzlich der Gedanke daran, dass sie ihr altes Familienleben verloren hatten und ihre Mutter nicht mehr da war. Vor ihrem inneren Auge formte sich ein Bild, das mit seiner hohen Gefühlsdichte fast einem Traum glich. Die vier saßen in der richtigen Sitzordnung in dem alten Morris Traveller: Roger am Lenkrad, neben ihm Phyllis, die fröhliche Begeisterung versprühte, und auf dem Rücksitz, spaßhaft sich kabbelnd, je eine jüngere Version von Hugh und Colette. Sie fuhren raus aufs Land zu einem Picknick, und mit dabei war Prince, der schwarze Labrador, den sie vorletztes Jahr wegen eines Nierenleidens einschläfern lassen mussten. Einen kurzen Augenblick lang war der Realismus dieser Szene überwältigender als alle Veränderungen, die sie seitdem erlebt hatte. Dann stand Hugh wieder an seinem Schreibtisch, wandte Colette den Rücken zu und blätterte nachdenklich in seinem Briefmarkenalbum. Sein Vater hatte ihm mehrere Packungen neuer Briefmarken gekauft. Colette sagte, sie habe gehört, dass er Schwierigkeiten gehabt habe, sich in der Schule einzuleben.

»Was denn für Schwierigkeiten?«

»Erstens, dass du Asthma bekommen hast.«

»Ach so, das. Das waren bloß die Decken. Davon ist mir die Puste weggeblieben.«

»Und dann erzählst du deinen Freunden, dass deine Mutter tot ist. Ist das nicht ein bisschen seltsam?«

Colette hatte Angst, Hugh könnte wie einer, der wirklich verrückt ist, darauf beharren, dass ihre Mutter tot sei, und darum war sie erleichtert, als er nach einer kurzen Pause, immer noch langsam die Seiten umblätternd, sagte, wer so eine geizige Mutter habe, dem machten sie es in der Schule schwer. »Sie hat mir eine scheußliche Geburtstagskarte geschickt«, fügte er achtlos hinzu.

»Ach wirklich? Zeig doch mal her.«

»Ich hab sie weggeschmissen, in die Tonne mit den Essensresten. Der Mansch wird an die Schweine verfüttert, und dann werden die Schweine geschlachtet und gekocht, und dann kriegen wir sie zum Abendbrot, und dann schmeißen wir das Abendbrot weg, weil's eklig ist, und dann wandert's wieder zurück in den Bottich für die neuen Schweine, und immer so weiter. Das ist wie mit dem Kreislauf des Regens.«

»Aber wir hätten uns die Karte doch genau ansehen können. Vielleicht wären wir Mummy dadurch auf die Spur gekommen!«

»Wisst ihr denn immer noch nicht, wo sie ist?«, sagte Hugh verächtlich. »Ich könnte schwören, sie ist bei dem Kerl, mit dem sie auf dem Klo geknutscht hat. Mich interessiert sie eh nicht mehr.«

»Wann genau soll diese Knutscherei denn stattgefunden haben? Also nicht, dass ich das glauben würde.«

»Du weißt doch noch. Damals, als Barnes-Pryce seine Sandale verloren hatte und seine Mutter angerufen hat.«

Am nächsten Abend, als Hugh sich im Fernsehen Zeichentrickfilme anschaute, ging Colette zu ihrem Vater ins Arbeitszimmer und sagte, sie wisse ganz genau, warum ihn Mrs Knight besucht habe.

»Und was glaubst du, warum?«, fragte Roger überrascht in kühlem Ton. Er saß mit aufgestütztem Ellbogen am Schreibtisch und hob mühsam den Kopf: Er war damit beschäftigt, mit Maschine getippte Unterlagen durchzugehen, und schien aus weiter Ferne, aus Arabien oder Palästina, zu ihr zurückzukehren.

»Na, wegen ihres Sohnes, weil der mit unserer Mutter

zusammen ist. Ich vermute mal, ihr beide habt Pläne geschmiedet, wie ihr sie auseinanderbringen könnt oder so.«

»Was redest du denn da?«

»Hugh hat gesehen, wie sie sich geküsst haben, Mummy und Nicholas Knight, damals an dem Abend, als Milo Barnes-Pryce seine Sandale verloren hatte. Er hat's mir schon vor einer Ewigkeit erzählt, aber ich hab nichts gesagt, weil ich ihm nicht geglaubt hab, und außerdem wusste ich ja damals nicht, von wem er redet. Das weiß ich jetzt erst.«

Roger starrte sie an. Vielleicht weiß er ja wirklich nicht Bescheid, dachte sie. Aber warum war Jean Knight dann bei ihnen gewesen? Alles, was sie sich ausgemalt hatte, kam ihr jetzt, nachdem sie es laut ausgesprochen hatte, grob und grotesk vor, zumal angesichts der düsteren Anstandskulisse, in der ihr Vater hauste – der halb heruntergelassenen braunen Jalousie an seinem Arbeitszimmerfenster, der beschrifteten Aktenordner in seinem Regal. Hatte sie einen furchtbar peinlichen Fehler gemacht? Vor Scham wurde sie knallrot, fühlte sich, als würde sie in Unterwäsche vor ihm stehen oder als hätte er eine ihrer Damenbinden im Mülleimer entdeckt. »Und dann ist da ja auch noch die Freundin von Tante Anne«, beharrte Colette. »Die habe Mummy in einem Restaurant gesehen, mit einem Mann, der ihr Sohn sein könnte, habe sie gesagt.«

Roger legte seinen Stift weg, stand auf und schob mit einem lauten, knirschenden Geräusch seinen Stuhl zurück, als würde er irgendwas Aufgestautes loslassen; Colette zuckte zusammen, als fürchte sie, er könnte ausholen, um sie zu schlagen, was er freilich in seinem ganzen Leben noch niemals getan hatte und auch niemals täte. »Kann das möglich sein?«

»Hast du das denn nicht gewusst? Er ist derjenige, welcher, nicht wahr?«

»Steckt Anne dahinter?«

»Da steckt niemand dahinter! Bloß ich.«

»Hast du mit Anne darüber geredet?«

»Ich hab mit niemandem geredet. Hab's ganz alleine rausgefunden, gestern.«

Er sah sie an, als könne er ihr nicht verzeihen, er war außer sich. »Hör bitte auf, irgendwas herausfinden zu wollen, Colette. Du bist zu weit gegangen, du hast keine Ahnung. Und es ist von größter Wichtigkeit, dass du das, was du da gerade gesagt hast, zu niemandem wiederholst. Zu niemandem, ist das klar?«

Colette verließ das Arbeitszimmer und ging in Hughs Zimmer, wo sie niedergeschmettert, mit glühenden Wangen und ganz hohl vor Empörung mit den Fingern in der Schachtel mit den Klebefalzen wühlte. Wenigstens die waren leicht und harmlos wie Mottenflügel. Hugh hatte noch nicht angefangen, seine neuen Briefmarken einzukleben. Sie hörte unten die Zeichentrickfilme: Rumms! Wumm! Quieks! Das mache ich nie wieder, dachte sie wild entschlossen, wenn auch ohne genau zu wissen, was eigentlich. Aber was sie fühlte, das wusste sie genau. Nie wieder. Ein harter, kalter Klumpen in ihrem Innern, Gewissheit.

Am nächsten Tag, bevor er in seinen Zug stieg, rief Roger Jean in Cressing an, um sie zu fragen, ob sie sich sehen könnten. Colette würde den ganzen Tag unterwegs sein, zuerst mit Hugh in den Zoo gehen und abends ins Kino. Ob Jean in die Stadt kommen könne, um sich nach der Arbeit mit ihm zu treffen, am selben Ort wie immer? Roger sagte, er müsse ihr etwas erzählen, das er nicht am Telefon besprechen könne. Komplikationen, die sie beide sich überhaupt nicht vorstellen könnten.

»Sie möchte wieder zu dir zurückkommen«, sagte Jean, als wäre dies die Nachricht, auf die sie nur gewartet hatte.

»Viel schlimmer. Versuch gar nicht erst, es zu erraten.«

Sie zögerte kurz, während er wartete. »Dann versuch ich, es nicht zu versuchen.«

»Wenn das wirklich wahr ist, also ich denke, dann müssen wir handeln, dann müssen wir was unternehmen, damit es aufhört.«

»Dann hoffen wir mal, lieber Roger, dass es nicht wahr ist, ganz egal, was. Es ist mir nämlich mittlerweile zuwider, dafür sorgen zu wollen, dass irgendwas aufhört. Es macht mich zu traurig.«

Roger meinte, während Jean sprach, im Hintergrund die Geräusche von Cressing zu hören; natürlich wusste er durchaus, dass das nur Einbildung war – schließlich war er seit damals, seit seiner Zeit dort im Krieg, nur noch ein einziges Mal dort gewesen, mit Phyllis. Das durch den feuchten Putz gedämpfte Hallen der hohen Räume, das an den nachgedunkelten Ölgemälden von erlegtem Wild abprallende Ticken der verschnörkelten Uhren, das Singen der Vögel im Wald. Er meinte, den Graben vor sich zu sehen: von Unkraut überwuchert, alles still und unbewegt, bis auf die Insekten, die auf der glatten Wasseroberfläche hüpften. 1942 hatten ein paar

Evakuierte, die noch übrig geblieben waren und deren Eltern anscheinend nicht besonders erpicht darauf waren, sie wieder zurückzubekommen, auf Cressing auf dem Dachboden geschlafen und sich, ungeübt, wie sie waren, an einem Seil über den Graben geschwungen, hatten mit den dünnen, schorfigen Beinen gezappelt und waren hin und wieder reingefallen. Roger spürte durch das in der Telefonleitung herrschende Schweigen hindurch, wie Jeans Verstand sich Mühe gab, gehorsam zu sein und sich nicht dabei aufzuhalten, das Rätsel, das er ihr aufgegeben hatte, enträtseln zu wollen, sondern fieberhaft versuchte, jeder Schwierigkeit immer einen Schritt voraus zu sein, den Weg zu ebnen für Verständnis, und wenn schon nicht den besten Weg, so doch zumindest den klarsten Blick auf die Dinge zu finden, wie sie wirklich waren. Diese Kameradschaft im Geiste war für ihn – selbst unter den gegebenen Umständen – der reinste Balsam und eine Freude.

Barbara war die Erste, zu der Phyllis mit ihrer neuen Entdeckung ging. Eines Abends lag sie in Barbaras Zimmer ausgestreckt auf dem Bett, das Kleid bis zu den Rippen hoch- und die Strumpfhose runtergezogen, während die Freundin ihren Unterleib untersuchte. Barbaras Blick war irgendwo im Unbestimmten, ihre gesamte Wahrnehmung lag in ihren langen, konzentriert arbeitenden Händen, nachdenklich abwägend drückten und tasteten ihre flach gebündelten Finger. Kühl und schwer, unpersönlich und kompetent berührten sie Phyllis' Haut. Es war ein ruhiger Moment, den sie miteinander teilten und in dem jede in der anderen etwas wahrnahm, das nichts zu tun hatte mit Charakter, Geschichte oder Rasse. Barbara maß mit einem Maßband, das Phyllis aus ihrem Nähkästchen geholt hatte, und schaute dann in einem Buch nach: ungefähr vierter Monat, denke sie.

»Ich hab mir vorgemacht, es war der Schock, weswegen meine Tage ausgeblieben sind«, erklärte Phyllis, zog ihr Kleid wieder runter und setzte sich hin. »Weil sich in meinem Leben doch so viel verändert hat. Aber vor allem hab ich eine Riesenangst gehabt, dass das schon der Wechsel ist, dass ich mich jetzt in eine alte Frau verwandele, Barb. Und nun das! Noch eine weitere Chance auf ein neues Leben, es ist unglaublich, ich kann es nicht glauben. Ich muss sofort schwanger geworden sein, als ich von zu Hause weggegangen bin, weil ich so glücklich war, endlich. Mit Roger hatte ich immer Schwierigkeiten, schwanger zu werden, deshalb habe ich nie ernsthaft darüber nachgedacht. Als mir ständig übel war, hab ich zuerst gedacht, ich hätte mir ein Virus eingefangen, das nicht wieder weggeht, durch die Gemeinschaftstoilette.«

Barbara wusch sich am Waschbecken die Hände. »Und was wirst du jetzt machen?«

»Ich werde gar nichts machen. Ich bin sehr glücklich.«

»Das ist hier keine gute Umgebung für ein Baby. Wie willst du denn das Kleine hier sauber halten? Weiß es Nicholas schon? Kannst du denn überhaupt ein Kind ernähren?«

»Keiner weiß es, außer dir. Du darfst ihm noch nichts sagen. Das mach ich selber, wenn die Zeit reif ist. Und ich werde schon einen Weg finden, mir meinen Lebensunterhalt zu verdienen. Sam ist mit meiner Arbeit zufrieden, ich kann teilweise von zu Hause arbeiten. Ich hab was von einer Konditorei gehört, da könnte ich fünf Pfund die Woche verdienen, vorausgesetzt, ich kann das Baby mitnehmen oder jemand passt drauf auf. Ich kann mir keine bessere Art und Weise vorstellen, ein Kind aufzuziehen, als in einer Gemeinschaft wie dieser, in der alle miteinander klarkommen und es keinen kümmert, wer man ist oder wo man herkommt.«

»Glaubst du das wirklich?«

»Wenn ich daran denke, wie ich früher gelebt habe ... dort hab ich, ehrlich gesagt, immer das Gefühl gehabt, mir zieht jemand einen Sack über den Kopf. Der Gedanke, dorthin zurückzukehren, ist mir unerträglich. Da schickt man seine Kinder aufs Internat, damit sie dazu erzogen werden, sich anzupassen und Teil des Systems zu sein, Geld zu verdienen und voranzukommen in der Welt. Um ein Baby zu kriegen, braucht man keine schicke Ausstattung. Das ist doch alles bloß Reklame. Man kann ihn auch in einer Schublade schlafen legen, ihn im Waschbecken baden.«

»Du glaubst, dass es ein Junge ist, oder?«

»Ich weiß, dass es ein Junge ist.«

»Willst du Tee, du närrische, dumme Frau?«

Aber Phyllis konnte den Tee nicht riechen, sie schob ihn sofort weg, und so stießen sie stattdessen mit einem Glas Rum auf das Baby an. Dann überlegte Phyllis laut, ob Barbara nicht auch gern einen Mann haben wollte. Hatte denn dieser Zeke kein Interesse? Sie hatte doch gesehen, wie er hinter ihr her war, wenn sie in den Cue Club gingen. Ob sie nicht auch gern eine Familie hätte und Kinder? Irgendwann vielleicht, sagte Barbara, aber nicht jetzt. Neben Arbeit und Studium sei in ihrem Leben kein Platz für einen Mann, schon gar nicht für einen nichtsnutzigen Faulpelz wie Zeke. Und wenn sie überhaupt einen Traum von der Zukunft hätte, sagte sie, dann hätte er bestimmt nichts mit Männern zu tun.

»Wovon träumst du denn dann?«

Als sie sagte, sie stelle sich vor, ein eigenes Büro zu haben, sagte Phyllis lachend, sie sei wirklich unverbesserlich, sie sei der prosaischste Mensch, der ihr je begegnet sei. »Aber kein gewöhnliches Büro«, beharrte Barbara. In einem Buch habe sie einmal ein Foto gesehen – so sollte ihr Arbeitszimmer auch aussehen. »Ein großer alter Raum in einem großen Gebäude, wie im alten Teil des Krankenhauses, die Wände alle mit so glänzenden Holzpaneelen. Und Regale bis an die Decke, alle voll mit Büchern, und ein großer Schreibtisch mit einer Schreibmaschine, und überall Bücher und Papiere. Und an der Tür ein Messingschild, auf dem mein Name steht. Da werde ich drin arbeiten, eine Arbeit schreiben über irgendwas. Und um elf Uhr, wenn ich ganz vertieft in meine Arbeit bin, klopft es an der Tür und das Hausmädchen bringt mir einen Kaffee.«

»Echt? Ein Hausmädchen!«

»Das ist mein Traum.«

Phyllis seufzte, daran könne man sehen, wie tiefgründig Barbara sei, sagte sie – sie dagegen sei ja so trivial und oberflächlich. Aber sie merkte, dass es Barbara leidtat, etwas gesagt zu haben, fast so, als hätte sie sich verraten. »Ich finde, du solltest das anstreben«, ermutigte Phyllis ihre Freundin. »Du solltest dieses Zimmer anstreben.«

»Du weißt ja nicht, was du da redest. Es gibt nun einmal Dinge, die nicht passieren können.«

Und wenn Phyllis danach mit ihr über ihre beruflichen Pläne zu reden versuchte, reagierte Barbara jedes Mal schroff und bissig. Sie war nicht bereit, weiter zu denken als bis zu ihren noch ausstehenden Prüfungen und der Option, ein drittes Studienjahr dranzuhängen, damit sie sich zur staatlich anerkannten Krankenschwester qualifizieren konnte. Phyllis war indessen überglücklich; in Gedanken drückte sie das Geheimnis ihrer Schwangerschaft an sich, ihren verborgenen Schatz. Mit ihrer Karte von der Krankenversicherung, die sie zum Glück mitgenommen hatte, als sie noch einmal in Otterley gewesen war, ging sie in die nächstgelegene Arztpraxis und stand in einem gasbeheizten Wartezimmer anderthalb Stunden lang Schlange, zusammen mit älteren weißen Frauen aus der Arbeiterklasse, karibischen Mädchen, einem zahnlosen alten Griechen, einem gut aussehenden Pakistani mit bestickter Kappe, ein paar gelangweilten Mädels, offenbar Sekretärinnen, und erschöpften Müttern, die ihre Kinder anschrien. Die Ärztin war eine gedrungene kleine Ungarin mittleren Alters mit rot gefärbtem, dauergewelltem Haar, die ein knallenges Kostüm und hohe Stöckelschuhe trug – sie und ihr Mann waren Juden, wie Phyllis später in Erfahrung brachte, die vor dem Krieg hergekommen waren. Dr. Papp reservierte ihr ein Bett in der Geburtsstation eines Krankenhauses in Marylebone und gab ihr eine Überweisung an die dortige Frauenklinik mit. Phyllis musste daran denken, was für eine Angst sie bei ihren ersten beiden Schwangerschaften gehabt hatte und wie einsam sie sich vorgekommen war in der behaglichen Atmosphäre der privaten Entbindungsklinik mit ihrer privilegierten Ruhe. Jetzt, in den ersten

Wochen ihrer Schwangerschaft in Ladbroke Grove, bereitete ihr das Gefühl dazuzugehören eine echte, tiefe Befriedigung, sie fand es richtig und gerecht, sich genau wie all die anderen Frauen hinten anzustellen – geduldig in der Schlange zu stehen und zu warten, bis sie an der Reihe war. Ganz egal, wie es mit mir weitergeht, dachte sie, ganz egal, was ich Schlimmes getan habe, dieses Kind werde ich jedenfalls bekommen.

6

Jean Knight hätte ihren Mann schon vor Jahren verlassen sollen; so lange schon liebte sie einen anderen. Aber diese Liebe hatte in dem ganzen Chaos angefangen, damals im Krieg, als er im Urlaub in ihr Haus gekommen war, ein Freund der Familie, und als er dann wieder in den Kampf zog, zuerst in Bosnien als Verbündeter der Partisanen, dann in der Schlacht bei Monte Cassino, mussten sie sich trennen. Besonders hoch standen die Chancen nicht, dass er das alles überlebte. Und dann, ein Weilchen später, bekam sie einen kleinen Sohn, um den sie sich auch kümmern musste. Ihr Mann war bereit gewesen, die Vaterschaft für das Kind anzuerkennen und es mit ihr zusammen großzuziehen; sie fand es damals nur vernünftig, den sicheren Hafen der Ehe nicht zu verlassen.

Doch wenn Jean heute auf ihre Vergangenheit zurückblickte, wenn sie daran dachte, wie feige und phantasielos sie hinsichtlich der Folgen ihrer Affäre mit Roger gewesen war, dann wurde ihr speiübel. Mit der größten Selbstverständlichkeit hatte sie sich einer äußerlichen Ordnung unterworfen, und nun war diese Ordnung im Begriff zu zerfallen, und wie sich zeigte, waren all die Opfer, die sie gebracht hatte, nichts als reine Augenwischerei gewesen. Sie hätte sich genauso gut zu ihrer Affäre und ihrem Kind bekennen können: Wen hätte das interessiert? Diese Passivität und übertriebene Zurückhaltung, die sie sich auferlegt hatte – ja, *sie*, nicht Roger, *sie* hatte die Briefe verbrannt, die er ihr nach dem Krieg aus Beirut, Jerusalem und Kairo geschrieben und in denen er sie gedrängte hatte, Peter zu verlassen –, all das war ihrer Meinung nach auf ihre Herkunft und ihre Erziehung zurückzuführen und darauf, dass sie es einfach nicht geschafft hatte, sich über beides hinwegzusetzen. Irgendwie hatten ihre Traditionen und ihre Erziehung sie statt aristokratischer Unverschämtheit nur so eine abscheulich festgefahrene Sanftmut in allen Lebenslagen gelehrt, sodass es ihr einfach nicht möglich war, frei von Selbstzweifeln zu handeln, und sie sich fortwährend selbst bestrafen musste. Und jetzt kamen ihr ihre feine englische Art und ihre ganze Nettigkeit wie ein großer fader alter Keks vor, der ihr im Mund steckte und sie daran hinderte, aufrichtig zu sagen, was sie dachte und empfand.

Nun gut, sie hatte für ihren Fehler bezahlt, den Fehler, an ihrer Ehe festgehalten zu haben. Und dass Peter so ein grober Klotz war, war ebenfalls ihre Schuld. Sie hatte zugelassen, dass er sich ihr zu Unrecht überlegen fühlte. Wenn sie an den langen traumverlorenen Nachmittagen in ihrem Schlafzimmer in Teheran unterm Moskitonetz vor sich hingedämmert hatte, während Nicky in der Schule war, hatte sie oft Angst gehabt, verrückt zu werden. Zu wichtig waren ihr die Bücher gewesen, die sie sich von Foyles und Hatchards schicken ließ und die sie sich so gewissenhaft eingeteilt und wieder und wieder gelesen hatte. Sie hatte sich in ihnen verloren. Sie war sogar eine Zeit lang zur Erholung in einem Sanatorium in den Bergen gewesen, bei einem französischen Nervenarzt. Sie ertrank in ihren Träumen regelmäßig in jenem Wassergraben auf Cressing, der in Rogers Legenden eine so romantische Rolle spielte. Wie sie schon zu Rogers Tochter gesagt hatte, als sie sie so unerwartet wiedersah – genauso ergreifend liebenswert wie er, mit ihrer schieren Sturheit und Beharrlichkeit, den wachsam angespannten Schultern, dem dunklen Schopf und dem forschenden Blick –, war wohl normalerweise Schwärmerei das Wort, das dem, was man tatsächlich fühlte, noch am nächsten kam.

Und währenddessen war Jean auf all den vielen BP-Empfängen und Botschaftspartys immer nur eine grinsende Puppe: nickend, Entschuldigungen murmelnd, gebrochen. Sie hatte geglaubt, sie sei keine richtige Frau. Die Frauen, die sie sah, wenn sie durch die persischen Landschaften fuhren, die waren echt, die wandten sich verächtlich ab, wenn sie mit ihrem Auto kamen, groß in ihren dunklen Tüchern wie Figuren aus der griechischen Tragödie; manchmal, wenn sie so traumverloren vor sich hin dämmerte, verwandelte sich ihr Moskitonetz in einen wallenden Tschador, in dem sie sich verbergen konnte. Sie schämte sich dafür, was der Westen diesem Land antat und wie er seine alte Würde zerstörte: die schäbigen Tricks beim Putsch gegen Mossadegh, die Amerikanisierung mit ihren plumpen Phrasen. Aber als Mann hatte man dort wenigstens etwas zu tun. Sie hätte versuchen sollen, in den Kliniken und Schulen zu helfen, die von anderen durch ihre Ehemänner mit der Firma verbundenen Frauen gegründet worden waren, scheiterte aber an der aus ihrer Sicht verkehrten Haltung, dass es immer so dargestellt wurde, als würde man Gutes tun, während man gleichzeitig maximale Gewinne aus dem Land herauszuholen suchte. Doch ihre Haltung, nämlich gar nichts zu tun und den ganzen Tag nur Romane zu lesen, die war erst recht verkehrt.

Jean musste lachen, als ihr Roger sagte, der geheimnisvolle Liebhaber seiner Frau könnte ihr Sohn Nicholas sein. Wie immer saßen sie sich in der Lounge-Bar eines obskuren Pubs in einer kleinen Seitenstraße hinterm Piccadilly Circus gegenüber, wo sie sich seit ein paar Wochen üblicherweise trafen, seit Roger ihr nach Weihnachten diesen Brief geschrieben hatte. Jean hatte ihn, gleich als sie diesen ersten Brief bekam, im Büro angerufen und ihm vorgeschlagen, sich zu treffen, zum Reden. Jetzt, wo es zu spät war, hatte sie das Gefühl, schamlos, unbekümmert und offen sein zu können. Sie hatten die winzige Lounge mit dem kalten gekachelten Kamin und den gerahmten Karikaturen aus dem *Punch* für sich allein, und immer, wenn sie einen Augenblick lang schwiegen – manchmal berührten sich ihre Finger auf der klebrigen Tischplatte –, hörten sie die Geräusche aus dem Schankraum, die die Vertrautheit ihres Beisammenseins noch intimer erscheinen ließen – das Stimmengewirr der Arbeiter, das Aufflackern von Cockney-Humor, das Schurren der Stühle, das Ratsch!, wenn ein Streichholz angestrichen wurde, das Geklingel der Kasse.

»Was ist denn daran bitte lustig?«, sagte Roger leicht gekränkt und tiefernst, als sie lachte.

»Daran ist überhaupt nichts lustig.«

Innerlich aber musste sie sich immer noch vor Lachen

schütteln über diesen Witz, wie ein ungezogenes Schulmädchen, und das waren zweifellos zum Teil die Nerven.

»Schaudert dich das denn nicht?«, beharrte Roger. »Was für eine widerwärtige Vorstellung, niederträchtig – wenn es wirklich wahr ist. Aber irgendwie glaube ich tatsächlich, es ist wahr. Es passt alles zusammen. Furchtbar, dass Hughie etwas mitbekommen hat. Das ist doch Wahnsinn, was Phyllis da macht. Blinde Niedertracht – der übelsten Sorte, weil, sie hat doch keine Ahnung, wer er ist. Aber sie ist doch, Herrgott noch mal, alt genug, um …«

Jean strich ihm beschwichtigend über den Ärmel. »Tja, arme Phyllis.«

»Und was ist mit Nicholas? Was stellt das mit ihm an? Das tut mir alles so leid.«

Jean tat es natürlich auch leid, obwohl sie steif und fest dabei blieb, dass sie über das Liebesleben ihres Sohnes nicht Bescheid wisse. Als es Nicholas an Weihnachten so eilig hatte, aus Cressing abzureisen und wieder nach Hause zu kommen, hatte sie schon geahnt, dass irgendwas war – wie abwesend er gewirkt hatte, wie er im Haus herumgeschlichen war, satt und vergnügt, pfeifend, geradezu funkelnd vor männlicher Selbstsicherheit, wie er Cathie angegafft hatte. Durfte man so was bei seinem eigenen Sohn sehen? Er war ein verlotterter Schulabbrecher, andererseits jedoch war er doch einfach umwerfend: gut aussehend, überzeugend. Und er hatte das Elfenbeinei haben wollen, das Roger ihr vor langer Zeit aus Kairo geschickt hatte, weil er es jemandem schenken wollte – vielleicht Phyllis, dachte sie jetzt. »Aber junge Männer kommen doch im Allgemeinen ganz gut wieder raus aus solchen Affären«, sagte sie. »Oder? Ich meine, mit älteren Frauen. Mal abgesehen von den speziellen Komplikationen, die dieser Fall an sich hat.«

Roger war sich nicht sicher, ob sie ihm Vorwürfe machte, doch sie sagte, niemals, nie im Leben. Mit Vorwürfen überhäufe sie schließlich immer nur sich selbst. »Trotzdem schade, dass du Phyllis nicht ins Vertrauen gezogen hast, nicht wahr? Und alles bloß, weil ich diesen dämlichen Plan hatte, dich und Nicholas miteinander bekannt zu machen. Wenn ich ihn nicht genervt hätte, dass er nach Otterley fahren soll, und dich nicht gedrängt hätte, ihn einzuladen, wären die zwei einander nie begegnet.«

»Es war auch mein Plan, Liebes. Ich wollte es so.«

Während sie sprachen, zogen ihre Finger auf dem Tisch eine Spur, vorbei an den kleinen Pfützen, wo er Bier verschüttet hatte, und ihren Whiskygläsern. Jedes Mal, wenn sie sich die Hände reichten und er die ihren voller Herzenswärme in die seinen nahm, gab es einen kleinen Stromstoß, und dann spürte sie in seiner faltigen Handfläche all die verlorene Zeit. Das war mehr oder minder alles, was sie bislang voneinander berührt hatten in ihrer erneuerten Bekanntschaft – genug, um glücklich zu sein, dachte Jean in ihrem fortgeschrittenen Alter. Und einmal hatte Roger sie geküsst, als sie sich vorm Chez Solange verabschiedet hatten, aber nur auf die Stirn, ganz züchtig.

»Wir können natürlich noch nicht wissen, ob die Geschichte wahr ist.«

»Sie ist zu absurd, um nicht wahr zu sein«, sagte Jean.

»Wenn sie wahr ist«, sagte Roger mit fester Stimme und drückte ihre Hand, »dann müssen wir es ihnen sagen. Oder zumindest ihr müssen wir es sagen, damit sie sich von ihm trennt. Er braucht es ja vielleicht nicht unbedingt zu wissen.«

»Aber muss es denn wirklich irgendwer wissen? Ich meine, abgesehen von uns beiden. Können wir es nicht einfach für uns behalten und die zwei in Ruhe lassen? Eine kosmische Komödie: Mögen die Götter daran ihre Freude haben. Ich hab's nie irgendwem erzählt. Außer natürlich Peter, und der hat versprochen, nichts zu sagen. Und du?«

Roger schüttelte den Kopf. »Das ist nicht gut. Wenn *sie* zusammenbleiben, können *wir* es nicht.«

Zum ersten Mal, seit sie sich wieder trafen, sprach er davon, dass sie »zusammenbleiben« könnten. »Aber warum denn nicht?«, protestierte Jean, begeistert von dieser neuen Aussicht. »Wenn sonst niemand Bescheid weiß?«

»Das könnte ich Hugh nicht antun – oder Nicholas. Denk doch bloß an den Klatsch und an die Schande, was für eine Belastung das wäre, wenn es herauskäme.«

Sie dachte über seine Worte nach. »Wir müssen an die Kinder denken, an alle Kinder. Aber trotzdem. Wie sollte irgendwer dahinterkommen, wenn wir nichts sagen?«

»Wenn wir zusammen sind, ziehen wir die Aufmerksamkeit auf uns.«

»Ja«, sagte sie langsam. »Ja, das tun wir, ich verstehe.«

Roger hockte zusammengesackt auf seinem Schemel wie jemand, der normalerweise auf würdevollen, stützenden Stühlen sitzt; Jean sah fasziniert zwei Bilder, die abwechselnd vor ihrem inneren Auge aufflackerten: hier der große, stämmige Mann mittleren Alters mit seinem traurigen Gesicht, den vielen Falten, den dunklen Wangen und dem autoritätsgewohnten Auftreten und da der schmale, hagere Jüngling, der er einst gewesen war. Sie war nicht enttäuscht: Enttäuscht gewesen wäre sie, wenn dieser Junge mit seiner ganzen Intensität nicht so gediegen und weltgewandt geworden wäre. Aber er musste natürlich Mitleid haben, dachte sie, wenn er nun sah, wie sich die, die sie einmal war, in eine verschrumpelte alte Frau verwandelt hatte. Wie freundlich von ihm, dass er sich nichts anmerken ließ. Nicht, dass sie Roger jemals unberührt gekannt hätte; als sie ihn zum ersten Mal in den Armen hielt, war er noch sehr jung und kannte doch schon alle Schrecken der Hölle. Die Feststellung, dass ihre eigene extreme Unschuld – nicht sexuell, sondern in Bezug auf Weltläufigkeit – haargenau die richtige Ergänzung war zu den extremen Erfahrungen, die er mitbrachte, war eine Offenbarung gewesen. Er hatte Jeans Hass auf den Krieg geliebt und ihren Abscheu vor der Gewalt, obwohl er selbst alles andere als ein Pazifist war. Damals war er ein pessimistischer Sozialist, der bezweifelte, dass die Menschheit jemals wieder aus dem Abgrund nach oben kommen und zu einer halbwegs erträglichen Form von Leben finden würde. Sein Sozialismus war eine Art Starrsinn, das letzte Bollwerk der Idee von etwas Besserem, das er um seines eigenen gesunden Überlebens willen nicht völlig aufgeben mochte.

Und auf jenen langen Spaziergängen in Suffolk während des Krieges, vor einem Vierteljahrhundert, als Peter in London war und sie den ganzen Tag gelaufen waren und erst in der Abenddämmerung wieder nach Hause kamen, als sie in bestimmten versteckt liegenden Wäldern unterwegs waren, wo das Licht durch die Fächer der jungen Buchenblätter auf das verschimmelte braune Laub fiel und auf die Veilchen zwischen den Baumwurzeln, hatte er sie, die pessimistische Konservative, von seinem Sozialismus überzeugt. Seitdem hatte Jean stets an Rogers Vision von der Politik festgehalten. Ihr ganzes Leben lang, seit ihrem letzten Zusammensein mit ihm, hatte sie Menschen mit den fürchterlichsten Ansichten um sich gehabt: abgesehen von Nicholas, aber der redete im Grunde nicht mit ihr, nicht mehr – ihr entging nicht die liebevolle Herablassung in seiner Stimme. Natürlich konnte man Menschen mögen, deren Ansichten man nicht mochte. Aber geistig war sie trotzdem in gewisser Weise allein gewesen, im Ausland und zu Hause, die ganze Zeit über. Und jetzt – obwohl sie sich hüten musste, Roger zu langweilen, dessen Ansichten ja sein tägliches Brot waren – konnte sie nicht umhin, mit geradezu leidenschaftlichem Verlangen wissen zu wollen, was er über das alles dachte. Und wenn sie hörte, was er dachte, seine Wendungen und überraschenden Gedanken, war es für sie ein Fest. Denn er war ebenfalls seiner alten Vision treu geblieben – auch wenn diese jetzt in den Tiefen jenes Labyrinths aus all dem verkrusteten, mottenzerfressenen, verfänglichen Zeug feststeckte, das nun einmal dranhing am Frieden und an der Macht.

So saßen sie dort in ihrem Pub am Piccadilly, besahen sich diese Verknotungen ihrer unmöglichen Lage von allen Seiten und drehten sich dabei die ganze Zeit im Kreis. Roger schlug vor, seine Schwägerin Anne zu bitten, dass sie Nicholas in seiner Wohnung aufsuchte. Anne brauchte nichts zu wissen; wenn sie Phyllis fand, konnte sie ein Treffen mit Roger arrangieren. Jean schreckte vor diesen ganzen Einzelheiten zurück, die sie bedrohlich und ungeschickt nannte. Es war ihr unerträglich, ihren Sohn unter diesen Umständen selbst zu besuchen oder gar mit ihm zu reden, jedenfalls vorläufig – sie traute sich nämlich selbst nicht über den Weg, sie, die immer dafür war, allen etwas vorzumachen, dass sie am Ende nicht mit gewissen Andeutungen herausplatzte, aus denen er die Wahrheit schließen konnte. Bloß gut, dass Nicky sie fast niemals anrief. Falls doch, musste sie Mrs Chick bitten, ihm zu sagen, dass sie nicht zu Hause sei oder sich früh hingelegt habe.

»Nicholas müsste ins Ausland gehen«, sagte Roger. »Ich könnte etwas für ihn arrangieren.«

Jean war alarmiert, mit ihren übertriebenen Vorstellungen davon, wie weit Rogers Einfluss reichte, dachte sie im ersten Moment fast schon an Entführung und Geheimagenten und dergleichen. »Was denn zum Beispiel?«

»Einen journalistischen Auftrag vielleicht?«

»Ah, verstehe.«

»Ich lese seine Sachen immer. Die sind wirklich gut.«

»Das machst du? Hebst du mitunter etwas auf, kannst du mir was zeigen? Er verspricht jedes Mal, mir einen Durchschlag zu schicken, und dann vergisst er's wieder.«

Roger sagte, er habe die Sachen alle zu Hause in seiner Schreibtischschublade aufgehoben und werde sie ihr schicken. Worauf Jean erwiderte, dass er ihr damit eine große Freude machen würde. Einen Augenblick lang waren sie ein stolzes Elternpaar.

Colette durchforschte das abgegriffene alte, vom Gebrauch schon ganz labberig gewordene Adressbuch auf dem Telefontischchen in der Diele, in dem überall irgendwas durchgestrichen, eingefügt oder drübergekritzelt war, und ein paar Seiten waren sogar rausgefallen und falsch wieder eingeordnet worden. Unter K fanden sich gleich mehrere Adressen von Jean und Peter Knight – einige im Ausland und zwei im Inland –, aber das waren offenbar seine Alten. Wenn Nicholas mit ihrer Mutter zusammenlebte, konnte er bei denen ja nicht wohnen. Sie folgte einem schlauen Instinkt, von dem sie bisher noch gar nicht gewusst hatte, dass sie ihn besaß. Das Buch schlug von alleine auf seiner blassblauen letzten Seite auf, und dort stand, unten in der Ecke, ganz schwach mit Bleistift und winzig klein, versteckt zwischen lauter Malermeistern und Elektrikern, in Phyllis' Handschrift: *N, 53 Everglade Bldngs, Walmer Rd, W10.*

An einem Nachmittag Ende April, bevor Roger heimkam und während Hugh in seinem Zimmer beschäftigt war, steckte sie den Londoner Stadtplan in ihre Umhängetasche und machte sich auf den Weg, um den angegebenen Ort aufzusuchen. Wer wusste schon, ob das die richtige Adresse war? Bestimmt befand sich dort am Ende irgendwas ganz Unbedeutendes. Sie war auf jegliche Art von dramatischem oder auch gar keinem Zusammentreffen vorbereitet, trug einen sehr kurzen Rock, ihre Schulbluse und die Krawatte, die sie als Gag umgebunden hatte, und darüber den Samtblazer ihrer Mutter, aus Trotz; die Augen dick mit schwarzem Kajal umrandet, die zurückgekämmten Haare starrten vor Haarlack. Es war ein wolkenverhangener, schwüler Tag, auf dem Weg zum Bahnhof wehte ihr ein feiner Sprühregen ins Gesicht; klebrige Knospen an den Sträuchern in den Gärten, leuchtend hoben die Narzissen sich von der schwarzen Erde ab, der Regen benetzte ihre voluminöse Frisur, die etwas von einem Gespinst hatte. Auf dem Bahnsteig mit seinen Blumenrabatten und dem hübschen, mit Schnitzwerk verzierten Dach waren noch andere Mädchen aus der Schule, doch sie gab vor, sie nicht zu sehen. Es war von größter Wichtigkeit, ja niemals nervös zu wirken. Wenn der Zug ankam, musste man schauen, dass man sich eine vage Aura von Kompetenz zulegte und unverzüglich einstieg, und wenn man zu spät kam, durfte man auf keinen Fall hinterherrennen oder sich vordrängeln, wenn die Türen zugingen – es sei denn, man war mit Freunden zusammen, dann konnte man sich gegenseitig anschreien und sich aufregen. Bist du in den falschen Zug gestiegen, darfst du mehrere Stationen lang nicht wieder aussteigen. Du darfst niemals den Eindruck erwecken, nicht zu wissen, wo du hinwillst.

Endlich in W10 gelandet, war sie überrascht. Sie fand sich ohne ihren Stadtplan zurecht, erst mit der U-Bahn, dann durch Straßen, deren Namen und Lage sie sich zu Hause bereits eingeprägt hatte. Es war Colette gar nicht bewusst, dass sie eine Ahnung hatte, wo sie Phyllis finden könnte, falls sie sie fände: Um unvoreingenommen zu bleiben, hatte sie sämtliche Einzelheiten ausgeblendet. Aber warum in aller Welt sollte ihre Mutter, die doch so sehr auf Charme und Eleganz bedacht war, ausgerechnet hier in dieser Gegend leben wollen? Nicht, dass Colette es hier nicht gut gefunden hätte, ganz im Gegenteil.

Diese bedrohlich dreinblickenden hohen, von Ruß und Autoabgasen geschwärzten Mietshäuser, die Gehwege mit ihren Pflasterschäden, die Fenster, die entweder dunkel oder vernagelt waren, all das beflügelte unmittelbar ihre Phantasie, aber ein Terrain für Phyllis war das hier nicht. Colette hatte plötzlich Angst um ihre Mutter, und ihr schwante zum ersten Mal, dass diese offensichtlich etwas ganz Schlimmes getan hatte; vielleicht war das ihre Strafe, dass sie hier leben musste, ohne Blumen und Modeboutiquen. Die einst prachtvollen Gebäude waren heruntergekommen, die modernen Fassaden, die man an manchen Geschäften bis auf Sichthöhe angebracht hatte, wirkten deplatziert und schäbig und waren zum Teil schon kaputt. Die Straßen waren schmierig vom Regen, und in den schmuddeligen, muffig riechenden Läden gab es Gemüsesorten zu kaufen, die Colette noch nie gesehen hatte; Männer mit brauner Haut gingen auf der Straße an ihr vorbei, ohne sie eines Blickes zu würdigen, und sie sah eine Frau mit einem Baby, das sie in einer Decke auf dem Rücken trug. Eine Straße endete abrupt im Nichts – ihr Stadtplan war veraltet. Rechts und links, überall tiefe Schluchten, ein einziges wüstes Trümmerfeld, und dann tauchte auf einmal ein Stück weiter weg, auf der anderen Straßenseite, ein Gasometer auf, und im ersten Moment glaubte sie, Bombenschäden aus dem Krieg vor sich zu haben, bis ihr klar wurde, dass hier ein geplanter Abriss stattfand, der eine lange Schneise durch das ganze Areal schlug.

Wie sicher und wie freundlich lächelnd waren dagegen die Straßen in Otterley: nett bis zum Gehtnichtmehr. Und Colette dürstete es regelrecht nach all dem

Komplizierten hier, nach der Geschichte und nach dem Fremden: den schäbigen Kneipen, den torkelnden Betrunkenen, den Türen mit den schmutzigen Bogenfenstern, in denen Nummern standen, den beschlagenen elektrischen Klingeln, dem Maßwerk der Feuerleitern. In solchen schummrigen, verborgenen Räumen geschah so allerlei, und wer sich dort nicht fürchtete, war nicht lebendig. Colette hatte immer geglaubt, sie werde nach der Schule an die Universität gehen und irgendwas studieren; selbst noch in den letzten Wochen, als sie schon Ärger hatte wegen ihrer Schwänzerei, war sie nicht ernsthaft von diesem Plan abgewichen. Aber nicht, weil es sie wirklich interessierte, sondern weil sie geglaubt hatte, dass ihr dieser Weg aufgrund ihrer Intelligenz gewissermaßen vorgezeichnet sei. Nun sah sie, dass sie sich auch für etwas ganz anderes entscheiden konnte, sie musste nur herausbekommen, wie das ging. Die jungen Frauen hier im Viertel sahen exakt so aus, wie sie auch gern ausgesehen hätte: gefährlich und ungerührt, in Klamotten aus dem Secondhand und mit faszinierendem Seelenleben – aber natürlich durfte sie sie nicht anstarren, denn natürlich durfte man sich unter gar keinen Umständen anmerken lassen, dass man neu war oder nicht so ganz dazugehörte.

Inzwischen hatte sie die Hoffnung aufgegeben, dass sie in diesem Teil von London ihre Mutter finden könnte. Dennoch zwängte sie sich, bei den Everglade Buildings angekommen und ganz überwältigt von der schieren Größe des Gebäudes und seiner schäbigen Pracht, durch die hohen Türen aus Teakholz und Glas und stieg dann, ermutigt von den tanzenden Mädchen im Stuckfries, die Treppe hinauf, wobei sie sich die eine kleine Feigheit gestattete, nicht den Aufzug zu benutzen; hinter ihr schwang die schwere Tür ein paarmal auf und zu. Auf jedem Treppenabsatz blieb Colette stehen – ihr wurde immer wärmer in ihrer Samtjacke – und entzifferte die altersblassen aufgemalten Ziffern mit den gemalten Händen daneben, die in dem gekurvten Flur nach beiden Richtungen den Weg zu den Wohnungen wiesen. Gleichgültig klapperte eine Frau, die sich als Mann mit langen Haaren entpuppte, lärmend in Stiefeln die Treppe hinunter, und aus dem dritten Stock hörte sie Geschrei. Im vierten Stock lehnte sich eine alte Dame mit weißen Handschuhen und weißem Strohhut über die Brüstung und sah ihr zu, wie sie sich hinaufquälte, trat dann zurück und ließ sie vorbei. Das Treppenhaus war luftig und schön, es roch ein wenig nach Urin und war erfüllt von schwachem blauem Abendlicht. Colette wagte nicht, sich umzudrehen. »Da kannst du dir gleich die Gurgel durchschneiden«, hatte die alte Frau trocken gesagt.

Im obersten Stockwerk, hinter der Tür von Nummer 53, war Musik zu hören, gedämpfte Stimmen, Lachen; sie klopfte, doch es schien niemand zu hören, also machte sie die Tür einfach auf. Es war keine richtige Party; nicht dieses künstlich-beflissene Geplapper, das sie von den Geselligkeiten ihrer Eltern kannte. Sieben, acht Leute saßen im Halbkreis und rauchten, einer von ihnen klimperte auf etwas herum, das sie als Laute identifizierte. Diese Leute, fand Colette, sahen in ihrer Gelassenheit aus wie die Götter auf einem Gemälde.

»Ich suche Nicholas Knight«, sagte sie und trat ein.

»Der ist abgehauen. Der ist nicht hier. Und wer bist du?«

Es waren verführerische Gesichter, die sich ihr im Dämmerlicht zuwandten, charaktervoll; Colette, das sei aber ein schöner Name, sagte eine Frau, die im Schneidersitz auf dem Bett saß und ihr dunkles Haar mit einem Tuch mit Leopardenmuster zurückgebunden hatte. »Ich bin die Liz. Ich wünschte, ich hätte auch so einen echten Schriftstellerinnennamen wie du. Schriftstellerinnen, die Liz heißen, gibt's ja keine, oder? Zumindest noch nicht. Da bin ich bis jetzt die Einzige.«

Colette schlug Mrs Gaskell vor. »Die sieht allerdings nicht unbedingt so aus wie eine Liz.«

»Ach du meine Güte! Sie hat den Roman des 19. Jahrhunderts gelesen! Und woher kennen Sie den Master Nicky, Miss Colette? Du siehst mir nicht so aus, als ob du sein Typ bist. Er hat dich doch nicht vergewaltigt, oder? Bist du gekommen, ihm den Lohn der Sünde vor Augen zu führen?«

»Kennen Sie zufällig auch eine Phyllis?«

»Na klar kennen wir Phyllis. Jedenfalls soweit man Phyllis kennen kann. Warum?«

»Na ja, sie ist meine Mutter.«

Da waren alle einigermaßen baff. »Nein, im Ernst?«

Jemand stieß einen Pfiff aus: ein untersetzter Mann, faltiges Gesicht, lila Hemd, die gestrickte schwarze Krawatte gelöst, den Kragen aufgeknöpft, die brennende Zigarette zwischen den dicken Fingern, seinen Drink im Glas hin und her schwenkend. Er saß auf dem einzigen Stuhl und hatte die Ellbogen auf die Knie gestützt; die anderen saßen auf dem Boden oder auf Kissen. »Ich hätte es wissen müssen«, sagte er. »Weil, ich war doch mit bei ihr zu Hause, ihre Koffer holen. Ich hätte wissen müssen, dass da Kinder im Haus wohnen. Es hat nach Kindern gestunken. Aber es war noch zu früh am Morgen für mich, ich hab nix mitgekriegt.«

»Das ist mein Haus.«

»Wie alt ist Phyllis eigentlich?«, fragte Liz. »Wer hätte das gedacht, dass die kleine Frau irgendwo Kinder versteckt hat? Wie viele von eurer Sorte gibt es denn, um Himmels willen?«

»Komm doch rein, kannst ja hier auf sie warten«, sagte eine andere Frau. »Vor zehn Minuten war sie noch hier, sie kommt bestimmt bald wieder. Keine Ahnung, wo sie hin ist.«

»Wohnt sie hier?«

»Nein, nicht so richtig.«

Liz riss die Augen auf. »Na ja, aber manchmal schon, auf die eine oder andere Art. Ich meine, auf die sexuelle Art. Bist du jetzt schockiert, Colette?«

Sie sei von ganz alleine dahintergekommen, sagte Colette, kein Mensch habe ihr irgendwas gesagt. »Ich hab Nicholas sogar mal kennengelernt, er war mal bei uns zum Abendessen. Und dann hab ich ein bisschen zu Hause rumgestöbert, ich hatte einfach den richtigen Riecher. Sie hat seine Adresse ganz hinten ins Telefonverzeichnis geschrieben, winzig klein, damit es keiner sieht. Aber ich hab sie gefunden. Und jetzt bin ich hier.«

»Ist sie nicht köstlich?« Liz ließ den Blick von einem zum anderen schweifen. »Die geborene Detektivin.«

Sie klopfte auf die Tagesdecke, und da setzte sich Colette neben sie, ebenfalls im Schneidersitz, die Bettfedern hüpften quietschend auf und ab. »Darf ich vorstellen: Paul, Jenny, Sam, Raúl, Maggie, Ezekiel, Robert. Sam ist ein Musikgenie, Raúl ist komisch, er ist Brasilianer. Robert engagiert sich für die Freie Schule oder irgend so einen idealistischen Traumladen.«

»Scheißladen«, sagte Paul, der untersetzte Typ auf dem Stuhl.

»Robert kommt vom Lande, man sieht's ihm an, dass er ein Landei ist, die rosigen Bäckchen, er ist süß. Aber richtig Laute spielen kann er nicht. Raúl ist nicht süß, obwohl er hübsch aussieht. Er hat zu viele Drogen genommen, hat sich damit den Verstand versaut. Maggie war mal Debütantin, die war auf so einem Ball, wo man der Königin vorgestellt wird, jetzt schläft sie bloß noch um sich rum. Die ist wirklich der Meinung, unsereins sollte ihr die Stiefel putzen und die Unterhosen waschen. Aber da kannst du lange warten, Maggie!«

»Verpiss dich«, sagte Maggie träge. Mit ihrem schwarzen Stirnband mit der Schleife, dem glatten kastanienbraunen Haar und dem sehr weißen, schnurgeraden Scheitel war sie diejenige, die bei Colette diese Assoziation mit dem Gemälde heraufbeschworen hatte.

»Und was ist mit mir?«, sagte Paul. »Warum erzählst du ihr nicht, wer ich bin?«

»Weil wir ihr deinen Namen lieber nicht verraten wollen, Mann«, fiel ihm der, der Sam hieß, ins Wort. »Du bedeutest Unheil, ernsthaft. Das ist die Tochter von Phyl, wir müssen auf sie aufpassen.«

»Paul ist ein alter Lustmolch«, sagte Liz. »Den wollen wir lieber nicht in deiner Nähe haben.«

»Und außerdem bin ich der einzige richtige Künstler

hier im Raum«, sagte Paul. »Ihr andern seid nicht mal die Scheiße unter meinem Schuh wert.«

Colette war nicht klar, ob diese Leute hier das, was sie sagten, ernst meinten oder nicht. Sie beleidigten sich gegenseitig, aber alles in diesem ruhigen belustigten Ton; Colette wurde von der zwischen ihnen herrschenden Spannung gepackt und in Erregung versetzt, unter der Oberfläche brodelte es. Es wurde was zum Rauchen rumgereicht, als das Ding bei ihr vorbeikam, nahm auch sie einen Zug, obwohl sie bisher immer nur Zigaretten geraucht hatte. »Meint ihr, das geht in Ordnung?«, fragte Sam. »Nicht, dass ihre Ma nachher mit uns meckert.«

»Was geht das denn ihre Mutter an? Vergiss nicht, die hat ihre Kinder im Stich gelassen und ist mit ihrem Freund durchgebrannt. Also lasst das Mädel schön in Ruhe.«

»Ich sag ja bloß«, sagte Sam mit bühnenreifem Achselzucken.

Colette versicherte ihm, sie sei durchaus in der Lage, selber auf sich aufzupassen. Raúl, der Brasilianer, drehte unterdessen mit religiösem Eifer den nächsten Joint; allmählich wurde es zu dunkel, um noch irgendwas zu sehen, so zündeten sie Kerzen an, und schon glitten die Schatten an seinen schlanken braunen Fingern, dem hängenden Schnurrbart, dem langen Hals mit der Kinnlinie und den markant hervortretenden Wangenknochen entlang. Robert gab Sam die Laute, und der spielte zuerst was Elisabethanisches und dann irgendwas in Richtung Blues; die Musik verlieh der Stimmung im Zimmer Tiefe, gab ihr etwas Tragisches, etwas von Sehnsucht. Nichts war von Dauer, alles musste sterben, überall herrschte

Gewalt, also warum nicht zusehen, dass man noch ein bisschen Spaß hatte. Colette hörte ihm zu, und ihr war klar, warum die andern Sam in seinem gut sitzenden Anzug mit dem akkuraten Revers, mit seinen träge dreinblickenden Mandelaugen und seiner dicken schwarzen gewellten Tolle fast ehrfürchtig behandelten. Sein Talent machte ihn zu etwas Besonderem, und dabei wirkte er so sanft und locker. Sie zog immer wieder an dem Joint, jedes Mal, wenn er bei ihr vorbeikam. Als sie fragte, wie dieser Teil von London eigentlich heiße, sagte jemand, es sei der Grove, und ein anderer meinte, es sei das Gate. »Das Gate ist weiß«, erklärte Sam. »Der Grove ist schwarz.«

Die anderen protestierten: Stimmt ja gar nicht. Robert mit den roten Backen sagte, er könne mit diesen ganzen Definitionen überhaupt nichts anfangen. »Menschenskinder, lasst euch doch nicht auf dieses Spiel ein, lasst euch nicht auf die Politik ein. Da wird eine Armee aufgestellt, um eine andere zu bekämpfen.«

Sam lächelte verhalten und schaute seinen Fingern zu, die über die Saiten glitten. »Wenn ich eine Armee besäße, meinst du, ich würde meine Zeit damit verschwenden, dir zu zeigen, wie man dieses Ding hier spielt? Ich hab was gut bei dir, weil ich dir hier was beibringe.«

»Stimmt schon, Rob«, sagte Liz mitfühlend. »Die Laute steht dir ausgesprochen gut, bloß schade, dass du sie nicht spielen kannst.«

Maggie kam noch mal auf das Thema Armeen zurück und verkündete, dass sie alle Kriege hasse, worauf Paul aufstöhnte und den Kopf in den Händen vergrub. »O Gott, wie tiefgründig.«

»Ich bin eben ein tiefgründiger Mensch.«

»Ihr Vater ist Oberst«, sagte Liz. »Das verleiht der Sache noch mehr Tiefsinn.«

»Genauer gesagt Brigadekommandeur.«

»Die denkt, sie kann sich alles erlauben«, sagte Paul, »bloß weil sie solche zuckersüßen Titten hat.«

Maggie gab unumwunden zu, dass er recht hatte, sie seien wirklich zuckersüß. Kerzengerade, wie eine Tänzerin, saß sie auf ihren Kissen; das sehr tief ausgeschnittene grüne Samtkleid ließ ihre perfekt geformten kleinen weißen Brüste voll zur Geltung kommen. Paul beschwerte sich, sie halte sie ihm ja förmlich unter die Nase. Colette fragte Liz, ob sie tatsächlich Schriftstellerin sei, und Liz warf ihr daraufhin einen finsteren Blick zu und zündete sich mit einem silbernen Feuerzeug eine sehr dünne schwarze Zigarette an. Sie spürte, wie ihr Liz mit ihrem in einer dicken schwarzen Strumpfhose steckenden Knie einen Stoß ans Schienbein verpasste – einen Stoß, der weder kameradschaftlich noch sinnlich war, sondern eher provozierend, als würde sie sehen wollen, ob Colette klein beigab. Doch Colette dachte gar nicht daran, klein beizugeben; sie stieß zurück. »Mach, was du willst«, sagte Liz, »aber komm bloß nicht an und sag mir, du willst schreiben.«

»O nein. Zumindest hab ich es nicht vor.«

»Na, Gott sei Dank, immerhin etwas.«

Nach einer Weile verstand Colette nicht mehr, was die Leute genau sagten, sondern nur noch den Kern eines langen Lamentos, es ging um eine Fehde zwischen zwei Gruppen, um den Diebstahl irgendwelcher Unterlagen und einer Schreibmaschine, irgendwas mit einer Zeitschrift, wobei die eine Gruppe meinte, die andere habe sich verkauft, das ganze Ding sei viel zu angepasst geworden. »Dem hat einer Methamphetamin in den Drink getan«, erklärte Maggie empört mitten in irgendeiner Schnurre, und Colette musste lachen, weil sie es komisch fand, dass sich Maggie in ihrem geballten Zorn genauso anhörte wie ihre Schuldirektorin an der Otterley High, wenn sie sich darüber echauffierte, dass die unteren Klassen außerhalb der Schule nicht ihre Hüte trugen. Das erinnerte sie an zu Hause und daran, dass sich ihr Vater womöglich Sorgen machte. Unsicher stand sie vom Bett auf.

»Ist das denn okay, dass die hier so alleine rumläuft?«

»Weißt du überhaupt, wie du wieder zurückkommst, Colette?«

»Wo steckt eigentlich Phyllis? Warum ist sie nicht hier?«

Colette erwog, den Fahrstuhl zu nehmen, traute sich aber nicht. Also ging sie ganz langsam die schön geschwungene Steintreppe hinunter, die jetzt unter ihren Füßen nachzugeben und schwindelerregend vor ihr in die nahe Dunkelheit zu entschweben schien – bei den meisten der lilienförmigen Glaslampen im Treppenhaus waren die Glühbirnen kaputt. Die alte Dame war verschwunden. Colette war fast am letzten Treppenabsatz vor dem Parterre angekommen, als sie plötzlich über sich einen Aufruhr bemerkte, etwas, das eindrang in die konzentrierte Stille, mit der sie einen Fuß vor den anderen setzte.

»Halt, warte, warte! Warte doch, Colette!«

Absatzklappernd, mit der Hand gerade noch das Geländer streifend, kam ihre Mutter die Treppe heruntergerannt. »O nein, das ist ja nicht zu fassen«, rief sie weinend. »Ich kann es gar nicht fassen, dass du mich gefunden hast. Wie hast du das denn nur gemacht? Aber du bist ja so schlau, ich hätt es wissen müssen. Warte auf mich, mein Schätzchen.«

Sie streckte die Arme aus, und schon war Colette umfangen von der Wärme und dem Duft ihrer Mutter, von ihrem weichen Fleisch. Sie setzte sich abrupt auf die Treppe, und Phyllis setzte sich neben sie und hielt sie fest.

»Ich hätte wissen müssen, dass du mich finden würdest, ich hätte dir vertrauen müssen. Ich hab so eine Wut auf diese ganze Bande! Warum haben sie mir nicht gesagt, dass du da bist? Ich war doch bloß ein paar Türen weiter, bei meiner Freundin war ich, hab sie abgehört, für ihre Prüfungen.«

»Was für eine Freundin? Welche Prüfungen?«

»Sie ist Krankenschwester. Was hast du denn da an? Ist das nicht meine Jacke? Ich habe mich schon gefragt, wo die abgeblieben ist. Steht dir gut. Du bist so ganz anders, Colette, so erwachsen. Aber wie du aussiehst! Was haben sie denn mit dir angestellt? Ich werd dich nach Hause bringen müssen. Kannst du mir verzeihen, dass ich dir nichts gesagt hab? Ich wusste einfach nicht, wie ich's dir sagen soll.«

»Ich dachte, du wohnst hier.«

»Am Anfang habe ich auch hier gewohnt, aber jetzt hab ich eine eigene Wohnung. Ganz in der Nähe. Hier ist es wirklich zu schmutzig, niemand putzt die Toiletten. Nicky wäscht nie die Bettwäsche, das glaubst du nicht! Es gibt jedes Mal Krach, wenn ich sein Bettzeug abziehe, um's in die Wäscherei zu bringen. Aber ich hab eine nette kleine Wohnung, dort wird es dir gefallen, Col. Wir rufen wohl mal lieber deinen Vater an, damit er weiß, dass du in Ordnung bist. Dann hast du also Liz kennengelernt. Ich bin da heute Abend weg, auch weil sie so ein Ekel war.«

»Ist die eifersüchtig auf dich und Nicky oder so?«

»Liz interessiert sich nicht für Männer, nicht auf diese Art. Sie ist … na, du weißt schon, sie mag lieber Frauen. Aber mich kann sie nicht leiden. Sie findet, dass ich geistlos bin und vornehm tue. Sie hat dauernd irgendwas an mir rumzukritteln. Aber Sam ist sehr nett, nicht wahr? Hast du ihn spielen hören? Kannst du laufen? Du wirst mir doch nicht krank?«

»Nein, ich glaub nicht.«

»Ich fass es nicht, die haben dir das Zeug zu rauchen gegeben.«

»Rauchst du's denn auch?«

»Ja, aber ich bin mittlerweile dran gewöhnt. Du darfst niemandem was davon sagen, wir verstecken es unter den Dielen.«

Sie traten hinaus auf die Straße, Phyllis hatte Colette untergehakt und führte sie, behielt sie liebevoll besorgt im Auge, strich ihr hin und wieder das Haar aus der Stirn und redete ihr gut zu, sie solle weitergehen. Es war nicht mehr weit. Colette wurde ruhiger, aber ihr war, als sei die Nacht mit lauter Spinnweben durchwirkt, die ihr Gesicht streiften. Sie überließ sich der Führung ihrer Mutter und akzeptierte in diesem seltsamen, traumähnlichen Zustand, dass Phyllis offenbar genau wusste, wo sie langgehen mussten, und sich so erstaunlich sicher durch diese unwirklichen Straßen bewegte. An einer Ecke gab es eine Telefonzelle, bei der der Hörer an der Schnur herunterbaumelte, das Licht nicht funktionierte und aus den Telefonbüchern Seiten rausgerissen waren. »Normalerweise geht es trotzdem«, sagte Phyllis beruhigend, nahm den Hörer ab und horchte. Colette lehnte sich draußen an die Wand: Der Apparat funktionierte, und ein Telefonbuch brauchte ihre Mutter natürlich nicht, sie wählte einfach in der Dunkelheit ihre alte Nummer. Als Roger abnahm, drückte sie ihre Sixpence-Münze herunter und sprach in ihrem gewohnten Ton, so munter und vergnügt, als hätte es nie einen Bruch zwischen ihnen gegeben. »Nein, nein, es geht ihr gut, sie kann bei mir bleiben. Ich wollte nur nicht, dass du dir Sorgen machst. Ich kann jetzt nicht reden, Roger. Ich will mit ihr nach Hause. Wir können jetzt nichts besprechen.«

Während Colette vor der Telefonzelle wartete, beobachtete sie die eiligen Passanten, die ihre Hüte tief ins Gesicht zogen, ein betrunkenes Mädchen, das aus einem Café geschubst wurde, worauf drinnen das Licht ausging, eine Gruppe Kinder, die längst ins Bett gehörten, aber noch auf dem Bordstein kauerten, die Köpfe zwischen den dürren Knien, aufgeregt, wenn auch gedämpft, durcheinanderschrien und offenbar mit irgendetwas spielten, das da im Rinnstein war. In ihrem Haschtraum stellte sie sich vor, dass sie durch die Glasscheibe in der Tür der Telefonzelle die Stimme ihres Vaters hörte, wenn auch nicht seine Worte, sondern nur ein unzufriedenes, schweres Grollen am anderen Ende der Leitung. Hier hatten Rogers Autorität und sein vernünftiges Auftreten ihr Gewicht verloren und konnten sie nicht mehr so wie sonst beschützen. Als Phyllis auflegte und die Maschine ihre Münzen schluckte, grollte er immer noch; besorgt kam sie heraus und gab Colette einen Kuss. »Wir sind gleich da.« Sie trug ihren alten Wintermantel offen und hatte einen bedruckten Schal um den Hals gewickelt; ihr Haar war lang, sie hatte neuerdings einen Pony und die Wimpern starrten von Wimperntusche. Das war ein ganz neuer Look, der gut zu ihrer neuen Umgebung passte.

Vor einem Haus in einer breiten Straße, die ruhiger war und einen langen, von Bäumen flankierten Grünstreifen in der Mitte hatte, blieben sie stehen; Phyllis schloss die Tür auf und ließ Colette eintreten. Das Treppenhaus war nicht besonders sauber, aber Phyllis' Zimmer im ersten Stock war ganz beeindruckend und hatte Stil, besonders, nachdem sie Licht gemacht und den Petroleumheizer eingeschaltet hatte: hoch und kahl, kein Teppich, keine Vorhänge an den bodentiefen Fenstern. An der einen Wand, gegenüber dem großen Kamin, lehnte ein riesiger Spiegel mit vergoldetem Rahmen, um den die Ranken eines Philodendrons drapiert waren; die modernen Lampen hatten Füße wie verbogene Kleiderbügel und weiße Papierkugeln als Schirm; auf dem Boden Stapel von Büchern und Papier und die lebensgroße Bronzeskulptur eines sich kratzenden Hundes. »Ist er nicht wunderschön?«, rief Phyllis. »Das ist mein kleiner Liebling. Eigentlich gehört er mir gar nicht. Leider. Paul hat ihn mir nur überlassen, bis er ihn verkaufen kann. Paul hast du ja vorhin bei Nicky im Zimmer gesehen; er ist richtig berühmt und verkauft seine Sachen über eine der großen Galerien. Etwas älter als der Rest, dunkles Haar und ziemlich klein, mürrisch.«

»Den fand ich furchtbar«, sagte Colette, obwohl Paul mit seinen kratzbürstigen, unhöflichen Bemerkungen sie eigentlich interessiert hatte.

»Er geht ganz in seiner Kunst auf, das ist für ihn das Einzige, was wirklich zählt. Und er kann sehr lustig sein. Aber für Frauen hat er nicht so viel übrig, er hält sie für frivol. Beziehungsweise, er mag sie nur in einer Hinsicht. Ich weiß ja, du bist nicht frivol, ich aber schon.«

Phyllis ging hinter einen Wandschirm an einem Ende des Zimmers. »Guck mal, und das hier ist meine kleine Küche«, rief sie. »Das Bad ist nebenan, falls du mal Pipi musst, ich teil's mir mit dem Typ von obendrüber, der wird dort manchmal ohnmächtig, drum hab ich das Schloss ausbauen müssen. Ich setz mal Teewasser auf. Hast du Hunger, mein Schätzchen? Ich könnte dir einen Toast machen. Mal was andres als zu Hause, nicht wahr? Aber wie du siehst, ich freu mich so sehr. Du schaust toll aus, Col, wie schlank du geworden bist! Und ohne die Brille!«

»Kannst du bitte mal aufhören mit diesem Thema.«

Während ihre Mutter in der Küche war, schaffte Colette es – allerdings nicht ohne sich dabei ungeschickt mit dem Finger ins Auge zu piken –, die Kontaktlinsen herauszunehmen und sie in das kleine Etui zu stecken.

»Schon gut, ich hör ja schon auf, ich sag ja nur, wie attraktiv du aussiehst.«

»Halt die Klappe, Mum. Ich will noch nicht mal attraktiv sein.«

Phyllis machte zwei Tassen Tee. Es gab ein paar spillerige Stühle, und auf dem Boden lag eine Matratze mit jeder Menge übereinandergestapelter Kissen darauf; dort nahm sie neben ihrer Tochter Platz. »Du wirst mit mir zusammen im Bett schlafen müssen, Liebes. Ich leih dir was, das du als Nachthemd nehmen kannst.«

»Das hier ist dein Bett? Habt ihr denn kein Schlafzimmer? Und was ist mit ihm, schläft er nicht mit hier?«

Nicky schlafe manchmal bei sich zu Hause, erwiderte Phyllis.

»Seid ihr beide denn nicht verliebt oder so?«

»So was in der Art.«

Sie half Colette beim Ausziehen und holte ihr ein weites Shirt, das sie zum Schlafen tragen konnte. »Vielleicht komm ich ja her und wohn bei dir«, sagte Colette vage, als ihr Kopf auf dem Kissen lag und sie die Augen zugemacht hatte. »Weil, zu Hause ist es einfach schrecklich. Wirklich schrecklich, Mum.«

»Und was ist mit der Schule?«

»Mit der Schule bin ich fertig.«

Ihre Mutter strich ihr beruhigend übers Haar. »Schon gut, ich verstehe.«

»Richtig schlimm gefehlt haben wir dir anscheinend nicht, wenn du jetzt so glücklich bist.«

»Ich bin nicht immer glücklich«, gestand ihr Phyllis leise irgendwo dicht an ihrem Ohr. »Du hast mir schon gefehlt, du ahnst gar nicht, wie sehr. Und Nicky ist kein so guter Mensch wie dein Vater. Er ist sehr jung, er ist unreif, er ist manchmal sehr egoistisch. Er schläft mit anderen Frauen, aber ich liebe ihn. Hier ist eben alles anders. Ich sehe alles anders.«

»Hat er mit Maggie geschlafen?«

Erschrocken hielt sie inne mit Streicheln. »Mit Maggie? Was? Nein, mit der nicht, glaub ich jedenfalls.«

»Zuckersüße Titten.«

Phyllis war empört, musste aber trotzdem lachen. »Hat Paul das gesagt?«

Colette nickte.

»O Gott, was wohl dein Vater denken würde! Nein, Nicky kann Maggie nicht ausstehen, ich glaube nicht, dass sie diejenige ist. Aber man kann nie wissen. Zuckersüße Titten. Für einen Mann bedeutet das schon eine Menge. Aber jetzt schlaf.«

Colette lag da und hörte zu, wie ihre Mutter sich im Zimmer bewegte, sich auszog und ihre Sachen zusammenlegte, die Petroleumheizung herunterdrehte und das Licht ausmachte. Sie hatten nicht mehr zusammen in einem Bett geschlafen, seit Colette einmal Fieber hatte, damals in Kairo, aber da war sie noch ganz klein. Und doch, als Phyllis unter die Decke gekrochen kam, waren ihr die Lebenswärme und der Geruch ihrer heißen Haut auch in der fremden Umgebung zutiefst vertraut: die unmittelbare, nächste Nähe ihres Körpers, die zarten Wirbel des gewölbten Rückens unterm knappen Nachthemd. Aber jetzt, da es einen Liebhaber gab, hatte dieser Körper eine neue, eine andere Bedeutung. Colette gab schüchtern acht, dass sie ihre Mutter nicht berührte. Ihr war aufgefallen, wie beflissen Phyllis sich um sie gekümmert hatte, als sei sie es ihrer Tochter einfach schuldig, sich mit einer solchen Ausschließlichkeit auf sie zu konzentrieren. Und dennoch spürte sie an der Schwelle zum Vergessen ein angespanntes Unbehagen, weil ihre Mutter sie noch nicht nach Hugh gefragt hatte. Sie lagen beide wach im Dunkeln, ohne etwas zu sagen. »Wie kommt Hughie denn zurecht?«, flüsterte Phyllis schließlich, als sie vermutlich glaubte, Colette sei bereits eingeschlafen. Doch diese flüsterte zurück, es gehe ihm gut, das Internat scheine ihm zu gefallen. »Hat er von mir gesprochen?«, fragte Phyllis nach einer Pause. Colette wusste nicht, was sie darauf antworten sollte, also sagte sie die Wahrheit. »Er sagt, er hasst dich.«

Als Colette am Morgen aufwachte, wusste sie sofort, dass ihre Mutter schwanger war. Dass etwas anders war an ihr, hatte sie gestern Abend schon bemerkt, war jedoch zu benommen gewesen, um zu begreifen, was genau ihr auffiel, als Phyllis ihren Mantel auszog; die kleine Wölbung war noch kaum zu sehen.

Phyllis war bereits aufgestanden und angezogen und brutzelte in der Kitchenette Speck.

»Du bekommst ein Baby«, sagte Colette vorwurfsvoll, als sie in der Lücke zwischen der mit dem Paravent abgeteilten Kochnische und dem Rest des Zimmers stand; eines der bodentiefen Fenster war zehn Zentimeter hochgezogen, sie spürte die kühle Morgenluft an ihren Füßen. Das Shirt, in dem sie geschlafen hatte, war zu kurz, Colette zerrte es hinten runter, doch es reichte trotzdem nicht über den Po, was sie als demütigend empfand.

Ein Lächeln – selbstzufrieden, freudig – flackerte im Gesicht ihrer Mutter auf, während sie sich mit den Speckscheiben zu schaffen machte. »Du bist zu schlau für mich. Du findest alles raus. Ich hab gedacht, man kann es noch nicht sehen.«

»Weiß der Wie-heißt-er-noch-mal schon Bescheid?«

Phyllis verteilte den Speck auf den Tellern, die sie unterm Grill warmgehalten hatte, und schlug dann die Eier in die Pfanne. »Nicky ist nicht glücklich darüber.« Sie lachte, als würde sie das lustig finden. »Er will natürlich noch kein Kind, obwohl ich ihm versichert habe, dass ich mich um alles kümmern werde und er überhaupt nichts zu tun braucht. Wir hatten sogar einen ziemlichen Streit. Er dachte immer, ich sei zu alt, hat er gesagt – ich meine, um schwanger zu werden. Das hatte ich, offen gestanden, auch gedacht. Darum hab ich ja auch nichts getan, um zu verhüten. Ist das zu hart für dich, mein Liebes, wenn ich mit dir über so was rede? Da ist er einfach weggerannt und hat bei Liz übernachtet.«

»Hast du nicht gesagt, Liz steht auf Frauen?«

»Manchmal macht sie's auch mit Männern. Wahrscheinlich hat sie's nur getan, um mich zu ärgern. Ich bin sicher, dass Nicky zuerst gedacht hat, ich bilde mir was ein und dass das mit dem Baby so eine Art weibliche Hysterie ist – du weißt schon, wegen der Wechseljahre und so. Aber ich bin jetzt in der Entbindungsklinik angemeldet, das steht schon mal fest. Was soll's, er wird sich an den Gedanken gewöhnen. Und ich bin so froh. Es ist eine neue Freude in meinem Leben. Du bekommst noch einen kleinen Bruder, Col.«

»Ich will aber nicht noch einen Bruder.«

Phyllis sagte, in der ersten Zeit sei ihr ständig schlecht gewesen, aber jetzt habe sie einen Riesenappetit und müsse aufpassen, dass sie nicht aus dem Leim gehe; sie habe ständig Heißhunger auf rohen Kohl, und wenn sie sich nicht zusammennehme, könne sie einen ganzen Kohlkopf aufessen. »Dieser kleine Wicht ist zäh, um den hab ich keine Angst. Ich fühl mich so stark, Colette! Es ist wie ein Wunder, seit ich hier wohne, hab ich diese schlimmen Kopfschmerzen nicht mehr. Jetzt ist mir klar, dass ich früher nur darum so oft krank war, weil so vieles falsch gewesen ist in meinem alten Leben.«

»Woher weißt du eigentlich, dass es ein Junge ist?«

Weil sie die alte Frau unten im Parterre gefragt habe, sagte Phyllis, die Wahrsagerin. »Und außerdem, ich weiß es eben.«

Zum Frühstück setzten sie sich aufs Bett und stippten das Eigelb mit Brotstücken auf. Phyllis versuchte ihrer Tochter zu erklären, warum sie jetzt so anders war. Im März sei sie zum Beispiel bei den Vietnam-Demonstrationen am Grosvenor Square mit dabei gewesen. »Vielleicht hast du mich ja sogar im Fernsehen gesehen, in den Nachrichten. Irgendjemand hat gesagt, er habe mich gesehen. Mir war natürlich klar, was Roger davon gehalten hätte.«

Die Nachrichten seien langweilig, sagte Colette.

»Es ist aus dem Ruder gelaufen«, erklärte Phyllis. »Nicky hat was darüber geschrieben, und das, was er dazu zu sagen hatte, hat einer Menge Leuten nicht gefallen, aber es war die Wahrheit: Ein paar von den Linken haben die Gewalt provoziert, um sie für ihre eigenen politischen Zwecke auszunutzen, ohne sich darum zu scheren, ob in der Menge jemand verletzt wurde. Sie haben die Polizisten mit Kugellagerkugeln beworfen, haben ihre Transparente als Lanzen benutzt und sie damit vom Pferd zu stoßen versucht. Aber auch für die Polizei war's teilweise bloß ein großes Spiel. Das hat mir die Augen geöffnet. Sie haben uns absichtlich auf den Platz getrieben und uns dort eingekesselt und verhöhnt. Wir haben uns unter die Bäume geflüchtet, weil, da konnten sie nicht hin mit ihren Pferden und uns niederknüppeln. Eine junge Frau, die ich kenne, ist von einem Polizisten getreten worden, sie war blutüberströmt.«

»Das hört sich ja idiotisch an.«

»In Otterley ist auch nicht alles so, wie's scheint. Der Staat ist nicht der große Wohltäter, Col, er ist gewalttätig. Er ist nicht dazu da, die Menschen zu beschützen. Die Politiker greifen überall auf der Welt zur Gewalt, um das Großkapital zu unterstützen und die Gier der Wirtschaft.«

»Dann bist du also Kommunistin, oder was?«

»Nicky sagt, ich bin mittlerweile revolutionärer als er. Auch wenn ich die Ideen noch nicht in ihrer ganzen Komplexität begriffen habe, sehe ich doch trotzdem, dass unsere Art zu leben falsch ist und dass es ein besseres System geben muss.«

»Das einzige Problem am Kommunismus ist die menschliche Natur«, äffte Colette mit verstellter Stimme ihre Geschichtslehrerin nach, die sie zwang, Passagen aus dem Trevelyan abzuschreiben.

»Aber vielleicht ist es ja auch so, dass der Kapitalismus die menschliche Natur deformiert«, meinte Phyllis.

Wie konnte sie sich so verändert haben und trotzdem noch dieselbe sein? Colette fand alles, was sie sagte, total aufregend und gleichzeitig peinlich. Eine alte Welt war am Zerbröseln; musste nicht der neue Erfahrungskontinent mit seinen Perspektiven, die so schwindelerregend anders waren, und seinen berauschenden Freiheiten auch frei von ausgetretenen Pfaden sein? Und doch sah sie überall vor sich im Sand die Fußstapfen ihrer Mutter. Bevor Colette noch dazu kam, die neue Welt zu entdecken, hatte Phyllis schon von ihr Besitz ergriffen und modelte sie um, getreu dem uralten Mysterium der Weiblichkeit, dem ewigen Drama ihres Selbst und ihres Körpers.

Hugh war allein zu Hause und sortierte gerade die neuen Briefmarken in sein Album ein, als seine Tante Marnie an der Tür läutete. Er wusste, dass sie es war, denn als es geklingelt hatte, war er auf Strümpfen ins Schlafzimmer seiner Eltern gehuscht, hatte, hinter den Vorhängen versteckt, geschaut, wer da war, und erschrocken und entsetzt seine dicke Tante erkannt, die, in einem weiten khakifarbenen Regenmantel und mit einem Regenhut auf dem Kopf, auf der Treppe zur Veranda stand und sich mit der behandschuhten Hand an dem lackierten Geländer festhielt. Soweit sich Hugh erinnern konnte, war Marnie noch nie hierhergekommen, ohne ausdrücklich eingeladen worden zu sein. Der in Otterley lebende Teil der Familie fuhr immer in das Haus nach Guildford, wo Grandma Fischer quasi zum Inventar gehörte; nur ein-, zweimal im Jahr ließ Marnie sich in langen Verhandlungen dazu überreden, sonntags zum Essen nach Otterley zu kommen.

Hugh dachte gar nicht daran, seiner Tante die Tür zu öffnen, doch als er sie heimlich aus seinem Versteck beobachtete und darauf wartete, dass sie enttäuscht den Rückzug antrat, drehte sie plötzlich mit gespenstischer Schnelligkeit – wie ein Zombie, dachte er – den Kopf und spießte ihn mit ihrem Blick am Fenster auf. Er hätte darauf gefasst sein müssen, denn seine komische Tante galt zwar als erwachsen, hatte sich aber einen Rest kindlicher Hinterlist bewahrt – sie zwickte einen heimlich, spielte Leuten Streiche und bekam immer alles mit, was gar nicht für sie bestimmt war. Jetzt forderte sie Hugh hektisch gestikulierend auf, sie einzulassen. Erwischt! Er zuckelte über den Läufer bis zur Treppe und hüpfte in der stillen Luft, deren ungestörte Ruhe und Verschwiegenheit sich nun, da Marnie hier eingedrungen war, noch samtiger anfühlte, zögernd eine Stufe nach der anderen hinunter. Es war sein letzter Tag, bevor er wieder aufs Internat musste. Roger war noch auf der Arbeit, Colette war weggegangen, keine Ahnung, wohin, sie hatte bloß irgendwelche geheimnisvollen Andeutungen gemacht. So ganz allein hier, war ihm das Haus vorgekommen wie ein Ozean, geschüttelt vom Wind und vom Regen da draußen, und zwischen ihm und der grauen Linie des morgigen Tages, vorn am Horizont, Meere von Zeit. Er machte die Haustür einen Spalt auf, hielt sich an der Kette fest, die er vorhin extra vorgelegt hatte, und sah vor sich nichts als einen khakifarbenen Regenmantel; weiter nach oben als bis zu der Scotchterrierbrosche, die seine Tante am Revers trug, schaute er lieber nicht.

»Na und nun? Willst du mich denn nicht reinlassen?«, fragte Marnie mit schelmischem Grinsen.

»Das hat eigentlich gar keinen Sinn«, sagte Hugh. »Außer mir ist niemand da.«

»Ja, prima, Hughie, zu dir wollt ich ja gerade.«

»Aber du hast mich doch neulich erst gesehen«, protestierte er nüchtern. »Als wir zum Mittagessen bei euch waren.«

»Ich will alles über dein Internat wissen. Du hast uns kaum was erzählt.«

»Da gibt es auch nichts zu erzählen. Es ist genauso, wie man es sich vorstellt.«

Er überlegte, ob er die Tür rasch zudrücken sollte, wie ein kleiner Schlauberger in einem Zeichentrickfilm, und dann die Finger in die Ohren und sich in seinem alten Versteck im Schrank unter der Treppe verkriechen, bis sie weg war. Doch Marnie stemmte sich mit aller Kraft seitlich gegen die Tür und zeterte, er könne sie ja wohl nicht im Regen stehen lassen, wo sie doch extra mit dem Zug gekommen sei. »Mach auf, Hugh, mach dich doch nicht lächerlich. Was wohl dein Vater sagen würde?«

Mit der Resignation eines Erwachsenen schob Hugh die Kette zurück und trat nach hinten in die Diele, während sich seine Tante in einer Mammutaktion ihrer Sachen entledigte: Die durchnässten Kleidungsstücke drapierte sie an der Flurgarderobe, schüttelte den Hut ab, stellte den Regenschirm auf die Veranda, um ihn gründlich abtropfen zu lassen, zog die Stiefel aus und die in einer Tasche mitgebrachten Schuhe an. Sie schnaufte vor Anstrengung, ihre Backen bebten, sie hatte rote Hitzeflecke auf den Wangen und wischte sich mit einem Taschentuch den nassen Hals. »Du solltest aber nicht auf Socken rumlaufen«, sagte sie.

Hugh sah überrascht auf seine Socken runter. Bis sie da war, hatte er alles um sich herum vergessen, und als sie einander jetzt in der Diele gegenüberstanden, hatte er nicht die leiseste Ahnung, was er mit seiner Tante anfangen sollte – vermutlich ihr einen Tee anbieten, aber er wusste ja gar nicht, wie man Tee kocht. Zum Glück kümmerte sich Marnie selbst um den Tee, machte sich entschlossen in der Küche mit Wasserkocher und Teebüchse zu schaffen und öffnete alle möglichen Dosen auf der Suche nach Keksen, weil sie, wie sie sagte, kurz vorm Zuckerschock sei. Hugh mochte eigentlich keinen Tee, aber als Buße schickte er sich drein. Sie setzten sich mit ihren Tassen an den Küchentisch, wo Marnie in ihrer steif aufrecht stehenden schwarzen Handtasche nach Zigaretten kramte und den Verschluss dann mit hohlem Klicken zuschnappen ließ. »Dass das hier kein Zuhause ist, das sieht man schon«, sagte sie, zündete sich eine Zigarette an und schüttelte das Streichholz aus. Hugh holte ihr den braunen Krönungsaschenbecher; die darauf abgebildeten Tiere kannte er auswendig – Elefant, Kiwi, Biber, Känguru, Elenantilope.

Man könne es dem Mädchen nicht verdenken, fügte sie noch hinzu.

»Welchem Mädchen?«

»Na der, die hier putzt und kocht.«

»Sie heißt Verey«, sagte Hugh.

Seine Tante entspannte sich bei ihrer Zigarette; sie ließ den Blick umherschweifen und hatte ihre wie zwei schwarze Perlen glänzenden Augen überall. Wie ein Koloss saß sie da in ihrem dunkelblauen Kostüm, irgendwie unpassend so im Herzen des Hauses, verschluckte das regennasse Licht und versperrte Hugh den Blick durchs Fenster, wobei sie das Gebirge ihres furchterregenden Busens mit Zigarettenasche bestäubte. Die sonnigen Farben der Küche sollten Optimismus und Fröhlichkeit verbreiten, doch wenn er sie mit Marnies Augen sah, waren sie albern und verwaschen.

»Also, was ist los, Hugh, wo sind die denn alle?«

Sie konnte nicht wie ein normaler Mensch reden, sondern musste immer alles förmlich herausposaunen, und manchmal summte sie zwischen zwei Sätzen so komisch vor sich hin, als ob sie nicht ganz bei Troste war. Er und Colette konnten sie perfekt nachmachen.

Unbekümmertheit vortäuschend, baumelte Hugh mit den Beinen. »Ach so, du meinst meine Familie? Also mein Vater ist auf der Arbeit, meine Schwester ist in die Stadt gefahren. Und ich bin hier, wie man sieht. Ich müsste allmählich wieder an mein Briefmarkenalbum gehen, ich hab nämlich noch einen Haufen Arbeit.«

Heute war sein *letzter Tag*, zwei Wörter, die er nicht einmal zu denken wagte.

»Und deine Mutter? Wo ist die? Sag nicht, sie ist in Leamington, da ist sie nicht, das weiß ich ganz genau. Ich hab nämlich dort angerufen.«

Hugh zuckte die Achseln, als würde ihn das nicht sonderlich interessieren. »Na ja, ich habe sie ja eh nicht so oft gesehen, ich war ja auf dem Internat.«

»Ach, hör doch auf.«

Unhöflich wie ein junger Bengel war sie, eine Frechheit! Hugh war dermaßen beleidigt, dass ihm der kochend heiße Tee hochkam. Andererseits, warum sollte er seine Zeit damit vergeuden, seine Mutter in Schutz zu nehmen? Schließlich war es Phyllis' Schuld, dass Marnie hier bei ihnen am Küchentisch sitzen konnte, dass sie ihn drangsalierte und ihm seine letzten paar Stunden in Freiheit stahl. Warum sollte er seine Mutter nicht einfach verraten? Er *wollte* sie verraten, sie hatte es verdient. Sie war genauso fies wie seine Tante, gleiche Brüder, gleiche

Kappen, oder gleiche Schwestern halt. »Ich nehme an, sie lebt mit jemand anders zusammen«, sagte er ruhig, als sei es die normalste Sache der Welt.

Marnie sah ihn triumphierend durch den Rauch ihrer Zigarette hindurch an. »Wusst ich's doch! Ich hab's gewusst, dass es einmal so kommen wird. Ich hab immer gewusst, dass sie nicht die Richtige ist für Roger. Armer Roger: Sie hat nicht sein Niveau, das war uns von Anfang an klar. Ich hab Großmutter noch nichts gesagt, aber das wird ihr das Herz brechen. Und wissen wir vielleicht auch, wie dieser Jemand heißt?«

Ihm war der Name piepegal. »Ich glaube, er heißt Nicholas Knight.«

Das ließ sie innehalten. Sie wurde plötzlich puterrot und knallte ihre Tasse so heftig hin, dass der Tee auf die Untertasse schwappte. »Wirst du mich wohl nicht so dreist anschwindeln!«, rief sie. »Woher kennst du überhaupt diesen Namen?«

Jetzt herrschte offene Feindschaft zwischen ihnen. Hugh, darauf gefasst, dass sie ihm den Arm umdrehen oder ihm sonst irgendwie wehtun könnte, stand von seinem Stuhl auf und kam trotzig auf sie zu – fast wünschte er sich, dass sie ihm wehtat. »Du hast mich doch gefragt!« Er kochte vor Wut. »Also hab ich's dir gesagt. Nicholas Knight war hier. Ich hab sie zusammen gesehen.«

7

Dass Phyllis schwanger war, erfuhr Roger von Colette. Colette hatte ihre Mutter gefragt, ob sie es ihm sagen solle. Und die hatte gesagt: »Warum denn nicht?« Für ihn war diese Eröffnung einfach nur grauenvoll, und er trug schwer an dem geheimen Wissen. Es kam ihn mächtig bitter an, obwohl er sich vor seiner Tochter nichts anmerken ließ, sondern sich ihr gegenüber stets kühl, gefasst und resigniert gab. Aber es wurmte ihn, dass Phyllis bei ihm so schwer schwanger geworden war, und jetzt – in dieser Lage, die in ihrer schicksalhaften Verwicklung einer griechischen Tragödie glich, obendrein in ihrem Alter, und mit diesem Jungen, seinem Jungen – war sie's einfach so geworden, ganz lässig, wie eine naive junge Göre. Er schrieb an Jean und teilte es ihr mit und sagte auch, dass damit alle ihre Pläne hinfällig seien. *Jetzt können wir natürlich nichts mehr unternehmen, um sie auseinanderzubringen. Tatsächlich können wir überhaupt nichts unternehmen. Damit sind wir lahmgelegt. Ich werde Anne nicht bitten, zu ihr zu gehen.* Er traute sich nicht zu, mit Jean am Telefon darüber zu reden, und hielt es, zumindest vorerst, für besser, dass sie sich auch nicht persönlich trafen. Er stellte sich vor, wie sein Brief auf Cressing eintraf und Jean mit ihrer Intuition sogleich, noch eh sie ihn geöffnet hätte, wissen würde, dass er schlechte Nachrichten enthielt. Vielleicht brächte ihre Haushälterin ihn ihr an das wacklige kleine *Escritoire* in ihrem *Boudoir*, wo sie im matten Frühlingssonnenschein säße – falls es dort wirklich ein *Boudoir* gab oder ein *Escritoire* oder Sonnenschein. Er erinnerte sich kaum an irgendwelche Einzelheiten in dem Haus. Wenn der Brief ankäme, wäre sie gerade dabei, Rechnungen zu begleichen, Schecks zu unterschreiben, mühsam, mit einem schweren alten Füllfederhalter. Rein materiell hatte Roger keinerlei Interesse an Cressing – es wäre ihm sogar sehr recht gewesen, wenn Jean das Haus verkauft hätte und sie zusammen in eine Schutzhütte in Schottland gezogen wären. Doch die Vorstellung, die er von ihrem zurückgezogenen Leben hatte, verband sich in seiner Phantasie untrennbar mit Cressing. Dieses Bild, das er sich von ihrer Abgeschiedenheit und ihrer Weltferne machte, ärgerte ihn schon fast.

Colette fing an, zwischen ihren Eltern hin- und herzupendeln. Wenn Roger ihr deswegen Vorhaltungen machte, verwies sie darauf, dass sie seit ihrem ersten Besuch bei ihrer Mutter wieder wesentlich häufiger in die Schule gegangen war. Sie war gerade drauf und dran gewesen, die Schule ganz hinzuschmeißen, aber dann war sie doch wieder hingegangen und hatte sich ernsthaft Mühe gegeben – obwohl, im Grunde war es ja für sie ein Kinderspiel –, ihren Stoff zu schaffen. In Französisch legte sie Listen mit den Namen von Vögeln, Bäumen und Gemüsesorten an und übte idiomatische Wendungen für die mündliche Prüfung. In der Abteilung Nachschlagewerke der Bibliothek von Otterley las sie sich alle möglichen Bücher über die Französische Revolution und die Restoration durch, auch über die Parlamentsreform und die wiederkehrenden sozialen Unruhen und deren Unterdrückung im England des 19. Jahrhunderts. Sie hatte das Gefühl, dass sie ihr Hirn die ganze Zeit immer weiter vorwärtsjagte, es mit jeder Menge Einzelheiten fütterte, um sich einen kritischen Überblick zu verschaffen – um das Gelernte zu beherrschen und zu kontrollieren, und nicht, wie die andern Mädchen, lediglich die Flut von Informationen über sich ergehen zu lassen. Warum sollte sie nicht diesen Sommer ihr Abitur bestehen, ganz egal, was sie danach mit ihrem Leben anfing. Und dieses neue Wissen war auf jeden Fall auch eine Befreiung. Sie konnte es für ihre eigenen Zwecke nutzen, um sich zu überlegen, was ihr Platz in der Welt sein sollte.

So kam sie manchmal, wenn die Schule aus war, in das trübe Haus in Otterley zurück und wärmte das Abendessen auf, das Mandy ihnen bereitgestellt hatte. Hugh war inzwischen schon wieder in Abingdon. Sie legte die Sets auf den Esstisch, und dann kauten sie und ihr Vater sich mehr oder minder schweigend durch die Mahlzeit oder fragten einander höflich, wie denn ihr Tag gewesen sei. Colette bemühte sich, ihre eigene Portion mit jedem Abend etwas kleiner zu halten. Wenn sie in der Küche das Geschirr zusammengeräumt hatte, ging sie hinauf in ihr rosa-weißes Zimmer, erledigte fleißig und pflichtschuldig ihre Hausaufgaben und rauchte dabei Zigaretten, um das Hungergefühl zu unterdrücken. Nach und nach wurden die Abende länger, und in den warmen Nächten machte sie das Fenster zum Garten auf, rauchte und atmete den zähen, duftenden Vorstadtfrieden ein, das Wachstum, das sich aus der Erde hervordrängte, die Rastlosigkeit des Flusses, der außer Sichtweite dahinströmte. Und während sich das Licht am Himmel immer mehr verdünnte, rief seine Spannung wie ein hochfrequenter Ton eine nostalgische Sehnsucht in ihr wach.

Wenn sie später zusammen mit ihrem Vater die Fernsehnachrichten guckte, kam es ihr vor, als stimmten die außergewöhnlichen Ereignisse in Paris, Amerika und sogar London haargenau überein mit dem, was sie über die Revolutionen von 1848 oder 1870 gelesen hatte. Sie sprachen nicht oft über das, was sie da sahen, aber dass Roger sich von den jungen Demonstranten verletzt und gekränkt fühlte, konnte Colette schon erkennen. Deren Verachtung hielt ihn, den Mann in mittleren Jahren, quasi in seinem Alter gefangen und trampelte auf seiner Erfahrung herum, als wär's ein Haufen Müll – aber sie anzufauchen wie ein alter Narr, dazu ließ er sich nicht herbei. Nur einmal, als sie die zensierten Bilder von einem Mädchen sahen, das nackt in eine Vorlesung stürmte und sich damit den Ärger eines angesehenen älteren Philosophen zuzog, zischte Roger: »Dumme Schnepfe«, aber so verhalten, dass es kaum zu hören war. Diesen Leuten, sagte er damals, müsste vor sich selber angst und bange sein, weil sie so viel Ungutes entfesselten. Die hätten keine Ahnung, sagte er. Colette fürchtete, in der Menschenmenge Phyllis zu entdecken. Wenn sie in Otterley war, konnte sie stets die Sichtweise ihres Vaters teilen. Es sei so einfach, sagte er, Dinge kaputt zu machen. Sie zusammenzufügen sei dagegen langwierig und koste eine Menge Zeit.

An anderen Tagen fuhr sie nach der Schule mit dem Zug in die Stadt und ließ sich auf das viel chaotischere Leben ihrer Mutter ein. Phyllis' Nachbarin, Mrs Feinstein, hatte ein Telefon, bei ihr konnte Colette anrufen und sie bitten, ihrer Mutter auszurichten, wann sie kommen würde. Sie war sich nie sicher, ob Phyllis wirklich so sehr daran gelegen war, sie bei sich zu haben. Sie war liebevoll und fragte durchaus interessiert nach, was Colette machte, aber mit jenem geradezu heiligen Eifer, der beim ersten Mal den Vorhang des Misstrauens, der die Geschichte ihrer Beziehung einhüllte, für einen Moment beiseitegefegt hatte, begrüßte sie sie danach nie wieder. Manchmal fragte sich Colette sogar, ob ihre Mutter, als sie sie auf der Treppe des Everglade so leidenschaftlich umarmte, gehofft hatte, sie käme als Botin von Hugh. Aber das stimmte wahrscheinlich nicht, oder nur teilweise. Phyllis strich Colette manchmal mit einem geheimnisvollen Lächeln übers Haar, als sei es zumindest eine kleine Erleichterung, dass sie da war, als befreie es sie vorübergehend von ihren Gewissensbissen. Und da ihre Tochter genau wie sie aus Otterley abgehauen war, waren sie wieder beide auf einer Ebene; manchmal unterhielten sie sich fast wie Freundinnen miteinander. Colette staunte, was dabei so alles über den Charakter ihrer Mutter zutage trat, wenn sie sie aus dem Blickwinkel ihrer neuen Vertrautheit betrachtete. Sie hatte nicht gewusst, dass Phyllis so unüberlegt, so schnell und so improvisationsfreudig war: so gleichgültig gegenüber dem, was andere Menschen von ihr hielten. Wenn sie in Otterley geblieben wäre, hätte Colette sie als Spießerin abgetan.

Oft arbeitete sie, wenn Colette kam, saß mit ihrer neuen Lesebrille an einem klapprigen Tischchen, brütete über Zahlen und machte für Sam Harris die Buchhaltung. Außerdem nähte sie neuerdings Kleider für ein paar Frauen aus dem Viertel, kürzte Sachen, die zu lang waren, setzte auch mal einen neuen Reißverschluss ein oder nähte einen Rock nach Schnittmuster; sie war noch einmal mit Paul nach Otterley gefahren, um ihre Nähmaschine zu holen. »Ich will mir meinen Unterhalt allein verdienen«, sagte sie. Ihr neues Leben war viel geselliger als das alte; damals war sie zwar in den ganzen Vereinen gewesen, hatte sich aber mit Roger über diese Vereine lustig gemacht, hatte sie ihre »Müttertreffs« genannt. Jetzt, in ihrem langen schmalen Zimmer, kamen ständig Freunde vorbei; sie nähte ihnen große Sitzkissen aus indischen Baumwoll- und Seidenstoffen, die sie auf dem Markt gefunden hatte. In der winzigen Küche kochte sie Töpfe voll Curry und Reis oder Gemüsesuppen und kaufte in dem spanischen Laden um die Ecke billigen Wein. Partys ergaben sich spontan, man musste niemanden einladen. Bei schönem Wetter öffneten sie ganz weit die Fenster und legten Platten auf; manchmal spielte Sam Harris – oder jemand anders – Gitarre und sang dazu. Phyllis fand auf der Straße ein altes Klavier und bezahlte ein paar Möbelpacker, damit sie's ihr nach oben trugen.

Colette machte ein mürrisches Gesicht und tat genervt, in Wirklichkeit aber fand sie diesen unkomplizierten, geselligen Umgang ganz toll. Ein paar von den neuen Freunden ihrer Mutter gehörten zur selben Truppe wie die, die sie einst auf der King's Road in der Menge bewundert hatte, damals, als sie sich überhaupt nicht vorstellen konnte, jemals auch nur in die Nähe dieser bezaubernden Gestalten zu kommen: gut aussehend und niemals lächelnd, Männer und Frauen, die nach Schweiß und Marihuana rochen und sich in ihrem skandalösen

Aufzug zur Schau stellten. Jetzt saß sie tatsächlich mitten unter ihnen, saß hier im Schneidersitz auf dem Fußboden und aß mit ihnen. Meistens war sie schweigsam, und wenn sie sich vorstellte, sagte sie oft nicht dazu, dass sie Phyllis' Tochter war; es entging ihr durchaus nicht, dass auch Phyllis keine Eile hatte, das den anderen mitzuteilen. Von diesen Freunden wussten wahrscheinlich die wenigsten, dass Phyllis schon vierzig war und Mutter einer sechzehnjährigen Tochter. Viele waren im Alter wohl näher an Colette als an ihrer Mutter, und es waren ohne Zweifel durchweg Freunde von Nicholas Knight. Wenn es um Geschichte oder Politik ging, war Phyllis überfordert: Einige hatten furchtbar viel gelesen, andere waren Universitätsdozenten. Sie hörte ihnen respektvoll zu und passte auf, dass sie sich nicht lächerlich machte oder zu viel sagte. Das Auftreten ihrer Mutter war irgendwie demütig, was Colette irritierte, denn sie hätte sich gern mit diesen Männern gestritten – es waren meist die Männer, die eine entschiedene Meinung hatten, obwohl es auch ein paar kluge Frauen gab, die mitredeten oder niedergebrüllt wurden. Aber Colette konnte sich noch nicht einmischen. Sie wusste nicht genug, sie war noch nicht so weit.

Und ihre Ansichten interessierten diese Männer sowieso nicht, auch nicht die von Phyllis. Sie wollten sich lautstark mit anderen Männern auseinandersetzen, sie mochten den Rauch und die Geselligkeit und die Musik in dem langen, schmalen, kahlen Raum. Phyllis kredenzte ihnen Essen und Getränke oder tanzte bei Kerzenschein mit ihrem Spiegelbild im Fenster zu Dylan oder Joan Baez. Als ihre Schwangerschaft deutlicher hervortrat, machte sie sich Sorgen um ihre Figur, aber die Männer waren scheinbar größtenteils sentimental und mochten ihren üppig schwellenden Leib. Die Aussicht auf ein neues Baby passte zu ihrer überfrachteten Zukunftsvorstellung; die eher politisch Denkenden unter ihnen waren jetzt ergriffen von der Bedeutung dieses Augenblicks, in dem Geschichte im Geschehen war. Das ist die Revolution, sagten sie. Jemand kam frisch vom Sitzstreik am Hornsey College und sagte, man sollte alle Kunstlehrbücher verbrennen, ein anderer meinte, Bücher verbrannt hätten nur die Faschisten. Alle aßen mit Heißhunger, und für diejenigen, die eine Unterkunft brauchten, hielt Phyllis Matten bereit.

Nicky war anscheinend mit ein paar Freunden nach Paris gefahren, er wollte was darüber schreiben. Dann verkündete Phyllis eines Tages aufgeregt, er sei zurück, sei aber ganz erschöpft, es sei alles unglaublich gewesen, er arbeite gerade an einer Reportage über den Aufstand für die *New Left Review*. Jedes Mal, wenn Colette am Bahnhof Ladbroke Grove ankam, rechnete sie damit, ihm zu begegnen, und dann sah sie sich wieder in dem abscheulichen rosa Kleid, das sie bei ihrer ersten Begegnung angehabt und mittlerweile längst weggeworfen und tief im Mülleimer vergraben hatte. Sie erinnerte sich an ihre heftige wechselseitige Antipathie in Otterley an der Haustür – und dabei hatte sie damals noch gar nicht ahnen können, wie sehr er ihr Leben durcheinanderbringen sollte. Nickys Ungeschicklichkeit war ihr nur alltäglich vorgekommen; er war schlaksig und ungelenk und betrunken gewesen, närrisch und selbstherrlich, hatte ihnen Wein aufs Tischtuch gekippt, war gegen ihre

Möbel gerannt und hatte sich mit seinen großen, jungenhaften Händen mit den geschwollenen roten Knöcheln nervös immer wieder die Brille auf die Nase geschoben. All das war ermüdend, aber auch vertraut, nichts Neues.

Als sie ihn schließlich in der Wohnung ihrer Mutter sah, erkannte sie ihn kaum wieder. Einmal, spät am Abend, kam er an, als ein paar Freunde friedlich beisammensaßen und sich unterhielten. Phyllis setzte die Kaffeemaschine noch mal an, und als er da so in der Tür stand, war Colette zunächst die Einzige, die ihn bemerkte: in einem dunkelgrünen Blazer, das dunkle Haar bis zu den Schultern, das überschattete Gesicht versonnen und unnahbar – mit seiner krummen Schnabelnase, den vollen Lippen. Sie fand, er sah jetzt richtig gut aus, gestrafft und konzentriert wie ein unbekannter Jüngling auf einem alten Gemälde. Keine Ahnung, ob Nicky ihre Aufmerksamkeit bemerkte, ihren Blick erwiderte er jedenfalls nicht. Wahrscheinlich hatte er vergessen, wer sie war oder dass sie zu Besuch war, falls ihm Phyllis überhaupt etwas davon gesagt hatte. Den ödet das hier alles an, dachte sie, während er in seinen ausgetretenen Turnschuhen, denen die Schnürsenkel fehlten, im Zimmer herumspazierte, hier und da ein Witzchen machte, die Hände tief in den Taschen seines Blazers vergraben und mit feucht an der Unterlippe klebender Zigarette, der ist sauer, dachte sie, weil die alle hier sind, wo er doch nur zu Phyllis will. Durch seine Anwesenheit geriet plötzlich alles irgendwie in Bewegung, die ganze Atmosphäre war auf einmal eine andere, alle gaben sich Mühe, seine Aufmerksamkeit auf sich zu lenken. Dass er mit einem Mal so eine Wichtigkeit besaß, konnte nicht nur daran liegen, dass das hier seine Freunde waren oder dass er gerade aus Paris zurück war. Etwas hatte Nicky verändert, hatte ihn verfeinert im Vergleich zu damals, als Colette ihn zuletzt gesehen hatte, und hatte ihn mächtiger gemacht. Sie hatte die Vermutung, dass das zum Teil mit ihrer Mutter zu tun hatte. Es muss der Sex sein, gestand sie sich missmutig ein. Der Sex und die erwachsene Beziehung zwischen ihm und ihrer Mutter.

Als Phyllis fertig war mit Kaffeeausschenken, setzte sie sich neben Colette und strich ihr wieder übers Haar; nervös beobachtete sie Nicky, gespannt, wie er auf ihre Tochter reagierte. Er schien sie kaum wahrzunehmen, besser gesagt, Colette sah, dass er sie genauso behandelte wie alle anderen; nicht unfreundlich, aber auch nicht sonderlich interessiert. In der überlegenen neuen Welt waren die alten Familienbande überkommen, überflüssig, überholt: Man konnte sich selbst aussuchen, mit wem man Beziehungen eingehen wollte, aus eigener, freier Entscheidung. Es spielte keine Rolle für ihn, dass sie die Tochter der Frau war, mit der er ins Bett ging. Und überhaupt, angesichts der Ereignisse in Frankreich, was interessierten da irgendwelche Privatangelegenheiten?

Nicky erzählte, wie sie über Ostende gefahren waren, weil man anders nicht reinkam, und dann weiter runter von Brüssel, wo die Studenten die Universität besetzt hatten. In Paris waren sie mitten in der Nacht angekommen, aber es waren immer noch Menschen auf der Straße, Feuer brannten, es stank nach Tränengas, und die Gehwege waren mit den Scherben der eingeworfenen Schaufenster übersät. Er und seine Freunde hatten sich zum *service d'ordre* gemeldet, sie waren in den Beaux-Arts in der Rue Bonaparte einquartiert gewesen. Was man auf keinen Fall sein wollte, sagte er, war Revolutionstourist; die gab es nämlich zuhauf. Einmal wurde er von Polizisten mit Schlagstöcken gejagt und flüchtete sich in eine schicke Kunstgalerie, deren Besitzer ihnen extra die Tür aufmachte; seine Freunde unterstützten die Renault-Arbeiter in Flins, wo auf dem Fabrikgebäude die schwarze Fahne der Anarchie wehte. Ein Genosse Arbeiter kam im erbitterten Gefecht mit der Polizei ums Leben; seine Freunde hatten Glück, dass sie nicht verhaftet und in *les cages* verfrachtet wurden. Und man durfte ja nicht per Anhalter fahren, erzählte Nicky weiter, weil die Rechten so getan hätten, als ob sie Studenten mitnehmen wollten, und sie dann verprügelt hätten.

Und wird das nun das Ende der Regierung sein?, fragten die andern. Und die Bourgeoisie, wird das ihr Ende sein? Einquartiert, dachte Colette, was für ein Unsinn, was für eine Angeberei, als ob sie echte Soldaten wären in einem echten Krieg. Nicky war gerade mal vierzehn Tage in Paris gewesen. Und wenn diese Revolutionäre von »den Arbeitern« redeten, dann hatten sie so einen albern salbungsvollen Ton, wie ein verknalltes Mädchen. Sie hätten doch selber auch Autobauer sein können, wenn sie wirklich gewollt hätten, wenn Arbeiter sein tatsächlich so was Tolles war. Aber man muss fairerweise sagen, dass Nicky zumindest den überschwänglichen Enthusiasmus von einigen der anderen bremste, indem er mit beißendem Hohn davon berichtete, wie zersplittert die verschiedenen Fraktionen waren und wie sich die Kriminellen das Chaos zunutze machten. Colette war sowieso nicht auf der Seite der Politisierer. Sie fühlte sich eher zu denen hingezogen, die über Drogen, Kunst und Musik redeten, die häufig bekifft waren und kein bisschen ernst. Die warteten nicht darauf, dass die Studenten und die Arbeiter in den Fabriken eine neue Ära einläuteten. Für sie war die neue Zeit längst angebrochen, und sie hatten keine Scheu, sich üppig daran zu bedienen.

Am Ende dieses ersten Abends, als alle anderen gegangen waren, schlug Phyllis vor, für Colette eine Matte in der Kitchenette vorzubereiten. Nicht nötig, sagte Nicky, er werde zu sich nach Hause gehen, das sei einfacher. Colette sah, wie sehr sich ihre Mutter wünschte, dass er blieb, wie sie ihm fröhlich zuredete, ihm leicht den Nacken streichelte unter dem langen Haar, ihm lächelnd in die Augen sah. »Colette hat nichts dagegen, wirklich!« Doch Nicky entzog sich ihr, wenn auch nicht unfreundlich. Er sei immer noch ganz schön mitgenommen, sagte er, er wolle lieber in seinem eigenen Bett schlafen. Colette ahnte, was für eine Anstrengung es Phyllis kostete, sich nicht anmerken zu lassen, wie weh ihr seine Zurückweisung tat: »Natürlich, mein Liebster, mach, wie du denkst.« Sie hatte solche Angst zu klammern und ihm auf die Nerven zu gehen. Aber andererseits war Colette auch ganz froh, denn sie hatte zunächst durchaus Bedenken gehabt, so dicht nebenan zu schlafen, wenn ihre Mutter mit Nicholas im Bett war. In jenen Wochen nach seiner Rückkehr aus Paris war ihre Abneigung gegen Nicholas erneut gewachsen. Sie waren beide nicht imstande, freundlich miteinander umzugehen, die Situation war einfach zu schwierig. Und außerdem gab es eine Schieflage: Immerhin hatte er ihre Mutter entführt und damit Colettes Leben kaputt gemacht, oder nicht? Für ihn war sie einfach nur eine unangenehme Nebensache. Manchmal hatte sie das Gefühl, dass er ihr gegenüber wieder den gleichen abweisenden Ton anschlug wie damals in Otterley. Wenn er das tat, gelang es ihr für einen Augenblick, unter der glänzenden Schale seiner neuen Weltgewandtheit etwas wie kindliche Eifersucht zu erkennen.

Barbara Jones fand, dass Colette nicht ständig in Phyllis' Wohnung rumhängen sollte. Sie sei doch noch ein Kind, sie gehe noch zur Schule. Ob Phyllis denn nicht wisse, dass sie Ruhe brauche, um sich auf ihre Prüfungen vorzubereiten? Phyllis machte ein ratloses Gesicht. »Aber das hier ist doch mein Zuhause, was soll ich denn machen? Colette hört sowieso nicht auf mich. Wenn ich ihr Vorhaltungen mache, wird sie doch erst recht ihren Willen durchsetzen wollen.«

»Einige von diesen Leuten, also von deinen sogenannten Freunden, die würde ich gar nicht in meine Wohnung lassen, denen trau ich nämlich nicht über den Weg. Hast du nicht Angst, Colette lässt sich mit der falschen Sorte ein?«

»Aber du kennst mich doch, Barb. Das Problem ist, ich hab nun mal ein Faible für die falsche Sorte, weil die viel lustiger sind. Und ich bin ja wohl kaum die Richtige, um ihr zu sagen, dass sie vernünftig sein soll, oder? Ich will doch nur, dass sie glücklich ist.«

»Glücklich!«, zischte Barbara durch die Zähne.

»Was hast du denn gegen glücklich?«

Phyllis war sicher gewesen, dass Colette und Barbara nicht miteinander auskommen würden. Barbara würde garantiert Colettes Augen-Make-up missbilligen und ihre abfälligen Bemerkungen. Damals in Grenada, bevor sie zu Onkel und Tante in die Stadt gezogen war, war sie in ihrer grün-braunen Schüleruniform jeden Tag barfuß zur Schulhütte gelaufen, die aus nur einem einzigen Raum bestand, sechseinhalb Kilometer hin und wieder zurück. Wie sollte sie verstehen können, dass Colette sich so verächtlich über ihre Schule äußerte? Barbara war unnachgiebig und voreingenommen, und Colette strengte sich nicht an, gemocht zu werden. In Gesellschaft brütete sie meistens schweigsam vor sich hin, und von Zeit zu Zeit machte sie so eine Geste, warf den Kopf in den Nacken und rümpfte die Nase, wie um zu verhindern, dass ihr die Brille runterrutschte, obwohl sie gar keine trug, und sagte etwas, das wohl Aufmerksamkeit erregen sollte, aber meistens einfach unterging, weil sie so nuschelte. Barbara bot an, dass Colette, wenn sie Ruhe zum Lernen brauche, zu ihr ins Everglade kommen könne, aber Phyllis glaubte nicht, dass ihre Tochter davon Gebrauch machen werde.

Doch eines Abends, als sie wusste, dass Barbara zu Hause war, kam Colette mit ihrer Tasche voller Bücher nach der Schule ins Everglade. Barbara lernte auch für ihre Prüfungen; stell dir vor, das Leben eines Menschen hinge davon ab, dachte Colette, dass du dir ein Schema der Speiseröhre merken kannst. Die strenge Disziplin der jungen Frau, die am Feierabend, müde von der täglichen Arbeit auf Station, über ihre Bücher gebeugt saß, erregte ihre Bewunderung, es rührte sie und machte es einfacher. Sie redeten nicht viel miteinander – und wenn Barbara schlafen gehen wollte, ging Colette wieder zu ihrer Mutter. Aber wenn Barbara irgendwann am Abend Teewasser aufsetzte, gönnten sie sich eine kleine Pause. Dann stellte sie eine Tasse mit süßem Tee auf den Schreibtisch und fasste Colette mit der anderen Hand an die Stirn, um zu schauen, ob sie Fieber hatte. »Alles in Ordnung, Mädchen? Iss mal paar Kekse, du bist zu dünn. Du arbeitest wohl zu viel? Manchmal beneide ich meine kranken Patienten. Ich denke: Komm raus aus dem Bett, du Faulpelz, dann hüpf ich an deiner Stelle rein, und ich würde mich da auch viel besser drin benehmen. Stell dir mal vor, du musst den ganzen Tag nichts weiter tun, als mit geschlossenen Augen daliegen.«

»Aber ich nehme doch an, dass die Leute leiden«, sagte Colette skeptisch.

»Das nehme ich auch an.«

Sie guckte Colette über die Schulter und las ihre Notizen. »Aufhebung der Korngesetze, Staffelungen, Speenhamland-System: Das kenne ich auch alles. Ich hab das auch alles mal gelernt.«

»Ach wirklich? Aber wozu denn? Da, wo du herkommst, ist das doch nicht so wichtig, oder?«

Barbara schnalzte missbilligend mit der Zunge, sie sei britische Staatsbürgerin, genau wie Colette, sagte sie. Das alles sei auch ein Teil ihrer Geschichte: Castlereagh, Peel, Disraeli, alle diese Leute. »Ich hatte ein natürliches Talent für Dinge dieser Art. Am Anfang habe ich mir alles selber beigebracht, aus den Büchern von meinem Cousin, der hat da kein Interesse dran gehabt. Und dann ist er trotzdem gestorben.«

»Das ist so traurig, das tut mir leid. Woran ist er denn gestorben?«

»Er hat sich in den Fuß geschnitten, Blutvergiftung, mit dreizehn Jahren. Aber wenn er nicht gewesen wär, dann hätte ich es niemals auf die Highschool geschafft: Dann würde ich jetzt nicht hier stehen. Mein Onkel hat das Geld für meine Ausbildung beschafft, nachdem mein Cousin gestorben war. Er war der letzte Junge in der Familie.«

Sie warnte Colette davor, sich zu sehr mit den neuen Freunden ihrer Mutter einzulassen. »Vorsicht mit diesen Leuten, lass dich nicht von ihnen ausnutzen. Weißt du, die meisten Männer sehen nur zu, was sie kriegen können. Was danach kommt, darum kümmern sie sich nicht.«

Colette hatte nicht die Absicht, Barbaras Rat zu befolgen oder vorsichtig zu sein. Sie war der Überzeugung, dass man die Schwelle zur Erfahrung und zu dem echten Leben, das auf sie wartete, nicht risikolos überschreiten könne. Trotzdem genoss sie an den Abenden, an denen sie gemeinsam lernten, dankbar die Ruhe und die Atmosphäre der Fokussierung darauf, in der Zukunft etwas erreichen zu können. Für sie waren die Prüfungen nichts weiter als ein Spiel, aber sie verstand, dass sie für Barbara ganz etwas anderes bedeuteten. Für Barbara waren sie ein ehernes Gesetz oder eine Schranke, die ihr den Weg versperrte und die sie mit aller Kraft durchbrechen musste. Herumzubummeln wie Colette, das konnte sie sich nicht leisten. Nicht etwa, weil sie vom Charakter her schüchterner oder verschlossener war als Colette. Es war einfach ein Fakt, der seinen Grund in der unterschiedlichen Geschichte der beiden hatte, in dem ungerechten Zufall ihrer unterschiedlichen Lebensverhältnisse.

Im Mai und Juni war es so weit: Colette hatte Prüfungen, doch das machte ihr keine Sorgen. In letzter Minute fügte sie noch nachträglich ein paar Einzelheiten hinzu – Zitate aus Gedichten, Vergletscherungsbeispiele, Beitrittsdaten von Staaten zum Zollverein, der deutschen Zollunion, und so weiter. Sie verstand es, diese Informationen so vorzutragen, dass sie den Eindruck erweckte, nicht nur das nötige Fachwissen, sondern auch genügend Selbstbewusstsein zu besitzen. Nicht so in Mathe und Naturwissenschaften, aber dort hoffte sie, sich schon irgendwie durchmogeln zu können. Sie erklärte Phyllis, dass sie sich nach der Schule einen Job und eine Wohnung suchen werde – aber nicht in Otterley. Phyllis wollte wissen, ob sie das schon mit ihrem Vater besprochen hatte.

»Was geht das denn den an? Das ist ganz allein meine Sache!«

»Aber du bist doch seine kleine Zuckerschnecke, Col, weißt du nicht mehr?«

»Das sieht er mittlerweile anders. Er hat seine Meinung geändert.«

Nach einer Partysommernacht schliefen ein paar von Phyllis' Freunden bei ihr im Zimmer auf dem Fußboden. Colette lag auf einer Matte in der Kitchenette, ihre Mutter hatte am Morgen einen Termin in der Entbindungsklinik und war schon weg. Als Colette endlich aufstand, war niemand mehr da, bloß Nicky, der ausgestreckt und bäuchlings auf dem Bett lag; am einen Ende ragten seine schmutzigen nackten Füße aus einem Wust von Laken und Decken, am anderen war sein langer schmaler nackter Rücken mit den vorstehenden Schulterblättern zu sehen. Die Luft im Zimmer stank nach Schlaf und Rauch. Colette rüttelte an einem der Fenster, um die Morgenluft hereinzulassen, und dann, unterwegs ins Bad, Handtuch und Kulturbeutel in der Hand, blieb sie stehen und betrachtete ihn; als Nachthemd trug sie dasselbe Shirt, das ihr nicht ganz über den Po reichte. Nicky schnaufte einmal und furzte selbstvergessen, das Gesicht im Kissen vergraben. Doch wie tief er auch in seinen Traum versunken war, irgendwie schien es doch zu ihm durchgedrungen zu sein, dass ihn jemand betrachtete, denn auf einmal wurde er wach, drehte sich auf den Rücken, schlug die Augen auf und sah sie an wie somnambul.

Colette testete seinen leeren Blick, indem sie sich das Shirt über den Kopf zog und es zu Boden fallen ließ. Sie war noch unberührt und hatte sich nie irgendwen gezeigt in ihrer neuen, erwachsenen Nacktheit; ein paar Küsse hatte es gegeben und ein bisschen Gefummel draußen vorm Pub mit den Jungs aus der Highschool, das war alles. Nicky sah sie an, und sie sah ihn an, und einen langen Augenblick lang war es, als betrachteten sie einander ohne Schranken, als sei die Luft zwischen ihnen plötzlich frei von all den gesellschaftlichen und privaten Komplikationen, die es ihnen im Alltag so unmöglich machten, einander zu sehen. Es war beinah, aber nicht ganz, nein, es war nicht sexuell. Und dann, im nächsten Augenblick, richtete er sich mühsam auf, setzte sich hin, lehnte sich erschrocken zurück und zog sich abwehrend und entsetzt das Betttuch hoch bis unters Kinn. »Verdammt noch mal, Colette! Was soll denn das, was fällt dir ein?«

Colette lachte. Sie hob das Shirt vom Boden auf, zog es aber nicht wieder an und machte sich nun doch auf den Weg ins Bad, wobei sie das Shirt wie beim Striptease über ihrem Kopf kreisen ließ und fröhlich mit dem Hintern wackelte. Es war alles nur Spaß, es war alles nur ein Spiel. Aber wenn er sie gefragt hätte, ob sie zu ihm ins Bett kommt, sie hätte es getan.

Phyllis' Bauch war riesig, sie konnte nicht schlafen. Eines Abends im grauen Licht der Straße betrachtete sie ihre unförmige Gestalt im Spiegel. In den beiden anderen Schwangerschaften hatte sie sich nie so schamlos angeschaut – sie hatte ihren sich verändernden Körper sittsam weggeschummelt und unter hübschen Umstandskleidern versteckt. Jetzt aber war sie voller Ehrfurcht vor dieser ungebändigten Eruption von Leben, die sie wie ein Tier anschwellen ließ. Nicky fand das alles ziemlich widerlich und wollte in diesem Zustand nicht mit ihr schlafen; als sie ihm zeigen wollte, wie das Baby in ihr wogte und bebte, sagte er, davon werde ihm übel.

Ihr war egal, was Nicky dachte. Irgendwie hatte sie mit der Schwangerschaft den Punkt überschritten, an dem er mehr oder weniger das Maß aller Dinge war. Sie liebte ihn, aber sie sah ihn auch klarer, irgendwie in einem kühlen, objektiven Licht. Sie sah, wie jung und verantwortungslos er war, wie sehr er ausschließlich nach seinen eigenen Vorstellungen lebte – und wie leicht sie ihm lästig werden konnte. Jetzt, wo sie sich Tag für Tag nah waren, fiel ihr auch viel mehr auf, wie unreif er war. Er ließ seine schmutzigen Sachen einfach auf den Boden fallen, wo er sie auszog, und machte schon beim kleinsten Schnupfen immer gleich ein Mordstheater. Manchmal war er trübsinnig oder schmollte vor sich hin, oder er war weinerlich, wenn sein Selbstvertrauen eine kleine Stärkung nötig hatte. Sie gab sich Mühe, nicht ins Mamamuster zu verfallen und ihn nicht zu bemuttern. Wenn sie ahnte, dass er einer anderen Frau nachstieg, war sie ihrer Eifersucht rettungslos ausgeliefert. Wenn sie sich vorstellte, wie er mit dieser anderen zusammen war, wie sie sich ihrer Jugend freuten, sich zärtlich miteinander vergnügten, während sie dabei ausgeschlossen war, packte sie die Wut und ihr war übel. Aber sie wollte ihre Schwäche nicht zeigen und machte ihm keine Vorwürfe, jedenfalls nicht mehr nach dem ersten Mal, als sie sich wegen Liz gestritten hatten. Nicky konnte Liz sowieso nicht leiden. Er könne ihre Gedichte gar nicht lesen, sagte er, und seit er damals mit ihr geschlafen hatte, ging er ihr aus dem Weg. Phyllis entwickelte Methoden, sich ihre Verzweiflung nicht anmerken zu lassen: Bei Lichte besehen, fand sie seine Ausflüchte und stümperhaften Schwindeleien sogar ganz komisch. Und trotz allem konnten sie zusammen glücklich sein. Was sie sehr oft auch waren, denn sie mochten sich einfach.

Sie dachte übrigens sogar an andere Männer. Schließlich war ihr Leben ja noch nicht zu Ende; mit leisem Bedauern dachte sie zurück an all die Jahre, in denen sie die treue Ehefrau gewesen war. Sam Harris zum Beispiel, der sah gut aus und war ein echter Gentleman, lüpfte stets den Hut, sobald er sie erblickte, oder riss die Augen unter den schweren Lidern auf, um ihr zuzulächeln. Sie liebte sein bleistiftdünnes Oberlippenbärtchen und seinen schulmeisternden, immer matt amüsierten Ton.

Und dann war da noch Paul. Paul war so ein Scheißkerl, von dem war nichts Gutes zu erwarten, aber dass er der einzige echte Künstler unter ihnen war, das stimmte; er und Sam, die beiden waren die echten Künstler. Das gab Paul Macht, und diese Macht machte ihn attraktiv. Paul und Sam waren ihr auch vom Alter her näher. Sie schloss nicht aus, dass mit einem der beiden irgendwann etwas passieren könnte.

Wenn sie einen schwachen Moment hatte, wurde ihr angst und bange davor, was sie dem neuen Baby zumutete – es hier Schmutz und Gefahren auszusetzen, wie ein Kind von einer armen Frau, und alles ohne einen Ehemann, der hilft. Sie erinnerte sich an die behütete Welt ihrer früheren Entbindungskliniken, an die Blumen in jedem Zimmer, an die perfekte Ausstattung, die ordentlich gefalteten weißen Windeln und die weichen Jüppchen, Babyschuhchen und Strampelanzüge. Aber als sie dort war, kam ihr alles falsch und oberflächlich vor in diesen Einrichtungen; das Personal hatte sie stundenlang mit ihren Schmerzen alleingelassen. Und hinterher verhätschelt werden wollte sie auch nicht mehr.

Jetzt, nachdem die Prüfungen vorbei waren, langweilten sich Colettes Schulfreunde in Otterley ganz fürchterlich. Die Sommertage, die die jungen Leute gemeinsam im Park verbrachten, zogen sich wie Kaugummi, immer länger, immer dünner wurden die Fäden, bis ihnen vor Langeweile alles wehtat und sie zu einer regelrechten Plage wurden, weil sie auf dem Rasen herumrannten und kreischten wie die kleinen Kinder. Es musste erst der Parkwächter aus seinem gemauerten Häuschen kommen und sie anranzen, damit sie aufhörten. Irgendjemand hatte ein Transistorradio, und sie klebten abwechselnd mit einem Ohr an dem Ding, aus dem blecherne Popmusik schepperte; sie waren verrückt nach den Beatles und den Byrds. Als »Mr. Tambourine Man« erklang, weinte eines der Mädchen, eine kleine Dicke mit mausbraunem Haar, die in der Schule immer stoisch und total unromantisch gewesen war; jetzt verzog sie hilflos das Gesicht, hässlich vor Rührung. Wenn sie so dalagen, das Gesicht zum Himmel gewandt, spiegelten sich hinter ihren geschlossenen Augenlidern die giftfarbenen Begonien und Pelargonien der Blumenrabatten. Sie befanden sich in einem endlosen Wartezimmer, warteten angeblich auf ihre Resultate, aber in ihrer Phantasie hatte sich diese Spannung bald erschöpft, als sei schon alles vorbei. Gierig blickten sie auf, sobald jemand Neues den Park betrat. Wenn Colette erzählte, was bei ihrer Mutter los war oder was Nicky in Frankreich erlebt hatte, hörte es sich irgendwie unglaubwürdig an, sogar für sie selber. Sie erzählte ihnen, sie habe jemanden getroffen, der Paul McCartney kenne. Zu so einer Party würde sie gerne mal mitkommen, sagte Susan Smithfield.

»Richtige Partys sind das eigentlich gar nicht«, sagte Colette vorsichtig. »Ich glaube kaum, dass du dich da wohlfühlen würdest.«

Sie werde sich sogar sehr wohlfühlen, beharrte Susan. Sie hatte in den letzten Wochen im Park ein bisschen an Glanz verloren. Früher hätte sie sich in den Ferien die Zeit mit ihrem Sport vertrieben und wäre ganz in ihrer Rolle als Korbball-Champion aufgegangen. Jetzt passte das nicht mehr so richtig zu ihr, es gab eine neue Unstimmigkeit zwischen ihrer Persönlichkeit und ihrem Talent. Als sei ein Bann gebrochen; ihre abrupten Bewegungen, die vorher etwas Souveränes hatten, wirkten jetzt abgehackt, ihre glatte Haut schien aufgeraut, sie hatte irgendwas mit ihrem leuchtend blonden Haar gemacht, wodurch es stumpf geworden war. Als sie sich mit Colette am Bahnsteig traf, um den Zug nach London zu nehmen, war sie völlig unpassend angezogen, fast wie verkleidet. Sie trug ein knielanges, tief ausgeschnittenes Abendkleid aus grünem Satin, das sie sich wohl von ihrer Mutter geliehen hatte, darüber ein weißes Bolerojäckchen und um den Hals, gleichsam als Reverenz an ihren früheren Stil, die Pfadfinderkordel ihres Bruders. Ihr Gesichtsausdruck war gar nicht mal vergnügungssüchtig, sondern eher grimmig auf ein Abenteuer von der Art gerichtet, wie es Piraten oder unerschrockenen Entdeckern widerfahren mag. Es war nicht einfach für Colette, Susan in die Welt ihrer Mutter mitzunehmen. Sie warnte sie vor, erzählte ihr von Phyllis' Schwangerschaft. »Und das mit Nicky – es ist halt alles etwas seltsam«, sagte sie. »Echt ausgeflippt. Also flipp du nicht auch noch aus.«

Susan guckte treuherzig drein, sie überließ sich Colettes Führung. Zuerst gingen sie zu Phyllis, wo schon ein paar Freunde eingetrudelt waren, um Curry zu essen, dazu gab es Reis und Bananenscheiben, Sultaninen und Mango-Chutney. Susan setzte sich wortlos auf einen der kleinen Stühle aus der Tanzschule und aß etwas – Colette nahm an, vor lauter Schreck –, bat höflich um mehr Wasser, bekleckerte sich ihr grünes Kleid mit Curry und wischte es erschrocken mit einem Taschentuch ab. Niemand interessierte sich für sie, die Leute warfen allenfalls im Vorbeigehen einen Blick auf ihr Kleid. »Du hast mir nicht gesagt, dass hier auch Neger sind«, sagte Susan, doch es klang nicht vorwurfsvoll, sondern eher erstaunt. Colette riet ihr, dieses Wort nicht zu gebrauchen. »Wie soll ich denn sonst sagen?«

»Na ja, ganz einfach, es sind Menschen. Wozu braucht man denn eine andere Bezeichnung?«

Ein paar Freundinnen von ihrer Mutter hockten nach dem Essen noch in der Kitchenette zusammen, Colette hatte die Vermutung, dass sie Drogen nahmen, wahrscheinlich LSD – Phyllis selbst allerdings nicht, des Babys wegen. Als Susan fragte, was denn da los sei, sagte sie, sie kochen Kaffee. Dann gingen sie alle zusammen runter, denn es gab ein Gratiskonzert auf der Brache, wo man sämtliche Häuser abgerissen hatte, um Platz zu schaffen für die neue Straße, den Westway. Als sie am Eingang zur U-Bahn-Station vorbeikamen, sagte Colette, wenn Susan wolle, könnten sie jetzt wieder nach Hause fahren, aber Susan war abgelenkt und schüttelte bloß den Kopf, ohne etwas zu sagen. Sie war ganz überwältigt, eben noch die hohen Häuser, die in den Himmel drängten, und nun auf einmal dieser weite leere offene Platz. Das graublaue Abendlicht verdichtete sich in den violetten Wolken, die Klinkerwand eines Gebäudes saugte das Orange im Westen ein, die Fenster flammten auf. Gleich einem Trugbild leuchtete das grüne Kleid, und dann stolperte Susan und fiel hin, und da war ihr Bolerojäckchen schmutzig, und sie blutete am Knie.

Etwas weiter weg brannte ein Lagerfeuer, anfangs beinah farblos vor der Dramatik dieses Himmels; als sie sich darauf zubewegten, verblassten die Leuchtfarben des Himmels allmählich, und das Feuer gewann an Kraft, sein greller Schein, sein entschlossenes Tosen und Knistern zogen sie weiter über das raue Gelände, wo stummelige Dornensträucher Wurzeln geschlagen hatten und inmitten von Mauerresten, Steinhaufen, mit rostigem Eisen verdrahtetem Betonbruch, alten Waschschüsseln aus Emaille, ausrangierten Kühlschränken und Matratzen schüttere Grasbüschel wuchsen. Colette erzählte Susan im Vertrauen, man habe hier mitunter schon tote Esel gefunden und einmal auch eine tote Frau, obendrein würde allerlei Gesindel hier hausen; Susan nickte, ihr kam das alles sehr plausibel vor. Im grellen Licht wirkten ihre Gesichter kleiner und auch klarer, wie die Gesichter in einem Theaterstück. Es war, als befänden sie sich in einer Ruinenstadt oder an einer Grenze. Colette hätte sich nicht gewundert, wenn sie von einem mit einer Muskete bewaffneten Sansculotte angehalten und nach der Parole gefragt worden wären. Eine dünne, langgezogene Saxophonmelodie wehte zu ihnen herüber, im Wettstreit mit Trommeln. Jemand sagte, der Scheiterhaufen für das Feuer bestehe aus geklauten Eisenbahnschwellen von den umliegenden Bahnhöfen; schwarz zeichnete der hohe Aufbau sich vor den Flammen ab, die ihn verzehrten, glitt hinein ins Feuer, brach dort in sich zusammen und zerbarst krachend in einer Reihe von Explosionen, sodass alle kreischend zurücksprangen. Es waren mehr Menschen dort, als auf den ersten Blick zu sehen war; die beiden Mädchen drangen bis zur vordersten Reihe vor, dahinter wurde die Menge immer dichter, und immer mehr Leute kamen hinzu. Auf dem weiten Gelände spielten mehrere Bands miteinander um die Wette, aus den hoch aufgetürmten Lautsprechern dröhnten die Klänge – Free Jazz mit einem singenden Dichter, eine Rockband, die sich einspielte, Ska-Musik. Sie bewegten sich zwischen den Klangsphären hin und her, die so unterschiedlich waren wie die verschiedenen Räume der Nacht.

Phyllis und Nicky gingen eng umschlungen, Phyllis stützte sich mit ihrer ganzen Last auf seinen Arm und steuerte ihn, der sich ziellos treiben ließ, dabei in eine bestimmte Richtung, Nicky hob im Gehen die Füße übertrieben hoch, er spüre schon, erklärte er, wie der Asphalt der neuen Straße sich unter ihnen durch die dünne Schicht aus Gras und Schutt nach oben schiebe. Colette fand ihn nervend, wenn er high war und einfach nur ins Leere starrte. Sie nahm Susan bei der Hand, damit sie sich nicht verlieren konnten, und zog sie mitten hinein ins Getümmel. »Seid schön vorsichtig, ihr zwei«, mahnte Phyllis. »Und denkt dran, nicht den letzten Zug verpassen!« Als sie dann alleine waren, zwei Namenlose zwischen Wänden aus lauter fremden Rücken und inmitten von geschlossenen Gruppen einträchtig hin und her wogender, ausgelassen feiernder Freunde, war Colette zunächst enttäuscht. Sie befanden sich zwar in der Masse, aber sie gehörten nicht dazu – sie kam sich vor, als sei sie unsichtbar, und dennoch war da diese quälende Befangenheit. Der Geruch von Hasch war allgegenwärtig, alle rauchten oder waren high, alle außer ihr. Sie nahm all ihren Mut zusammen und haute einen Typ mit Perlenschmuck an, der mit einem Joint herumfuchtelte; er gab ihn ihr. Und sagte doch tatsächlich: »*Peace and love, Girls.*«

Die Tüte ging reihum, und als sie bei Susan ankam,

löste sich bei ihr irgendwas, das sie bis dahin fest unter Verschluss gehalten hatte. Sie lachte bellend, warf den Kopf in den Nacken und schüttelte ihn wie verrückt, als wolle sie alles aus ihm herausschütteln, so lange, bis er leer war, und dann marschierte sie los – drängelte sich durch, wich aus und zerrte Colette hinter sich her – bis ganz nach vorne, wo die Ska-Band spielte und wo getanzt wurde. Für Susan war Befangenheit jedenfalls ein Fremdwort. Ihr Tanzstil musste jeden wundern, der sie beim Korbball so graziös gesehen hatte: in sich versunken, mit finsterer Miene, vornübergebückt, als müsse sie auf ihre Füße aufpassen, die Fäuste schüttelnd, allerdings nicht ganz im Takt, mit wie wild umherfliegender Pfadfinderkordel. Das Ganze sah aus wie ein hingebungsvoll ausgeführtes Privatritual, sie brauchte niemanden, mit dem sie tanzen konnte. Trotzdem fing ihr gegenüber einer an, ihre Bewegungen aufzunehmen und einfach mitzutanzen: ein dünner weißer Typ, das Hemd weit aufgeknöpft, und auf der nackten Brust mit Schminke aufgemalte Peace-Symbole und Spiralen. Susan reagierte mit einem Blick und einem schroffen Nicken. »Ich liebe dieses Kleid«, rief er. »Darf ich dich Queenie nennen?«

Huldvoll gestattete sie es ihm. Colette kam sich wie das fünfte Rad am Wagen vor, sie rannte eine Weile neben den beiden hin und her. Mit ihr wollte keiner tanzen, sie fühlte sich ausgeschlossen vom Beat des Ska, der dazu einlud, einfach zu genießen und sich dem Rhythmus hinzugeben. Vielleicht war ja das Problem, dass sie schlicht keine Hingabe im Leibe hatte, sondern nur diesen steifen, linkischen Widerstand; selbst Susan Smithfield wusste besser, wie man sich hingibt. Als Colette etwas vom letzten Zug erwähnte, zuckte Susan nur die Achseln, und da sagte Colette, sie könne ja auch in der Wohnung übernachten, wenn sie wolle, Phyllis sei sicher einverstanden. Das sei eine Idee, antwortete Susan eher gleichgültig, das könne sie durchaus machen. »Ich komm dann später wieder her und hol dich ab«, sagte Colette, ohne jedoch anzunehmen, dass ihre Freundin hingehört hatte. Als sie sich allein ihren Weg durch die Menge bahnte, fühlte sie sich freier, aber auch beklommener; eigentlich hätte ihr der Joint das Gefühl geben müssen, über alles erhaben zu sein, doch stattdessen kam sie sich total verloren vor. Manche der Menschen, die sich an ihr vorbeischoben, ohne sie zu sehen, hatten Gesichter wie Masken, so gezeichnet und verhärmt, andere hingegen schienen schlau und zielbewusst zu sein oder verwegen; einige kamen offenbar aus einer anderen Welt als die Typen, denen sie bei ihrer Mutter begegnet war – das waren keine Rebellen aus der Mittelschicht, sondern eher so eine Art Landstreicher oder Adepten in der geheimen Kunst des Lebens auf der Straße, zu Hause in der Unterwelt. Und doch gehörte auch ihre Mutter hierher. Allen anderen gelang es, sich mitreißen zu lassen in diesem wild strudelnden Fluss, und nur Colette sah dem Treiben von ihrer trockenen Scholle aus zu. Sie spürte den Sog des Stroms, seine machtvolle Romantik, aber auch seinen Schrecken, und wusste einfach nicht, wie sie sich darauf einlassen sollte. Ein schmutzig weißer, aufgequollener Mond erhob sich über der Brache und tauchte die Szene in sein fahles Licht; sie stand da und lauschte der abgehackten Melodie der Jazzband. Um innerlich ruhig zu werden, ging sie in Gedanken noch einmal die Reihenfolge durch, in der die deutschen Staaten dem Zollverein beigetreten waren.

»Bist du das?«, sagte jemand neben ihr. Es war Paul, der Bildhauer, dem sie das erste Mal in Nickys Zimmer begegnet war. »Bist du nicht die Kleine, die Phyl Fischer gesucht hat? Darfst du denn so allein hier draußen rumstromern?«

Es tat unheimlich gut, dass sie endlich von jemandem gesehen wurde. Eine Woge der Dankbarkeit ergriff sie. Paul mit seinem wallenden pechschwarzen Haar und seinem finster-faltigen Gesicht kam ihr plötzlich vor wie jemand, den sie schon immer kannte. Er achtete nicht auf sein Äußeres – ein Desinteresse, das er als persönliche Note kultivierte: Sein Kopf versank bis zu den Ohren im hochgestellten Kragen seiner Arbeiterjacke, die Hände steckten in den Taschen, die Kinnpartie bedeckten Bartstoppeln, und jetzt, im Dunkeln, hatte er was Wölfisches. »Ich bin keine Kleine«, sagte Colette. »Und ich war auch nicht alleine unterwegs, sondern mit einer Freundin. Aber die hat sich anscheinend von irgendwem abschleppen lassen.«

Mit Freundinnen sei das doch immer so, sagte er.

»Dazu kann ich nichts sagen. Ich hab so was noch nie erlebt.«

»Weißt du denn, wie du nach Hause kommst? Wo bist du überhaupt zu Hause? Wohnst du nicht in Otterley?«

Colette sagte, sie wolle nicht nach Hause. »Wenn ich jetzt nach Hause ginge, das wär wie eine Niederlage, als ob ich nichts erlebt hab.«

Das amüsierte ihn. Er bot ihr eine Zigarette an; es sei vielleicht gar nicht so schlecht, sagte er, wenn man mal nichts erlebe. Jetzt waren sie mitten im anstrengenden, kreischenden Jazz und mussten sich ganz nahe kommen, damit sie sich noch verstehen konnten. »Wie heißt du noch mal?«, fragte er. Er hatte es vergessen. Als sie ihren Kopf zu ihm hinunterbeugte, während er schützend die Hand um die Flamme seines Feuerzeugs hielt, sahen seine braunen Hände mit den dicken Fingern und den rissigen, breiten, kindlichen Nägeln aus wie eine erleuchtete Höhle, und an ihrer Zigarette schmeckte sie noch seine salzig-saure Haut. Er hatte auch einen Flachmann mit Whisky dabei. »Versteh doch mal«, sagte sie vorwurfsvoll, »du hast vergessen, wie man sich fühlt in meiner Lage. Wobei, das ist ja überhaupt gar keine Lage. Das ist eine Un-Lage.«

Skeptisch, irgendwie onkelhaft, blies er den Rauch aus. »Und wie fühlt man sich da?«

»Als ob ich mein Leben vergeude. Die Minuten rasen irgendwo hin, ohne mich. Zum Verzweifeln ist das.«

»Und wie alt bist du? Fünfzehn?«

»Sechzehn, im Oktober siebzehn. Aber das hat doch mit dem Alter nichts zu tun, oder? Ich könnte morgen tot sein.«

»Wenn du heut Nacht hier draußen bleibst, ist es rein statistisch allerdings ziemlich wahrscheinlich, dass du morgen tot bist.«

»Wieso denn, ist es hier gefährlich?«

Er machte ein Gesicht, als hätte er gerade vorgehabt, ihr einen Vortrag zum Thema Selbstachtung zu halten, es sich dann aber anders überlegt. »Gefährlich? Eigentlich eher verdammt langweilig. Ich hab mir so was angeguckt, das sich ›Symposium über Kunstzerstörung‹ schimpft.«

»Hört sich witzig an.«

»War aber nicht witzig. War deprimierend. Diese Leute machen mir Angst: Lauter Schnauzbärte und Kaftane, vom geistigen Niveau her mehr oder weniger Gemüse, die denken allen Ernstes, wenn sie die Kunst zerstören, dass sie damit die Welt verändern.«

»Du liebst die Kunst bestimmt mehr als alles andere auf der Welt.«

»Ach du liebes bisschen«, sagte Paul lachend. »Wenn ich dich sehe, fällt mir wieder ein, wie man sich fühlt mit sechzehn – wie verdammt beschissen. Falls du wirklich sechzehn bist.«

»Klar, bin ich wirklich!«, sagte sie empört. »Schon fast siebzehn. Und außerdem, was ist denn daran falsch, die Kunst zu lieben?«

Er griff sich an den Kopf, aber Colette wusste schon, dass seine Fassungslosigkeit nur gespielt war und er sich über sie lustig machte. »Ich find Leute, die sich für Kunstliebhaber halten, zum Kotzen«, sagte er. »Für mich ist Kunst einfach bloß Arbeit. Ich verdien damit mein Geld.«

»Ich weiß ja, dass das nicht dein Ernst ist.«

»Gar nichts weißt du. Das ist mein voller Ernst.«

»Na gut, dann nehm ich das jetzt mal als deine Meinung, ich werde darüber nachdenken. Manchmal mach ich mir sogar schon Sorgen, dass ich keine eigene Meinung habe, sondern immer bloß warte, dass andere mir sagen, was ich denken soll.«

»Das mit den Kunstliebhabern, das kannst du mir wirklich glauben.«

»In der Schule war ich in eine Lehrerin verliebt,

Mrs Bernhardt, ich musste immer erst mal hören, was sie meint, bevor ich mir selber eine Meinung bilden konnte. Ich glaub, das lässt jetzt langsam nach, jedenfalls in Bezug auf diese Lehrerin. Wahrscheinlich werd ich meine Loyalität auf jemand anders übertragen. Ich könnt sie ja auf dich übertragen, wenn du willst.«

Das solle sie mal lieber bleiben lassen, sagte er erschrocken.

»Wär das nicht herrlich, jemanden zu haben, der an jedem deiner Worte hängt? Aber das hast du wahrscheinlich sowieso. Du hast bestimmt eine Menge Anhänger. Ich weiß, dass meine Mum auch mit dazugehört.«

»Was? Phyllis?«

»Sie liebt deine Arbeit.«

Ihre Mutter habe nicht die geringste Ahnung von seiner Arbeit, sagte er, und Colette war dankbar; als sie noch einen Schluck von seinem Whisky trank, schwebte auf einmal ihr Bewusstsein wie ein Falke über ihr und blickte auf sich selbst herab, wie sie sich hier in dieser Menschenmenge, im Lärm der Musik und im flackernden Schein des Höllenfeuers, mit diesem richtig erwachsenen Mann, diesem echten Künstler, so ganz vertraulich unterhielt. Als sie sagte, dass sie Angst habe, so zu werden wie ihre Mutter, erwiderte er, dass da aus seiner Sicht wohl kaum eine Gefahr bestehe.

»Du meinst, weil ich nicht so aussehe wie sie?«

»Nicht nur.«

»Ich weiß schon, was du jetzt denkst. Du denkst, Frauen müssen immer jedes Gespräch so drehen, dass es um sie und um ihr Aussehen geht. Gefall ich dir? Bin ich hübsch?«

Er gab zu, vielleicht so was in dieser Richtung gedacht zu haben.

»Aber egal – gefall ich dir? Nur mal so interessehalber. Findest du mich hübsch?«

Das sei doch überhaupt nicht interessant, sagte er. Er sei enttäuscht, dass sie ihn so was frage. Aber wenn sie unbedingt seine Meinung hören wolle, nein, wirklich hübsch sei sie nicht.

»Also bin ich hässlich.«

»Das hab ich nicht gesagt.«

»Kannst du dir vorstellen, mich irgendwann mal zu zeichnen?«

»Wenn ich es täte, würde es dir nicht gefallen.«

»Doch, würde es. Ich schwöre. Ich würde garantiert verstehen, was du meinst, selbst wenn ich nur aus zwei Quadraten und einem Dreieck bestünde. Ich möcht mich gerne mit den Augen eines anderen sehen.«

»Das gibt sich mit der Zeit.«

»Aber das ist doch einfach schauderhaft, wenn dir einer sagt, irgendwas gibt sich mit der Zeit.«

Die Band machte eine Pause, und Paul fing an, von einem Fuß auf den anderen zu treten, als ob er fror, und er sah sie nie an, sondern guckte immer an ihr vorbei, während sie sich unterhielten. Colette hatte keine Ahnung, ob sie fror; sie hatte ihren PVC-Regenmantel an, ihre Beine waren nackt, vielleicht zitterten sie. Der Mann war dabei, das Interesse an ihr zu verlieren: Sie war ein Nebenschauplatz gewesen, ein schrulliges Kind, dessen seltsame Bemerkungen für kurze Zeit komisch waren. »Sei's drum«, sagte er, »ich geh jetzt nach Hause. Ich glaub, über Kunstzerstörung hab ich mittlerweile alles in Erfahrung gebracht. Warum gehst du nicht und suchst Phyl und Nicky? Ich hab sie gesehen, ich glaub, die schwirren noch irgendwo hier rum.«

»Die wollen mich nicht haben.«

»Dann fahr mal lieber wieder nach Hause, zurück nach Otterley. Dein Daddy macht sich doch bestimmt schon Sorgen, nicht wahr?«

Sie nickte und sagte, okay, doch als Paul aufbrach und sich seinen Weg durch die Menge bahnte, klebte sie ihm weiter am Rockzipfel. Abrupt drehte er sich um und zog ein finsteres Gesicht, um sie abzuschrecken. »Du verfolgst mich doch nicht etwa?«

Colette verneinte, blieb ihm aber dicht auf den Fersen.

»Was soll das? Was willst du von mir? Lass mich in Ruhe.«

»Ich will was erleben«, sagte sie. »Ich will mit zu dir nach Hause.«

»Kommt ja überhaupt nicht infrage. Ich mach mir nichts aus kleinen Mädchen. Ich hab keine Lust auf Babysitten.«

Sie sei kein kleines Mädchen, sagte Colette, sie sei einfach nur sie selbst. Shakespeares Julia sei sogar erst dreizehn gewesen. Und dann fügte sie noch hinzu, wenn er sie einfach bloß zufällig getroffen hätte, ohne zu wissen, wessen Tochter sie war, würde er sie doch garantiert mit nach Hause nehmen. Da drehte er sich fluchend um und ließ sie stehen. Er schob sich weiter durch die Menge und sie ihm nach, Entschuldigungen murmelnd weiter durchs Gedränge. Ab und zu sah Paul sich wütend nach ihr um. Und dann, sie hatten das Getümmel auf der Brache hinter sich gelassen, und ihre Schritte hallten auf dem

Pflaster, blieb er unter einer Straßenlaterne stehen und wartete auf sie. Sie kam auf ihn zu, er streckte die Hand aus und packte sie so grob am Arm, dass es ihr wehtat; er beugte sich zu ihr hinunter, hob mit der anderen Hand, ohne zu lächeln, ihr Kinn hoch und betrachtete sie nachdenklich im Lampenlicht. »Mit Romantik hab ich nichts am Hut«, sagte er in rauem, feindseligem Ton. »Wenn du mich hier in irgendwelchen romantischen Scheiß reinziehen willst. Liebesaffären sind bei mir nicht drin.« Worauf sie erwiderte, sie habe nicht die Absicht, irgendjemanden in irgendwas reinzuziehen.

»Aber du weißt, was passiert, wenn du mit zu mir nach Hause kommst.«

Sie nickte, und dann küsste er sie, als wolle er etwas austesten oder ihr jegliche Illusion nehmen: Seine Küsse waren hart, mechanisch, geradezu verächtlich. Von Jungs war Colette schon ein paarmal geküsst worden, aber noch nie von einem erwachsenen Mann, dessen Mund so heiß war und so wild schmeckte. Sie schmolz förmlich dahin, und ihren ganzen Körper durchströmte ein Verlangen, so heftig, dass sie kaum noch stehen konnte. Hätte Paul irgendwas Zärtliches oder Verführerisches gesagt oder ihr zu schmeicheln versucht, wär der Moment hinüber gewesen.

»Und was ist mit deiner Freundin?«

»Der geht's gut, die ist mit 'nem Typen zusammen.«

»Und weißt du, wer der Typ ist?«

»Er sah ganz nett aus. Hatte sich so Peace-Symbole auf die Brust gemalt.«

»Na, wenn er Peace-Symbole auf der Brust gehabt hat, ist ja alles gut. Dann ist er bestimmt in Ordnung.«

Colette musste lachen. »Er sah wirklich gut aus. Schmächtig sah er aus.«

»Das sind die Schlimmsten.«

Und Susan Smithfield blieb tatsächlich sechsunddreißig Stunden vermisst, ihre Eltern waren sogar zur Polizei gegangen, aber zu guter Letzt tauchte sie einigermaßen unversehrt wieder auf und erklärte, sie habe Freunde getroffen, bei denen sie auch übernachtet habe. Als Susan wieder heil zu Hause war, rief Mrs Smithfield Roger an und beschimpfte ihn. Susan hatte ihren Eltern offenbar erzählt, sie wolle mit den Fischers in ein klassisches Konzert gehen; nun werde sie für den Rest des Sommers Stubenarrest bekommen. Sie könne ja verstehen, sagte Mrs Smithfield, dass es nicht einfach sei für Roger, so ohne seine Frau, aber ob er eigentlich eine Ahnung habe, was seine Tochter treibe, wenn sie in die Stadt fahre? Nach dem, was sie von Susan erfahren habe, würden da mehr oder minder Orgien gefeiert. Drogen, alle möglichen Leute, niemand, der aufpasst, und das Ganze in einem Niemandsland, von dem Susan nicht einmal genau beschreiben könne, wo es sich befinde. Vielleicht sei es Roger ja wirklich egal, was seine Tochter mache, aber wenn Susan etwas zugestoßen wäre – Mrs Smithfields Stimme wurde schrill, sie war den Tränen nahe –, dann hätte sie ihn persönlich zur Verantwortung gezogen – vor Gericht.

Roger war diplomatisch und konziliant, er setzte all seine lang erprobten Fähigkeiten ein. Aber eigentlich empörte es ihn, in so eine absurde Lage gebracht zu werden. Hatte Kay Smithfield denn vergessen, dass sie auch mal jung war? Diese Frauen lebten so behütet, die glaubten wirklich, dass ihre Herkunft und ihre Wohlanständigkeit sie vor Gefahr oder Verlust schützen würden – oder jedenfalls vor allem, was Sand ins Getriebe der scheinbar reibungslosen Routine ihres Vorstadtlebens werfen konnte. Kein Wunder, dass ihre Kinder rebellierten. Natürlich musste er Colette eine Standpauke halten, sie wegen des Konzerts befragen, sie fragen, wie sie es geschafft hatte, ihre Freundin aus den Augen zu verlieren, und mit wem Susan im Anschluss nach Hause gegangen war. Aber warum sollte sie für ein anderes Mädchen die Verantwortung tragen? Colette hingen solche Standpauken mittlerweile zum Halse raus, sie spürte die Gleichgültigkeit hinter seinem Auftritt in der Rolle des empörten Vaters. Das juckt den doch gar nicht, dachte sie. Im Grunde bewunderte Roger seine Tochter eher für die Selbstbeherrschung, mit der sie seine Vorwürfe über sich ergehen ließ. Jean hatte ihm zugeredet, er möge doch die Dinge auch mal aus Colettes Perspektive sehen, und hin und wieder gab es einen lichten Augenblick, und er erkannte in dem mürrischen Teenager wieder seine kluge, eigensinnige kleine Tochter, mit der er sich früher immer so gern beschäftigt hatte. Aber wahrscheinlich konnten sie jetzt keine Freunde mehr sein. Colette hatte sich in ihr eigenes Leben gestürzt, und Roger musste aufpassen, dass sie in ihm nicht bloß den Erwachsenen sah. Es hatte ihm nicht gefallen, dass sie ihn in so einem gedemütigten Zustand erlebt hatte, nachdem Phyllis weggegangen war.

Eines Abends rief Susan an. Colette war zufällig in Otterley, um ein paar Sachen zu holen, weil sie bei Paul einziehen wollte. Paul hatte keine Ahnung, dass sie bei ihm einzog, aber dass sie bei ihm übernachtete, hatte ihn bisher nicht gestört; Roger hatte keine Ahnung von Paul, vermutete aber, dass es jemanden gab. Er rief Colette ans Telefon, sie nahm ihm mit versteinerter Miene den Hörer aus der Hand, drückte dann die Tür des Arbeitszimmers zu, sodass er ausgesperrt war, und begann zu sprechen. Damit er sie nicht hören konnte, kroch sie mit dem Telefon unter seinen Schreibtisch, wo sie sich früher immer versteckt hatte, als sie klein war. Inzwischen passte sie kaum noch dort in den Knieraum und musste den Kopf seltsam verdrehen und das Telefon auf dem Schoß halten.

»Ein Glück, dass meine Eltern endlich mal weggegangen sind«, sagte Susan gepresst, als würde auch sie in einem Versteck hocken, während sie sprach. »Zu ihrem blöden Bridgeabend. Und ich werd hier noch verrückt, eingesperrt mit meinem Bruder – der ist so was wie ihr Nazi-Informant, wird echt dafür bezahlt, dass er mich ausspioniert. Drum muss ich dich auch von unten aus der Garderobe anrufen, damit Jeremy nicht mithören kann – die Schnur reicht mal gerade so, aber nur, wenn ich auf dem Fußboden liege und den Kopf an die Tür lehne. Ich tue so, als hätt ich meine Tage, dann hält er sich fern. Deinem Vater hab ich gesagt, ich bin Linda, weil, mir war ja klar, dass er mich sonst gar nicht mit dir reden lässt. Wie geht's dir überhaupt?«

»Viel wichtiger ist doch, wie's dir geht? Ich hab gehört, du bist unversehrt nach Hause gekommen. Bist du wirklich unversehrt? Wenn ja, wär ich aber enttäuscht.«

»Warum, du nicht?«

»Versehrt, definitiv.«

Susan stieß einen leisen, anerkennenden Pfiff aus, burschikos wie eh und je. »Ach ja, wirklich? Versehrt – und von wem?«

»Ein Bildhauer, den ich kennengelernt hab. Er ist viel älter.«

»Meiner heißt Stewart, und wir sind ziemlich weit gegangen, aber nicht bis zum Letzten.«

»Doch, wir schon.«

»Ich wünschte echt, ich hätt's getan, jetzt, wo sie mich hier eingesperrt haben. Hätt ich mal lieber! Aber wenn du nun schwanger bist?«

»Er hat aufgepasst. Und ich hab seitdem immer wieder zurückgerechnet.«

»Verlass dich mal lieber nicht darauf, dass die aufpassen. Aber jetzt sag doch mal: Wie ist es?«

»Es ist unglaublich. Ich kann's dir nicht beschreiben.«

»Das musst du aber.«

»Kann ich aber nicht. Du musst es selbst erleben.«

»Na ja, ich bin ja noch mit Stewart in Verbindung. Er schreibt mir über Linda, zehn Seiten lange Briefe über das Leben auf dem Land und so, und ich schreib ihm zurück, wenn auch keine zehn Seiten. Wenn ich erst in der zwölften Klasse bin, dann werden wir schon irgendwie zusammenkommen. Dann sag ich einfach, ich geh in die Schule, und in Wirklichkeit geh ich zu ihm.«

Susan murmelte, sie müsse aufhören. Bevor Colette auflegte, hörte sie Jeremy noch an die Tür der Garderobe hämmern. »Du darfst gar nicht das Telefon benutzen. Das werd ich petzen!«

In jenem Sommer besuchte Colette mitunter ihre Tante Anne in Highbury, wo Hugh sich tarnte, um unter seinen älteren Cousins nicht aufzufallen. Den größten Teil ihrer Zeit aber verbrachte sie in Pauls Zimmer im Everglade. Begeistert passte sie sich Pauls Gewohnheiten an. Die Nächte verbrachten sie immer mit Freunden und blieben dann bis zum Nachmittag im Bett. Wenn er zur Arbeit in sein Atelier oder in die Gießerei ging, fiel sie noch einmal in einen herrlichen, bodenlosen Schlaf – sie konnte zwölf, vierzehn Stunden am Tag schlafen. Sie hätte für ihn gekocht, aber er hatte nur eine Gasflamme. Dann meldete sie sich in der Leihbücherei in Notting Hill Gate an, kuschelte sich mit ihren Büchern im Bett ein und las, berauscht von dem Bewusstsein, niemandem mehr Rechenschaft darüber ablegen zu müssen, was sie dachte oder wusste. Paul war kein Leser. Empfehlungen bekam sie von Nicky Knight, der ihr auch Bücher borgte: Herbert Marcuse, Lukács und Thomas Szasz; Peter Weiss' *Marat/Sade*, Ginsbergs *Geheul*, Thompsons *Entstehung der englischen Arbeiterklasse*.

Ein paar Dinge in Pauls Leben überraschten sie. Zunächst einmal hatte sie nicht damit gerechnet, dass er Geld hatte. Sein Zimmer war spartanisch; nur ein eisernes Bett, ein alter Sessel mit kaputter Federung und eine bronzene Krähe, die ebenso lieblos wie trostlos auf dem Kaminsims hockte. Aber er ging mit Colette in teure Restaurants und zu Partys in den Häusern seiner wohlhabenden, mondänen Gönner. Er kaufte ihr auch Kleider, Sachen, die sie sich nie hätte leisten können, in exklusiven Geschäften, in denen sie vor Schüchternheit verstummte und sich unter den kritischen Blicken der

Verkäuferinnen langsam nach seinen Anweisungen hin und her drehte. Für sein eigenes Äußeres interessierte Paul sich herzlich wenig, aber es gefiel ihm, wenn Colette Aufsehen erregte, wenn sie Kleider trug, die ihren jugendlichen Körper richtig schön zur Geltung brachten. Wenn sie mit den Leuten von der Galerie ausgingen oder mit welchen, die Pauls Werke kauften, tat sie gelangweilt, weil sie nicht wusste, was sie sagen sollte. Sie sah zu, wie er die Rolle spielte, die von ihm verlangt wurde: das ungebändigte Genie aus der Arbeiterklasse, verächtlich und gefährlich.

Phyllis ärgerte sich über die Sache mit Paul, sie war kurz angebunden und machte kein Hehl aus ihrer Ablehnung. »Also echt, Mum, jetzt mal im Ernst«, protestierte Colette, »du kannst mir doch deswegen keine Vorhaltungen machen. Ich meine, du doch nicht, nach allem, was du dir geleistet hast.«

»Tut mir leid, aber du bist immer noch ein Kind«, sagte Phyllis empört. »Du schwimmst mir zu weit raus. Ich kenne die Männer, und mit Paul ist nicht zu spaßen. Ich hab einfach Angst um dich, das ist alles. Ich bin deine Mutter und ich will nicht, dass du verletzt wirst.«

»Du bist ja bloß eifersüchtig!«, warf Colette ihr an den Kopf. »Weil er mich mag!«

Aber gegen die Kleider von Ossie Clark und Zandra Rhodes hatte Phyllis keine Chance. Wenn Colette sie ihr vorführte, streichelte sie sehnsüchtig seufzend den Stoff und befühlte die Nähte. Die neue Eleganz ihrer Tochter stand in einem komischen Gegensatz zu ihrer eigenen Unbeholfenheit, denn sie war durch die Schwangerschaft gewaltig auseinandergegangen. »Ach, Col, du siehst bezaubernd aus«, sagte sie und hatte Tränen in den Augen, als müsse sie sich der Jugend geschlagen geben. Dann waren die Resultate von Colettes Prüfungen da, sie rief von der Telefonzelle aus zu Hause an, und Roger las sie ihr vor. Bis auf Chemie hatte sie in allen Fächern bestanden, in vieren sogar mit Eins, was besser war, als sie gehofft hatte, aber das war ihr egal. Es war, als laufe irgendwo weit weg ihr altes Leben weiter – mit lauter Miniaturmenschen und ihren Miniaturbeschwerden.

In ihrem neuen ausgewachsenen echten Leben hatte Paul sie schließlich doch gezeichnet. Er hatte sie in seinem schmutzigen, nach schimmeligen nassen Lappen und kaltem Lehm riechenden Atelier nackt auf einem harten Stuhl sitzend dargestellt und extra für sie den Heizstrahler eingeschaltet. Sie war rundherum glücklich. »Mach mal die Beine auseinander. Weiter, ja so, ganz weit auseinander. Füße flach auf den Boden. Und jetzt stillhalten. So.«

8

Marnie ließ sich viel Zeit, bevor sie Phyllis erzählte, dass Nicholas Knight Rogers Sohn war. Es drängte sie, ihrer Schwägerin diesen Schlag zu versetzen und dann zu sehen, wie sie sich davon erholte – falls sie es nicht eh schon wusste. Und dennoch scheute sich die ach so rechtschaffene Marnie vor der finalen Qualität des Schlages, war sie doch selbst zutiefst entsetzt von diesen finsteren Verwicklungen des Schicksals. Es war zwar nicht direkt Inzest, tröstete sie sich, aber trotzdem: Guten Menschen konnte so was einfach nicht passieren. Vielleicht war Hugh ja einem kindlichen Irrtum aufgesessen? Außerdem fürchtete sich Marnie vor ihrem Bruder – wenn das mit Nicholas wirklich stimmte, dann musste Roger Bescheid wissen und würde es ihr übel nehmen, wenn sie sich einmischte. Und sie wusste ja auch gar nicht, wo sie Phyllis oder Nicholas finden konnte. Also schob sie ihr Vorhaben, die Wahrheit herauszufinden, monatelang vor sich her. Dann, eines Abends im September, als sie mit einer Freundin in London im Theater war, weil die Zeitung von Guildford sie manchmal bat, Kritiken zu schreiben, traf sie zufällig Peter Knight, den sie schon seit Jahren nicht mehr gesehen hatte. Gott sei Dank war er nicht mit Jean dort; die Frau an seinem Arm war viel jünger und hatte stark gelacktes kupferrotes Haar. Marnie ignorierte sie taktvoll, sodass er sie einander nicht vorzustellen brauchte. Peter war in all der Zeit im Ausland regelrecht vertrocknet, dachte sie, nur noch ein matter Abglanz seiner selbst. Und weil sie, nachdem die Ansichten über die Inszenierung von *Major Barbara* ausgetauscht waren, nicht mehr wusste, was sie sonst noch sagen sollte, fragte Marnie ihn nach seinem Sohn, worauf Peter ihr die Blätter nannte, für die Nicholas schrieb. Am nächsten Morgen rief sie in der Redaktion einer dieser erwartungsgemäß links orientierten Zeitungen an und erhielt dort prompt Nicholas' Adresse in der Ladbroke Grove. Jetzt hatte sie keine Ausrede mehr, weshalb sie nicht dort hinfahren und Phyllis suchen sollte.

Angst, sich in diese dunkelsten Ecken von London vorzuwagen, hatte sie nicht – als junges Mädchen hatte sie eine Zeit lang bei einer Stadtmission in einem ähnlichen Viertel gearbeitet, hatte benachteiligte Kinder in Sportvereine vermittelt und Badeausflüge für sie organisiert. Als sie im Foyer des Everglade stand, beschloss sie angesichts der schwindelerregenden Treppe, lieber den Aufzug zu nehmen, dessen zweiflügelige Falttür sich hinter ihr schloss. Er ächzte und keuchte auf dem Weg nach oben, um schließlich zwischen der dritten und vierten Etage stehen zu bleiben. Plötzlich herrschte tiefe Stille. Marnie verharrte eine Weile reglos in dem kleinen Kasten aus lackiertem Holz, hielt sich am elfenbeinernen Entenkopfgriff ihres Regenschirms fest und weigerte sich, in Panik zu verfallen. Hätte der Stillstand länger als drei oder vier Minuten gedauert, hätte sie sich natürlich wie jeder andere verhalten müssen: Sie hätte den Alarmknopf drücken, um Hilfe rufen, an den Türen rütteln, sich hinknien und mit den Fäusten auf den Boden schlagen oder an der Wand kratzen müssen. Doch als sie nach kurzem Warten abermals den Knopf für den fünften Stock drückte, fuhr der Aufzug zum Glück wieder an. *Und ob ich schon wanderte im finstern Tal, fürchte ich ...* Die Worte kamen ihr in den Sinn, eine Erinnerung aus der Kindheit, ihrer agnostischen Weltsicht zum Trotz.

Als sie bei der Nummer 53 klopfte, kam eine Frau an die Tür, aber es war nicht Phyllis. Hinter ihrem Rücken erblickte Marnie ein Bild der Verwahrlosung, also genau das, womit sie gerechnet hatte – kahle Wände, ungemachtes Bett, auf den nackten Dielen lagen Anziehsachen und Bücher verstreut, dazwischen Flaschen, Gläser, schmutzige Aschenbecher. Heiß war's hier oben unterm Dach. Nicky sei nicht da, sagte die Frau, er müsste etwas abliefern. Sie sei Liz. Nein, sie wohne nicht hier, aber Nicky habe nichts dagegen, dass sie in seinem Zimmer arbeite, wenn er nicht da sei und bei ihr zu Hause das Chaos überhandnehme. Sie sei gerade in einer schwierigen Phase, beziehungsmäßig, also mit der Freundin, mit der sie zusammenlebe. Und sie brauche Ruhe zum Schreiben, weil sie Dichterin sei. Ach so, dachte Marnie, na das erklärt alles. Sie verschlang die andere förmlich mit ihren neugierigen Augen. Liz war vermutlich erst dreißig, aber ihr mageres Gesicht mit den geröteten Augenlidern und gezupften Brauen war nicht jung, dazu war es zu wissend: Marnie sah sich selbst darin gespiegelt, ihre eigene Leibesfülle in all ihrer Absurdität und ihre Hässlichkeit, die sie wie einen Fluch mit sich herumtrug. Liz erklärte ihr, wo Phyllis wohnte, nur zehn Minuten von hier zu Fuß. »Im ersten Stock«, sagte sie. »Es ist die Tür auf der rechten Seite. Ständig kommt irgendwer und fragt nach Phyllis, ich versteh gar nicht, was die alle von ihr wollen.« Das rasche, falsche Lächeln, das in ihrem Blick aufblitzte, war so kokett, dass Marnie rot wurde. Auf dem Weg nach unten nahm sie die Treppe.

Phyllis' Haustür war nicht abgeschlossen, sodass Marnie sie leicht aufdrücken konnte; als sie im trüben Licht einer nackten Glühbirne in den ersten Stock hinaufstieg, kam ihr der Gedanke, dass der graubraune Anstrich des Treppenhauses sozusagen die perfekte Metapher war für Phyllis' Sündenfall. Umso mehr überraschte es sie, als Phyllis auf ihr Klopfen öffnete und das Zimmer hinter ihr im hellsten Sonnenschein lag. Im ersten Moment war Phyllis, die im Gegenlicht stand, nur ein Schemen, unscharf, verblüfft. »Marnie, du bist's!«

»Darf ich reinkommen?«

»Was machst du denn hier?«

Marnie schob sie beiseite und stürmte ins Zimmer: Die Zeit für Nettigkeiten war vorbei. Phyllis war gelinde aus der Form, eingewickelt in einen Morgenrock aus geblümter Baumwolle und mit zerzausten Haaren; in Marnies Augen alles Indizien für ihren Abstieg in die Kategorie treulose Ehefrau! Die Einrichtung in dem großen, hellen Raum war nicht direkt verwahrlost, aber die Luft war stickig und das Zimmer im Ganzen genauso kahl wie das Bühnenbild von *Major Barbara*, von dessen Modernität sie und ihre Freundin so enttäuscht gewesen waren. Woran sollte man sich bei so einem langatmigen Theaterstück denn halten, zumal, wenn auch das Bühnenbild nicht gerade vor Details strotzte? So schroff und wenig weiblich Marnie auch war, in Einrichtungsfragen neigte sie eindeutig zur Gemütlichkeit. Schwer atmend, ohne ihren Regenmantel abzulegen, setzte sie sich auf den nächstgelegenen wackligen Stuhl, inständig hoffend, dass er ihr Gewicht aushalten möge. »Wohnst du hier mit Nicholas Knight?«

Es gehe Marnie zwar nichts an, erwiderte Phyllis lachend, aber ja, das treffe zu, mehr oder minder jedenfalls.

»Weil, wenn dem so ist, dann gibt's da etwas, das du wissen solltest.«

Marnie klappte bedächtig ihre Handtasche auf, kramte ihre Zigarettenschachtel hervor und steckte sich eine an, ihre Handbewegungen waren unsicher, ihr Blick schweifte ziellos durchs Zimmer, ohne jedoch etwas zu sehen – andernfalls hätte sie vielleicht die Windeln und die winzigen Jüppchen bemerkt, die auf einem Wäscheständer trockneten. Phyllis holte ihr einen Aschenbecher und setzte sich dann nervös auf einen anderen Stuhl. Sie hatte geglaubt, dass sie dieser Familie entronnen sei, dass deren tugendhafte Empörungsausbrüche sie hier nicht mehr ereilen könnten. Als Marnie nun sagte, sie habe Grund zu der Annahme, dass Nicholas Rogers Sohn sei, begriff Phyllis zunächst gar nicht recht, was sie meinte, und dann packte sie nur noch eine Mordswut auf ihre Ex-Schwägerin, die es schaffte, sie so aus der Ruhe zu bringen.

»Was redest du denn da?«

»Die Knights waren gute Freunde von Mummy und Daddy. Und als Roger im Krieg einen Erholungsurlaub nötig hatte, fanden sie, dass Cressing genau der richtige Ort dafür sei, und schickten ihn dorthin. Aber als er dann wieder heimkam, um sich zu verabschieden, eh er zurückging, wo er hinmusste – wo das war, konnte er uns natürlich nicht sagen –, also ich hab damals gleich gewusst, dass irgendwas passiert war. Er war anders.«

»Er hat sich bei den Knights sehr wohlgefühlt«, sagte Phyllis, die Marnies Bemerkung immer noch nicht ernst nehmen konnte. »Das hat ihm damals in der Zeit sehr viel bedeutet, dass er dort sein durfte, hat er mir erzählt. Aber ansonsten scheint deine Phantasie wohl mit dir durchzugehen.«

»Und dann bekam Jean einen Sohn. Rund neun Monate später, nachdem die Ehe der Knights all die Jahre lang kinderlos geblieben war. Sie war nicht mehr jung – wobei, der arme Roger war ja noch ein grüner Junge, zumindest altersmäßig. Und wir mussten erst durch Bekannte von diesem neuen Sohn erfahren. Ich glaube, es gab damals noch nicht mal eine Anzeige in der *Times*. Um diese Zeit haben die Knights den Kontakt abgebrochen; bis dahin hatten wir uns immer so zwei, drei Mal im Jahr mit ihnen getroffen. Den Kontakt abgebrochen hat natürlich Jean. Um solche Dinge kümmern sich im Leben ja stets die Frauen, oder? Sie halten Verbindung, fragen nach, ob irgendjemand in der Familie krank ist. Damals lebte Daddy noch, wir haben ihn zu Hause gepflegt. Sie hätte ja wenigstens mal schreiben können und fragen, wie's ihm geht. Mummy hat das gar nicht richtig mitgekriegt, die hatte viel zu viel um die Ohren. Ich war die Einzige, die was gemerkt hat, ich hab halt zwei und zwei zusammengezählt.«

»Und bist auf fünf gekommen, richtig, Marnie?«

»Nicht, dass ihm das irgendwer zum Vorwurf machen könnte, mitten im Krieg. Roger hat alles für sein Land aufs Spiel gesetzt. Er hatte jedes Vergnügen verdient, das er kriegen konnte, wenn es Frauen gab, die dazu bereit waren.«

»Du hast eine schmutzige Phantasie«, sagte Phyllis. »Kein Wunder, wenn du immer bloß mit deiner Mutter zu Hause rumsitzt.«

Sie habe es für ihre Pflicht gehalten, sagte Marnie, Phyllis reinen Wein einzuschenken, falls Roger es ihr noch nicht erzählt haben sollte. Phyllis saß ganz still da und blickte auf ihre im Schoß gefalteten Hände. »Bist du dir wirklich sicher?«

»Als er einmal nach dem Krieg aus Jerusalem nach Hause kam, hab ich in seiner Tasche einen Brief von ihr gefunden, mit einem Foto von dem Jungen drin.«

»Hast wohl alles danach abgesucht.«

»Wenn ich nicht schon so eine Ahnung gehabt hätte, hätt ich nicht danach gesucht. Er hätte ihn ja verbrennen können, wenn er nicht gewollt hätte, dass ich ihn finde.«

»Es war trotzdem unanständig.«

»Unanständig? Na toll! Das musst du gerade sagen!«

»Aber Nicholas war bei uns zu Hause, Roger hat ihn eingeladen.«

»Er hat seinen Sohn eingeladen. Ich nehme an, er wollte ihn kennenlernen.«

Währenddessen regte sich das Baby in seiner Tragetasche, die versteckt hinterm Bett auf dem Fußboden stand. Als Phyllis das kleine, in Tücher gewickelte Bündel hochnahm und an sich drückte, sprang Marnie mit schockstarrer Miene auf. Und erst da bemerkte sie die Zeichen, die auf die störende Anwesenheit eines Babys hier im Zimmer hindeuteten: zum Trocknen aufgehängte Windeln, Milchgerüche, das gestrickte Ausfahrjäckchen auf einem der Stühle, den Wickelkorb samt Puder und Sicherheitsnadeln, Phyllis' weichere, noch angeschwollene Figur. Sie hatte erst vor zehn Tagen entbunden; wenn sie das Baby an sich drückte, spürte sie noch immer, wie das, was in ihr aufgerissen war, wieder zusammenheilte. »Da bin ich also zu spät«, deklamierte Marnie melodramatisch.

»Aber der Kleine ist gesund und munter, selbst wenn es stimmen sollte, was du sagst. Sieh ihn dir an! Er ist perfekt.«

Marnie wich erschrocken zurück und fuchtelte abwehrend mit der Zigarette herum. Abergläubisch, wie sie war, hatte sie eine Aversion gegen die schlaffen Gliedmaßen von Babys. »Weiß Roger Bescheid?«

»Vermutlich schon, Colette wird es ihm wohl gesagt haben.«

»Dann hängt Colette da also auch mit drin?«

»Sie liebt ihren neuen kleinen Bruder.«

»Und hat Nicholas es seiner Mutter erzählt?«

Phyllis zuckte leicht säuerlich die Achseln. Sie hatte Nicky nicht gefragt, ob er Jean etwas von ihnen erzählt hatte. Sie hatte es nicht wissen wollen. Marnie drückte ihre Kippe im Aschenbecher aus, und die Art, wie sie das tat, war zugleich Ausdruck ihres abschließenden Urteils über Phyllis' neues Leben; sie bebte förmlich vor missbilligender Empörung und raffte ihre Siebensachen zusammen – den Regenhut, den Schirm, die geräumige, mürrisch dreinschauende Handtasche. Phyllis unternahm keinen Versuch, ihrer Schwägerin Tee oder etwas Stärkeres anzubieten: Warum sollte sie auch? Außerdem wäre es bald an der Zeit, das Baby zu stillen. Dagegen hatte alles andere in den Hintergrund zu treten.

»Was hast du denn nun vor?«, fragte Marnie streng, ohne sie anzuschauen.

Phyllis hatte jahrelange Übung im Abwehren von Marnies Einmischungsversuchen. »Ich werde mit Roger reden.«

Und so rief sie Roger an, und sie verabredeten sich bei ihm zu Hause, wo früher auch sie zu Hause gewesen war. Den kleinen Michael konnte sie bei Mrs Feinstein lassen, mit einem Fläschchen zum Warmmachen, falls er weinte. Während sie darauf wartete, von ihrem Mann die Wahrheit zu erfahren, überlegte sie krampfhaft hin und her, ob das, was Marnie ihr erzählt hatte, tatsächlich sein konnte. Sie sprach mit niemandem darüber; Nicky schrieb sie einen Brief, dass sie ihn leider bis auf Weiteres nicht sehen könne, weil sie sich ausruhen müsse. Ohnehin ging Nicky gerade immer mehr auf Abstand, denn er war empört, dass das Baby und seine Bedürfnisse alles andere verdrängten. Schien Marnies Geschichte eben noch ein bloßer biologischer Zufall zu sein, ein Witz, der nicht viel zu bedeuten hätte, selbst wenn er wahr sein sollte; so hatte sie im nächsten Moment angesichts der intimen Komplikationen des Ganzen das Gefühl, in der Falle zu sitzen, und das machte sie regelrecht krank. In Otterley, auf dem Weg vom Bahnhof zu ihrem alten Heim, glänzte der Gehsteig im nassen Abendlicht und hatte ein Muster aus dunklen Blätterformen; aus der schwarzen Erde in den Gärten stieg ein melancholischer Geruch auf – nach Herbst. Sie sah kein bekanntes Gesicht. Ohne die Wärme des Babys an ihrem Körper kam sie sich schwerelos vor, wie ausgeleert; ihre Schritte, die von den Fassaden der Häuser widerhallten, klangen wie das Echo eines Lebens, das jetzt Vergangenheit war. Hinter der opaken Fensterscheibe in der Verandatür erkannte sie verschwommen Rogers Silhouette, er machte sich an der Tür zu schaffen, schob die Kette zurück, schloss auf und öffnete ihr; sie streifte auf dem Abtreter die Füße ab, er half ihr aus dem Mantel.

Dann saßen sie vorn im Wohnzimmer, es war kühl, und der Raum wirkte leer, obwohl die Einrichtung unverändert war. Phyllis hätte am liebsten die Deckenlampe ausgeschaltet. In ihrem grellen Licht sah Roger faltig aus und alt, und ihr war durchaus bewusst, wie drall und aufgedunsen sie nach der Geburt war. Aber es kam ihr nicht zu, hier irgendwelche Lampen auszuschalten. Das hier war nicht mehr ihre Wohnung. Wie gründlich sie dieses Zuhause eingerissen hatte, das ohne sie nicht mehr in seiner alten Form weiterbestehen konnte. Roger holte die Karaffe mit dem Whisky und schenkte beiden ein, doch Phyllis nippte nur kurz an ihrem Glas, weil ihr sofort übel wurde. Sie erzählte ihm, dass Marnie bei ihr gewesen war und was sie gesagt hatte. Er saß auf seinem Stuhl ihr gegenüber – sie hatten es beide vermieden, wieder auf ihren alten Plätzen zu sitzen, wo sie früher immer gesessen hatten – und starrte auf den Teppich, die Ellbogen auf die Knie gestützt, die Schultern hochgezogen, den Kopf gesenkt. »Tut mir furchtbar leid, dass du's von ihr erfahren musstest. Ich hatte keine Ahnung, dass sie Bescheid weiß.«

»Marnie betet dich an. Es war doch klar, dass sie dahinterkommt, wenn bei dir so was Wichtiges passiert. Aber warum hast du mir nichts davon erzählt?«

Er zögerte einen Augenblick, bevor er redete. »Dass ich diese Geschichte vor dir verheimlicht habe, das hatte etwas Infantiles, das ist mir inzwischen selbst klar. Vielleicht hat sich dadurch ein Muster zwischen uns gebildet, das Nähe verhindert hat. Es tut mir leid, jetzt, wo's zu spät ist. Als ich erfahren hab, dass du jetzt mit Nicholas zusammen bist, hab ich dich gesucht, ich wollte dir die Wahrheit sagen. Aber dann kam Colette mit der Neuigkeit, dass ein Kind unterwegs ist, und da hielt ich es für besser, nichts zu sagen. Ich dachte, du kommst nicht dahinter.«

»Dieser ganze Horror kann meinem Kind doch nicht geschadet haben, oder?«

Wenn sie die Erbanlangen meine, beruhigte sie Roger, dann nein, da bestehe keinerlei Gefahr. »Aber was für ein Schlamassel haben wir zwischen uns beiden angerichtet, du und ich, Phyl.«

Phyllis hatte damit gerechnet, sich gegen ihren Mann behaupten zu müssen. Unterwegs hatte sie sich sein autoritäres Auftreten vor Augen geführt, unversöhnlich und strafend, bei dem auch seine Position in der Welt der Macht mitspielte, im Establishment. Jetzt staunte sie, wie er mit gesenktem Kopf vor ihr saß und sich ihr einfach so öffnete; seine Freundlichkeit brachte sie, die innerlich ja noch ganz aufgelöst und wund war, zum Schluchzen. Roger streckte seine Hand nach ihrer aus, und sie ergriff sie. »Du armes Ding«, sagte er, und sie war dankbar. Es kam ihr vor, als sei es lange her, dass jemand sich um sie gekümmert hatte.

»Und soll ich es auch Nicholas sagen?«

»Ich weiß nicht. Willst du deine Beziehung zu ihm denn fortsetzen?«

Sie musste lachen, wenn auch unter Tränen, denn er hörte sich an wie vor Gericht: Zerknirscht versicherte er ihr, dass dies ganz und gar nicht seine Absicht gewesen sei. Wo seine Frau jetzt vor ihm saß, merkte Roger, wie sich sein Groll auf sie beinah in Luft auflöste. Sie kam ihm vor wie eine Fremde, die sich in dieses Zimmer hier verirrt hatte und die ihm weder besonders gut gefiel, noch war sie ihm zuwider; so aufgedunsen noch von der Geburt, wirkte sie in dem grellen Licht anrührend, nervös und zugleich forsch. Diese unpersönliche, allgemeine Sympathie hatte er schon einmal für sie empfunden, nach der Geburt der beiden anderen Kinder. Was für ein elendes Geschick die Frauen doch hatten – unter Schmerzen auseinandergerissen zu werden, um die nächste Generation hervorzubringen. Der Mann war wenigstens in seinem einen tumben Körper eingesperrt, der Gott sei Dank mit ihm zusammen endete. Das musste ja zwangsläufig zu ein paar entscheidenden Unterschieden zwischen den Geschlechtern führen. »Ich glaube nicht, dass ich sie fortsetzen kann«, sagte Phyllis mit leiser, tonloser Stimme. »Meine Beziehung zu ihm, meine ich. Unter diesen Umständen.«

»Vermutlich hast du recht. Es tut mir leid. Dass dadurch nun alles vergiftet wird, durch mein altes Geheimnis.«

Sie neigte auch dazu, es Nicky eher nicht zu sagen. Roger stimmte ihr zu, dass es jetzt, wo ein Kind da war, vielleicht besser wäre, wenn die ganze Sache nicht ans

Licht käme. Mit fast beamtenhafter Unparteilichkeit klamüserte er den ganzen Fall noch einmal in allen Einzelheiten auseinander, um sich selber klar zu werden. »Als Nicholas zu uns zum Abendessen kam, das war eure erste Begegnung, nicht wahr?«

»Außer damals, als wir sie besucht haben und er noch ein kleiner Junge war.«

»Und danach hat das angefangen mit euch beiden?«

»Ich hab gedacht, ich wär so wahnsinnig verliebt in ihn. Dir muss das sicher alles sehr überspannt vorkommen. Du denkst bestimmt, es war nichts weiter als romantische Verblendung, und am Anfang war es das wohl auch. Aber jetzt liegen die Dinge anders. Nicky wollte das Kind nicht, weißt du. Und außerdem schläft er mit anderen Frauen. Er ist noch sehr jung. Ich weiß, was du jetzt denkst, es war ja auch alles so was von vorhersehbar. Aus deiner Sicht hab ich mich dermaßen zum Narren gemacht: Ich meine, auch ohne diese letzte Komplikation. Aber ich bedaure nichts. Für mich hat sich alles geändert.«

»Das kann ich mir vorstellen.«

»Glaubst du, Jean Knight weiß von uns? Hat Nicky es ihr gesagt?«

»Ich habe es ihr gesagt.«

Erschrocken zog Phyllis die Hand weg und sah Roger durchdringend an, während er Whisky nachgoss. »*Du*? Ach, Roger! Du stehst mit ihr in Verbindung? Du bist immer noch in sie verliebt. Mein Gott, natürlich bist du das. Nach all der Zeit!«

»Phyllis, ich bin fast fünfzig. Ich bin in niemanden verliebt. Jean ist eine sehr gute Freundin.«

»Nicky hat solche Ähnlichkeit mit dir. Dass ich das

nicht eher gesehen habe. Ihr habt zum Beispiel die gleiche Art, die Stirn krauszuziehen, so geradezu genüsslich. Und die dicke Hautfalte unter den Augen und dieser Gesichtsausdruck – alle beide, immer irgendwie so skeptisch, als würdet ihr erwarten, dass jemand etwas Dummes tut.«

»So einen Ausdruck habe ich? Dann hätt ich aber lieber einen anderen.«

»Obwohl, Nicky ist natürlich größer als du und viel schlanker.«

»Sehr schmeichelhaft wird der Vergleich für mich wohl kaum ausfallen.«

»Aber wie komisch! Findest du nicht auch? Da lauf ich von dir weg und lande ausgerechnet bei deinem Sohn. Obwohl, Nicky hat gar keine Schuld, Roger. Ich bin ihm nachgelaufen, es war nicht seine Idee. Du darfst ihm keine Vorwürfe machen.«

Roger versprach, er werde sich Mühe geben.

»Er bewundert dich nämlich sehr. Und seinen Vater hasst er, weißt du – also ich meine, Peter Knight. Wenn ich jetzt so überlege, als hätt er was geahnt. Er hat auch so gar nichts von ihm. Und er hängt wahnsinnig an seiner Mutter, ich war ganz schön eifersüchtig auf sie. Aber mir ist nie in den Sinn gekommen, dass ich auch in der Vergangenheit auf sie hätte eifersüchtig sein können, deinetwegen. In meiner Unschuld fand ich sie damals, als ich sie vor all den Jahren kennenlernte, einfach bloß süß, so schön verzopft. Ich wäre nicht im Traum darauf gekommen, dass ich von ihr was zu befürchten habe.«

Roger dachte an das zähe Schweigen, das sein Haus in all den Monaten, seit Phyllis weg war, einer Blase gleich umschlossen hatte. Nun brach ihr Geplapper diese Blase auf, als ob es eine Haut durchstach. Wie es wohl wäre, würde hier wieder die alte, helle Häuslichkeit einziehen? Es würde ihn große Mühe kosten, sich wieder hochzuholen aus dem Loch, in das er sich so tief vergraben hatte. Aber er fragte Phyllis nur, ob sie Hunger habe. Er habe Koteletts gekauft, sagte er, falls sie etwas essen wolle. Die könne er für sie braten.

»Wirklich, Koteletts? Du kannst kochen? Das ist ja ganz was Neues. Aber ich muss zurück, wegen des Babys. Ich hab versprochen, dass ich spätestens den Zug um halb zehn erwische.«

»Dann ist ja noch viel Zeit. Wir könnten auch essen gehen, wenn dir das lieber ist.«

»Nein, nicht ins Restaurant, dafür bin ich nicht angezogen. Darauf war ich nicht vorbereitet.«

»Ein Cordon bleu werd ich wohl nicht hinbekommen. Aber ich hab ein paar Kartoffeln geschält.«

Phyllis folgte ihm in die Küche, wo er die Lammkoteletts aus dem blutigen Papier auswickelte, auf dessen eine Ecke der Metzger mit Kugelschreiber die Rechnung geschrieben hatte. Phyllis betrachtete die schäbigen Ruinen ihres alten Reichs und fragte sich, wie sie hier jemals glücklich gewesen sein konnte. Ihr wurde schlecht beim Anblick dieser ganzen banalen Alltäglichkeiten, des allzu vertrauten ausgeblichenen Linoleums, des resopalbeschichteten Tischs, der Waage, der Kuchenformen, der Löffel – und der roten Uhr mit ihrem lauten unerbittlichen Ticken. Roger pfefferte und grillte die Koteletts, sie aßen in der Küche und sprachen vorsichtig über die Kinder: wie Hugh in der Schule zurechtkam, Rogers Sorgen wegen Colette. Phyllis hielt sich bedeckt, was

Paul anging. »Phyl, wenn du willst«, sagte Roger, während er den Kotelettknochen auf seinen Teller legte und sich die fettigen Finger an einer Serviette abwischte, »du könntest doch wieder zurückkommen und mit uns leben. Ich würde mich freuen, wenn du wieder zurückkommen würdest. Und die Kinder natürlich auch. Vielleicht könnten wir einen Weg finden, wieder zusammenzuleben.«

»Als wäre nichts geschehen.«

»Es wäre immer geschehen. Aber vielleicht wäre das sogar gut für uns, es würde uns wachrütteln. Überleg's dir. Du musst dich ja nicht gleich entscheiden.«

»Und jeden Sonntag zu deiner Mutter und Marnie zum Mittagessen.«

Er zuckte die Achseln. »Das müsste ja nicht sein. Oder du müsstest nicht mitkommen. Meine Loyalität gilt in erster Linie dir, nicht ihnen. Und es wäre mir eine Freude, dieses Baby wie mein eigenes großzuziehen. In gewisser Weise, sozusagen durch die Hintertür, bin ich ja wohl für ihn verantwortlich. Hat er denn schon einen Namen? Es ist doch ein Junge, oder?«

»Er heißt Michael – aber ich habe ihn noch nicht standesamtlich angemeldet. Ich überlege, ob ich in die Geburtsurkunde *Vater unbekannt* eintragen lassen sollte.«

Roger war entsetzt von der Idee. »Das darfst du nicht. Denk doch mal an seine Zukunft, wie das an ihm haften würde. Und willst du etwa, dass dein Sohn schlecht von seiner Mutter denkt?«

Nicht auch noch dieser Sohn, genau wie Hughie, hätte er fast gesagt. »Du könntest meinen Namen angeben.«

Phyllis spürte seinen Vorwurf wie einen Stich im Unterleib, obwohl sie gleichzeitig erklärte, sie wolle Michael nicht in Rogers alter Welt großziehen, wo solche Dinge wie Schande oder uneheliche Geburt zählten.

»Ich gehe davon aus, dass wir beide in derselben Welt leben, du und ich«, sagte er.

Sie schüttelte vehement den Kopf. »Du hast nichts verstanden. Ich hab mich verändert. Ich kann nicht mehr so tun, als sei alles in Ordnung, obwohl es das nicht ist. Das ist doch alles Wahnsinn. Ich kann nicht wieder hierher zurückkommen. Wenn ich an DDT denke, oder an die Obdachlosigkeit oder die Klassengesellschaft, oder an die Bombe: Ich lehn das einfach ab, das alles.«

»Aber es ist nun mal so, wie es ist, man kann es nicht einfach ablehnen. Du bist ein Teil davon.«

»Nein, das bin ich nicht. Ich kann es ablehnen.«

»Du könntest natürlich versuchen, es zu ändern.«

»Ich weigere mich, ein Teil davon zu sein.«

In der Küche hing schwer der Grillgeruch. Roger saß nachdenklich am anderen Tischende zwischen den Resten ihres Essens, kaute an seinem Daumennagel herum und sah sie an. Sie nahm die Teller, um sie neben die Spüle zu stellen, und dabei hätte sie am liebsten mit den Fäusten eingeschlagen auf ihren Mann, der ihr mit seiner Vernunft und seinem Realismus breit und massig im Wege saß wie ein unbeweglicher Felsbrocken. Vielleicht hielt er sie ja für geistig verwirrt, weil sie gerade ein Kind bekommen hatte. »Viel wichtiger ist für mich die Frage«, fuhr sie fort, »wie ich weiter dort leben kann, in meiner Wohnung, unter meinen neuen Freunden, mit dieser Neuigkeit, die ich jetzt über ihn und dich erfahren habe? Wie kann ich Nicky erklären, dass ich ihn nicht mehr sehen will, ohne ihm das alles zu sagen? Vor allem, weil es ja auch gar nicht wahr ist. Ich kann es ja gar nicht ertragen, ihn nicht zu sehen. Aber das werde ich wohl müssen.«

»Und wenn ich ihn nun entfernen würde, wär das eine Hilfe?«

Der Gedanke daran, welche Macht ihr Ehemann besaß, entsetzte sie. »Was meinst du mit ›entfernen‹?«

»Nun, man könnte etwas finden, damit er außer Landes geht. Ich meine, einen journalistischen Auftrag, etwas, das ihm gefallen würde. Ich hab Beziehungen. Das würde dir zumindest eine Atempause verschaffen.«

»Ich nehme an, du hast das schon mit seiner Mutter besprochen.«

Roger stritt es nicht ab. Phyllis stellte die Teller aufs Abtropfbrett, damit Mandy sie morgen früh abwaschen konnte. »Das ist vielleicht gar keine schlechte Idee.«

»Ich kann's ja mal versuchen.«

»Soll ich Teewasser aufsetzen?«

Ja, einen Tee würde er jetzt gern trinken, sagte Roger. Nachdem sie beschlossen hatten, sich für immer zu trennen, teilten sie nun ein seltsames Intermezzo ehelicher Ruhe und saßen so rund eine halbe Stunde einträchtig miteinander am Tisch, vor sich ihre getöpferten Becher. »Nicky sollte wirklich wieder reisen«, sagte Phyllis nachdenklich. »Zu Hause kommt er nicht zur Ruhe. Und er sollte ein Buch schreiben. Ich glaube, er ist sehr begabt.«

»Das finde ich auch.«

»Ach, du bist bei seinen Sachen auf dem Laufenden?«

»Ja, glaubst du denn, das interessiert mich nicht?«

»Nein, natürlich, ich verstehe. Und dass er so ein Hitzkopf ist, das stört dich nicht?«

»So alt bin ich ja nun auch noch nicht«, sagte Roger, »dass ich mich nicht daran erinnern könnte, was ich früher selber für ein Hitzkopf war.«

Und dann, als es so weit war, holte er den Wagen aus der Garage, um seine Frau zum Bahnhof zu fahren, damit sie ihren Zug noch erwischte.

Nicky hatte ganz schön Manschetten davor, Phyllis zu erzählen, dass er für ein Jahr ins Ausland gehen werde, in den Iran und nach Afghanistan. Er hatte von einem guten Verlag einen Vorschuss für ein Buch bekommen, das er über diese Reise schreiben sollte. Er staunte, wie gut sie die Nachricht aufnahm. Es war ein Winternachmittag, sie lagen zusammen im Bett.

»Ich glaub, das ist sehr gut für dich«, sagte sie, während sie sein Gesicht streichelte und ihm lächelnd in die Augen sah.

»Aber ob es auch für dich gut ist?«

»Du meinst, so ohne dich? Ich denke schon. Ich hab's doch bisher auch geschafft.«

Im Zimmer war es stickig von dem Petroleumheizer, das Baby schlief in seiner Tragetasche, Phyllis hatte einen Stuhl unter die Türklinke geschoben, damit niemand hereinkonnte. Sie hatten wieder angefangen, miteinander zu schlafen, aber ohne die alte Leidenschaft, ohne den Überschwang von einst, sondern zunächst ganz sanft und langsam; außerdem zog er sich zurück, weil sie nicht noch ein weiteres Kind wollten. Nicky war immer noch sauer wegen Michael. Jedes Mal, wenn er Phyllis besuchte und den gebrauchten Kinderwagen mit dem ausgefransten Verdeck sah, der unten im Flur auf dem karierten Fliesenboden stand, fühlte er sich unter Druck gesetzt. Und wenn das Kind schmatzend an ihrer Brust hing, versuchte er, nicht hinzuschauen. Wenn Michael mit einem Ruck den Kopf drehte und ihn ansah, wenn er die Brustwarze losließ, sodass die Milch überallhin lief, und er den Mund zu einem zahnlosen Grinsen öffnete und bläulich-weiße Blasen blubberte, dann musste Nicky immer denken, der Kleine freut sich, dass er den Mann verdrängt hat. Dabei war ihm klar, wie absurd seine Eifersucht war und dass er sich dadurch selbst wie ein Baby aufführte, zumal er Phyllis ja noch nicht mal treu war. Er schlief mit einem Mädchen, seiner früheren Bezugsquelle, die dann in der King's Road geschnappt worden war. Sie hatte einen viktorianischen Stand auf dem Portobello Market und einen Vater, der Richter war am Obersten Gericht.

Eigentlich freute er sich darauf, die ganze Szene hinter sich zu lassen: Es war nicht nur die auf das Zimmer mit dem Baby zusammengeschrumpfte Welt mit ihrem öden Kreislauf von Stillen, Bäuerchenmachen und Kacken, die ihn nervte. Es gab zu viele Idioten, die UFOs sahen oder glaubten, sie könnten die Welt verändern, indem sie »Sergeant-Pepper«-Texte rückwärts aufsagten. Wenn sämtliche Regierungen gleichzeitig LSD nehmen würden, dann wär die Welt in Ordnung. Nicky wollte etwas, das besser war, authentischer. Hungrig auf Neues, stellte er sich die Landschaften vor, die er bereisen würde: kahle, felsige Hänge, sandige Straßen, trockene Steppen, Steinhäuser, gebaut in schroffe Klippen – und das unergründlich raue, karge Leben der Landbevölkerung. Er erinnerte sich an die Bilder von Dorfbewohnern im Iran, die in einem eisigen Fluss Teppiche traten und sie zum Trocknen auf den Felsen ausbreiteten; er erinnerte sich an die großen Augen der Kinder des Chauffeurs, der seinen Vater gefahren hatte. Dieses Mal musste er fotografieren. Er hatte sich eine gebrauchte Leica besorgt. Phyllis lag ganz dicht neben ihm auf dem Kissen, und wie er sie so betrachtete, auf einen Ellbogen gestützt – ihre warme, herbstliche Färbung, die feinen Fältchen um die Augen und den Mund, ihren Geruch nach sauberem Stroh – kam es ihm vor, als sei sie schon ein Stück seiner Vergangenheit. Er konnte sich kaum noch daran erinnern, was für eine Erscheinung sie gewesen war, als sie das erste Mal zu ihm in sein Zimmer kam: so unwirklich, so gepflegt und kultiviert – wie aus einer Frauenzeitschrift. Damals hatte ihn ihr teures Parfüm fasziniert und ihr heiseres, welterfahrenes Lachen, ihre gutbürgerlichen Manieren und Werte. Für Nicky war ihre Affäre der Eintritt ins Erwachsensein gewesen; und nun die Trennung, die er fast kränkend banal fand. Zumindest hatte er erwartet, dass sie erstaunt war und verzweifelt reagierte. Schuldbewusst und auch, weil er gern mehr Gefühl gehabt hätte, zog er sie ganz leicht an den Haaren. »Und werd ich dir denn gar nicht fehlen?«

»Du wirst mir ganz entsetzlich fehlen«, sagte sie mit emotionsgeladener Stimme.

Doch es gelang ihr, ihn ruhig und tapfer anzusehen, ohne mit der Wimper zu zucken.

Irgendwie gingen gerade alle weg. Paul kriegte eine Ausstellung in New York und ein paar Großaufträge. Er bat Colette, ihn dorthin zu begleiten, für ein, zwei Jahre oder so, und sie war einverstanden. Ihr Vater war außer sich und ließ nichts unversucht, um sie davon abzubringen. »Wolltest du denn nicht studieren?«

»Ich studiere doch«, sagte sie. »Bloß nicht an einer Schule.«

»Du darfst deine Intelligenz nicht vergeuden.«

»Ich vergeude sie schon nicht.«

Phyllis lehnte die Beziehung ihrer Tochter zu Paul weiterhin ab; sie schüttete Barbara ihr Herz aus. »Sie trabt ihm hinterher und schluckt alles, was er ihr erzählt. Wie sein Schoßhündchen.«

Doch anders als erwartet, äußerte sich Barbara durchaus nicht missbilligend über Paul, was nicht nur Phyllis, sondern auch Colette überraschte. »Er ist kein Dummkopf«, sagte sie. »Er ist sehr erfolgreich. Warum soll sie nicht auch was davon haben?«

»Sie ist zu jung für eine ernsthafte Beziehung, erst recht zu einem Mann wie ihm.«

»Dafür ist es nun zu spät, Mummy«, sagte Barbara. »Da hättest du dran denken sollen, als du ihr erlaubt hast, mit diesen ganzen schlechten Leuten zusammen bei dir rumzusitzen. Sie hätte es auch schlechter treffen können. Wenigstens ist er ein seriöser Mann, der weiß, was er tut. Mach dir um Colette mal keine Sorgen, du wirst schon sehen. Sie wartet auf den richtigen Augenblick. Soll sie doch was sehen von der Welt.«

Ein paar Monate später sah es so aus, als sollte Barbara, wenn sie ihr Zeugnis als staatlich examinierte Krankenschwester in der Tasche hätte, nach Grenada zurückkehren. Man bot ihr einen guten Job in einem Krankenhaus in St. George's an. Dann gewann sie im Vereinigten Königreich den mit zehn Guineen dotierten zweiten Preis in einem Essaywettbewerb zum Thema »Wege zur Verbesserung der Ausbildung in der Krankenpflege« und beschloss, doch in England zu bleiben, erhielt Geld aus dem War Memorial Fund, um ihre Ausbildung fortzusetzen und sich zur OP-Schwester zu qualifizieren. Auch Sam dachte darüber nach, wieder zurückzugehen, tat es aber nicht. Manchmal kam er abends bei Phyllis vorbei, und sie gab ihm was zu essen. Er schätzte ihre Kochkünste, sie lernte, *saltfish fritters* und *pepper sauce* zu machen, sie lachten miteinander wie alte Freunde und sprachen über Politik. Phyllis sagte, sie hoffe, dass sich alles ändern werde, aber Sam prophezeite, dass die Schwarzen immer ausgeschlossen bleiben würden, selbst wenn sich die Weißen irgendwann ihre langen Haare abschneiden und wieder Karriere machen sollten. Sie hörte ihm aufmerksam zu, sie wollte von ihm lernen. Eines Abends, als Michael in seinem Bettchen schlief und sie ein paar Gläser Wein getrunken hatte, schlang sie Sam die Arme um den Hals und küsste ihn auf die Wange. Es war schon eine Weile her, dass Nicky nach Afghanistan gegangen war. »Ich wusste immer, Sam, dass zwischen uns was Gutes ist. Vielleicht könnte es ja sogar noch besser werden.«

Sachte zwar, aber doch ziemlich kühl, löste er sich aus ihrer Umarmung.

»Meinst du, Lady? Nein, ich glaube nicht. Es ist doch gut so, wie es ist.«

Phyllis glühte vor Verlegenheit und Scham ob ihrer Ignoranz und Oberflächlichkeit. Vielleicht lag es daran, dass sie weiß war, vielleicht war sie ihm auch zu alt. Als sie Sam das nächste Mal sah, war es, als sei nichts geschehen, er war genauso freundlich wie immer, aber jetzt bemerkte sie den Schutzwall, den er sorgfältig um sich herum errichtet hatte, um sie fernzuhalten. Es gab so vieles, was sie in ihrer Naivität noch immer nicht verstand.

Es war ein seltsames Jahr für Phyllis, dieses erste Jahr in Michaels Leben. Sie nahm den Kleinen mit zu ihren Schwestern, aber sie fühlte sich nicht im Einklang mit ihnen: Deren Kinder waren so viel älter, und sie hatten andere Sorgen. Und doch schaute sie kein einziges Mal zurück nach Otterley. Für mich ist ja noch nichts zu Ende, dachte sie. Wenn sie in Otterley geblieben wäre, dann wäre etwas zu Ende gewesen. Stattdessen hatte sie ihrem Schicksal ein Schnippchen geschlagen. Auf sie warteten noch mehr Abenteuer, schließlich war sie immer noch am Leben. Und in der Zwischenzeit machte sie ihr kleiner Junge glücklich. Er sah Hugh überhaupt nicht ähnlich. Michael war kräftig und stämmig, dunkel und sehr praktisch veranlagt; sie war die Angst los, die sie immer gehabt hatte, als Hughie klein war, dass sie ihn nicht beschützen könnte, weil er zu schön war. Wenn Phyllis in der Stadt war, schlüpfte sie manchmal in eine ärmliche, nach Schimmel riechende kleine Kirche in Soho, die ihre Türen den ganzen Tag für Sünder offen hielt; das erzählte sie aber weder Barbara noch sonst irgendwem. Sie steckte ihre Pennys in die Schachtel und zündete eine Kerze an, dann kniete sie sich in eine Bank – mitten zwischen die Penner und verlotterten Gestalten, die zum Aufwärmen hier waren, und die Mädchen vom Straßenstrich –, machte die Augen zu und dankte Gott. Ihren alten Gott konnte sie nicht mehr finden, den, der erleuchtend war wie eine Magnesiumfackel. Und dennoch spürte sie in der modrigen, muffigen Luft um sich herum, dass da etwas war: ein beruhigender Geist, der dumpf und animalisch war und wortlos, mit dem Geruch von nasser Wolle, weil die Obdachlosen an den heißen Heizungsrohren ihre Sachen trockneten. An Weihnachten, als die Kirche den Obdachlosen ein Abendessen spendierte, ging sie zum Helfen hin, und die alten Männer kümmerten sich abwechselnd um Michael.

Wenn Hugh in den Ferien zu Hause war, traf sie sich ab und zu mit ihm, was Roger ausdrücklich unterstützte. Er kam dann mit dem Zug aus Otterley, sie holte ihn vom Bahnhof ab und ging mit ihm zum Lunch, dafür legte sie extra Geld zurück und achtete darauf, sich für ihn möglichst konventionell zu kleiden, damit er sie nicht peinlich fand. Aber Hugh hatte sich verändert, sie hatte Angst vor ihm und erkannte ihn kaum noch wieder; er war größer und tollpatschiger, die Hände groß und ungeschickt, käsig war er im Gesicht und blickte mürrisch drein. Bei diesen Gelegenheiten sprach er kaum ein Wort mit ihr, sonderte hin und wieder ein paar Brocken in seinem Schuljargon ab, wie einen Code, von dem er genau wusste, dass sie ihn nicht entschlüsseln konnte. Phyllis unterhielt sich mit ihm, als sei alles in bester Ordnung, erzählte ihm Neuigkeiten von seinen Cousins in Highbury oder die Geschichten, die ihr Colette in ihren Briefen schrieb, und fragte ihn, wie es auf dem Internat so laufe. Sie gab sich Mühe, das Baby höchstens ein-, zweimal zu erwähnen. Hugh konzentrierte sich darauf, große Portionen zu bestellen und sein Glas mit Limonade oder Coca-Cola immer wieder nachfüllen zu lassen. Sobald er aufgegessen und ausgetrunken hatte, machte er, dass er wegkam.

Zeitweilig arbeitete Phyllis in einem kleinen, nah am Fluss gelegenen Handwerksbetrieb in Fulham, wo sie Obstkuchen herstellte; später fand sie einen Job, der besser zu ihr passte: Sie kellnerte in Helgas Restaurant, abends, wenn Michael schlief. Dawson's Bakery, wo die Kuchen gemacht wurden, war eine miese alte Klitsche ohne jegliche Hygienestandards. Sie schöpften die Backmischung aus offen herumstehenden Papiersäcken, rührten sie an, ließen den fertigen Teig durch Holzwalzen laufen und füllten ihn dann mit einem klebrigen Zeug aus Dosen. Manchmal konnte man Brotkäfer über den ausgerollten Teig krabbeln sehen. Am Anfang verbrannte sich Phyllis immer die Finger, bis die Mädchen sie akzeptiert hatten und ihr zeigten, wie man die gebackenen Kuchen aus den Formen stürzt, damit sie für die nächste Charge fertig sind. Später dachte sie gern zurück an diese Zeit, sie hatte sich dort nämlich richtig wohlgefühlt.

Die meisten Mädchen bei Dawson's waren jünger als sie, nahmen sie aber trotzdem schnell in ihre Clique auf. Beim Arbeiten sangen sie stundenlang die im Radio laufenden Popsongs mit. Manche Stimmen waren eher rau, doch ein paar waren süß und flötend und harmonierten perfekt. Und natürlich redeten sie über ihre Freunde – mal grob, mal mit Humor, mal auch verträumt. Im Frühling und im Sommer wurden die jüngeren Mädchen nach der Arbeit von ihren Freunden mit dem Motorroller abgeholt, und dann rasten sie in den Abend hinein, hinter sich eine Wolke von schmutzigen Abgasen und das dreiste, prahlerische Geknatter ihres Auspuffs – lauter trotzige kleine Angeber. In der warmen Nacht hatten die Jungs das Hemd weit aufgeknöpft, so weit, dass man in ihrer Brustbehaarung das Goldkettchen glitzern sah; am nächsten Morgen erzählten die Mädchen Geschichten von Messerstechereien und von Sex im Brachland unten am Fluss. Mal wurden sie von der Polizei verfolgt, mal jagten die am Ufer herumspukenden Geister der ertrunkenen Schiffer oder der Opfer aus den zerbombten Luftschutzkellern ihnen Angst ein. Einer von den jungen Burschen kam bei einem Unfall ums Leben, und die trauernden Mädchen errichteten ihm auf der Arbeit einen Schrein, indem sie Plastikblumen und eine Schachtel Zigaretten sowie ein Miniaturfläschchen Tia Maria vor seinem Foto aufstellten; als der Tia Maria geklaut wurde, gab es Streit – mit Anschreien, Unterstellungen und An-den-Haaren-Ziehen. Die meisten Frauen bei Dawson's, auch die verheirateten, wohnten zu Hause bei der Mutter oder der Großmutter, mit jeder Menge Kinder im Haus, oft ohne Bad und mit Außentoilette. Für Politik interessierten sie sich nicht: Sie hatten keine Ahnung von Geschichte, kannten noch nicht mal den Namen des Premierministers. Über Griechen, Schwarze oder Pakistanis hatten sie die fürchterlichsten Vorurteile, und dabei hatte die eine oder andere von ihnen sogar einen schwarzen Freund.

Phyllis stellte fest, dass auch sie nicht so besonders

viel mit Politik anfangen konnte. Sie langweilte sich in Versammlungen, und wenn ein Redner über Leid und Ungerechtigkeit sprach, wurde sie zu schnell emotional. Die Konflikte zwischen den verschiedenen Fraktionen, der RCP, der IMG oder den Militanten, verwirrten sie, und wenn sie bei einer Demonstration ein Transparent tragen oder bei einem Sprechchor mitmachen wollte, war es ihr peinlich, und sie hatte das Gefühl, nicht richtig dazuzugehören. Dennoch glaubte sie nach wie vor daran, dass sie sich, wie sie zu Roger gesagt hatte, ganz einfach weigern könne, Teil eines Systems zu sein, das so grausam falsch war. Wie sie sich denn weigern könne, hatte Roger sie gefragt, schließlich lebe sie doch mittendrin, in diesem System. Aber sie spürte diese Ablehnung körperlich, und das tagtäglich. Es war wie ein Umbau jeder einzelnen ihrer Zellen.

Ungefähr zu dieser Zeit hatte sie auch eine Affäre mit einem Mann, der regelmäßig bei Dawson's auftauchte. Er gehörte zu den Leuten, die die Assietten aus Alufolie und das sonstige Verpackungsmaterial lieferten. Er passte überhaupt nicht zu ihr, drahtig und geschmeidig, mit einem dünnen Schnurrbart, dunklem, mit Pomade straff nach hinten gekämmtem Haar und einem schmalen Wieselgesicht. Zu seinen stets hochgekrempelten Hemdsärmeln trug er Armreifen aus rostfreiem Stahl und einen auffälligen Ring; in ihrem alten Leben hätte sie bestimmt nicht zweimal hingeschaut, sie hätte ihn billig gefunden und vielleicht ein bisschen unheimlich. In der kleinen Welt bei Dawson's aber war er eine Autorität. Die Mädchen zogen Phyllis seinetwegen auf, und sie freute sich immer darauf, ihn zu sehen. Er flirtete mit ihnen allen, machte anzügliche Scherze und war den Spötteleien der Mädchen immer einen Schritt voraus; aber während er sprach, schweifte sein Blick rastlos umher, verweilte bei Phyllis und sendete ihr inmitten dieser an Abgeschmacktheit kaum zu überbietenden Szene eine ganz andere Botschaft. Sie ging bloß ein paarmal mit ihm aus, nur, wenn sie einen Babysitter finden konnte – mit in ihre Wohnung hätte sie ihn nicht gern nehmen wollen. So trafen sie sich nach der Arbeit in einem Pub, machten zusammen einen Spaziergang am Fluss und legten sich dann dort auf der Brache ins Gras, und danach konnte sie nie mehr die Unbekümmertheit vergessen und die Verzückung: das zitronengelbe Licht unter den Brücken, das überschäumende Gezwitscher der Schwalben, das träge, stinkende Wasser und den ganzen Dreck und Müll, der am Ufer der Themse angespült wurde. Als Liebhaber wusste er genau, was er zu tun hatte, war sanft und zudringlich und achtete darauf, dass sie nicht zu kurz kam, als sei das ein schwieriges Kunststück, das er vollbrachte, gleichsam die Basis seiner Selbstachtung. Er holte eine Decke aus dem Kofferraum seines Autos, und sie verschwendete kaum einen Gedanken darauf, wer vor ihr auf dieser Decke gelegen hatte, es war ihr egal. Es störte sie nicht, dass sie vielleicht die letzte war in einer langen Reihe von Frauen, mit denen er dort unterm weiten Himmel gelegen hatte.

An einem Wochenende fuhr Roger hinunter nach Cressing. Die Straße führte eine Weile an einer hohen Backsteinmauer entlang, die das Anwesen begrenzte; vor einem eisernen schwarzen Flügeltor hielt er an und stieg aus, um sich die von Kletten und Disteln überwucherte Einfahrt von dort aus anzuschauen. Jean hatte ihn vorgewarnt, dass dieses Tor mit einem Vorhängeschloss gesichert war. Die stattlichen großen Bäume drinnen im Park waren größtenteils kahl, den Boden deckte eine dicke Schicht von hektisch rot gefärbten Blättern, und an manchen Stellen war das blasse Gras hüfthoch gewachsen oder lag, wo der Wind es niedergefegt hatte, plattgedrückt und schmutzig da. Zwischen den Bäumen glitzerte Wasser wie eine Erinnerung: Es gab dort einen kleinen Zierteich. Diese eigens für das menschliche Auge gestaltete Landschaft wirkte in sich gekehrt und voller Geheimnisse, als habe sie ein Eigenleben entwickelt und sei es leid, noch weiter betrachtet zu werden. Er dachte sich, dass er nicht hätte kommen sollen, doch es war zu spät.

So fuhr er weiter die Straße hinauf und bog in den Trampelpfad ein, den Jean ihm beschrieben hatte und der vorbeiführte an den verfallenen Gewächshäusern und dem Gemüsegarten und dann hinterm Buschwerk ins Offene trat. Plötzlich tauchte das Haus auf und füllte sein ganzes Blickfeld aus, die grünlich-weiß verputzte Fassade, der graue Stein der hinteren Räume mit seinen Stockflecken überall und die schmalen gotischen Fenster, die abweisend wirkten, auch wenn hinter dem einem oder anderen fahles elektrisches Licht schimmerte. Der Weg führte durch den ausgetrockneten Wassergraben bis zu einem Seiteneingang. Kaum dass er seinen Motor abgestellt hatte, kam Jean auch schon in Plastikregenmantel und Gummistiefeln und mit unterm Kinn zugebundenem Kopftuch aus der Tür. Sie sah aus, als habe sie sich bewusst für diese Aufmachung entschieden, – wie hatte

Phyllis es genannt? Verzopft. Um ihre Knie tollte ein verdreckter Cockerspaniel. »Platz, Flossie, Platz! Böses Mädchen.«

Roger war klar, dass sie den Hund als Ablenkung brauchte, weil sie nicht damit umgehen konnte, dass er da war, sie wusste einfach nicht, wie ihn begrüßen. »Drinnen im Haus sieht's furchtbar aus«, sagte sie, zog Flossie an den Ohren, lachte wie ein verlegenes Schulmädchen und sah ihn schief an. »Ich hab Angst, dass du siehst, wie heruntergekommen das Haus ist. Lass uns doch lieber einen Spaziergang machen. Oje, sind das die einzigen Schuhe, die du dabeihast?«

Aber er hatte Wanderschuhe und einen Stock mitgebracht. Sobald sie sich in Bewegung gesetzt hatten, war alles besser. Jean war nicht mehr so unsicher und ihr Tempo harmonierte gut mit seinem, sie schwenkte ihren Stock. Der Weg führte zunächst hinunter und vorbei am See, wo Flossie im Schilf planschte, die Enten anbellte und ihr der nasse Schlick im Bauchfell hängen blieb. Dann gingen sie hinauf in den Wald, der ein kunterbuntes Durcheinander aus lauter kräftigen Farbtönen war, bekritzelt mit dem nassen Tintenschwarz der Zweige und der Äste. Während sie bergauf gingen, sprachen Roger und Jean nur wenig, kratzten gleichsam nur an der Oberfläche des Nachmittags. Das Geräusch ihrer Schritte, das Knacken der Haselnüsse und Bucheckern unter ihren Füßen drückten die Nähe zwischen ihnen besser aus als irgendein gesprochenes Wort. »Kannst du dich noch an das hier erinnern?«, rief Jean schließlich, als sie oben angekommen waren, und deutete mit der Hand auf die vor ihnen liegende Aussicht.

Roger konnte sich, offen gestanden, an überhaupt nichts erinnern. Er hatte beinah das Gefühl, noch nie hier gewesen zu sein. Nicht etwa, dass die Realität enttäuschend gewesen wäre, es zeigte sich nur, dass sein Reservoir an liebgewordenen alten Bildern einerseits geschrumpft und andererseits ohnedies begrenzt war – angesichts der verwirrenden Realität des Ortes, die so unordentlich und unfertig und kompliziert war. Nichts war an der Stelle, an der er es in Erinnerung hatte, und er konnte sich auch nicht an diesen Spaziergang von damals erinnern. Oben auf dem Gipfel stand eine hölzerne Bank, fast schon zu offensichtlich, genau an der Stelle, wo sie sich zum Ausruhen hinsetzen sollten, und wenn man zurückschaute, sah man das Haus, das aus dieser Entfernung gar nicht trostlos wirkte. Mit all den Bäumen im Hintergrund, seinen Türmchen und schiefergedeckten Dächern, die wie Silber glänzten, und mit dem goldenen Wetterhahn, der sich über den Ställen hin und her drehte, sah es aus wie aus einem Märchen. In der Sternwarte sei er ja noch nie gewesen, sagte Roger. »Mensch, ich auch nicht«, sagte Jean. »Zumindest nicht die letzten paar hundert Jahre, das letzte Mal, als ich ein kleines Mädchen war. Wir könnten ja mal hinaufgehen. Mrs Chick wird bestimmt wissen, wo die Schlüssel sind.«

Es sei aber kein richtiges Observatorium, bereitete sie ihn vor, sondern nur ein kleiner runder Raum in dem Turm oben auf dem Haus, mit einem Messingteleskop und einem Rollbett; das kegelförmige Dach könne man aufschrauben und mithilfe einer rostigen Mechanik aus Rädern und Zahnrädern teilweise öffnen, um in den

Himmel zu schauen. Der alte Herr, der Cressing erbaut hatte, habe seine Nächte ganz allein dort oben verbracht.

»Wenn ich erst im Ruhestand bin«, sagte Roger, »dann komm ich her und wohn bei dir und beobachte die Sterne.«

Freudig überrascht drehte sie sich zu ihm um und lächelte in sein Lächeln hinein. »Aber Liebling, wenn du in den Ruhestand gehst, bin ich schon lange tot. Und außerdem wird nie genug Geld da sein, um das Haus instand zu halten. Wenn du hier einziehen würdest, würde Peter mir den Geldhahn zudrehen.«

Roger legte ihr auf der Bank den Arm um die Schultern und zog sie an sich. Unter ihrer dicken Verpackung aus Mantel, Schal und Handschuhen nahm jedes die Gestalt des anderen nur unscharf wahr.

»Na dann eben nicht. Dann kommst du eben jetzt zu mir nach Otterley, und wir wohnen dort zusammen.«

Roger wusste, er würde jemanden brauchen. Er konnte nicht mehr allzu lange so weitermachen und sich immer nur in seinem Haus vergraben, das war nicht gut.

»Ist das dein Ernst? Ist das wirklich dein Ernst? Trotz der ganzen Sache mit Nicholas?«

Er zögerte einen Moment und sagte dann, ja, das sei sein Ernst, aber sein Zögern war Jean nicht entgangen. »In Otterley kann ich mir mich nicht vorstellen«, sagte sie.

»Nein«, gab er resigniert zu. »Ich kann mir dich dort auch nicht vorstellen. Es ist zu klein.«

»Und wo können wir dann hin?«

Er dachte darüber nach. »Ich könnte meine Kündigung einreichen, und du könntest das Haus verkaufen oder es einfach abschließen. In Italien könnten wir ganz billig etwas kaufen. Könnten zahlende Gäste aufnehmen. Oder in Marokko oder Tunesien, da sprech ich zumindest die Sprache. Wir müssten in der Lage sein, Hughs Ausbildung davon zu finanzieren und Nicholas etwas unter die Arme zu greifen, vielleicht auch Phyllis. Und wir wären erst mal aus der Schusslinie und würden keine Aufmerksamkeit auf uns ziehen.«

»Keiner würde uns bemerken.«

»Also, würdest du mit mir mitgehen?«

Jean gestattete sich einen Augenblick zu träumen. Mrs Chick wäre bereit, Flossie zu nehmen. Und all die Teller, Messer und Gabeln könnten am Ende doch noch für etwas zu gebrauchen sein, und die ganze Bettwäsche und die Kissenbezüge, alles mit Monogramm – vielleicht sogar die Rechauds und die Weinkühler. In einer kurzen Absence, die fast wie eine Halluzination war, sah sie statt der moosigen, muffigen, feuchten, zerfallenden englischen Herbstlandschaft um sie herum einen alten gepflasterten Hof im gleißenden Sonnenlicht und in der Mitte einen steinernen Brunnen. Ein Eimer traf mit dumpfem Schmatzen tief drunten auf die Wasseroberfläche, und sie wusste, dass das Brunnenwasser rein und kalt und gut war. Aber andererseits: Sie war schon sechzig.

Und Roger hatte seine glänzende Karriere im Außenministerium.

Es war zu spät.

Ein unsteter Wind trieb die zerfetzten Wolken vor sich her, ließ Blätter auf dem Weg herumwirbeln und hüpfen. Kreischende Saatkrähen, die sich gegenseitig vor einem marodierenden Wanderfalken warnten, wurden zum Himmel hinaufgeschleudert und ließen sich wie schwarze Papierschnipsel auf dem Wind treiben. Durch den dicken Stoff ihrer Handschuhe hindurch drückte sie seine Hand und versprach, es sich zu überlegen.

Danksagung

Unendlich und von Herzen dankbar bin ich meinen großartigen Verlegern Michal Shavit, Ana Fletcher und Jennifer Barth sowie meinen Agentinnen Caroline Dawnay und Joy Harris. Dank auch meinen wundervollen Presseagentinnen Lucie Cuthbertson Twiggs in Großbritannien und Jane Beirn in den USA.

Als ich meinem Freund John Williams erzählte, dass ich einen Roman schreibe, der in den sechziger Jahren in Ladbroke Grove spielt, empfahl er mir, *Days in the Life: Voices from the English Underground, 1961–71* von Jonathon Green zu lesen. Ein faszinierendes Kompendium von Stimmen, das sich als ungemein reichhaltige Quelle an Atmosphäre, Anekdoten, Details und Haltungen erwies und zu allem Überfluss – welch schöne Koinzidenz! – bei meinem lieben Dan Franklin erschienen ist, genau wie alle meine bisherigen erzählerischen Werke. Während der Arbeit an *Freie Liebe* beschäftigte ich mich intensiv mit den Romanen von Samuel Selvon, Margaret Drabble und Nell Dunn und den Fotos von Charlie Phillips – alle miteinander Augenzeugen und fabelhafte Künstler, bei denen ich mir bestimmte Einzelheiten abgeschaut und mich bemüht habe, das, was ich aus ihrem Werk über den Geist jener Jahre erfuhr, mit meinen eigenen Worten auszudrücken.

KAMPA POCKET

Tessa Hadley
Für einen Sommer

Roman

Aus dem Englischen von Sabine Schwenk

Ein langer Sommer, ein Ferienhaus auf dem Land, vier Geschwister und ihre bewegte Vergangenheit.

Für einen Sommer kehren sie zurück in das alte englische Landhaus ihrer Großeltern: Die vier Geschwister Harriet, Roland, Alice und Fran. Jetzt, in ihren Vierzigern und Fünfzigern, müssen sie entscheiden, ob sie das etwas in die Jahre gekommene Haus halten oder verkaufen sollen. Alice, gescheiterte Schauspielerin und unbelehrbare Romantikerin, bringt Kasim mit, den gerade erwachsenen Sohn ihres Ex-Partners, und Roland seine sechzehnjährige Tochter Molly, hübsch und unbedarft. Sie alle zieht das alte Anwesen in seinen Bann, längst überwunden geglaubte Spannungen lodern wieder auf, und neue erotische Verwicklungen bahnen sich an, das Schweigen wird gebrochen. Nach drei langen heißen Wochen geht auch dieser Sommer zu Ende – und es muss eine Entscheidung getroffen werden.

»Männer und Frauen, Liebe und Ehe,
das Politische und das Persönliche: Tessa Hadleys
Romane helfen mir bei den großen Fragen.«
Zadie Smith

KAMPA POCKET

Tessa Hadley

Hin und zurück

Roman

Aus dem amerikanischen Englisch
von Brigitte Jakobeit

Vor drei Jahren haben sie sich kennengelernt. Paul, der Schriftsteller, und Cora, die Bibliothekarin. Eine Begegnung mit Folgen. Viel ist seither passiert.

Paul fährt von Wales nach London, um seine Tochter zu suchen, die verschwunden ist. Er will sie retten und merkt nicht, dass sein eigenes Leben aus den Fugen gerät. Cora fährt in die Gegenrichtung, nach Cardiff, zum Haus ihrer Eltern. Sie flüchtet aus ihrer unglücklichen Ehe, aus ihrem Londoner Leben, das sie als einzige Enttäuschung empfindet. Dann bekommt sie einen Anruf: Ihr Mann sei verschwunden. Alles, was gewiss schien, gerät ins Wanken. Wie durch ein Wunder sind sich Paul und Cora einst im Zug begegnet. Doch die lange Reise, die das Leben bedeutet, ist durch ständige Verspätungen und verpasste Anschlüsse bestimmt. Ziel unbekannt.

»Tessa Hadleys Einfühlungsvermögen ist nahezu einmalig.
Sie zählt zu den besten AutorInnen unserer Zeit.«
Chimamanda Ngozi Adichie

KAMPA POCKET

Tessa Hadley

Zwei und Zwei

Roman

Aus dem Englischen von Gertraude Krüger

Sind drei einer zu wenig – oder doch einer zu viel?

Seit dreißig Jahren sind sie befreundet, die stille Malerin Christine, ihr Mann Alex, der sich zum Dichter berufen fühlte und nun als Lehrer arbeitet, der erfolgreiche Kunsthändler Zachary und seine flamboyante Frau Lydia. Die vier führen in London ein gutbürgerliches Leben, parlieren über Kunst und Literatur, bekommen Kinder und fahren gemeinsam in die Ferien. Alles ist gut. Dann stirbt Zachary, vollkommen unerwartet. Lydia zieht zu Christine und Alex. Aber der Verlust des Freundes und Ehemanns schweißt die drei nicht enger zusammen. Die Vergangenheit holt sie ein, alte Wunden brechen auf. Haben sie die richtigen Entscheidungen getroffen? Trifft man die je? Was ist aus ihren Sehnsüchten, den Lebensentwürfen ihrer Jugend geworden? Und was ist eigentlich damals in Venedig geschehen?

Tessa Hadley hat einen wunderbar elegischen Roman über die ganz normalen Irrtümer und Missverständnisse des Lebens geschrieben, eine *comedy of manners*, in der die kleinen Gesten alles erzählen, ein Buch, dessen Lebensklugheit und feiner Ironie man sich nicht entziehen kann.

»Eines dieser Bücher, von denen man nicht lassen kann, man liest weiter, geht ein Stück Wegs mit diesen Fremden, die immer vertrauter werden.«
Rose-Maria Gropp / Frankfurter Allgemeine Zeitung

Wenn Ihnen dieses KAMPA POCKET gefallen hat, gefällt Ihnen vielleicht auch der Lesetipp auf der gegenüberliegenden Seite.

Schicken Sie uns bitte Ihren LIEBLINGSSATZ aus einem Kampa Pocket, bei einer Veröffentlichung auf unseren Social-Media-Kanälen bedanken wir uns mit einem Buchgeschenk: lieblingssatz@kampaverlag.ch